WO DIE ANGST IST

Dinah Marte Golch

WO DIE ANGST IST

Der erste Fall
für
Behrens & Kamm

Roman

Kiepenheuer & Witsch

MIX
Papier aus verantwortungsvollen Quellen
FSC® C083411
FSC
www.fsc.org

Verlag Kiepenheuer & Witsch, FSC®-N001512

1. Auflage 2013

Umschlaggestaltung: Sabine Kwauka
Umschlagmotive: © Andreas Feldtkeller (Brücke);
© plainpicture/Michel, Ingrid (Schneegestöber)
Foto der Autorin: © Florian Froschmayer
Songtext S. 178: John Lennon, Lenono Musik: *Imagine*, 1971, Apple Records
Gesetzt aus der Dante und Optima
Satz: Felder KölnBerlin
Druck und Bindung: CPI – Clausen & Bosse, Leck
ISBN 978-3-462-04563-5

PROLOG

Niemand weiß, wann der Tag kommt, an dem das Leben vorbei ist. An dem in einem scheinbaren Akt der Willkür alles auseinandergerissen und uns bewusst wird, wie sehr wir an diesem kleinen Dasein hängen. Was Bedeutung hatte und was nicht. Diese abgrundgleiche Erkenntnis, einen geliebten Menschen nie wieder zu sehen. Oder gar zu begreifen, dass es unser Vorhang ist, der gerade fällt, ohne dass jemand da wäre, der für den Schlussapplaus und die Blumen sorgt.

Alicia Behrens sah aus dem Fenster der Beifahrertür in die Nacht hinaus. Eine schwarze Fläche von Wasser. Einsame Lichter an den Ufern. Sich aufschichtende Waldmassen. Und der Schnee. Seit zwei Stunden dieser viele Schnee.

Es war heiß im Wagen, zu heiß, doch Alicia Behrens sagte nichts. Sie dachte an das, was passiert war, an das, was ihnen nun bevorstand.

Sie sah zu ihm hinüber. Er war wohl drei, vier Jahre jünger als sie, ein kräftig gebauter Kerl, groß. Er musste schon in frühen Jahren sportlich gewesen sein – Basketballer, tippte Alicia. Seine breiten Hände umfassten das Lenkrad und ihr Blick blieb an seiner Hand hängen. Die Narbe zog sich vom Handgelenk bis hin zur Daumenbeuge. Es war erst achtzehn Monate her. Wer hätte gedacht, dass ausgerechnet sie beide heute in diesem Auto sitzen würden.

Sigi Kamm navigierte den Kombi langsam über die Straße. Die Räumfahrzeuge waren in dieser Nacht hoffnungslos überfordert. Im Lichtkegel der Scheinwerfer flog ihnen eine Wand dicker Schneeflocken entgegen. Allein in den letzten zwei Stunden waren an die zehn Zentimeter gefallen. Eine Katastrophe. Für ihn und auch für die Spurensicherung, die nun wohl nicht mehr viel ausrichten konnte.

Das Quietschen der Scheibenwischer ließ das Schweigen noch deutlicher zwischen ihnen stehen. Er sah zu Alicia Behrens hinüber. Ihre Blicke trafen sich nur Bruchteile von Sekunden, dann sah sie wieder aus dem Fenster, hinaus auf das Schwarz des Wassers. Ab und zu blitzte ihr Gesicht im Licht der Straßenlaternen auf, ungeschminkt, verschlossen, halb verdeckt von den braunen Locken und der Bommelmütze. Er hielt es nach wie vor für die schlechteste aller Ideen, dass sie beide irgendetwas miteinander zu tun haben sollten. Und er hoffte inständig, dass er keinen Fehler gemacht hatte.

»Haben Sie so was schon mal gemacht?«, fragte er.

»Nein. Nicht so, wie Sie meinen.«

»Also kein Mord.«

Wie viel Unterlassung brauchte es, um die justiziablen Charakteristika eines Mordes zu erfüllen? Alicia hing einen Moment ihren Gedanken nach. Sah ihre Mutter. Die Augen, aus denen schon lange alles Leben gewichen war. Die Frau, die sie als Kind vergöttert und dann aus ihrem Leben radiert hatte.

Alicia war machtlos, dass sie solche Gedanken überfielen. Damit diese sie aber nicht davon abhielten, sich auf das zu konzentrieren, was nun kam, parkte sie die Bilder in einer gedanklichen Warteschleife in ihrem Hinterkopf, um sich später damit zu befassen, wenn sie alleine war. In der weißen Wand herabstürzender Flocken tauchten die grauen Pfeiler auf. Diese Brücke, auf der schon Spione ausgetauscht worden waren. Inhaftierte. Auf der Menschen ihr Leben für die Freiheit riskiert hatten. Wo Welten aufeinandergeprallt waren. Die Brücke in die Stadt, in der jemand schlief und nicht ahnte, dass ein Vorhang im Fallen begriffen war.

Als Sigi Kamm ihr erneut einen fragenden Blick zuwarf, erwiderte sie in einem Ton, der besagte, dieses Thema sei hiermit abgeschlossen: »Wie man es nimmt.«

Eine Weile war nur der Blinker zu hören, laut und rhythmisch, tick, tack, bis auf der Gegenspur zwei Wagen vorbeigeschlichen waren. Der Kombi glitt nahezu lautlos in den mit rotem Backstein verklinkerten Teil der Stadt. Der Schnee schien jedes Geräusch zu schlucken. Wie Gardesoldaten standen die Häuser des Holländischen Viertels Spalier, die Hacken aneinandergeschlagen und dem Wetter preußisch aufrecht trotzend. Sämtliche Geschäfte der lebhaften Straßenzüge, Hutmacher, Galerien, Keramikmanufakturen, Cafés, lagen im Dunkeln. In den Fensterrahmen der dreigeschossigen Fassaden leuchteten vereinzelt Rentiere und Sterne.

Sigi Kamm fand die gesuchte Hausnummer. Wie an den meisten Häusern war die Tür mit einem Adventskranz geschmückt. Doch hier waren die Lichterketten in den Fenstern tot.

Kamm stellte den Motor ab. »Ich brauche dadrin schnell Informationen. So viele wie möglich.«

»Mich gehen Ihre Informationen nichts an.«

Sie öffnete die Tür, und mit der kalten Luft wirbelten Schneeflocken in den Wagen.

Sigi fluchte innerlich. Klar. Keine zwanzig Minuten, dass sie beide mit dieser Sache zu tun hatten, und schon war es schwierig.

Er stieg aus und senkte die Stimme. »Hören Sie, wenn Sie das nicht hinbekommen …«

Ihr Blick taxierte ihn. »Ich kann das trennen.«

»Wirkt gerade nicht so.«

»Ich dachte, ich mache hier meinen Teil der Sache – und nicht Ihren.«

»Ich kann den Leuten nur helfen, wenn ich schnell Ergebnisse liefere.«

Sie trat unter das schützende Vordach. »Das trifft nicht auf meine Arbeit zu.«

Er riss sich zusammen – nach dieser Sache würde er sie los sein – und klingelte. Es dauerte eine Weile, bis im Haus Licht anging und sich die Tür schließlich einen Spalt weit öffnete.

»Mein Name ist Sigi Kamm.« Er hob seinen Ausweis in das Licht der Außenlampe. »Ich bin Hauptkommissar bei der Polizei.« Eigentlich lautete seine korrekte Bezeichnung Hauptkommissar der Mordkommission Potsdam. Aber dieses Detail sprach er in solchen Momenten nie aus.

Alicia trat einen Schritt vor in den Lichtkegel. Sie spürte, wie das Mitgefühl sie zu überwältigen drohte, fragte sich, was sie hier zu suchen hatte. Wo hatte sie sich da eingemischt? Ausgerechnet in die Angelegenheiten von Sigi Kamm? Sie bemühte sich, die eigenen Gefühle in der Warteschleife in ihrem Hinterkopf zu parken, neben dem Bild ihrer toten Mutter. Dann sprach sie ernst und mit warmer Stimme.

»Alicia Behrens. Sie kennen mich noch, oder? Können wir hereinkommen?«

Und da machte sich das erste entsetzte Begreifen auf dem Gesicht ihres Gegenübers bemerkbar.

DIENSTAG

1

Zwölf Stunden früher …

Alicia Behrens blickte aus der Fensterfront ihres Büros, hinaus auf die bewaldete Hügellandschaft. Linker Hand sah sie bis hinüber zum Wannsee. Seit Tagen hing die Wolkendecke dumpf und grau über der Gegend. Und dumpf und grau lag dazwischen der hässliche Sechzigerjahrebau der Klinik Wannseehof, eines ehemaligen Kurhotels. Im Sommer konnte man in dem Vorort mit knapp fünfhundert Einwohnern wundervolle Wochen verbringen. Touristen, Wanderer, Fahrradfahrer und Badende traten sich auf die Füße. Doch im Winter wirkte die Gegend bedrückend. Wahrscheinlich hatte genau das dem ehemaligen Kurhotel den Garaus gemacht.

Als Klinik für psychosomatische Leiden jedoch war das Haus durchgehend voll belegt, sommers wie winters. Patienten aus ganz Deutschland kämpften darum, einen der neunzig stationären Plätze in dieser ungewöhnlichen Einrichtung zu ergattern.

Der Klinikleiter hatte schon mehrfach Nachrichten hinterlassen, Alicia möge ihn dringend zurückrufen. Also ging sie davon aus, dass es mal wieder Schwierigkeiten gab. Sie sah auf das Telefon, dann nahm sie ihre Winterjacke und ging nach draußen.

Als Dr. Härtl zu Alicia Behrens auf den Parkplatz kam und einen unmissverständlich kritischen Blick auf ihre Zigarette warf, konnte sie ihm förmlich ansehen, wie er auf der Suche nach ihr immer missmutiger geworden sein musste.

Nachdem er in ihrem Büro nicht fündig geworden war, hatte der Klinikleiter bestimmt einen Abstecher zu der großen Wochentafel gegenüber dem Schwesternzimmer im ersten Stock gemacht. Er hasste es, dass sie oft kurzfristig Wutgruppen oder Schreitherapien mit vierzig Leuten ansetzte, die die Fenster im Emo-Raum zum Zittern brachten und den Pfarrer der nah gelegenen Kirche anriefen ließen, um zu fragen, was zum Teufel da vor sich ging. Doch bis drei Uhr stand heute nur die Maltherapie auf dem Plan, eine von Dr. Härtls bevorzugten Maßnahmen, da sie leise vonstattenging und nie Probleme bei den Abrechnungen bereitete.

Auf dem Weg zum Parkplatz musste der Klinikleiter am Empfang vorbei. Und dort hing nun, nachdem er kürzlich angeordnet hatte, die Maltherapie-Einheiten zu verdoppeln, ein buntes Ölgemälde, zwei auf drei Meter groß. In wilden Pinselstrichen schwang sich ein Schriftzug über die Leinwand: »Hier bekommst Du nicht das, was Du willst, sondern das, was Du brauchst.«

Ihr Chef sprach sie ohne Begrüßung an. »Selbst vor der guten, alten Maltherapie machen Sie nicht mehr halt.«

Sie grinste, schwieg und und zog genüsslich an ihrer Zigarette.

»Dr. Behrens. Wann hören Sie endlich auf mit dieser Qualmerei?«

Alicia hatte vor fünf Jahren, bei Antritt ihrer Stelle, durchgesetzt, dass für alle Patienten striktes Rauchverbot während ihres gesamten Aufenthalts galt. Egal, ob sie sich im Haus aufhielten oder in ihrer freien Zeit Wanderungen unternahmen oder mit dem Bus die zehn Kilometer in die Stadt fuhren. Ihr eigenes radikales Verbot hielt sie allerdings nicht davon ab, im Hof zu stehen, wo jeder Patient sie sehen konnte, der ein Zimmer nach hinten raus hatte, und selbst zu rauchen.

»Nun tun Sie nicht so, als wäre Ihnen an meiner Gesundheit gelegen. Sie scheuen nur die Diskussionen mit den Patienten.«

»Auch. Es wäre einfacher, wenn Sie wenigstens um die Ecke gehen würden.«

»Seien Sie froh über jeden Konflikt, den die Patienten hier austragen. Und sei es, sich über diese Ungerechtigkeit aufzuregen. Konflikte sind großartig. Je mehr davon, desto besser. Wenn die Leute hier begreifen, dass Konflikte nicht das Ende der Welt bedeuten, haben sie draußen deutlich bessere Chancen. Und Sie wissen: Seit die Patienten nicht mal eben eine rauchen können, wenn es schwierig wird, machen sie hier rasant Fortschritte.«

»Ja, ja, ja …«, sagte Dr. Härtl unwillig, trat frierend von einem Fuß auf den anderen und kam ohne weitere Umschweife zum Punkt. »Uns steht eine Qualitätssicherung ins Haus. Das kann ein Jahr dauern.«

»Jede Klinik muss da irgendwann durch.«

»Ja. Aber Sie können jetzt schon davon ausgehen, dass wir manche Ihrer Methoden streichen müssen.«

Alicia stieß den Rauch in die kalte Dezemberluft. »Ich habe diese Klinik mit meinem Team innerhalb von fünf Jahren auf Platz vier der Reha-Statistiken gebracht. Und die Medikamentengabe fast auf null. Ich lasse mir doch jetzt nicht mehr sagen, welche Methoden ich anwenden soll und welche nicht. Nur weil Wassergymnastik und Medikamente billiger sind. Die Versicherer sind an das gebunden, was wir als Ärzte verschreiben.«

»Um fünfzehn Uhr gibt es einen Termin zur Qualitätssicherung.«

»Ohne mich. Da habe ich Therapiegruppe.«

Dr. Härtl zitterte inzwischen. »Dann lassen Sie sich von einem Ihrer Therapeuten vertreten! Oder verschieben sie. Es ist ein wichtiger Termin, der uns beiden sehr helfen kann. Wollen Sie Ihre Schreitherapien behalten? Dann kommen Sie mir entgegen!«

Alicia warf den Zigarettenstummel in einen Papierkorb. »Seit fünf Jahren versuche ich, den Patienten hier beizubringen, sich nicht auf faule Kompromisse einzulassen. Kein: Eine Hand wäscht die andere. Kein: Gib du mir das, sonst geb ich dir das nicht. Keinerlei co-abhängiges Verhalten. Sie glauben nicht allen Ernstes, dass ich wegen einer Qualitätssicherung anfange, gegen meine eigenen Prinzipien zu handeln?«

»Mein Gott, seien Sie doch ein Mal unkompliziert! Es ist wichtig!«

»Für wen? Wissen Sie, meine Therapie ist zum Beispiel wichtig für Manfred. Seit vier Wochen hier. Das Einzige, was ihn davon abhält, vorne durch die Drehtür zu gehen und wieder zu saufen, ist die Gruppe. Petra, sexsüchtig. Macht jeden Mann in dieser Klinik an. Ich fürchte, sie hat nicht mal vor Ihnen haltgemacht. Sie kann es sich nicht leisten, dass eine Gruppe nicht stattfindet. Sonst wird sie nach acht Wochen hier rauskommen und weiter für jedes Krümelchen Liebe den nächstbesten Kerl über sich drüber lassen. Ramona …«

»Verschieben Sie die Gruppe um eine Stunde«, unterbrach er ungeduldig. »Die Sache vor eineinhalb Jahren hat uns sehr geschadet.«

Das war es also. Wieder die alte Sache. Alicia musste nicht sagen, wie sehr es sie nervte. Sie wusste, dass man es ihr ansah. Sie war damals nicht bereit gewesen, einen Patienten über die Klinge springen zu lassen, nur damit Härtls Ruf gewahrt blieb. Aber noch weniger war sie bereit, jetzt hundert Patienten zu opfern und sie mit Maltherapie und Medikamenten abzuspeisen.

»Wann haben Sie Zeit?« Wie kühl er klang. »Sonst verhandele ich alleine und informiere Sie über die neuen Bedingungen.«

»Morgen. Nach der Intensivgruppe. Zwölf Uhr«, war ihr Zugeständnis.

»Seien Sie ausnahmsweise pünktlich! Und löschen sie den Papierkorb, den Sie gerade mit Ihrer Qualmerei in Brand gesetzt haben!«

Da roch Alicia es auch, fuhr herum und fluchte leise.

2

Sigi Kamm stand am Fenster und sah hinunter auf das Gelände. Eben passierte einer der Streifenwagen die Pforte und rollte an der Kriminaltechnischen Abteilung vorbei, hinüber zum Parkplatz für die größeren Einsatzfahrzeuge, die grünen und blauen Polizeibusse mit den vergitterten Fenstern. Links stand ein Fahrer in Anzug und Mantel vor einer der Limousinen des Ministeriums des Inneren und rauchte. Sonst war es ruhig. Auch in Sigis Büro war es still, in der gesamten Abteilung jenseits seiner gläsernen Bürotür. In die Mordkommission war seit dem letzten Fall ein glühweinseliges Winterdösen eingezogen.

Dennoch arbeitete es im Kopf des Hauptkommissars. Der Anruf vor zehn Minuten war Sigi mehr als seltsam vorgekommen. Er sah

Konrad normalerweise nur einmal im Jahr, seit sich ihre Wege vor zwanzig Jahren getrennt hatten. Bei den Weihnachtsfeiern tauchte er in seinen Maßanzügen auf, klein, beleibt, eine dicke Zigarre in der Hand, und erzählte immer die interessantesten Geschichten. Er saß in der Fettzelle des Lebens und schämte sich nicht dafür. Er erinnerte sich jedes Mal nach dem dritten Glas Wein, dass Sigi und er schon in der siebten Klasse gerne Detektiv gespielt hatten, und ergänzte mit dröhnendem Lachen, dass es aber nur einer von ihnen zum Maserati gebracht hatte. Tief in der Nacht standen die Trinkfestesten unter ihnen dann vor irgendeiner Bar, lagen sich in den Armen und beteuerten, sich auf das nächste adventliche Altabitreffen zu freuen. Immerhin waren es an die vierzehn Leute, die noch in der Gegend lebten oder zu ihren Eltern zu Besuch kamen. Und der kleine, feiste Konrad Becker mit seiner Halbglatze hinterließ alljährlich bei jedem seiner alten Klassenkameraden das Gefühl, ihr eigenes Leben hätte bunter und besser sein können. Ein bisschen mehr wie Konrads eben.

Und nun wollte Konrad mit ihm reden. Unter vier Augen. Nicht am Telefon.

Sigi freute sich durchaus auf diesen ungewöhnlichen Besuch. Sie beide verband die gemeinsame Zeit auf dem Gymnasium und später auf der Polizeischule. Das war allerdings lange her, es war, bevor die Wende sie in unterschiedliche Richtungen getrieben hatte. Sigi war in den Westen gegangen und hatte sich im gehobenen Dienst hochgearbeitet. Später, nachdem sein Vater gestorben und seine Mutter in ein Pflegeheim gekommen war, war er zurückgekehrt. Konrad war der Polizeiapparat schon während der Polizeischule auf die Nerven gegangen. Er war nach seinem Abschluss Detektiv geworden und hatte sich zuerst auf Immobiliengeschäfte spezialisiert: Rückerstattungen alter zwangsenteigneter Grundstücke in den neuen Bundesländern. Ein mehr als lukratives Geschäft. Inzwischen führte Konrad eine große Detektei mit Filialen im In- und Ausland für Privat- und Wirtschaftsaufträge, hatte eine beeindruckend schöne Frau, zwei Kinder, drei Autos und dreißig Kilo mehr auf den Hüften.

»Ich bin in der Stadt, Jahresabschluss in der Filiale hier. Treffe gleich den Vorstand einer großen Bank«, hatte Konrad erklärt.

»Nachher hole ich meine Zigarren ab, dann sind Weihnachtseinkäufe dran. Also lass uns morgen sehen. Irgendwo, wo wir in Ruhe reden können. Es geht um etwas, woran du sehr interessiert sein wirst.«

»Hat einer deiner Kunden jemanden umgelegt?«, fragte Sigi mäßig interessiert.

»Besser«, war es durchs Telefon gekommen. »Viel besser.«

3

Der unheimliche Typ war bestimmt dreimal so alt wie sie, vierzig oder fünfzig. Ekelhaft! Er fiel Susanne das erste Mal auf, als sie ihre Lippen mit dem Farbton Karminrot betupfte und sich in dem schmalen Probespiegel der Kosmetikabteilung zulächelte. Sie hasste ihre Haut, die ihr allmorgendlich mit einem neuen Pickel die Laune verdarb. Aber ihr Gesicht, die grünen Augen und ihre langen, blonden Haare mochte sie. Meistens zumindest. Da sie Achim heute wohl nicht sehen würde – danke schön, ihre Eltern hatten sie nämlich zur Schachfigur in ihrem verdammten Kleinkrieg gemacht und meinten, ihre Anwesenheit auf dem Spielbrett würde den Ausgang der Partie irgendwie beeinflussen –, war sie mit ungewaschenen Haaren losgezogen. Ein Gummiband um die blonden Strähnen hatte reichen müssen.

Susanne nahm aus dem Augenwinkel wahr, dass dieser Mann mit der verblichenen Baseballkappe und der altmodischen Brille sie angaffte. War er nicht vorhin schon in der Parfümabteilung gewesen? Und – igitt – als sie in der Unterwäscheabteilung die Höschen mit Spitze in der Hand gehabt hatte?

Es war warm im Kaufhaus. Aber nun wurde Susanne unangenehm heiß. Weihnachtliche Musik dudelte in jeder Abteilung, überall strahlten Christbäume und künstliche Kerzen. Sie öffnete ihre Daunenjacke, legte den Lippenstift zurück und ging ein paar Gänge weiter, hinüber zur Schmuckabteilung. Sie ließ ihren Blick über die glitzernden Auslagen und Drehständer gleiten, schlenderte hierhin und dorthin, doch sie achtete nur darauf, ob der Typ in einem der Spiegel auftauchte. Nein. Er war fort. Oder? Sie atmete tief aus, ihr Herzschlag beruhigte sich.

Susanne entdeckte ein Paar Perlenohrringe. Sehnsüchtig ließ sie ihre Finger über die kühle Rundung gleiten.

Und dann stand er plötzlich neben ihr. Sie roch sein schweres Parfüm, hörte seinen Atem. Er sah sie nicht an, aber sie wusste, dass er sie meinte. Ihr Herz fing von Neuem an zu rasen. Schneller noch als vorhin. Sie zog die Finger vom Schmuck zurück, drehte sich um und eilte zum nächstbesten Ausgang. Sie stieß die Glastür auf und stolperte in die überdachten Shopping-Arkaden und dann weiter in den kalten Nachmittag hinaus. Längst war es dunkel geworden. Es roch nach gebrannten Mandeln. Von dem kleinen Weihnachtsmarkt, der sich um den Hauptbahnhof schlängelte, drangen die Klänge einer Spielorgel zu ihr herüber, doch ihre Ohren sausten zu sehr, um das helle Klimbim richtig wahrzunehmen. Sie schlug den Weg zum Parkhaus ein, von dort konnte man schnell hinüber zur Straßenbahn. Nichts wie weg hier! Sie hatte den ersten Kassenautomaten erreicht, da spürte sie den Griff an ihrer Schulter. Fest. Hart. Sie fuhr herum und knallte mit dem Rücken gegen die Wand des Parkhauses.

Er stand vor ihr. Das Gesicht im Schatten seiner Kappe.

»Was wollen Sie! Lassen Sie mich!«

»Wir zwei müssen uns mal in Ruhe unterhalten.« Der Mann riss ihre Daunenjacke auf. Dann hob er ihren Pullover. Ein dunkelroter Spitzen-BH fiel zu Boden. Langsam hob er ihn auf und sah auf das Preisschild. »Fünfunddreißig Euro. Wo ist das Höschen?«

Mit zittrigen Fingern zog sie das bisschen roten Stoff aus der Jackentasche. »Sind Sie Kaufhausdetektiv?«

»Nein.«

»Bitte zeigen Sie mich nicht an. Bitte sagen Sie nichts!«

»Machst du so etwas öfter?«

»Nein, ich schwör's!«, sagte sie den Tränen nahe und wusste, dass es sich wie eine kindische Lüge anhörte.

»Wie alt bist du?«

»Vierzehn«, flüsterte sie.

»Ganz schön teures Zeug für eine Vierzehnjährige. Du weißt,

dass du strafmündig bist? Das ist Diebstahl und gibt eine Menge Ärger.«

»Bitte sagen Sie nichts. Meine Eltern bringen mich um.«

Hinter den Brillengläsern blitzten seine Augen auf. »Ich glaube, du machst so etwas regelmäßig. Und wenn ich dich jetzt laufen lasse, machst du es wieder.«

»Lassen Sie mich gehen. Dann mache ich alles, was Sie wollen.«

»Was meinst du damit?«

Sie traute sich nicht aufzuschauen, sah hinunter auf den bunten Anstecker an ihrer Jacke. »Nur sagen Sie nichts. Bitte.«

Sie bemerkte nur zu gut, dass er sich kurz in alle Richtungen umschaute.

Von Weitem drang hell die Spielorgel zu ihnen herüber, und die kalte Luft war voll von Zuckerwatte und Weihnachten.

4

Der Anruf vom Kommissariat, der ihn zu dem schwersten Gewaltverbrechen seit Langem beorderte, kam um 22 Uhr 15.

Sigi hatte eben seine kleine Dachgeschosswohnung im Zentrum verlassen. Fünfter Stock einer Neubauremise ohne Fahrstuhl. Dafür zentral und gut geschnitten. Er war durch den Neuschnee im Hof gestiefelt, hatte drei Straßenzüge und die Fußgängerzone überquert und war schon auf die »Maria« zugesteuert, ein altes Lokal mit hässlichen Holzmöbeln, das dem Renovierungswahn der letzten vierundzwanzig Jahre widerstanden hatte. Es war die angesagteste Kneipe der Stadt für diejenigen, die keine angesagten Kneipen suchten. Es gab nur eine kleine Speisekarte, die aber bis zwei Uhr nachts, und das Publikum war jung, wenig touristisch, dafür umso gemischter. Mit irgendwem kam man immer ins Gespräch.

Sigis Handy klingelte vor der Nummer 54, dem alten backsteinernen Stadtgefängnis, das 1933 zu einer Stätte unsäglicher Gewalttaten ausgebaut worden war, als späteres KGB-Gefängnis Handlangern der nächsten Ideologie Raum für Menschenverachtung gegeben und dann als Stasi-Untersuchungsgefängnis nahtlos an seine düstere Geschichte angeknüpft hatte.

Der Hauptkommissar trat in den Windschatten der heutigen Mahnstätte.

Beamtin Lorenz vom Dauerdienst meldete sich. »Fürchte, ich muss Ihnen gewaltig den Abend versauen. Ziemlich entsetzliche Sache und ganz klar Ihre Zuständigkeit. Neustädter Havelbucht.«

Die Scheinwerfer seines Kombis erfassten die Bahnunterführung, dann rot-weißes Absperrband am Eingang zum Park. Ein Uniformierter mit weißem Rand auf dem Mützenschirm sah ihm entgegen, registrierte seinen Ausweis und machte eine betretene Kopfbewegung zum Wasser hin.

Sigi sah sich um: am Ende der Straße stand eines der wenigen verbliebenen nicht sanierten und heruntergekommenen Stadthäuser. Ein Laken mit der Aufschrift »Stopp dem Mietwucher!« flatterte im Schneegestöber. Rechts und links der Straße erstreckten sich Kolosse, Bausünden der sozialistischen Architektur, mühsam mit Farbe aufgehübschte Plattenbauten. Vor einem der Hochhäuser warb ein Schild: »Dachterrassen! Luxussaniert!«

Sigi zog den Reißverschluss seiner Jacke bis zum Hals zu und duckte sich unter dem Absperrband durch. Er hatte die Bucht schnell erreicht. Am Steg, an dem im Sommer Wassertaxen anlegten, hörte er kaltes Plätschern und das Flüstern des Schilfs. Jenseits der Bucht leuchtete die Stadt, rechter Hand war in dem unwirtlichen Wetter schemenhaft die Eisenbahnbrücke über der Havel zu erkennen.

Er schlug den Weg links am Wasser ein und erkannte schon von Weitem die Kollegen der Spurensicherung in ihren grauen Overalls, die ein Zelt über den Tatort spannten. Das Blut im Schnee leuchtete im Schein der lichtstarken Strahler, vor denen dichte Flocken niedergingen.

Als Sigi näher kam, nickte man sich stumm zu. Er verschaffte sich einen raschen Überblick: kein Opfer, kein Leichenwagen, kein Gerichtsmediziner. Er trat so nah an den Tatortbereich, wie die Spurensicherung ihn ließ, und sah seinen Kollegen Hobrecker von der Mordkommission dem Polizeibus entsteigen. Hobrecker verschwand nahezu in seinem dicken Parka. Er war beschenkt mit einer drahtigen, sportlichen Figur und wachen Augen und gestraft mit einem auffallend aknevernarbten Gesicht. Sigi arbeitete gerne mit dem jüngeren Kollegen zusammen. Er war manchmal etwas überkorrekt, aber sehr umgänglich – zumindest solange man ihn nur beim Nachnamen nannte. Hobreckers Eltern waren überzeugte Sozialisten gewesen und seine Mutter hochschwanger, als der Marathonläufer Waldemar Cierpinski 1980 zum zweiten Mal bei den Olympischen Spielen Gold für die damalige DDR gewann. Ein begeisterter Sportreporter im DDR-Fernsehen hatte ausgerufen: »Liebe junge Väter oder angehende, haben Sie Mut! Nennen Sie Ihre Neuankömmlinge des heutigen Tages ruhig Waldemar! Waldemar ist da!«

Hobrecker hatte seinen Vornamen immer gehasst.

»Das Opfer hat überlebt?«, fragte Sigi.

»Wenn man das so nennen kann«, erwiderte Waldemar Hobrecker in sächsischem Dialekt und reichte ihm eine Digitalkamera.

Der Hauptkommissar brauchte einen Moment, um zu erkennen, dass das, was er auf dem Display betrachtete, ein menschliches Gesicht war. »Gott …«

»Sie versuchen eine Notoperation.«

Sigi gab ihm die Kamera zurück. »Schick mir die Bilder auf mein Handy.«

Blitzlicht flammte auf, als einer der Spurensicherer zwei Meter hinter der Blutlache ein Messer fotografierte.

»Hatte das Opfer Stichverletzungen?«

»Da war so viel Blut, schwer zu sagen. Die Sanitäter sagen, es gibt mehrere Brüche im Schädelbereich.«

Sigi sah hinüber zur Polizeiwanne. In dem Bus saßen zwei Kollegen mit einer weiteren Person, und das Blaulicht warf sein Flackern auf die zunehmend weißer werdenden Tannen und hinüber zu den ersten Plattenbauten. Nur eine Frage der Zeit, bis Schaulustige dem Wetter trotzen würden.

Er ging auf den Bus zu. »Ist das der Mann, der die 110 angerufen hat?«

Hobrecker folgte ihm. »Nein, der ist schon zu Hause. Ganz alter

Typ, hat seinen Dackel rausgelassen und alles nur aus der Ferne gesehen. Das im Bus ist der Mann, der dazwischengegangen ist. Er hat dem Alten gesagt, dass er uns rufen soll.«

»Der Zeuge hat die Tat gestört? Dann haben wir eine Täterbeschreibung?«

»Die Kollegen sind gerade dabei.«

»Was wissen wir über das Opfer?«

Hobrecker sah ihn einen Moment fast zögerlich an.

»Was ist los?«, fragte Sigi. »Wer ist es?«

Sein Kollege reichte ihm eine Plastiktüte mit einem Geldbeutel und einem Handy.

Sigi zog den Personalausweis aus dem Geldbeutel, und für einen Moment dachte er, dass das nicht sein konnte. Der Name. Das Gesicht auf dem Passbild. »Hast du das Jugendstrafregister abrufen lassen?«

»Nein.«

»Ruf in der Einsatzzentrale an. Die sollen das sofort überprüfen. Ich will alles wissen. Sofort!«

Sigi Kamm klopfte sich den Schnee von der schwarzen Daunenjacke und strubbelte sich die Flocken aus dem Haar. Dann zog er die Schiebetür der Wanne auf. Ihm schlug warme, verbrauchte Autoluft entgegen und der strenge Geruch nach Schweiß.

Dem Mann auf der Rückbank hatte man eine Decke umgelegt. Neben ihm auf der Bank lag eine Sporttasche.

Sigi las die Täterbeschreibung, die die Kollegen im Auto notiert hatten. »Geben Sie das sofort an alle Streifen raus, ja?«

Die beiden nickten, stiegen aus, und er schob sich auf die Sitzbank dem Zeugen gegenüber, sodass sich ihre Knie fast berührten. Er ließ die Tür offen stehen – wenn irgendwo frische Luft vonnöten war, dann wahrlich hier – und stellte sich vor.

»Rüdiger Brandt«, erwiderte der Mann sichtlich mitgenommen. Er war bleich. In dem kantigen Gesicht mit der schmalen Nase lagen tiefe Schatten unter grüngrauen Augen. Der Zeuge roch nach Bier, aber wirkte keinesfalls betrunken. Die linke Hand war einbandagiert. »Ich hab immer gedacht, so was passiert nur anderen Leuten.«

Brandt strich sich das nasse, dunkelblonde Haar nach hinten, sodass es wie mit Pomade festgekleistert wirkte. Dann starrte er wieder auf seine weiße Trainingshose, an deren Knien sich rote Flecken ausgebreitet hatten. Rötlich dreckige Spritzer zogen sich bis hinunter zu den schrillgelben Turnschuhen.

»Erzählen Sie mir noch mal, was Sie gesehen haben? Dann fahren wir Sie ins Krankenhaus. Soll ich Ihnen einen Kaffee besorgen lassen? Tee?«

»Danke, nein. Mir ist eh kotzübel.«

»Sie waren beim Sport, hm? Fitnessstudio?«, half Sigi ihm auf die Sprünge und deutete auf die Sporttasche mit eingenähtem Schriftzug »All fit«.

Der Zeuge nickte. »Ja, genau. Ich war mit einer Bekannten da. Danach sind wir hier um die Ecke ein Bier trinken gegangen. Na ja, zwei, um genau zu sein. Ich bin dann zur Tram. Weil es anfing zu schneien, hab ich die Abkürzung an der Bucht lang genommen. Zuerst habe ich diese Schreie gehört. Ich dachte, ein Streit. Aber dann war klar, da schreit jemand vor Schmerzen. Dann hab ich sie gesehen. Dieser Typ. Er hat zugetreten. Immer wieder. Ins Gesicht.«

Rüdiger Brandt sah Sigi erschüttert an. »… von jemandem, der sowieso schon am Boden lag! Aber er hat immer wieder mit den Stiefeln ausgeholt. Und überall das Blut …«

»Sie sind dazwischengegangen?«

»Na ja, ich hab den Mann angeschrien, er soll aufhören, hat er aber nicht. Also hab ich ihn weggerissen. Ich war ziemlich k. o. vom Sport, und dann das Bier. Aber er hat aufgehört.«

»Mutig.«

»Wahrscheinlich war es völlig idiotisch. Ich hab überhaupt nicht nachgedacht.« Brandt lachte bitter auf. »Er sieht mich an, total wütend, kommt plötzlich auf mich zu … hebt ein Messer auf, das im Schnee liegt … Ich denke: Das war's jetzt. Heute hast du deine Tochter das letzte Mal gesehen.«

In seinen Augen schimmerten Tränen. Er hob die Hände, wie um sich über das Gesicht zu fahren, dann sah er die Blutreste an seinen Fingern und ließ die Arme wieder sinken. »Er fuchtelt mit dem Messer rum, kommt immer näher, hat richtig zugestochen.

Und mein Handy liegt in der Sporttasche, ausgeschaltet! Zum Glück ist dieser alte Mann mit seinem Dackel aufgetaucht. Ich hab ihm zugerufen, er soll die Polizei rufen. Der Mann ist sofort los, und dann ist der Typ abgehauen. Wie ... wie geht es dem Jungen?«

»Sie versuchen, ihn zu operieren.«

Brandts Augen begannen wieder zu glänzen. »Der Junge hat sich gar nicht mehr gerührt. Ich wusste nicht, was ich machen sollte. Man darf doch niemanden bewegen, der so schwere Kopfverletzungen hat.«

»Vielleicht haben Sie ihm das Leben gerettet.«

Plötzlich stieß Rüdiger Brandt die Decke von sich und stolperte aus dem Polizeibus. Er schaffte es nur ein paar Meter. Den Geräuschen nach zu urteilen behielt sein Magen nicht viel bei sich.

Sigi stieg ebenfalls hinaus in den dichten Schneefall. Wellen gluckerten jetzt lauter gegen gefrorenen Modder am Ufer.

Brandt richtete sich zittrig auf. »Tut mir leid.«

»Kein Problem«, winkte Sigi ab. »Ich lasse Ihnen Desinfektionszeug bringen, dann können Sie sich mal richtig die Hände sauber machen. Und dann sollen die Kollegen Sie ins Krankenhaus fahren. Wir brauchen dringend Ihre Kleidung. Wir versuchen, Spuren vom Täter an Ihren Sachen zu finden. Sie bekommen stattdessen einen Polizeisportanzug.«

Der bleiche Mann mit dem kantigen Gesicht nickte und stützte sich gegen den Bus.

»Und kommen Sie morgen bitte um neun ins LKA. Die haben Spezialisten für eine Objektivzeichnung. Ein Phantombild. Und danach brauchen wir Sie auf dem Präsidium für ein schriftliches Protokoll. Ist Ihnen noch irgendetwas aufgefallen?«

»Der Junge«, sagte Brandt und schloss kurz die Augen. »Er hatte diesen Anstecker an der Jacke.«

»Anstecker?«

»Ja. So einen ganz bunten. ›Schule gegen Rassismus‹, steht drauf. Meine Tochter läuft auch mit so was rum.«

»Was genau ist das?«

»Irgendein Abiturient aus der Schule meiner Tochter hat das initiiert. Nach ein paar Wochen hatte es schon die Runde gemacht. Jetzt machen alle sieben Gymnasien in der Stadt mit. Fünf Euro pro Anstecker, und damit werden dann Aktionen gegen Rassismus finanziert. Darüber stand sogar mal was in der Zeitung.«

Sigi zog sein Handy raus und gab »Schule gegen Rassismus« in die Maske der Internet-Suchmaschine ein. Der Artikel zeigte ein kleines Schwarz-Weiß-Foto mit zehn Abiturienten, die stolz in die Kamera lachten. Die Bildunterschrift lautete: »Noyan Akay (rechts), Abiturient und neunzehnjähriger Gründer der Bewegung, mit seinen Mitstreitern und Freunden«.

»Scheiße«, murmelte Sigi. Er vergrößerte das Bild so gut es ging auf dem Display. Ihm grinste ein dunkelhaariger Junge entgegen, den einen Arm eng um eine blonde Mitschülerin geschlungen, den anderen zur Kamera gestreckt, Zeige- und Mittelfinger zu einem Victory-Zeichen erhoben.

Sigi las noch mal die Täterbeschreibung, die Rüdiger Brandt kurz zuvor seinen Kollegen gegeben hatte: Springerstiefel. Bomberjacke, schwarz. Täter etwa eins achtzig groß, dunkelbraune, fast schulterlange Haare mit strengem Seitenscheitel. Schnauzer. Riesige Stirn. Große, breite Nase. Helle Augen, wahrscheinlich blau. Irrer Blick. Rechtes Ohrläppchen auffallend klein und vernarbt, wie abgerissen.

Ein Arschloch mit Springerstiefeln, dachte Sigi grimmig und sah hinüber zum Tatort. Die letzte Neonazidemonstration war erst ein paar Wochen her. Neunzig schwarz gekleidete Faschisten hatten sich zusammengerottet. An die dreitausend Gegendemonstranten, unter ihnen hohe Politiker der Stadt, sogar der Oberbürgermeister, hatten verhindert, dass der skandierende Mob sich einen Weg durch die Stadt bahnen konnte. Zum Glück gab es genug vernünftige Leute, die sich friedlich gegen diese Glatzköpfe wehrten. Aber die andere Seite der Medaille war, dass man zweitausend Polizisten in Kampfmontur benötigt hatte, achtzig vergitterte Einsatzbusse und gut zwanzig Krisenteams, um möglichen Ausschreitungen vorzubeugen.

Und jetzt hatte offenbar wieder einer dieser Vollidioten Hitler gespielt.

Sigi trommelte die anwesenden Polizisten vor dem Bus zusammen. »Funkt nach Verstärkung. Es sieht danach aus, dass wir es hier mit einem Neonazi zu tun haben, extrem gewaltbereit. Fahndung läuft? Gut. Ein Bericht muss sofort an die Kollegen für Politisch motivierte Straftaten. Gab es in letzter Zeit Anschläge auf Dönerbuden, ausländische Vereine? Gab es vergleichbare Übergriffe? Ich will den ganzen Krempel morgen früh auf dem Tisch haben.« Er deutete hinüber zu den Kollegen in den grauen Overalls, die nach wie vor fotografierten und Beweise eintüteten. »Sagen Sie der Spurensicherung, dass wir Zeitdruck haben. Die werden Sie abwimmeln wollen, wie immer, aber diesmal kann es sein, dass unser Täter oder seine Freunde noch ein paar andere Abiturienten auf der Liste haben.«

Sigi reichte das Handy seinem Kollegen Hobrecker. »Ein Artikel über eine Schülerbewegung. ›Schule gegen Rassismus‹. Der rechte Abiturient auf dem Foto ist Noyan Akay.«

Hobrecker murmelte leise: »Ist das ein Problem für dich?«

»Nein«, erwiderte Sigi. Er meinte es ernst. »Wirklich nicht. Nimm dir ein paar Leute und finde raus, wo die anderen neun wohnen. Klappert sie alle ab. Gab es Drohungen gegen sie, gegen andere?« Er machte eine Kopfbewegung in Richtung Polizeibus. »Einer fährt den Zeugen ins Krankenhaus. Und gebt ihm die Adresse vom LKA. Er hat morgen um neun einen Termin zur Objektivzeichnung. Wer begleitet mich zu den Eltern?«

Alle Kollegen bis auf Hobrecker senkten den Blick in den Schnee, vermieden jeglichen Augenkontakt.

Sigi sah sie der Reihe nach an. »Kommt Leute, ich brauche da einen zweiten Mann.«

Keiner meldete sich.

Sigi verurteilte Kollegen, die sich vor der Arbeit drückten. Aber das hier, das konnte er verstehen. Die drei schwersten Momente bei der Polizeiarbeit waren, ein totes Kind zu finden, wenn ein Kollege im Dienst umkam und Angehörigen eine solche Schreckensnachricht zu überbringen. Letzteres war das Schlimmste.

»Gut«, seufzte er. »Ich krieg das alleine hin. Dann los. Ich will über alles informiert werden. Ich will diesen Scheißnazi noch vor dem dritten Advent haben. Ein Neunzehnjähriger liegt gerade auf dem OP-Tisch. Und sagen wir, wie's ist: Den Fotos nach zu urteilen – wenn er das überlebt, haben wir nach zweitausend Jahren mal wieder ein Wunder zu Weihnachten.«

Die Uniformierten legten los. Sie waren so dankbar, dass ihnen der Besuch bei den Angehörigen erspart blieb – da war sich Sigi sicher –, dass sie ihn heute Nacht mit größtem Einsatz unterstützen würden.

»Was kam bei der Überprüfung raus?«, fragte er Hobrecker. »Gibt's was über unser Opfer?«

»Nein. Keine Eintragungen. Bis auf die Sache vor eineinhalb Jahren. Und die Verurteilung zu gemeinnütziger Arbeit.«

Sigi erinnerte sich nur ungern an die Gerichtsverhandlung damals.

»Danke Hobrecker. Also, gebt Gas. Gib mir sofort Bescheid, wenn Ihr die Abiturienten habt.«

Er löste die Tastensperre auf dem Handy des Jungen und suchte die Anruflisten. Der letzte Anruf war um 21 Uhr 24 rausgegangen. Das Gespräch hatte über eine Viertelstunde gedauert. Bis kurz vor der Tat. Sigi las den Namen, der als letzter Gesprächspartner in Noyan Akays Display angezeigt wurde.

Auch das noch ...

5

»Klinik Wannseehof, Schwesternzimmer?«

Sigi fragte forsch, mit wem ein gewisser Noyan Akay um 21 Uhr 24 telefoniert habe. Er sei Hauptkommissar. Das könne ja jeder sagen, fand die Schwester.

Es sei sein Recht, das zu fragen – und es zu erfahren. Sie sah das anders. Das absolute Vertrauen auf Diskretion helfe den Patienten erst, hierherzukommen.

Als Sigi Kamm seinen Kombi vor der psychosomatischen Klinik parkte, fragte er sich, wie es die Patienten in diesem grauen Bau schafften, nicht erst recht in die völlige Depression abzurutschen. Durch die Glasfront im Erdgeschoss sah er im Dämmerlicht der Nachtlampen die Rezeption und einen prächtig geschmückten Weihnachtsbaum.

Nachdem er sich ausgiebig ausgewiesen hatte, ließ ihn die Schwester endlich durch die Drehtür ins Innere. Er hoffte, dass die Sache hier schnell abgehakt wäre. Schließlich ging es auf Mitternacht zu.

Während die Schwester den Bereitschaftsarzt holte, wartete er vor einem bunten Ölgemälde. »Hier bekommst Du nicht das, was Du willst, sondern das, was Du brauchst.«

Sigi hatte eine dumpfe Ahnung, wer dieses Gemälde in Auftrag gegeben hatte …

Und da kam sie mit beschwingtem Schritt die Treppe herunter, den Mund leicht geöffnet, ein Lächeln in den Augen. Er erkannte sie sofort wieder. Als sie ihn sah, stutzte sie, legte fragend den Kopf schief, und dann, in der Sekunde des Erkennens, erstarb ihr Lächeln.

Da standen sie. Im Licht des üppigen Weihnachtsbaumes. In drei Metern Entfernung voneinander. Und bewegten sich keinen Millimeter aufeinander zu.

»Sie« war schließlich alles, was sie sagte.

Diese Stimme. Wie damals. Dieser Tonfall, bei dem man nicht wusste, ob sie freundlich blieb oder gleich ein Bombardement von Unverschämtheiten von sich gab. Oder ihn vor Gericht der Unfähigkeit bezichtigte und anzweifelte, dass das Strafsystem, für das er sich aus tiefster Überzeugung den Arsch aufriss, überhaupt funktionierte.

»Frau Behrens, lassen Sie uns die Sache schnell erledigen. Worüber haben Sie mit Noyan Akay gesprochen? Um 21 Uhr 24 ?«

»Wieso wollen Sie das wissen? Was ist passiert?«

Ihr Gesicht verdunkelte sich.

Er ging auf sie zu und hielt ihr sein Handy entgegen. »Arbeiten Sie nicht noch einmal gegen mich.«

Er sah, wie Dr. Behrens angesichts des Fotos erschauderte. Es zeigte das zertümmerte Gesicht ihres ehemaligen Patienten. Die Nase war zu einem dicken Klumpen aufgedunsen und saß schief unter einem der zugeschwollenen Augen. Wo das rechte Jochbein eine Wange geformt hatte, fiel die Haut in einen Krater und legte ein Stück Knochen bloß. Der Kiefer hing krumm zur Seite.

Dann öffnete sich etwas in ihren Augen. Wärme und Mitgefühl glommen auf, und wider Willen war Sigi berührt davon.

Entsetzt blickte sie auf. Sie musste ihre Frage nicht aussprechen.

»Ja, er ist es«, sagte Sigi. Er hoffte, dass er nun ihre Unterstützung hatte. Während er der Therapeutin zu ihrem Büro folgte, skizzierte er ihr in knappen Worten, was vorgefallen war.

»Im Moment gehen wir von einer rassistisch motivierten Tat aus. Nur kurz nach Ihrem Telefonat«, sagte er, als sie eintraten. Das Büro war in das warme Licht dreier mit gelblichem Papier beschirmter Stehlämpchen gehüllt. Über die gesamte Breite der Wand spannte sich eine rot-weiße Kordel, an der Dutzende Postkarten mit Wäscheklammern aufgehängt waren. Auf dem Sofa lagen ein aufgeschlagenes Buch und eine Decke. In der Tasse, die auf dem Boden stand, dampfte Tee, und es roch nach Kräutern.

»Also«, sagte er und setzte sich unaufgefordert auf den Besucherstuhl. »Fangen wir unser Gespräch doch noch mal von vorne an: Worüber haben Sie gesprochen?«

6

Alicia setzte sich Hauptkommissar Kamm gegenüber auf das Sofa. Sie war wie im Schock und antwortete nicht gleich. Die Mordkommission hier? Ausgerechnet Hauptkommissar Kamm? Noyan in einer Notoperation? Eine rassistische Tat?

Sie versuchte, ihre Gedanken zu ordnen. Das Foto von Noyan, bis zur Unkenntlichkeit entstellt, hatte sich auf ihre Netzhaut gebrannt. Noyan. Der sie so gehasst hatte. Den sie so gemocht hatte. Der Inbegriff einer erfolgreichen Kliniklaufbahn. Völlig im Widerstand, als er kam. Wochenlang ratlos, worum es hier überhaupt ging. Und irgendwann hatte in seinen Augen dieses Leuchten begonnen. Als er nach drei Monaten ging und sie sich herzlich umarmten, war er voller Angst gewesen vor der Welt da draußen. »Schiss in der Hose, gute Prognose«, hatte sie ihm noch mit auf den Weg gegeben.

Sie spürte die Tränen in den Augenwinkeln. Schmerz in der Kehle. Vor so gut wie jedem in dieser Klinik hätte sie losgeheult. Aber vor Sigi Kamm? Das nun gerade nicht.

»Ich bin nur die absolute Notfallnummer«, erklärte sie. Und dass sie mit den Patienten während der Wochen des Aufenthalts erarbeitete, wie diese sich zu Hause ein Auffangnetz erschaffen konnten, damit sie nicht in alte Verhaltensmuster zurückrutschten. »Aber wenn alle Stricke reißen: Bevor sie rückfällig werden, dürfen sie mich anrufen.«

»Er hat also wieder Drogen genommen«, stellte Kamm fest.

»Er war clean.«

»Woher wollen Sie das wissen?«

Alicia zögerte. Noyan war einer ihrer Härtefälle gewesen, der es trotzdem geschafft hatte. Sie erinnerte sich an das breite Grinsen, mit dem Noyan zu allen Nachtreffen gekommen war. Auch wenn es harte Tage gegeben hatte, an denen andere gescheitert waren.

»Was ist?«, riss der Kommissar sie aus ihren Gedanken. »Geht es um die Schweigepflicht?«

Auch, dachte sie. Aber vor allem hatte Sigi Kamm in der Gerichtsverhandlung damals deutlich gezeigt, dass er mehr an die Wirkung von Knast glaubte als an die von therapeutischen Maßnahmen.

»Er hat nach seiner Zeit in der Klinik noch lange an den monatlichen Nachbereitungstreffen teilgenommen. Die sind offen für Ehemalige aus der Gegend. Ein Nachmittag im Monat. Heute brauchte er dringend jemanden zum Reden. Er hatte Suchtdruck. Plötzlich. Nach über einem Jahr. Es hat ihm Angst gemacht.«

»Was ist passiert? Was war da los?«

Alicia schüttelte den Kopf. Sie hatte andere Fragen gestellt. Zum Beispiel, wann er angefangen hatte, sich selber zu bescheißen. Ein Rückfall, das wusste jeder Ehemalige, vergaß es aber nur zu gerne, fing nicht erst damit an, wieder zu trinken, Drogen zu nehmen, im Burn-out aufzuwachen, Sex mit jemandem zu haben, den man gar nicht richtig kannte, oder etwas anderes zu tun, das einen von sich selbst wegbrachte.

»Er hat sich um keinen adäquaten Ersatz für die Nachsorgegruppe gekümmert. Hatte Angst davor, was nach dem Abitur kommt, aber anstatt sich dem zu stellen, hat er rumgeeiert. Hat seine Freundschaften vernachlässigt. Das Verhältnis zu seinem Vater wurde schlechter. Und er hat sich damit rausgeredet, dass er ja in einer Sache sehr aktiv war: Er hat sich auf seine Initiative ›Schule gegen Rassismus‹ konzentriert und nur auf die.«

Kamm zog eine Augenbraue hoch. »Noyan Akay. Ein Idealist?«

»Ein Süchtiger. Auch wenn er clean war.«

»Warum hat er sich gerade jetzt so engagiert? Gab es Ärger mit Neonazis? Hatte er einen besonders im Auge?« Alicia konnte Kamms Fragen nicht beantworten.

Er sah auf sein Handy. »Auf die Idee, diese Initiative zu starten, kam er hier?«

Alicia nickte. Es war einer der Wendepunkte in Noyans Aufenthalt gewesen. »In der Perspektive-Gruppe. Er war hier, um den frühen Tod seiner Mutter endlich zu verarbeiten. Die Initiative hat ihm viel Selbstbewusstsein gegeben. Sinn. Erfolg. Aber die alten Muster werden wir eben nicht so schnell los.«

Der Kommissar lachte knapp auf. »Er war hier, weil er drogensüchtig war, sich der Befragung in einem Mordfall widersetzt und drei Polizeibeamte verletzt hat. Das wissen Sie.« Beide bemühten sich, die Narbe zu ignorieren, die sich durch seine Daumenbeuge zog. In seinen Augen lag jetzt etwas Kampfeslustiges. »Er war nur nicht im Jugendarrest, weil Sie ihn rausgehauen haben.«

7

Alicia erinnerte sich nur zu gut an die Gerichtsverhandlung. Alle drei dafür angesetzten Tage hatten während Noyans Aufenthalt in der Klinik stattgefunden. Am Abend des zweiten Tages war Dr. Härtl in Alicias Büro gestürmt. »Sie sollten einfach nur eine Sachverständigenaussage machen! Mehr nicht! Erläutern, wie der psychische Zustand des Patienten ist. Punkt! Eine Sache von zwanzig Minuten. Und Sie kommen zurück mit einer eigenen Verurteilung?«

Noyan hatte sich nur kurze Zeit nach seinem Therapieanfang in der Klinik Wannseehof bei einem Ausflug in die Stadt Drogen besorgt und einen Rückfall mit Kokain und Alkohol gebaut. Der Dealer, bei dem er sich eindeckte, wurde damals von der Mordkommission beschattet, die in einem Kapitalverbrechen im Milieu ermittelte. Hauptkommissar Sigi Kamm wollte Noyan befragen, der weigerte sich und wollte fliehen, damit sein Rückfall nicht in der Klinik publik würde. Sigi Kamm und seine Kollegen griffen hart durch.

Alicia musste Noyan persönlich in der Ausnüchterungszelle abholen. Und Noyan musste sich den Arsch aufreißen, um nicht aus der Klinik zu fliegen. Er kämpfte seinen Widerstand nieder und fing an, sich auf die Therapie einzulassen. Rückfälle gehörten zur Sucht, das wusste Alicia nur zu gut. Und Noyan schien nun endlich auf einem guten Weg zu sein.

Noyans Anwalt bat sie, vor Gericht eine Sachverständigenaussage zu machen.

»Noyan Akay ist seit sechs Wochen frei von Drogen«, erklärte sie dem Richter, einem knorrigen Kerl mit buschigen, hochgezogenen Augenbrauen. »Er ist an einem kritischen Punkt seiner Therapie. Ich halte es weder für sinnvoll, ihn in den Jugendarrest zu stecken, noch seinen Klinikaufenthalt durch weitere Termine zu unterbrechen.«

Alicia zwang sich in die Gegenwart zurück. Sie blickte auf Kamms Narbe und sofort wieder weg. Worin war Noyan nur verwickelt gewesen? Hatte er ihr am Telefon etwas verschwiegen?

»Wie geht es seinem Vater?«, fragte sie.

»Sie kennen ihn?«

»Wir hatten zwei Treffen. Zusammen mit Noyan. Wie hat Herr Akay reagiert?«

Plötzlich verlor der Blick des Kommissars an Forschheit. Er schien zu zögern, nach Worten zu suchen.

Sie begriff. »Er weiß es noch nicht?«

»Ich fahre jetzt zu ihm.«

Alicia erinnerte sich genau an die Familiengespräche mit Noyan und seinem Vater. Und wie schwer es Mutasim Akay gefallen war, zu akzeptieren, wie die nächsten Schritte für die kleine Familie aussehen sollten. Er musste seinen Sohn ein eigenes Leben leben lassen und aufhören, ihn zu kontrollieren. Kontrolle ging letztlich immer schief. Dass er seinem Sohn doch nur helfen wolle, hatte der Vater ihr damals bebend geantwortet. Sie hatte ihm gesagt, er müsse lernen, loszulassen, sich auf sein eigenes Leben zu konzentrieren. Und dass er Noyan rauswerfen und jede Unterstützung versagen müsse, wenn er rückfällig würde.

Mutasim Akay hatte sich darauf eingelassen. Ängstlich. Unsicher. »Ich bete, dass Sie recht behalten«, hatte er gesagt. »Ich kann nicht auch noch meinen Sohn verlieren.«

Alicia hörte den Sekundenzeiger der Wanduhr ticken. Sie nahm die Visitenkarte kaum wahr, die der Hauptkommissar ihr hinhielt. Sie hatte nichts falsch gemacht bei Noyan, hatte nichts übersehen in den Nachsorgetreffen, nichts ausgelassen in dem Telefonat heute.

»Fahren Sie allein zu Herrn Akay?«

Kamm nickte. »Und ich muss los.«

Sie taxierte ihn. Die forsche Art dieses Sigi Kamm mochte sie überhaupt nicht. Aber noch weniger mochte sie die Vorstellung, dass er alleine zu Noyans Vater ging.

Und dann hörte sie sich schon sagen: »Ich lasse Sie doch nicht alleine auf den Vater los.«

Der Kommissar sah sie perplex an, und bevor er widersprechen konnte, zwang sie sich zu einem Lächeln. »Ich komme mit. Geben Sie mir fünf Minuten, dann habe ich einen Kollegen erreicht, der meine Bereitschaft übernehmen kann.«

8

Sigi Kamm lachte ungläubig auf. »Das werden Sie mit Sicherheit nicht. Ich leite eine polizeiliche Ermittlung. Sie sind Zeugin, mehr nicht. Das wollten Sie vor Gericht nicht wahrhaben, gut. Aber bei mir sind Sie da falsch.«

Sigi hatte die Gerichtsverhandlung in äußerst unangenehmer Erinnerung. Hauptsächlich aufgrund der Sachverständigenaussage von Dr. Behrens. Es war schon vor der Verhandlung festgestellt worden, dass Noyan nichts mit dem Beschaffungsmord im Drogenmilieu zu tun gehabt hatte. Aber die Staatsanwaltschaft hatte dennoch wegen Widerstands gegen die Staatsgewalt und Körperverletzung und wegen Verstoßes gegen das Betäubungsmittelgesetz Klage eingereicht.

Sigi und die anderen involvierten Beamten versicherten vor Gericht, dass sie sich mehr als einmal deutlich als Polizisten zu erkennen gegeben hatten. Noyan Akay habe erkennbar unter Drogeneinfluss gestanden. Und als er anfing, sich zu wehren, griffen die Beamten hart durch. Ihnen war nur zu gut bekannt, wozu Menschen in der Lage waren, die zugedröhnt waren – insbesondere mit der Kombination Kokain und Alkohol: Sie waren unberechenbar. »Die gehen noch auf Sie los, wenn die schon eine Kugel im Bein haben«, betonte Sigi in seiner Zeugenaussage. »Wenn deeskalieren nicht hilft, muss man einen Punkt setzen, bevor es weiter eskaliert.«

Ihn nervte an jenem Tag besonders, dass Dr. Alicia Behrens Noyan Akays Verhalten nahezu völlig auf die Drogensucht schob. Sucht sei eine Krankheit, und die könne man nicht kontrollieren, sagte sie. Das sei das Wesen der Abhängigkeit.

Sie meinte, ihr Patient müsse erst lernen, dass seine bisherigen Verhaltensmuster ihm nicht geholfen hätten, sein Leben in den Griff zu bekommen. »Erst dann wird er in der Lage sein, wirklich Verantwortung für sich zu übernehmen und danach auch für das, was er getan hat. Wenn Sie ihm helfen wollen, unterstützen Sie das. Wenn Sie ihn lediglich bestrafen wollen, hat das alles hier keinen Sinn.«

Auf der Zuschauerbank lachte Sigi ungläubig auf und schüttelte den Kopf. »Idealismusscheiße.«

Dr. Behrens, noch am Zeugenpult, ließ das keine Sekunde stehen. Ihr Ziel sei es, solche Patienten in der Klinik darin zu unterstützen, sich an die Gesetze zu halten, weil sie gelernt hätten, wie sie ihre Bedürfnisse erfüllen könnten, ohne anderen Menschen zu schaden. Und nicht bloß aus Angst vor Strafe. Diese Aussage hatte der Klinik später in der Presse den verächtlichen – und, wie Sigi fand, passenden – Spitznamen »Kuschelklapse« eingebracht.

Dr. Behrens hatte sich sogar erdreistet zu sagen: »Strafe nützt wenig, wie die Rückfallquoten ehemaliger Gefängnisinsassen zeigen.«

Der ganze Tag war eine Farce gewesen. Sigi sah auf die vielen Weihnachtskarten an Dr. Behrens' Bürowand. Wahrscheinlich Karten ehemaliger Patienten, und vermutlich war auch eine von Noyan Akay dabei. Kein Wunder, die Therapeutin hatte ihm viel Strafe erspart.

Erstaunlicherweise griff Dr. Behrens trotz seines Neins zu Handtasche und Mantel. »Herr Kamm, Sie haben nicht mal einen Kriseninterventionsspezialisten dabei. Sie stehen unter Druck. Um das zu merken, muss man kein Therapeut sein. Ich kenne den Vater, und ich kann mit den Gefühlen umgehen, die die Nachricht auslösen wird. Ich kann ihn ins Krankenhaus begleiten, oder wollen Sie das etwa tun?«

Sigi schüttelte den Kopf. Undenkbar, eine Zeugin zu involvieren. Undenkbar, ausgerechnet diese Frau länger um sich zu haben als nötig. Allerdings könnte die Tatsache, dass sie Herrn Akay kannte und wusste, was in dieser Familie gelaufen war, von großer Bedeutung für den Fall sein. Ihm außerdem bei dem Angehörigen viel Zeit sparen.

»Dr. Behrens. Sie werden mir hinterher alles erzählen, was der Vater Ihnen anvertraut, wenn ich nicht dabei bin. Alles, was das Opfer betrifft.«

Ihre Augen verdunkelten sich. Doch sie widersprach nicht.

9

Das Glasamulett aus weißen und blauen Steinen baumelte unter der Deckenlampe. Die Hand der Fatima mit dem blauen Auge in der Mitte. Es beschützte das Haus gegen Unheil und den bösen Blick. Die Steinchen klirrten eine leise, unheimliche Melodie, als Hauptkommissar Sigi Kamm und Dr. Behrens kalte Luft von draußen mit hereinbrachten und Mutasim Akay ins Warme folgten.

Sigi fielen die Schuhe auf, die sich in einem Rattanregal stapelten. Ein Haufen Schuhe eines Neunzehnjährigen. Turnschuhe, Segelschuhe, feine Ausgehschuhe, Sandalen, Flipflops, Hausschuhe. Er konzentrierte sich rasch wieder auf den Vater.

Noyans Vater, kurze schwarze Haare, ein abgetragener Bademantel über gestreiften Pyjamahosen, blieb vor einem altersbleichen Gebetsteppich stehen, der als Wandschmuck diente und neben dem an einem Tannenzweig goldene Kugeln das Flurlicht reflektierten.

»Was ist mit Noyan? Wurde er wieder festgenommen? Dr. Behrens, hat er wieder Drogen genommen?«

Alicia Behrens antwortete ohne Umschweife, und Sigi musste ihr dafür Respekt zollen. Sie verzichtete auf schale Beruhigungsfloskeln und kam direkt zum Punkt.

»Ihr Sohn ist im Krankenhaus. Er hat einen Schädelbruch und wird operiert. Seine Verletzungen sind lebensgefährlich.«

Es dauerte mehrere Sekunden, bis die Worte zu Mutasim Akay durchgedrungen waren. Er wandte sich an Sigi, ungläubig. »Nein. Noyan ist bei Freunden. Die Initiative. Sie haben eine Weihnachtsfeier. Wollen besprechen, wie es nächstes Jahr weitergeht mit der Internetzeitung.« Nur das leichte Zittern seiner Unterlippe verriet innere Aufruhr.

Sigi sah die Hoffnung in den Augen des Vaters, die er wohl bitter würde enttäuschen müssen. »Wo ist die Feier?«

»Ich weiß es nicht. Ich rufe Noyan sofort auf dem Handy an.«

Alicia Behrens hielt ihn zurück. »Die Polizei hat sein Handy gefunden. Und seinen Ausweis.«

Sigi sah das Flackern in den Augen, den steten Wechsel aus Panik, Verzweiflung und Rückzug.

Dr. Behrens sprach eindringlich. »Kann ich jemanden für Sie anrufen?«

Zuerst verstummte Mutasim Akay, sank auf eine Truhe im Flur, sodass die goldenen Kugeln über ihm in Bewegung gerieten. Dann kam ein leises Nein. Immer wieder. »Nein, nein, nein.« Auch, als Sigi sich erkundigte, ob Noyan Ärger mit jemandem gehabt hatte.

»Vielleicht mit Neonazis?«

Da erst sah der Vater zu ihm auf. »Das war doch nur eine Frage der Zeit. Ich habe gesagt, er soll vorsichtig sein. Wie kann man sein Gesicht in die Kamera halten und sich zur Zielscheibe machen!« Mit einem Mal sprang er auf. Spucke flog Sigi entgegen: »Als ob man solche Menschen ändern kann! Warum musste er sich auch noch für die Zeitung fotografieren lassen?«

Sigi trat einen Schritt zurück. Plötzlich wandte sich Herr Akay Dr. Behrens zu und schrie sie an. »Es ist Ihre Schuld!«

Die Stille, die sich im Raum ausbreitete, schien ewig zu dauern. Und über ihnen begann das Auge der Fatima wieder mit seiner leisen, unheimlichen Melodie.

10

Verena schreckte aus dem Schlaf hoch, spürte ihr Herz hämmern, diesen Druck auf der Brust.

Susanne!

Da war plötzlich dieses unbestimmte Gefühl gewesen, dass mit ihrer Tochter etwas nicht stimmte. Verena schlüpfte in die Filzhausschuhe, die Rüdiger ihr vor zwei Jahren geschenkt hatte, als sie so krank gewesen war, und trat in den Flur. Die Dielen knarzten auf dem Weg zu Susannes Zimmer. Das »Draußenbleiben!«-Schild an der Tür hing still. Verena legte die Hand auf die Klinke. Zögerte. Warum war sie aufgewacht? War ihre Tochter nur auf der Toilette gewesen, hatte sie ein Geräusch geweckt? Fröstelnd sah sie zur Standuhr hinüber, die ihr Vater Susa vererbt hatte, als er vor zwei Jahren gestorben war. Die Zeiger lagen dunkel auf dem bleichen Ziffernblatt. 1 Uhr 05.

Langsam drückte sie die Klinke herunter und öffnete die Tür. Durch das Fenster drang genug Licht, um klar erkennen zu können, dass das Bett leer war.

Und für einen Moment setzte der Herzschlag der Welt aus.

Dann leises Atmen. Da lag sie, Susanne, auf dem Lesesofa zusammengerollt, noch angezogen, ihre Winterjacke über sich ausgebreitet, ein Buch in der Hand.

Verena atmete tief durch und schüttelte den Kopf über sich selber, über ihre Angst. Sie nahm die Jacke weg und breitete die Bettdecke über ihre Tochter. Ihr Blick hing noch ein paar Sekunden am Gesicht dieses Mädchens, das ihr langsam zu entwachsen schien. Nicht nur Rüdiger hatte sie verloren, über kurz oder lang würde auch Susanne gehen.

Mit der Jacke in der Hand verließ sie das Zimmer und schloss leise die Tür. Als Verena ihr Schlafzimmer betreten wollte, bemerkte sie ihr Handy, das auf der Kommode im Flur lag. Über das schwarze Display zog sich ein heller Streifen mit einem Briefsymbol.

»Verena. Brauche m. Krankenkassendaten a. d. Familienordner. Beim Sport verletzt, im Kr.haus, nichts dabei. Smst du es mir? Danke. R.«

Sie wurde wütend. Wie konnte er sie nach wie vor als Sekretärin benutzen?

Sie dachte an Susanne, dass sie ihre Tochter abends in ihrem Zimmer hatte weinen hören, dass Susa nicht hatte antworten wollen, als Verena an die Tür geklopft und gefragt hatte, ob es wegen der Trennung sei.

Sie las erneut die SMS, dann gab sie sich einen Ruck. Sie hatte beschlossen, ein neues Leben zu führen. Einen langweiligen, aber sicheren Job anzunehmen und diesen nicht langweiligen, aber unsteten Mann aufzugeben. Und Susanne endlich ein Leben ohne Streit zu bieten. Sie löschte die Nachricht.

Verena hängte die Jacke ihrer Tochter an die Garderobe. Im Dämmerlicht schimmerte matt der bunte »Schule gegen Rassismus«-Anstecker.

11

Sigi Kamm parkte um halb zwei nachts vor dem Krankenhaus. Mutasim Akay hatte Dr. Behrens weiter angeschrien, und Sigi hatte sich gewundert, wie sie so lange ruhig bleiben konnte. Erst als Akay ihr wieder und wieder die Schuld gegeben hatte, hatte sie ihm energisch klargemacht, dass sie da war, um ihm zu helfen, und dass sein Verhalten weder ihm noch seinem Sohn half. Seine Wut war in leise Verzweiflung umgeschlagen. »Ich habe schon meine Frau verloren … Ich kann nicht auch noch meinen Jungen verlieren …«, hatte er zuletzt mit tonloser Stimme gesagt.

Sigi kritzelte im Gehen seine Handynummer auf eine Visitenkarte und reichte sie der Therapeutin, während sie sich gegen den schärfer werdenden Wind beugten und Herrn Akay zur Notaufnahme folgten.

An den automatischen Türen hielt er sie zurück. »Fragen Sie ihn noch mal, ob ihm was einfällt. Wo diese Party stattfindet, ob es schon mal Ärger mit Glatzen gab. So was.«

Über ihrer Nasenwurzel bildete sich eine kleine Furche. »Das sind sicher die richtigen Fragen, aber ich bin dafür die falsche Frau. Dieser Mann muss sich gerade auf einen neuen Lebensabschnitt einstellen. Ich bin hier, um ihm zu helfen, diesen Schmerz anzunehmen.«

Sie marschierte über das von Winterstiefeln verdreckte blaue Linoleum davon, hinüber zu dem breiten Glaskasten des Empfangs, wo Mutasim Akay laut mit einem Pfleger diskutierte und verlangte, sofort zu seinem Sohn gebracht zu werden.

Sigi hatte im Grunde keine andere Antwort von Dr. Behrens erwartet. Er wandte sich direkt nach links, den großen, elektrischen Schwingtüren zu, die vom Wartebereich der Notaufnahme zum Trauma-Zentrum des Krankenhauses führten. Wo sonst sollte Noyan auf dem OP-Tisch liegen? Schnee rieselte von Sigis Daunenjacke, als er an den gepolsterten blauen Wartebänken vorbeiging, auf denen gut zwei Dutzend Menschen dösten oder dumpf auf den Fernseher stierten, der an der Wand hing. Er dachte, dass in diesem Licht einfach jeder todkrank aussah, als er aus dem Augenwinkel ein polizeigrünes Wesen wahrnahm. Was hatte sein wichtigster Zeuge noch hier zu suchen? Rüdiger Brandt wirkte dort in der Ecke unter dem Gummibaum in seinem viel zu großen Polizeitrainingsanzug ganz verloren. Er sah müde auf sein Handy, dunkle Halbmonde hingen unter seinen Augen.

Sigi trat zu ihm. »Warten Sie, bis die Busse wieder fahren oder bis die hübsche Schwester Dienstschluss hat?«

Brandt schreckte hoch. Sein Lächeln wirkte angestrengt. »Ach, Sie sind es. Weder das eine – und leider auch nicht das andere. Wenn es in der Hand nicht so pochen würde, wäre ich längst nach Hause gegangen. Hier geht gar nichts vorwärts.«

Sigi las im Gesicht seines Zeugen, dass die notdürftig bandagierte Hand ziemlich schmerzen musste, und fasste den Pfleger ins Auge, der mit Mutasim Akay diskutiert hatte und nun mit eiligen Schritten durch den Wartebereich gelaufen kam. »Ist es möglich, dass dieser Mann mal verarztet wird?«

Mit einem unwirschen »Alle müssen heute warten« wollte sich der Pfleger an ihm vorbeidrängen, blieb jedoch stehen, als er den Polizeiausweis sah. Der gestresste Kerl war jung, keine dreißig, und schon lichtete sich sein rötliches Haar. Er roch nach kaltem Zigarettenrauch.

Sigi lächelte freundlich auf ihn hinunter und las das Namensschild am Kittel. »Das wäre aber eilig, Herr Polens. Ich brauche den Mann morgen früh erholt und fit für eine wichtige Aussage.«

Polens ließ sich nicht einschüchtern. »Und ich brauche meine vier Kollegen, die krankgemeldet sind. Jede Abteilung ist unterbesetzt. Wir haben eine Riesennotoperation, drei Autounfälle … Hier sitzen zig Leute, die seit Stunden warten. Ich muss weiter!«

Sigi machte eine Kopfbewegung in Richtung des Empfangs, wo Mutasim Akay auf und ab lief und Dr. Behrens ganz offensichtlich versuchte, ihn zu beruhigen. »Die beiden gehören zu mir. Wie geht es Noyan Akay?«

»Das versuche ich ja gerade herauszubekommen! Vielleicht sind sie mit der ersten OP durch.«

»Ich brauche die Kleidung des Jungen, die haben die Ärzte ihm ja sicher vor der Operation vom Leib geschnitten.«

Polens stöhnte. »Ich frage nach, wo die Klamotten hin sind.« Dann schlich sich ein winziges Grinsen in seine Mundwinkel. »Stimmt das wirklich? Ist das so wie in den Fernsehserien, dass Sie die Täter anhand solcher Untersuchungen überführen können? Wie das Blut gespritzt ist, Fußabdrücke auf der Jacke?«

»Unsere KTUler sind wahre Künstler. Und jetzt sorgen Sie dafür, dass mein Zeuge vorgezogen wird.«

Sigis Tonfall ließ keine weiteren Diskussionen zu, hoffte er zumindest, und sah erleichtert, wie der Pfleger sich zügigen Schrittes entfernte. Wenn Brandt pünktlich zur Objektivzeichnung im LKA sein wollte, waren für ihn nicht mehr als vier, fünf Stunden Schlaf drin. Dem Erinnerungsvermögen tat Schlafmangel nicht gut. Und ungenaue Phantombilder brachten Sigi nicht weiter.

Mehrere Wartende hatten ihnen neugierig die Köpfe zugewendet. Sigi dämpfte seine Stimme. »Ist Ihnen in der Zwischenzeit noch etwas eingefallen? Ein Detail, das uns helfen könnte?«

Brandt sah zu ihm auf, schüttelte den Kopf. Er wirkte wie ein kleiner Junge, der einen Autounfall überstanden hatte. Seine Stimme klang, als würde er jeden Moment anfangen zu weinen. »Ich kriege dieses Bild nicht aus dem Kopf. Das war das Schlimmste. Kurz bevor ich den Typen angeschrien habe, stand er so komisch da, wie ein Cowboy. Über dem Jungen. Die Hände an den Hüften, so leicht in den Knien … Als wollte er ihm gleich mit beiden Füßen aufs Gesicht springen. Wer macht so was?«

Sigi setzte sich neben seinen Zeugen auf Augenhöhe, sodass die Bank in ihren Halterungen knarzte. Hatte er das richtig verstanden? »Sind Sie sicher? Der Täter wollte dem Opfer ins Gesicht springen?«

12

Überall Schläuche, Kabel, Elektroden, Bildschirme. Der Kopf seines Sohnes war geschient und einbandagiert, der Kiefer verdrahtet, und durch das angeschwollene Loch, das mal ein Mund gewesen war, zwängte sich der Beatmungsschlauch. Brust und Bauch senkten sich leicht im Rhythmus des Blasebalgs, der in dem Glaszylinder neben dem Bett arbeitete.

Mutasim Akay stand vor der Scheibe, die ihn von seinem Sohn in dem keimfreien Zimmer trennte, und es war, als blickte er auf sein gesamtes Leben zurück. Auf alles, was davon übrig geblieben war. Er legte die rechte Hand auf die Scheibe und zuckte zurück. »So kalt …«

Alicia Behrens stand dicht neben ihm. »Das wird oft so gemacht bei Komapatienten. Noyan wird heruntergekühlt. Das verlangsamt den Stoffwechsel. Dadurch benötigt sein Gehirn weniger Sauerstoff und die Schwellungen gehen eher zurück.«

»Friert er?«

»Nein. Das künstliche Koma ist wie eine Langzeitnarkose, nur nicht so stark. Es hilft, die unbewussten Panikreaktionen im Körper auszuschalten, die nach solchen Verletzungen normal sind. Je weniger Stress im Körper, desto besser.«

Allah würde ihm beistehen. Der Gedanke hatte Mutasim in seinem Leben oft Zuversicht gegeben. Allah würde ihm beistehen. Als er nach Deutschland gegangen war. Als Adiba den langsamen, qualvollen Tod hatte erleiden müssen. Als er hatte lernen müssen, dass er seinen Sohn, der auf die schiefe Bahn geraten war, nicht ändern konnte. Und als die Therapeutin ihm gesagt hatte, er müsse lernen, Noyan sein eigenes Leben leben zu lassen, nachdem er aus der Klinik zurückgekehrt und so verwandelt gewesen war. Mutasim hatte immer auf Allah vertraut; und es war immer weitergegangen. Doch nun spürte er den Zweifel wie Treibsand unter seinen Füßen.

Er sah die Therapeutin nicht an. Was wusste sie von Noyan, was er nicht wusste? Ihn überkam eine absurde Eifersucht. Er wollte, dass sie ging. Und zugleich sollte sie bleiben. Sie war seine Verbindung zu Noyan. »Hat er mich sehr gehasst?«

Er spürte, dass sie ihn betrachtete. Sie antwortete sofort. Ruhig. »Nein. Noyan hat nur nicht gewusst, wie er mit Ihnen reden soll. Er musste erst lernen, sich frei zu machen von der Angst, von der Familie dafür verurteilt zu werden, wie er sein Leben angegangen ist.«

Mutasim verstand das alles nicht wirklich. Aber er kam sich schäbig vor. Denn auch, wenn er es nicht ausgesprochen hatte, er hatte seinen Sohn verurteilt. Sosehr er sich bemüht hatte, der dumpfe Groll in seinem Inneren war nicht weggegangen.

»Hat er Schmerzen?«

»Nein. Dagegen bekommt er Medikamente.«

»Bekommt er mit, dass er hier liegt?«

»Genau kann das niemand sagen. Am besten, Sie behandeln ihn, als wäre er wach. Nehmen Sie sich Zeit. Sprechen Sie mit ihm.«

»Woher wissen Sie das alles?«

»Ich habe mich eine Zeit lang intensiv damit befasst.«

Sie wollte offenbar nicht mehr dazu sagen, und er wollte auch nicht mehr hören.

Sein Blick war wie festgefroren an dem Körper, der nur noch Fleisch zu sein schien, machtlos, ohne eigene Kontrolle, nur noch am Leben gehalten durch Apparaturen. Die Trauma-Chirurgin hatte ihm vorhin mit sachlicher Stimme all die komplizierten Verletzungen erklärt. Rhinobasale Schädelfraktur … offenes Schädel-Hirn-Trauma … ausgetretene Gehirnflüssigkeit und all diese Brüche. Keilbeinhöhle, Stirnhöhlen, Dach der Augenhöhle … Künstliches Koma hatte er noch verstanden, mindestens drei Tage, mögliche Folgeschäden, Gesichtslähmung …

Mutasim spürte überall auf seinem tauben Körper kalten Schweiß.

Warum Noyan?

Warum er?

Warum, Allah, um alles in der Welt?

Doch sein Gott schwieg. Und er sollte auch den Rest der Nacht nicht mehr antworten.

13

Alicia trat hinaus in die Kälte, zog sich die Mütze tief ins Gesicht und schritt durch den Neuschnee in Richtung der dunklen Innenstadt.

Sie war erleichtert. Es war die richtige Entscheidung gewesen, darauf zu bestehen, den Hauptkommissar zu begleiten. Mutasim Akay würde eine schwere Zeit haben, aber er war die ersten Stunden nicht allein gewesen. Und Sigi Kamm hatte ihnen den toxikologischen Befund gezeigt. Noyan war absolut clean, keine Drogen, kein Alkohol, keine Betäubungsmittel.

Sie hatte sich tatsächlich Sorgen gemacht, Noyan zu hart angefasst zu haben. Als er vor ihr gestanden hatte, vor wenigen Wochen. Vor ihrer Haustür.

In ihrem Leben.

Sie zündete sich eine Zigarette an, die nicht schmeckte, und ließ den Taxistand unbeachtet. Sie wollte alleine sein, die eisige Kälte im Gesicht spüren. Sich spüren.

Für einige Sekunden ließ sie es zu, dass die Bilder nach ihr griffen, die sich am Tag vor ihrem Abitur in ihr Gehirn gebrannt hatten. Das Zimmer auf der Intensivstation. Die Kanülen, die der seltsam vertrauten und doch so fremden Frau unter die Haut gesteckt worden waren. Es war das erste Mal gewesen, dass sie ihre Mutter wiedergesehen hatte, nachdem sie drei Jahre zuvor in einer Nacht-und-Nebel-Aktion geflüchtet und untergetaucht war. Und der Anblick hatte sich in den darauffolgenden Wochen auch nicht verändert.

»Es könnte ihr in einer halben Stunde besser gehen«, hatten die Ärzte gesagt. »Sie braucht eine Bluttransfusion.« Aber Karin Behrens hatte die Transfusion abgelehnt, bevor sie das Bewusstsein verloren und ihr Gehirn durch den Blutverlust schwere Schäden davongetragen hatte. Alicias Vater war genauso verbohrt gewesen. Nur weil man ihnen eingebläut hatte, die Trauer um einen Menschen dürfe nie größer sein als die Vorfreude, ihn in einem jenseitigen Leben wiederzusehen.

Bei ihrer Mutter hatte sie zuerst nichts gefühlt damals. Dann war Wut gekommen, rote Wut. Auf ihre Kindheit, auf ihren Vater, der nicht den Mumm aufgebracht hatte, die letzten Stunden bei seiner Frau zu sein. Der Alicia nicht mehr für würdig hielt, sie auch nur anzusehen, nachdem sie geflohen war.

Und dann waren nagende Schuldgefühle gefolgt, oder, wie sie heute, fünfundzwanzig Jahre später, zu ihren Patienten sagte: Schuldgedanken, ein spiralförmig abwärts führender Hirnfick, der einem vorgaukeln soll, man hätte etwas an der Situation ändern können, um nicht das zu tun, was eigentlich ansteht: trauern.

Und danach hatte es eine bunte Mischung an bewusstseinsverändernden Substanzen gegeben, die einen ähnlichen Zweck erfüllt hatten. Die Spirale war die gleiche. Nur zog sie sich länger.

Eine feine weiße Schicht legte sich auf Alicias Mütze, auf die Haare, die widerspenstig darunter hervorquollen, auf ihren Mantel. Schnee knirschte unter ihren Schuhen. Die Kälte schmerzte. Die zweite Zigarette schmeckte genauso wenig wie die erste.

Mit welcher Begeisterung Noyan sich in die Initiative gegen Rassismus gestürzt, wie er für seine Idee gekämpft hatte und was er alles auf die Beine gestellt hatte. Sie war stolz auf ihn gewesen, und nun kämpfte er um sein Leben. Sie trug keine Schuld, das wusste sie. Aber hatte sie vor zwei Monaten wirklich richtig gehandelt?

Sie dachte an den Abend, an dem Noyan bei ihr zu Hause auf dem Gutshof aufgetaucht war. Das erste Mal, dass sie einen ehemaligen Patienten in ihr Haus gelassen hatte. Und es war definitiv ein Fehler gewesen.

Sie hatte ihn abgeledert, dass er mit einem Fuß im Rückfall stehe. Dass er sich aus der Realität zu verpissen versuche. Dass er begreifen solle, dass er mit seinem Leben spiele.

Doch er hatte ihr seine Liebe gestanden.

Alicia sah Noyan vor sich. Ihr Kummer war nicht in Worte zu fassen.

MITTWOCH

1

Die Welt schien heute dunkler und leiser gestellt. Dicke Flocken fielen lautlos ins Wasser. Wellen klatschten ans Ufer, als die Fähre anlegte, und es schien das einzige Geräusch an diesem Morgen zu sein.

Auch Susa schien heute leiser, in sich gekehrt. Ihr Blick verlor sich im Nebel zwischen den Inseln, ungefähr dort, wo Hermannswerder lag.

Stiefel knallten hart und dumpf auf den Boden, als die wenigen Fahrgäste auf die Fähre gingen. Susa setzte sich nicht, sie lehnte sich an eines der breiten Schiffsfenster und drückte ihre Stirn an die Scheibe.

Wohl doch eine anstehende Grippe, dachte Verena. Sie hatte ihrer Tochter die kleinere der beiden großen Taschen gegeben und sie gebeten, ihr auf dem Weg zur Schule beim Transport zu helfen. Natürlich hätte sie mit dem Auto über den schmalen Kanal nach Hermannswerder fahren können, um die Steuerunterlagen zu ihrem ehemaligen Kunden zurückzubringen. Aber sie liebte die seltene, kostbare Zeit am Morgen mit Susa, wenn sie beide ein Stück Wegs teilen konnten. Sie redeten nicht viel auf diesen morgendlichen Fahrten. Aber es war ein angenehmes Einverständnis, ein müdes Nachklingenlassen der Frühstücksnachrichten aus dem Radio. Und wenn Susanne einen guten Tag hatte, dann äußerte sie zu allem eine Meinung. Und nicht die unreflektierteste. Dann hatte Verena für eine Zeit lang das beglückende Gefühl, alles richtig gemacht zu haben.

Nicht so heute. Susanne starrte immer noch in den Winter hinaus. Es war mit Sicherheit nur eine Erkältung, beruhigte sich Verena und beobachtete nachdenklich die anderen Schüler, die laut lachten und redeten und der kalten Welt dort draußen keine Beachtung schenkten. Viele waren es um diese Uhrzeit nicht mehr. Sie alle waren spät dran.

Als die Insel schemenhaft vor ihnen auftauchte, hob Verena die größere der Taschen hoch. Obwohl ihre Selbstständigkeit als Steuerberaterin nur mäßig gelaufen war, hatten sich Berge von Unterlagen angesammelt, die nun zurückgebracht werden mussten. Und jedes Mal, wenn sie sich von einem ihrer Kunden für immer verabschiedete, kam es ihr vor wie das Eingeständnis ihres persönlichen Versagens. Nach Silvester, dem ersten Jahreswechsel seit fünfzehn Jahren, den sie ohne Rüdiger verbringen würde, hätte sie wieder ein neues Leben, einen neuen Chef, eine Stelle, die sie nicht glücklich machen würde, und von ihrem alten Traum der Selbstständigkeit würden nur noch erste graue Haare übrig sein. Dafür würde sie jedoch die Gewissheit haben, Susa gut versorgen zu können.

Die Fähre stieß ans Ufer und die Türen ließen Winterluft herein. Verena und Susanne eilten den anderen Nachzüglern voraus, den ungeteerten Uferweg entlang, vorbei an dem alten Wasserturm im typischen roten Klinkerbau der Insel. An der Kirche fiel Susanne zurück. Verena drehte sich um. Wie winzig und schmal ihre Tochter vor dem hohen, gotischen Bau wirkte.

»Komm, Susa, bevor du Ärger kriegst.«

»Sieht irgendwie nicht so aus heute«, erwiderte Susanne und verlangsamte ihre Schritte noch mehr.

Tatsächlich. Schon von hier aus war zu sehen, dass mehrere Dutzend Schüler aller Altersklassen vor dem Gymnasium standen, rauchten und aufgeregt miteinander redeten. Die schlichte Ziegelfassade des alten Gebäudes wurde von großen, in blaue Rahmen gefassten Fenstern dominiert. Aus allen drang das Licht greller Neonröhren. Die Schule war also nicht geschlossen.

Dann sah Verena die beiden Streifenwagen auf dem Parkplatz.

Sie erfuhren von den schrecklichen Neuigkeiten durch einen der älteren Jugendlichen, der ein schmales Gesicht hatte und sehr kleine, sehr rote Ohren.

Verena erschrak. Ein Neonazi hatte den Gründer der SgR-Initiative ins Koma geprügelt? Wie schrill der bunte Anstecker an Susannes Jacke plötzlich wirkte …

»Gott … Ist so was bei euch an der Schule schon mal vorgekommen?«

»Nein«, sagte Susanne tonlos. »Keine Ahnung.«

»Ich weiß, dass du diese Anti-Rassismus-Initiative ganz toll findest. Aber du passt bitte auf dich auf …« Sie verstummte, als sie Susannes Gesichtsausdruck sah, – bloß wie konnte sie dazu nichts sagen? »Ich weiß, dass du das ganz uncool findest, aber: Es gibt Menschen, die sind entsetzlich grausam.«

»Ach echt?«, schnauzte Susanne sie an.

Verena fuhr erschrocken zurück. »Susa …«

»Ich hab gedacht, die feiern Hitlers Geburtstag nur, weil sie so auf Luftballons und fette Torten stehen.«

Ihre Tochter ging, ohne sich zu verabschieden.

2

Sigi Kamm hatte den zuständigen Staatsanwalt um acht Uhr morgens informiert, und der Fall Noyan Akay war zu einer offiziellen UJs-Sache geworden, einer Ermittlung gegen Unbekannt.

Kaffeeduft und der Geruch nach nassen Winterstiefeln füllte den länglichen Raum im zweiten Obergeschoss des Hauses 5, das sich die Mordkommission mit dem Dezernat für Rauschgiftdelikte und Organisierte Kriminalität teilte. Sigi saß an der Stirnseite vor der Projektionsleinwand und brachte sein Einsatzteam mit fünf Kollegen auf den neuesten Stand.

»Noyan Akay hat sich in den letzten Wochen verändert. Warum, wissen wir noch nicht. Er war clean. Wir konzentrieren uns also ganz auf die Neonazi-Spur. Rüdiger Brandt ist beim LKA zur Objektivzeichnung. Sie schicken uns dann das Phantombild. Sprecht mit den Kollegen von den Politisch motivierten Straftaten, ob die schon ähnliche Fälle gefunden haben. Rüdiger Brandt hat ausgesagt, dass es so aussah, als wollte der Täter dem Opfer ins Gesicht springen. Überprüft das auch bei bundesweiten Behörden. Auf der Intensivstation«, fuhr Sigi fort, »haben wir Rundumbewachung für das Opfer.«

Er hatte noch in der Nacht einen Polizisten vor dem Intensivzimmer postiert, und Mutasim Akay hatte ängstlich gefragt, ob der Hauptkommissar es für möglich halte, dass der Nazi wiederkam. Doch Sigi hatte betont, es handele sich um eine reine Vorsichtsmaßnahme.

Er hatte dem Vater eine Liste von Noyans Sachen gereicht, die er in die Kriminaltechnische Abteilung mitnehmen würde. Ob etwas fehlte, hatte Mutasim Akay nicht sagen können. Dass Noyan ein Messer dabeigehabt hatte, daran konnte sich der Vater nicht erinnern, und er glaubte es auch nicht. Noyan war doch immer gegen Gewalt gewesen.

In der Zwischenzeit hatte Hobrecker herausgefunden, wo die Party stattfand: bei David Merz, einem Mitschüler Noyans.

»Der beste Freund von Noyan!«, hatte Mutasim Akay auf die Frage geantwortet, ob er den Schüler kenne. »Wieso haben die nicht gemerkt, dass Noyan nicht dort war?«

Hobrecker und ein paar Streifenpolizisten der Bereitschaft hatten der Party letzte Nacht bereits ein jähes Ende bereitet, als Sigi um Viertel vor drei zu ihnen stieß.

Der neunzehnjährige Gastgeber der Feier hatte ein sympathisches Gesicht, sehr schmal, mit viel zu kleinen Ohren, vertrug eine Menge Wodka, und seine Eltern waren verreist. Bis sie kurz vor Weihnachten zurückkämen, würde ihr Sohn einige Spuren der feuchtfröhlichen Nacht zu beseitigen haben – zwei der SgR-Gründungsmitglieder hatten sich, als die blutige Nachricht nach ausgiebigem Alkoholkonsum über sie hereingebrochen war, auf der Stelle übergeben.

War Noyan schon mal mit jemandem aneinandergeraten? Hatte es Drohungen gegen die Initiative gegeben? Es gab keine hilfreichen Antworten der Anwesenden, nur Gegenfragen. Wie standen Noyans Überlebenschancen? Wie hatte sein Vater reagiert? Sigi wiederholte die Täterbeschreibung, die Rüdiger Brandt den Kollegen gegeben hatte. Wusste jemand, wer der Mann sein konnte? Ratlosigkeit.

Sigi warnte alle SgR-Mitglieder. Der Täter war sehr brutal vorgegangen und hatte sogar den Zeugen verletzt. Sie alle sollten sehr vorsichtig sein. David Merz schien sofort hellwach. Jemand hatte sich eingemischt und Zivilcourage bewiesen? Musste er ebenfalls ins Krankenhaus? Sigi bejahte, auf die Frage allerdings, wer der mutige Zeuge sei, antwortete er: »Das ist streng vertraulich. Und ihr redet bitte mit niemandem darüber. Wieso war Noyan eigentlich nicht auf der Party?«.

Alle Abiturienten sahen David Merz an.

»Wir hatten Streit, er ist früh gegangen. Eine Spaßbremse ist er geworden. Wenn einer nicht trinken will, okay. SgR war seine Idee in dieser Klinik, auch okay. Aber wir sind nicht seine Angestellten. Es ist unsere Initiative.« Dann war er pathetisch geworden. »Er tut so großmütig, aber er ist genauso hassgesteuert wie die Nazis. Ihm geht es gar nicht um Gleichberechtigung, oder darum, Menschen zu erreichen und zu verändern.«

Sigi hatte die Brauen hochgezogen ob so viel Idealismus.

Er schenkte sich seinen dritten Kaffee an diesem Morgen ein – viel Schlaf war für ihn nach den Befragungen nicht mehr drin gewesen.

»Dieser David Merz sagt, Noyan Akay ist auf Demos häufiger mit Neonazis aneinandergeraten, aber das sei immer verbal geblieben. Er hat auf solchen Veranstaltungen offenbar ständig fotografiert, vor allem Neonazis. Einen bestimmten Rechtsradikalen hat er angeblich nicht im Fokus gehabt.«

Sigi bat zwei seiner Kollegen, die Fotos auf Noyans Laptop und seinen externen Datenspeichern durchzusehen. Es waren Tausende.

»Vergleicht die Täterbeschreibung unseres Zeugen mit sämtlichen Fotos. Und schickt mir sofort das Phantombild, wenn es vom LKA kommt!«

Eifriges Stühleschieben und Kopfnicken folgten. Dann stoben die Ermittler auseinander.

3

Alicia Behrens lief in den zweiten Stock zu ihrem Büro hinauf, ohne Eile, aber voller Elan. Ihre Müdigkeit war verflogen, auch wenn oder eben weil sie mit ihren zehn Patienten hart gearbeitet hatte.

Sie hatte allerdings nicht verhindern können, dass ihre Gedanken während der neunzig Minuten mehrfach zu Noyan geschweift waren und zu der Gruppensitzung, in der es für ihn erstmals ans Eingemachte gegangen war.

Zwei Wochen hatte Noyan sich damals die Therapie-Prozesse der anderen angesehen, defensiv in das blaue Ledersofa zurückgelehnt, das an einigen Stellen schon spröde wurde, ständig auf einem Knautschball herumdrückend. Auf seine Mutter angesprochen, hatte er sachlich und emotionslos reagiert, bei der Frage, wie es ihm ohne Drogen gehe, war ein Schatten über sein markantes Gesicht gewandert, und nach einem knappen »Okay« hatte er weiter den Knautschball malträtiert. Dann rückte er, fünf Minuten vor Ende einer Sitzung, das erste Mal mit einem Anliegen heraus. Er wollte zur Hochzeit seines Cousins nach Istanbul. Alicia betonte, dass er erst vor zwei Wochen in die Klinik gekommen sei, und das nach einem zehntägigen Entzug. Da war jetzt alles andere als Party angesagt.

Noyan versprach, sich von Drogen und Alkohol fernzuhalten, und versuchte, sie mit allen Mitteln weichzuklopfen. Seine Familie wäre bestimmt enttäuscht von ihm, wenn er nicht käme.

»Natürlich wären alle enttäuscht von dir. Du bist eben nicht gut genug«, erwiderte Alicia, und Noyan starrte sie ungläubig an.

Alicia Behrens hatte bei ihrem Amtsantritt das »Du« zwischen Patienten und Therapeuten eingeführt. Sie wollte durch das Wegfallen von Hierarchie den Patienten gleich vom ersten Tag an den Glauben nehmen, dass die Therapeuten ihnen etwas von ihrem steinigen Weg abnehmen konnten. Ihre Aufgabe war es nur, zu begleiten.

Mit einem undurchsichtigen Lächeln fuhr Alicia fort. »Was ist das denn für ein Mann, der es nicht mal mit Koks und Aufputschern schafft? Und natürlich musst du deine Therapie hier unterbrechen, die Zeit, wo es endlich mal um dich geht, weil sonst andere enttäuscht sind.«

Damit beendete Alicia die Gruppe und stand auf. Während Noyan trotzig wie ein Kind jeglichen Blickkontakt vermied, wanderten neun mitfühlende Augenpaare zu ihm hinüber. Keiner seiner Mitpatienten, der diesen Punkt nicht auch erlebt hätte.

Ein Mitpatient gab Noyan den Spruch mit auf den Weg, den sie alle Alicia oft genug hatten sagen hören: »Du weißt es doch inzwischen. Es stinkt zwar, in der eigenen Scheiße zu sitzen, aber es ist kuschelig und bequem.«

Wie sehr Noyan sie gehasst hatte.

Drei Tage später besorgte er sich Kokain und rasselte in seinen Rückfall. Doch sein Trotz wandelte sich schnell in aufrüttelnde Angst, eine Lebenschance vertan zu haben, als sie in die Entscheidung, ob Noyan in der Klinik bleiben durfte, die ganze Patientengemeinschaft mit einbezog.

Oh ja, wie er sie gehasst hatte.

Als Alicia an diesem Mittwochmorgen auf ihr Büro in der Klinik Wannseehof zusteuerte, lag ein trauriges Lächeln auf ihrem Gesicht.

4

Mutasim Akay stand in seiner Apotheke. Sie war klein, aber dank der Lage inmitten der pittoresken Fußgängerzone immer gut besucht. Er hatte kein Licht gemacht.

Er stand im Halbdunkel und lauschte: Eine Kehrmaschine. Ein von Weitem herüberscheppernder weihnachtlicher Schlager, dessen Name ihm nicht einfiel. Das leise Kratzen des sich einpendelnden Schildes an der Glastür. »Wegen Notfall heute geschlossen«.

Er trat hinter die alte Waage, die noch mit Gegengewichten maß und eines seiner liebsten und ältesten Schmuckstücke in der Apotheke war, und stierte zwischen den Werbeaufstellern aus dem Schaufenster.

Die orangefarbene Kehrmaschine arbeitete sich schnaufend

durch die Fußgängerzone. Hier und da schrappten Schneeschaufeln über die Trottoirs und türmten weiße Berge neben die weihnachtlich geschmückten Ladeneingänge. Vereinzelt trieb es dick eingemummelte Menschen unter den Tannengirlanden hindurch, vorbei an Ständen, die schon den appetitlichen Duft von gerösteten Kastanien und Kakao verbreiteten. Touristengruppen folgten beredten Stadtführern, vorbei an dem Weihnachtsbaum vor dem Brandenburger Tor, der nur aus blauen Lichtern bestand, vorbei an der Freilufteislaufbahn, die die Welt mit zu lauten Best-of-Weihnachtsschlagern beschallte.

Die Wolken hingen dicht gedrängt. Tapfer erkämpfte sich die Dezembersonne kleine Lücken. Aber sie stand so tief, dass sie es nur bis auf die Giebel der zweigeschossigen Bürgerhäuser schaffte.

Alles in Mutasim fühlte sich schwer an. Er schloss die Augen, und für einen Moment schien es, als wäre die Welt da draußen nicht existent. Als gäbe es das stetige Piepen in dem kühlen Intensivzimmer nicht. Als wäre alles nur ein Albtraum.

Das Klingeln seines Handys riss ihn zurück in die Wirklichkeit. Mit frostigen Händen fingerte er das Telefon aus der Tasche. Hoffentlich nicht das Krankenhaus. Hoffentlich nicht noch mehr schlimme Nachrichten.

Es meldete sich eine warme Frauenstimme. Alicia Behrens. Wie es Noyan ginge? Unverändert. Wie es ihm, Mutasim, ginge? Er schwieg. Ob er alle Hilfe habe, die er brauche, ob man ihm im Krankenhaus eine Liste mit Ansprechpartnern gegeben habe, wenn er reden wolle? Er wollte nicht reden.

»Es war freundlich, dass Sie mich begleitet haben letzte Nacht. Aber ich brauche keine Hilfe«, beendete er das Gespräch in seinem Apothekenton, verbindlich und höflich.

Nein, er brauchte keine Hilfe. Was er brauchte, war, dass sein Sohn gesund wurde und dass Allah ihm wieder festen Boden unter die Füße gab. Dinge, bei denen weder die Therapeutin noch der Kommissar etwas ausrichten konnten.

Mutasim Akay zog sich die Mütze tief ins Gesicht und trat zur Tür. Seiner pharmazeutischen Assistentin hatte er Bescheid gegeben und in der Apotheke alles für die vorübergehende Schließung vorbereitet.

Nun wollte er schnellstmöglich zurück zu Noyan, er wollte bei ihm sein, falls sie ihn aus dem künstlichen Koma holten.

Als Mutasim die Tür öffnete, taumelte er zurück. Grelle Blitze und Stimmgewirr kamen von ganz nah und brauchten doch eine gefühlte Ewigkeit, um zu ihm durchzudringen.

»Herr Akay, was sagen Sie dazu, dass Ihr Sohn von Neonazis ins Koma geprügelt wurde?«

»Waren Sie stolz auf das, was er getan hat, auf die Initiative, für die er sich eingesetzt hat?«

Mutasim hob die Hände vors Gesicht. Ließ seinen Schlüssel fallen, angelte danach und stieß sich dabei den Kopf an der Mauer. Sperrte mit zittrigen Fingern ab. Und unentwegt prasselten die Fragen auf ihn ein. Was er als Türke von dem Neonaziproblem in Deutschland halte? Ob Noyan sterben werde? Wie die Überlebenschancen seien?

Er ergriff die Flucht. Mit rasendem Herzen. Und mit panischer Angst. Der gleichen Angst, die ihn schon damals im Würgegriff gehabt hatte, als Adiba sich im Schein der Stehlampe zu ihm gesetzt und mit tapferem Lächeln erklärt hatte, dass der Krebs wieder zurückgekommen sei.

Von der Eisbahn schepperte der nächste Weihnachtsschlager herüber. In die Musik mischte sich helles Kinderlachen.

5

Sigi Kamm stand vor den sich reihenweise erhebenden Bänken des großen Bio- und Chemiesaales. Die Schüler der Oberstufe saßen dicht gedrängt. Wer keinen Platz mehr bekommen hatte, stand an der Wand, manche hockten auf den Stufen, wo der Boden nicht feucht vom Schneematsch war.

Die Nachricht über das entsetzliche Verbrechen an einem ihrer Mitschüler hatte sich längst herumgesprochen. Immer wieder kamen Fragen nach Noyans Gesundheitszustand. Gemurmel. Schluchzen. Dass einem Jugendlichen dermaßen das Gesicht zertrümmert wurde, dass er vielleicht sterben würde, so etwas las man in der Zeitung. Das war nichts, was jemandem passierte, den man kannte.

Sigi appellierte an die Schüler, ihm und seinen Kollegen alles zu sagen, was ihnen im Zusammenhang mit Noyan oder der Initiative aufgefallen war.

Die Schuldirektorin erklärte, dass die Vertrauenslehrer jederzeit zur Verfügung stünden, wenn jemand Unterstützung brauche. Ob es noch Fragen gebe?

»Wer ist der Mann, der Noyan das Leben gerettet hat?«

»Ja, genau, ist er noch im Krankenhaus?«

»Hat der Nazi ihn auch so zugerichtet?«

»Wie heißt der Typ? Ich mein, das ist krass mutig. Wir würden ihm alle gerne danken. In Noyans Namen.«

Sigi versuchte alarmiert festzustellen, wer aus dem Saal die Fragen gestellt hatte. In der offiziellen Presseerklärung heute früh hatten sie den Zeugen bewusst nicht erwähnt, es war nur die Information rausgegangen, dass es einen mutmaßlich rassistischen Übergriff gegeben hatte. Bevor sie weitere Details veröffentlichten, sollte Rüdiger Brandt seine Aussage zu Protokoll geben und mit dem Zeichner vom LKA das Phantombild anfertigen.

Sigi überflog die Gesichter der Schüler. Niemand schien sich über die Frage zu wundern, ganz offensichtlich wussten alle von dem Zeugen. Es war klar, wer geredet haben musste, obwohl die Polizisten ihnen eingebläut hatten, die Information über den Zeugen vertraulich zu behandeln: die SgR-Partygäste.

Er entdeckte im Saal nur einen von ihnen. Etwas blass, leichte Schatten unter den Augen. David Merz, spielte mit einer Zigarettenpackung und trank von seinem Kaffee.

Kaum stand er mit dem Abiturienten vor der Tür, ging Sigi David Merz so laut an, dass seine Stimme durch den breiten Flur des naturwissenschaftlichen Flügels hallte.

»Bist du noch besoffen oder einfach nur bescheuert?«

Er hielt dem Abiturienten, der eine ungute Geruchsmischung nach Zahnpasta, abgestandenem Alkohol, leerem Magen und Kaffee ausdünstete, das Handy vors Gesicht. David Merz hielt den Kopf stur gesenkt, und Sigi war klar, dass er es gewesen war, der den Artikel um fünf Uhr morgens auf der SgR-Seite ins Netz gestellt und wahrscheinlich auch einen Hinweis darauf an alle seine Kontakte geschickt hatte. Der Artikel hatte mit Sicherheit schon Tausende Leser erreicht: »Neonazi schlägt ›Schule gegen Rassismus‹-Gründer Noyan Akay ins Koma! Gestern Nacht wurde unser Mitschüler und Freund Noyan Akay auf brutalste Weise von einem Neonazi ins Koma geprügelt. Die Polizei schließt weitere Übergriffe gegen SgR nicht aus. Nur mit viel Glück überlebte Noyan das rassistische Verbrechen, da ein Passant Zivilcourage bewies und sich einmischte. Der mutige Zeuge wurde ebenfalls so schwer vom Täter verletzt, dass er im Krankenhaus behandelt werden musste. Da er den Täter identifizieren kann, hoffen wir, dass dieser schnell gefunden und verurteilt wird. Wir danken dem furchtlosen Zeugen, und wir wünschen Noyan Akay alles Gute. Komm bald zurück zu uns! Am Samstagnachmittag laden wir alle Mitschüler und SgR-Freunde zu einer Fackel-Mahnwache auf das Schulgelände ein.«

David kniff die verschlafenen Augen zusammen. »Wir dürfen doch die Wahrheit schreiben, Mann!«

Sigi steckte das Handy ein. »Wir? Du meinst: du! Wir haben euch das alles gesagt, um euch zu warnen! Und wir haben doch deutlich gemacht, dass die Informationen vertraulich zu behandeln sind! Und du Volltrottel stellst es ins Netz? Bete, dass das noch nicht die große Runde gemacht hat! Mann, der Täter hat deinen besten Freund fast totgeschlagen. Was glaubst du, macht der mit allen, die ihn identifizieren können? Mit Noyan? Mit dem Zeugen? Mit dir? Mit euren SgR-Leuten? Du änderst sofort den Artikel. Jetzt. Oder ein Kollege von der Technik sperrt die ganze Seite. Und dann läuft sie so schnell nicht wieder!«

Er ließ den blassen Abiturienten ohne ein weiteres Wort stehen und lief den Flur entlang zum Ausgang. Davids Ohren waren viel zu klein für seinen Kopf, aber die Botschaft war angekommen, da war sich Sigi sicher. Kurz darauf hatte er den Kollegen vom LKA am Handy.

»Ist unser Zeuge noch bei euch?«

»Noch ist gut. Er ist gar nicht erst aufgetaucht.«

»Was soll das heißen, nicht aufgetaucht?«

»Er geht weder ans Handy noch an sein Telefon.«

»Danke.«

Ein Anruf bei den Kollegen in der Mordkommission verlief ebenso unerfreulich. Sie hatten nichts von Rüdiger Brandt gehört. Bei Brandt selber meldete sich nur die Mailbox.

»Wo sind Sie? Rufen Sie mich an. Sofort!«

Wahrscheinlich hatte Rüdiger Brandt verpennt. Der Vollidiot, dachte Sigi und eilte in den kalten Vormittag hinaus.

6

Susanne sah David Merz am Ende des Ganges verschwinden. Sie hatte sich in den Chemiesaal gemogelt, voller Schrecken alles angehört, was sie schon vor der Schule erfahren hatte. Dabei hatte sie vor Kurzem doch noch mit Noyan gesprochen.

Sie hatte ihm die Pest an den Hals gewünscht.

Aber das hier …

Das hatte sie nicht gewollt.

Als der Kommissar mit David vor die Tür getreten war, hatte sie sich ebenfalls rausgeschlichen. David hatte ausgesehen, als müsste er gleich kotzen, so bleich war er geworden.

Susanne starrte den leeren Gang hinunter. David hatte Mist gebaut. Und sie selbst? Hätte sie dem Kommissar erzählen sollen, was sie dem ekligen Fremden gestern über Noyan gesagt hatte? Dann würde sie auch zugeben müssen, dass sie geklaut hatte. Und dass sie dem Fremden hatte versprechen müssen, all diese Dinge zu tun, weil er sie im Auge behalten würde. Dann würden ihre Eltern nur noch herumschreien.

Wie hatte sie nur so verdammt blöd sein können, die Sachen mitgehen zu lassen, obwohl sie doch genau gemerkt hatte, dass er sie schon in der Unterwäscheabteilung beobachtet hatte?

7

Sigi öffnete das quietschende Gartentor und betrat das Grundstück. Frische Spuren zogen sich durch den Schnee bis hinter das graue Einfamilienhaus.

An den beiden Längsseiten des Grundstücks standen übermannshohe, auch im Winter dicht begrünte Hecken. Nach Westen hin reihte sich ein Lager gestapelten Holzes samt Spaltbock und Axt neben einem Unterstand für alte Motorräder, gefolgt von einer Werkzeughütte und einem Haufen Baumüll.

Die Schuhabdrücke hielten gezielt auf das kleine, von drei Birken eingefriedete Gartenhaus zu. Inmitten der großen Schneefläche blendete die hellgelb gestrichene Außenwand fast.

Sigi blieb stehen. Stille.

Neben den Schuhabdrücken vor der Tür unterbrach eine Krähe ihr Picken, beäugte misstrauisch den Eindringling und flog rostig meckernd und mit trägen Flügelschlägen davon, als Sigi weiterging.

»Herr Brandt?«

Keine Antwort.

Sigi blieb an dem Fleck im Schnee stehen, an dem der Vogel sein frühes Mittagessen gepickt hatte.

»Herr Brandt, sind Sie da?«

In drei Schritten war Sigi an der Tür. Den Rücken an die Hauswand gedrückt, die Waffe auf Hüfthöhe entsichernd, öffnete er mit links die Tür. Nicht verschlossen.

In dem kleinen Windfang bildete geschmolzener Schnee eine Pfütze. Sigi stieß an Mädchenstiefel, das einzige Paar, welches nicht in die ordentliche Reihe Männerschuhe passen wollte. Er schob einen dicken Vorhang beiseite. Unter ihm knarzten Dielen, als er in das Wohnzimmer trat. Viel Holz, wenig Mobiliar, teure Hi-Fi-Geräte.

In der offenen Küche gab es kein Zeichen, dass in den letzten Stunden jemand hier gewesen war. Die Holzanrichten waren blank, im Spülbecken stand nicht eine Tasse.

Dann fiel Sigi das Bild auf, es lag neben dem breiten Rattansofa: ein gerahmtes Foto, das Glas war zersprungen. Unter den Glassplittern lächelte ein blondes Mädchen hervor, vielleicht dreizehn, vierzehn Jahre. Durch die Splitter sah ihr Gesicht sonderbar verzerrt aus. Sigi erkannte sie. Sie war das bleiche Mädchen aus der Schule, das kurz nach ihm aus dem Chemiesaal getreten war. Vielleicht hatte sie deshalb so etwas Verzagtes in ihren Augen gehabt: Wusste sie, dass ihr Vater der Zeuge war? Das Polizeiaufgebot in der Schule musste ihr klargemacht haben, dass er sich in eine gefährliche Situation gebracht hatte.

Dann hörte er einen unterdrückten Schrei.

Sigi stieß die Badezimmertür auf, die Waffe im Anschlag. Rüdiger Brandt lag auf dem Boden. Blutend, das Gesicht verquollen, bleich. Über ihm stand ein kräftiger Mann mit Stiernacken und Pferdeschwanz.

»Zurück! Treten Sie zurück!« Sigi behielt die Waffe im Anschlag. Der Stiernacken fuhr herum. Eine Sekunde lang war Sigi wirklich irritiert, als er erkannte, dass der Typ mit dem breiten Gesicht und dem gewaltigen Busen kein Typ war. Der Stiernacken war eine Frau.

»Ich bin die Vermieterin!«, rief sie erschrocken und hob abwehrend die Hände.

Riesige Hände. Sigi brachte sie automatisch mit der Axt und dem Berg Holzscheiten draußen in Verbindung. »Zurück! Name, Ausweis.«

Sie gehorchte und zog vorsichtig ihren Ausweis aus dem Portemonnaie. Petra Sanders. Auf dem Foto sah sie aus, als wäre sie ein Verwandter ihrer selbst, männlich, straffällig, lebenslänglich.

Er gab ihr den Ausweis zurück und wollte Brandt aufhelfen. Sein Zeuge hob abwehrend eine Hand.

»Herr Brandt, was ist passiert?« Sigi fasste ihn energisch am Arm, und dem Mann entfuhr ein gequälter Schrei. Sigi starrte in das geschundene Gesicht. Rüdiger Brandts linkes Auge war zugeschwollen, über der Augenbraue klaffte eine Platzwunde. Die Unterlippe war aufgerissen und blutete.

Sigi blickte zu Petra Sanders. Sie sah besorgt aus. »Zwei Typen mit Skimützen, hat er gesagt. Hab ihn gerade gefunden. Wollte fragen, ob wir heute zusammen zum Sport gehen.«

»Haben Sie einen Krankenwagen gerufen?«
Sie verneinte. Rüdiger habe das nicht gewollt.
Sigi sah Brandt an und deutete auf die Frau. »War sie das?«
Sie gab einen empörten Laut von sich.
»Warten Sie bitte draußen, Frau Sanders?«
Sie schien besorgt zu sein und seine Bitte gar nicht zu hören. »Hat das was mit gestern Nacht zu tun?«
Sigi stutzte. »Was wissen Sie von letzter Nacht?«
»Rüdiger hat mich angerufen, brauchte seine Krankenkassenunterlagen. Er wusste nicht, ob seine Ex sie hat oder ob sie hier sind. Er war im Krankenhaus, weil er in eine Schlägerei geraten ist.«
Von Brandt kam ein Röcheln, leichtes Kopfschütteln, gefolgt von einem Stöhnen. Dann etwas Unverständliches.
Sigi beugte sich zu ihm. »Was? Wer war das? Wer hat Ihnen das angetan?«
Wieder ein Röcheln. Brandt versuchte, auf die Beine zu kommen, stöhnte wieder Unverständliches.
»Was?«
Dann mischte die Vermieterin sich ein. »Ich glaube, er sagt, ich soll meinen Mund halten und Sie … sollen verschwinden.«
Sigi war fassungslos. Und nun verstand er – undeutlich.
»Gehn Sie … Bitte.«
»War es derselbe Täter wie gestern Nacht? Haben sie Ihnen gedroht?«
Rüdiger Brandt spuckte roten Schleim ins Waschbecken und funkelte Sigi böse an, soweit das mit einem offenen und einem zugeschwollenen Auge ging.
»Verschwinden Sie«, nuschelte er. Und mit bemüht klarer Aussprache: »Ich will mit der Sache nichts zu tun haben!«
Sigi bemühte sich um seinen sanftesten Ton. »Womit haben die Ihnen gedroht?«
»Ich … ich bin nur auf dem Eis ausgerutscht.«
»Reden Sie keinen Schwachsinn! Sie hatten einen Termin im Kommissariat. Machen Sie die Phantombilder! Und eine Aussage, was hier passiert ist!«
Aus Rüdiger Brandts einem Auge quoll eine Träne. »Verlassen Sie sofort meine Wohnung! Jetzt!«

8

Draußen, auf der gleißenden Fläche des zugeschneiten Rasens, beschwor Sigi Kamm die Frau, die er für einen Kerl gehalten hatte und die ihn jetzt mit einem seltsam distanzlosen Blick anglotzte, ihren Mieter zu einem Arztbesuch zu überreden. »Oder wollen Sie ihn morgen früh hier finden, weil er an einem Blutgerinnsel im Gehirn gestorben ist?«

Sie war mehr als kooperativ, wollte wissen, ob sie sonst noch etwas tun könne, und fragte nach einer Visitenkarte. Sie schien jetzt noch besorgter als zuvor. »Wir waren doch gestern Abend zusammen beim Sport und noch was trinken! Wir hätten nicht getrennt heimfahren sollen.«

Es klang fast so, als wollte sie sagen: Ich hätte ihn beschützen müssen. Sigi hätte breit gegrinst, wenn ihm nicht gerade sein ganzer Fall in die Schreddermaschine geraten wäre.

»Was genau hat er Ihnen von gestern Nacht erzählt?«

»Dass er in eine Schlägerei geraten ist. Mit einem Neonazi. Dass jemand verletzt wurde. Und er auch, an der Hand, mit einem Messer.«

»Wann hat er das gesagt?«

»So um Mitternacht rum, am Handy, als ich hier nach seinen Krankenkassenunterlagen gesucht habe.«

»Haben Sie mit irgendjemandem darüber gesprochen?«

Sie sah ihn irritiert an. »Nein. Wieso sollte ich?«

»Sicher?«

»Ja, absolut. Ich hab nicht telefoniert und auch das Haus nicht verlassen. Also nur kurz, vorhin, zum Einkaufen. Und als ich zurückkam … Da lag er da …«

»Als Sie mit ihm telefoniert haben, war es laut im Hintergrund? Kann es sein, dass jemand im Krankenhaus mitgehört hat?«

Sie überlegte. »Er hat sich aufgeregt, dass es so lange dauert und dass so viele Leute in der Notaufnahme warten.«

Sigi würde ein paar Leute ins Krankenhaus schicken müssen, die das Personal von letzter Nacht befragten, ob jemand von ihnen über Brandt geredet hatte. Und sie mussten versuchen, herauszubekommen, welche Patienten in der Notaufnahme gesessen hatten. Wahrscheinlich würde er dafür keinen richterlichen Beschluss bekommen. Verdammte ärztliche Schweigepflicht.

»Wieso sind Sie denn überhaupt getrennt nach Hause, wenn Sie auf demselben Grundstück wohnen?«

Da sie ihr Duschzeug im Sportklub vergessen hatte, erklärte Petra Sanders, war sie noch mal zurückgegangen. »Was man nicht gleich holt, verschwindet da sofort. Die Putzfrauen nehmen alles mit. Glauben Sie, die Neonazis kommen wieder? Müssen wir uns Sorgen machen? Ich auch? «

»Das wollen wir ja gerade herausfinden. Was ist mit seiner Familie? Wo ist sie?«

»Seine Frau will sich scheiden lassen.«

»Die Tochter?«

»Susanne ist ab und zu hier. Nettes Mädchen, wirklich nettes Mädchen. Sie ist gerne hier. Sie hat sich gewünscht, dass ihr Papa das Haus gelb anstreicht. Mir soll es recht sein. Ist hübsch so.«

Er lehnte den Kaffee ab, den Petra Sanders ihm anbot. »Sie kümmern sich um Brandt, klar? Und wenn hier Neonazis oder andere komische Gestalten auftauchen, rufen Sie uns an. Sofort.«

Während Sigi das Grundstück überquerte, rief er seinen Chef, Dr. Wiegand, an. Er brauchte zwei weitere Kollegen, die Brandts Nachbarn befragten und das Krankenhauspersonal der Notaufnahme. Außerdem wollte er sofort einen Polizeipsychologen oder zumindest einen Kriseninterventionsspezialisten, der sich um seinen Zeugen kümmerte. Oder am besten beides. Wenn das nichts half, sollte der Staatsanwalt den Zeugen vorladen – was allerdings noch lange keine Garantie dafür wäre, dass der dann auch zu einer Aussage bereit sein würde.

An dem grauen Einfamilienhaus drehte Sigi sich noch mal um. Petra Sanders stand unschlüssig vor dem gelben Gartenhäuschen.

»Sie haben eine Zivilperson zu dem Fall hinzugezogen?« Sein Chef klang mehr als ungehalten.

»Falsch. Vor über einem Jahr war Dr. Behrens die Therapeutin des Opfers, und danach hat sie Noyan Akay in so einer Nachsorgegruppe betreut. Sie kennt den Vater des Jungen und hat ihn ins Krankenhaus begleitet. Können wir später reden?«

»Wir sprechen von der Ärztin, die Sie vor Gericht bezichtigt hat, bei der damaligen Befragung nicht objektiv vorgegangen zu sein? Die eine Sachverständigenaussage über den Patienten machen sollte und mit einer Geldstrafe nach Hause gegangen ist? Mal ganz abgesehen von Ihnen?«

Sigi stieg in seinen Wagen, klemmte das Handy in die Freisprecheinrichtung und fuhr los. »Ich sage es ungern, aber sie hat mir heute Nacht durchaus geholfen. Der Vater des Opfers war relativ schnell so weit, dass ich ihn befragen konnte.« Sigi sagte das weniger, um Alicia Behrens zu loben, sondern mehr, um die lästige Diskussion mit Dr. Wiegand zum Ende zu bringen. »Chef, die Kollegen warten.«

»Sie standen gegen den Jungen vor Gericht. Er hat Sie verletzt.«

»Wollen Sie mir allen Ernstes sagen, dass ich wegen einer kleinen Narbe eine Ermittlung nicht ordentlich führe?«

Dr. Wiegand hörte sich plötzlich seltsam ruhig an. »Ein dermaßen schwerer, ganz augenscheinlich rassistischer Übergriff, der Fall wird mächtig Wind in der Presse machen. Ich will keinerlei – und damit meine ich: absolut keinerlei Gründe, die uns angreifbar machen.«

Sigi steuerte durch die südliche Innenstadt auf die Lange Brücke zu, vorbei am Hauptbahnhof und dem unansehnlichen Shoppingcenter. Rechter Hand, jenseits der träge im Winterschlaf mäandernden Havel, reckte sich hinter der prächtig bekuppelten Nikolaikirche und dem Alten Rathaus der Turm von St. Peter und Paul gegen den fahlen Himmel: Schon nach halb zwölf.

»Dann machen Sie das, Chef, was immer gemacht wird, wenn ein Verbrechen passiert, das die Öffentlichkeit aufbringt. Lassen Sie eine Hundertschaft antanzen, die uns offiziell unterstützt, aber gelangweilt in Schlafcontainern hockt und Karten spielt. Damit es in den Nachrichten gute Bilder gibt und die Leute beruhigt sind. Oder wenn Sie lieber einen anderen Ermittler an dem Fall haben, bitte, ziehen Sie mich ab.«

»Sie halten sich diesmal absolut an die Regeln, ist das klar?«

Sigi schwieg.

»Kamm?«

»Ja!«, blaffte er zurück.

»Gut, dass wir das geklärt haben. Und diese Dr. Behrens war wirklich eine Hilfe? Und es gab keine Probleme bei Ihnen beiden?«

»Nein, gar nicht. Wir haben sogar unsere Poesiealben ausgetauscht.«

9

Alicia klopfte einmal kurz und trat ein. Der Klinikleiter schenkte gerade Kaffee ein und sah seltsam aufgeräumt aus. Irgendetwas stimmte hier nicht. Alicia war wie immer zu spät dran, es war Viertel nach zwölf, und Dr. Härtl reagierte normalerweise allergisch auf jede verspätete Minute.

Sie sah nur zwei Kaffeetassen auf seinem Schreibtisch. »Ich dachte, wir haben jetzt einen Termin zur Qualitätssicherung?«

»Im Moment geht es um etwas anderes. Die Polizei möchte Unterstützung für ein Ermittlerteam. Sie brauchen einen Kriseninterventionsspezialisten. Der Leiter der Mordkommission ist deshalb an unsere Klinik herangetreten.« Der Klinikleiter strahlte Alicia an. »Wir helfen natürlich gerne. Es ist für beide Seiten eine großartige Chance – eine der erfolgreichsten Kliniken für gesellschaftlich bedingte seelische Leiden und co-morbide Suchterkrankungen arbeitet mit der Polizei zusammen. Eine Win-win-Situation …«

Alicia unterbrach ihn. »Stopp. Was hat das mit mir zu tun?«

»Sie sollen der Polizei in dem aktuellen Fall als Psychologin zuarbeiten.« Härtl machte eine gewichtige Pause. »Noyan Akay.«

Alicia war außerstande zu antworten.

Sie hörte Härtl weiterreden. »… nicht dieses Profiler-Zeugs, sondern das, was Sie besonders gut können, Frau Behrens! Sie sind eine Koryphäe auf dem Gebiet der Behandlung traumatisierter Menschen.«

Seine seltsame Freundlichkeit hatte sie schon stutzig gemacht, aber diese Worte aus seinem Mund machten sie regelrecht misstrauisch. »Die Sache scheint Ihnen ja unglaublich wichtig zu sein.«

Härtl winkte lässig ab. Zu lässig, fand Alicia.

»Sie sollen die Angehörigen betreuen. Den Vater des Jungen. Vielleicht eine geschockte Freundin, falls der Junge eine hatte …«

Draußen brach die Sonne durch die Wolkendecke. Es war, als hätte jemand da oben eine Flutlichtlampe über der weißen Landschaft angeschaltet. Der Klinikleiter ließ die Jalousie am Panoramafenster herunter. »Warum gucken Sie so irritiert? Sie haben das letzte Nacht doch großartig gemacht. Von Polizeiseite aus ist man hochzufrieden. Sogar dieser Ermittler war angetan. Der, den Sie vor Gericht nicht sehr gut haben dastehen lassen. Und wie mir der Leiter der Mordkommission erklärt hat, wird in vielen Städten mit Kriseninterventionsspezialisten gearbeitet, die nicht direkt aus den Reihen der Polizei kommen.«

Alicia wandte sich zur Tür. »Es geht Ihnen gar nicht um die Angehörigen, oder? Es geht hier nicht darum, die Polizei zu unterstützen. Und schon gar nicht um Noyan. Sie wollen nur gut dastehen, falls die Presse veröffentlicht, dass er in dieser Klinik war. Es geht hier im Grunde doch um die Qualitätssicherung. Das ist es, oder? Für so etwas habe ich keine Zeit.«

Seine Stimme wurde scharf – das immer gleiche Muster ihrer Gespräche. »Frau Behrens, Sie bleiben hier. Vielleicht haben Sie mich gestern nicht richtig verstanden. Wenn Sie Ihre Methoden weiterführen wollen, dann müssen Sie etwas für die Klinik tun. Dies hier ist ein Nebenjob mit ein paar Stunden Aufwand. Das pinkeln Sie doch in den Schnee.«

Sie lächelte. Er hatte das volle Manipulationsrepertoire auf Lager. »Warum fragen Sie nicht einfach einen der Kollegen. Die freuen sich vielleicht über ein Zubrot. Und die haben auch keine Verstrickungen mit dem ermittelnden Beamten.«

»Der Leiter der Einheit, Dr. Wiegand, hat explizit nach Ihnen verlangt.«

Alicia sah den Klinikleiter fassungslos an. »Erstens: Ich habe einen Job. Zweitens: Ich will keinen zusätzlichen. Drittens: Hauptkommissar Kamm und ich, das ist so ähnlich wie Sie und ich. Hohe Reibungsverluste. Es gibt sicher Psychologen bei der Polizei, die besser geeignet sind.«

Härtl wiegte den Kopf. »Dr. Wiegand ist der Meinung, dass Ihre unterschiedlichen Herangehensweisen der Sache dienlich sind und größtmöglichen Erfolg garantieren.«

Es war beiden klar, was der Kommissariatsleiter damit gemeint hatte: Alicia Behrens hatte sich – im Gegensatz zu anderen – nicht von dem Ermittler mit dem dominanten Gebaren einschüchtern lassen. Und alle hatten während der Gerichtsverhandlung mitbekommen, dass die beiden sich nicht mochten. Sie würde nicht den Mund halten, wenn der Kommissar Mist baute. Sie sollte die Garantie dafür sein, dass Sigi Kamm in der Spur blieb, bei einem Fall, der in der Öffentlichkeit große Aufmerksamkeit erregte. Es war das Letzte, worauf sie Lust hatte, und mit Sicherheit das Allerletzte, wonach ihm der Sinn stand.

»Und selbst wenn ich mich auf Ihre Presse-Spielchen einlassen würde, darf ich das doch gar nicht. Ich bin befangen.«

Dr. Härtl lachte bitter auf. »Wenn jemand nicht befangen ist von irgendwas, dann ja wohl Sie. Sie kümmern sich nicht mal um den Ruf der Klinik. Ich seh jetzt noch die Schlagzeile von damals: ›Kuschelklapse statt Knast!‹. Er trat auf Alicia zu. »Sie schulden mir etwas. Und der Polizei auch.«

»Nein. Ich habe damals meinen Job gemacht, und zwar sehr gut. Und die Polizisten haben den ihren gemacht. Punkt. Und wissen Sie, was ich einem Patienten empfehle, wenn er mit diesen Schuldmanipulationsversuchen kommt? Er kriegt die Aufgabe, sich ein schönes, großes Einmachglas zu besorgen. Das muss er einen Monat lang mit sich herumtragen. Jede Minute, beim Essen, beim Sport, beim Wandern. Und für jeden Versuch, jemand anderem für etwas die Schuld zu geben, muss er eine Bohne hineintun. Nach vier Wochen ist das Glas für gewöhnlich voll. Dann soll er in den Wald gehen, sich bewusst machen, was er da für einen Ballast mit sich herumschleppt, die Bohnen vergraben und sich schwören, dass er es sich ab jetzt leichter machen wird.«

Härtls Lippen waren zu einem schmalen Strich zusammengepresst. Alicia lächelte. »Wirkt Wunder.«

»Ich drücke mich noch mal ganz klar aus, Frau Behrens: Sie werden alles dafür tun, die Klinik und die Polizei zu unterstützen. Wenn auch nur der kleinste Verdacht in der Öffentlichkeit laut wird, dass die Klinik oder Ihre Perspektive-Gruppe Noyan Akay geschadet haben, dann sind Sie Ihren Job los, egal, ob es stimmt oder nicht. Die Presse vor eineinhalb Jahren war schon negativ genug, und ich lasse nicht zu, dass dieser Fall sich auch noch negativ auf unser Haus auswirkt.«

Alicia wollte heftig widersprechen, doch Härtl fuhr ihr unwirsch über den Mund. »Wir können uns während der Qualitätsprüfung keine schlechte Presse leisten. Wenn Sie weiter Schreitherapien veranstalten wollen, müssen Sie in dieser Sache kooperieren.«

Alicia schluckte trocken. Sie hatten schon oft diskutiert und auch gestritten. Aber so vehement hatte sie Härtl noch nie erlebt. Und dass er tatsächlich bereit war, ihr mit einer Kündigung zu drohen, erschreckte sie.

Es war nicht so, dass sie nicht bereit gewesen wäre, zu helfen. Aber sie hasste es und wurde regelrecht aggressiv, wenn jemand versuchte, sie für seine eigenen Zwecke einzuspannen, sie zu manipulieren, ihr nicht die Wahl zu lassen.

Und viel wichtiger: Was sie in der Klinik tat, liebte sie. Es erfüllte sie, wenn etwas in den Augen der Patienten zu leuchten begann. Es machte sie glücklich, nach all den Jahren noch. Genauso wie dieser Ort, an dem sie mühsam ihr Therapiekonzept aufgebaut hatte, und dieser ganz spezielle Job, den sie sich hart erarbeitet hatte.

»Sie können mich nicht einfach so rauswerfen.«

»Wenn uns der Fall Noyan um die Ohren fliegt, werde ich es.«

Der Fall Noyan.

In einem hatte ihr Patient so recht gehabt, als er bei ihr auf dem Gutshof aufgetaucht war. Er war so wütend gewesen, weil sie sein Liebesgeständnis als süchtige Liebe abgestempelt hatte, dass er ihr eine bittere Wahrheit um die Ohren knallte. »Ach, und du bist so wahnsinnig unabhängig? Du brauchst diese Klinik genauso wie wir! Sonst bist du doch einsam! Wo ist sie denn, deine Familie? Deine Beziehung? Dein erfülltes Leben neben der Kuschelklapse?«

Wie recht er gehabt hatte.

10

Als Sigi Kamm in sein Büro kam, klingelte das Telefon. Die Presse rief inzwischen im Minutentakt an. Er überflog die Rückrufbitten, die ihm seine Kollegen hingelegt hatten. Presse, Presse, Presse.

Trotz seiner ausgemachten Presseallergie – sie bezog sich nicht darauf, in einem guten Café mit einer guten Zeitung ungeplante Stunden genussvoll dahinziehen zu lassen – ging er ans Telefon. Hatte er gehofft, es sei sein Zeuge, der zur Vernunft gekommen war, wurde er nun auf den Boden der Tatsachen zurückgeholt.

Es war Mutasim Akay.

Und er war außer sich.

»In der Apotheke haben sie mich überfallen! Journalisten haben sogar versucht, Fotos von meinem Sohn aus der Intensivstation zu bekommen. Wie können Sie zulassen, dass dieses Pack sich so auf uns stürzt? Woher wissen die das?«

Sigi erklärte, dass es ihm leidtue und der Artikel der SgR-Zeitung schon aus dem Netz genommen sei. Akay schwieg so lange, dass er schon dachte, Noyans Vater hätte einfach aufgelegt. Hätte er nur.

»Wann haben Sie den Nazi endlich?«

Sigi presste Daumen und Zeigefinger seiner rechten Hand an die Nasenwurzel und drückte fest zu. Begegnungen mit Angehörigen gaben ihm zwar das Gefühl, dass es wichtig war, was er tat, und richtig. Doch zugleich gehörte es immer noch mit zum Schlimmsten, das dieser Beruf mit sich brachte. Manche Angehörige blieben einem ewig im Gedächtnis, über Monate, über Jahre. Auch dies könnte eine quälende Ermittler-Angehörigen-Beziehung werden, wenn Sigi es nicht schaffte, seinen Zeugen zu einer Aussage zu bewegen.

11

Keine Minute nachdem Sigi das Telefonat beendet hatte, trat der Leiter der Mordkommission in sein Büro. Das Jackett des grauen Anzugs spannte über Dr. Wiegands Bauch, als er sich auf dem Besucherstuhl niederließ, die Ellenbogen auf den Lehnen abgestützt, die Hände vor seinem Kinn gefaltet. Die Art, wie er mit seinen kleinen Augen unter den buschigen Brauen hervorsah, ließ Sigi ahnen, dass das Gespräch mal wieder unangenehm werden könnte.

Wiegand ging auf die sechzig zu, hatte also noch ein paar Jahre vor sich. Sigi gehörte seit sieben Jahren zu Wiegands Team und hatte sich schnell hochgearbeitet. Er war von Anfang an wie ein junger Hund gewesen, gierig, ruhelos und mit einem eigenen Kopf. Das erste Mal hatte Wiegand ihn vor vier Jahren an die Leine gelegt, als Sigi eine Durchsuchung ohne richterlichen Beschluss durchgeführt hatte. Der Antrag dafür lief damals bereits, und das alles war an sich kein Drama, fand Sigi. Und er hatte sich auch nicht über die Rüge geärgert, die Wiegand ihm verpasst hatte, sondern darüber, dass die Rüge nur erteilt worden war, weil ein Drecksanwalt versucht hatte, wegen des Formfehlers einen Freispruch vor Gericht für den Mörder herauszuschlagen. Noch heute dachte Sigi, dass es richtig gewesen war, was er getan hatte. Was war schon eine leicht verfrühte Durchsuchung gegen eine tote Sechzehnjährige?

Das zweite Mal war die Leine schon kürzer gemacht worden, als er einem Verdächtigen angeblich Gewalt angedroht hatte. Sein Kollege Hobrecker hatte ihn gedeckt, gesagt, der Tatverdächtige in dem Fall eines entführten und mutmaßlich getöteten Jungen habe da etwas missverstanden. Dr. Wiegand hatte Hobreckers Aussage nie recht geglaubt, das wusste Sigi. Er selbst dachte im Nachhinein, dass er sich da durchaus zu etwas hatte hinreißen lassen, dass er aber keinen Kollegen kannte, dem dies unter den damaligen Umständen nicht genauso gegangen wäre. Der Junge war erst neun Jahre alt gewesen. Später hatte man seine Leiche im Schrebergarten des Verdächtigen gefunden.

Und dann Noyan Akay. Vor eineinhalb Jahren. Ja, er war unschuldig gewesen, noch nicht mal wirklich tatverdächtig und damals noch minderjährig. Und Sigi hatte ihn hart angefasst, weil er sich der Vernehmung in einem Mordfall widersetzt hatte. Dennoch. Ein zugekokster Drogi, der ihm mit der Schuhkante eine Platzwunde an der Hand verpasst und zwei Kollegen ins Gesicht geschlagen hatte. Dr. Wiegand hatte Sigis Verhalten als unangemessen bewertet, aber erst, als es auch in der Gerichtsverhandlung gegen Noyan Akay so eingeschätzt worden war. Seitdem war das Verhältnis zwischen dem Leiter der Mordkommission und dem Hauptkommissar deutlich abgekühlt.

Jetzt saß sein Chef Sigi gegenüber und nickte ihm mit einem seltsam kollegialen Lächeln zu. »Wir haben einen Neuzugang in unserem Team. Sie wollten einen Psychologen und einen Kriseninterventionsspezialisten. Habe ich für Sie, beides in Personalunion. Wird Sie freuen. «

Warum nur hatte Sigi den Eindruck, dass das nicht ganz zutreffen würde?

Nachdem Dr. Wiegand das Büro verlassen hatte, sah Sigi minutenlang in die Luft. Sein einziger Zeuge hatte sich in einen verängstigten geprügelten Hund verwandelt, und nun band sein Chef ihm eine Frau ans Bein, die behauptete, dass sie nichts von Strafe und Gefängnissen hielt.

Sigi sollte stillhalten und Dienst nach Vorschrift machen, darum ging es.

Sein Handy klingelte. Das Display kündigte wieder eine Journalistin an. Aber diesmal war es Iris Radauer. Sigi sah dem Handy zu, wie es vibrierend Kreise auf dem Schreibtisch drehte und schließlich verstummte. Iris, seine Jugendliebe. Sie hatte schon über die Gerichtsverhandlung gegen Noyan Akay geschrieben, und wahrscheinlich wollte sie jetzt wieder Informationen aus erster Hand über den aktuellen Fall.

Er würde sie morgen zurückrufen. Oder am Wochenende.

Es klopfte, und Sigi brauchte eine Sekunde, um zu begreifen, wer da in der Tür stand.

12

Der Raum war schon nach kürzester Zeit überhitzt, doch mit Rücksicht auf die Dorfkirche jenseits des Parkplatzes, die auch unter der Woche für stille Einkehr genutzt werden konnte, wurden keine Fenster mehr geöffnet. An den beschlagenen Scheiben bahnte sich Kondenswasser seinen Weg. Der Schweiß in diesem Raum roch immer speziell.

Wie das Destillat von Angst.

Alicias Wutgruppe war am Ende zu Noyans liebster Therapieform geworden. Wochenlang war er heiser gewesen.

Das alles war lange nach dem Gerichtstermin gewesen, lange nachdem der Jugendrichter Sigi Kamm und ihr eine deftige Strafe wegen unbotmäßigen Verhaltens im Gerichtssaal aufgebrummt hatte, weil sie sich in die Haare bekommen hatten und trotz mehrfacher Ermahnungen des Vorsitzenden mit ihrer Diskutiererei fortgefahren waren.

Einen Patienten hätte sie in so einem Fall von Verbohrtheit gefragt: »Was ist dir wichtiger im Leben: dass du recht hast – oder dass du glücklich bist?«

Weiß der Teufel, was an dem Tag in sie gefahren war. Sie hatte unbedingt recht behalten wollen – und dafür bezahlen müssen. Dieser Hauptkommissar war allerdings auch besonders stur gewesen.

Sie hatte bei ihrer Sachverständigenaussage die berechtigte Frage gestellt: »Wer in der Situation wäre am ehesten in der Lage gewesen, anders zu handeln, damit sie einen anderen Ausgang nimmt? Einen ohne Gewalt? Nicht nur für Noyan. Auch für die Polizisten. Wir diskutieren hier doch über eine Situation, in der keiner der Beteiligten angemessen gehandelt hat.«

Dieser Kamm hatte einfach reingequatscht! »Sie standen noch nie einem zugedröhnten Jugendlichen gegenüber, von dem Sie nicht wissen, welche Waffe er in der Jacke hat.«

Alicia hatte ihn ungerührt angesehen. »Ich stand genug Menschen gegenüber, die Angst hatten, verzweifelt waren, die um Leben und Tod gekämpft haben.«

Jetzt sah sie in die Runde ihrer Patienten, die dicht gedrängt im

Kreis standen, sah die Angst in den Augenpaaren um sich herum. Ja, sie stand vielen Menschen gegenüber, bei denen es um Leben und Tod ging. Ihre Wutgruppe war nicht nur Noyans liebste Therapiegruppe gewesen, sie war auch Alicias Herzstück.

Sie durfte diese Gruppe nicht verlieren. Und erst recht nicht ihren Platz in dieser Klinik. Ja, sie würde alles tun, damit klar war, dass weder sie noch die Klinik einen Fehler im Fall Noyan gemacht hatten. Aber wie sie mit Kamm zusammenarbeiten sollte, war ihr ein Rätsel.

Noyan hatte damals trotz seines Rückfalls in der Klinik bleiben dürfen. Und da er sich vor Gericht einsichtig gezeigt hatte, war er um den Jugendarrest herumgekommen. Er hatte eine Menge Sozialstunden aufgebrummt bekommen und sie später bei einem gemeinnützigen Verein für Gewaltopfer abgearbeitet.

Nur Sigi Kamm und sie, sie hatten sich nicht einsichtig gezeigt vor Gericht.

13

Sigi musterte seinen alten Schulkumpel. Konrads Vorliebe für nahezu alles Essbare war ihm von Jahr zu Jahr mehr anzusehen.

Jetzt hielt er in der einen Hand seine beschlagene Brille und in der anderen eine gut gefüllte Tüte mit japanischen Schriftzeichen.

»Da ich deine Vorliebe für Döner und Steh-Thailänder kenne, dachte ich, ich bringe etwas mit, das nicht nur aus Glutamat und anderen Geschmacksverstärkern besteht.«

Dieses Mittagessen passte Sigi gerade gar nicht in den Zeitplan. Er stand auf. »Wenn ich ehrlich bin, ich hab im Moment schwer zu tun.«

Konrad trat ein. »Verstehe. Du hast unsere Verabredung vergessen.«

»Nein«, log Sigi.

»Du hast mich vergessen.«

»Komm, du weißt, ich war schon immer ein schlechter Freund.

Außerdem ist heute ein mittelschwer bis schwer beschissener Tag.«

»Umso mehr wirst du an dem interessiert sein, was ich dir anzubieten habe.«

Konrad stellte das Essen auf den Tisch, dem Umfang der Tüte nach zu urteilen mindestens vier Portionen, warf Mantel und Kappe über einen Besucherstuhl und nahm ächzend Platz.

Wenig später saßen sie sich an dem schweren Schreibtisch vor Sushi in Plastikschälchen gegenüber. Sigi warf einen Blick durch die Glastür zu seinen Kollegen, die in die Mittagspause verschwanden. Was Konrad ihm eben erzählt hatte, kam mehr als überraschend.

»Warum ich?«

»Du hättest alle Qualifikationen zum stellvertretenden Leiter eures Fachbereichs«, schmatzte Konrad. »Aber du wirst es in diesem Laden nie schaffen, weil du dir selber immer in die Quere kommst.«

Schön, dachte Sigi, solche Freunde brauchte man, die einem das Offensichtliche fett aufs Brot schmierten. Er betrachtete den Mann ihm gegenüber, der so anders war als er. Anzug, weltmännisch, manchmal ein bisschen zu laut, in der Fettzelle des Lebens sitzend. Er selbst trug zu seinen geliebten schwarzen Jeans auch Hemden, aber die waren nicht maßgeschneidert und hatten in der Regel auch keine dreistelligen Preisschilder.

Konrad lächelte feist. »Ich weiß, dass dich mein Angebot interessiert. Wir haben weitaus mehr Möglichkeiten als ihr hier. Uns sind die Hände nicht so gebunden wie euch.«

Einen Moment lang aßen sie schweigend.

»Mal ehrlich, Konrad. Kannst du dir mich in eurem Job vorstellen? Ich ermittle jeden Tag gegen Arschlöcher, Drecksmörder, Kinderficker. Was ihr da macht, gütliche Einigungen, Schadensbegrenzung … Wo ist da der Ernst? Deine Geschichten an Weihnachten sind vom Unterhaltungsfaktor her ganz weit vorne. Aber was interessiert mich eine ukrainische Putzfrau, die einen Industriellen zu Tode gevögelt und dann mit seinem Geld Deutschland verlassen hat? Er wird seinen Spaß gehabt haben.«

Konrad begann zu schwitzen und wischte sich energisch mit der Serviette über das Gesicht. »Du willst mir jetzt nicht allen Ernstes ein Loblied auf diesen Verein singen, oder? Erzähl mir nichts über den korrupten Laden. Diverse Drogenfahnder lassen einen Teil der Ware für den Eigenbedarf mitgehen, Kollegen hören sich gegenseitig ab, falls man ihnen mal ans Bein pissen sollte, und je höher die Leute sitzen, umso weniger geht es darum, Verbrechen aufzuklären. Da geht es nur noch um Karriere.«

Sigi kaute und hörte seine Kiefer mahlen. Konrad hatte nicht ganz unrecht, und er ritt ungeniert schmatzend darauf herum:

»Ich kenne noch genug Leute in allen Abteilungen. Und du weißt, es ist nur eine Frage der Zeit, bis man sich fragt, ob man der Einzige ist, der es sich nicht so bequem macht wie die anderen. Irgendwann hast du genau drei Möglichkeiten: Du machst mit, du bekommst einen Burn-out, weil du nicht mitmachst, oder du gehst. Für Letzteres biete ich dir eine gut bezahlte Möglichkeit.«

»Nicht jeder ist so. Und wenn alle gehen, bleiben nur noch die Idioten übrig.«

»Wenn ich die Wahl habe zwischen diesem trostlosen Haufen und meinem Leben – dann nehme ich meins! Möchtest du kein Sushi mehr?« Konrad griff nach der Schachtel und fuhr, ohne Sigis Antwort abzuwarten, fort, zu reden und zu essen. »Unser bester Mann war auch mal bei der Mordkommission. Zehn Jahre, dann hat er es nicht mehr ausgehalten. Hatte Kollegen, die zu faul waren, wegen eines Verdächtigen ein Fax nach China zu schicken, weil man das ja dann auf Englisch hätte schreiben müssen. Er kam zu mir. Hat drei Jahre einen guten Job in Deutschland gemacht. Mindestgehalt und Provisionsbeteiligung. Kam auf das Vierfache seines Beamtengehalts. Jetzt lebt er in Südamerika, hat eine nette Frau, meistens gutes Wetter und kümmert sich um die Jobs dort.«

»Warum kommst du damit ausgerechnet jetzt?«

Konrad sah ihn ernst an. »Einer meiner Angestellten hat sich zur Ruhe gesetzt. Genug verdient. Ich brauche jemanden, den ich schnell einsetzen kann. Und ich habe gute Erfahrungen mit Leuten, die früher bei der Polizei waren. Wenn ich jemandem zutraue, meine Aufträge durchzuziehen, dann dir. Die ersten Jahre in Deutschland.« Plötzlich zeigte Konrad ein großes Lächeln. »Mit 'nem guten Job findest du vielleicht auch mal eine, die bei dir bleibt. Und die Schreihälse mit dir in die Welt setzt. Der beste Grund, warum wir diesen ganzen Mist überhaupt machen.«

Sigi musterte seinen alten Schulfreund misstrauisch. »Das Problem ist, dass ich eben nicht an Beziehungen glaube. Ich habe noch keine gefunden, die das ähnlich sieht.«

»Wenn du so weitermachst, wirst du als verbitterter Misanthrop enden. Drei Herzinfarkte und das einzige Wesen in deiner Nähe ein Hamster, der nicht weglaufen kann.«

»Dafür spare ich mir den ganzen Ehestress vorher. Ein fairer Deal.«

Konrad grinste. »Dann spar dir doch auch den Stress hier. In diesem Verein.«

»Ich mag meinen Job.«

»Denk drüber nach.«

Sigi sah zu dem Besprechungsraum hinüber, in dem er seit fast sieben Jahren mit seinen Kollegen Fälle durchging. Wäre es wirklich so unvorstellbar, diesen stickigen Team-Raum mit dem abgenutzten ovalen Tisch gegen einen Neustart einzutauschen?

»Wann würde es losgehen?«

»Sozusagen sofort. Auftraggeber wieder eine Bank. Zielobjekt: ein ehemaliger Angestellter. Hat Geld veruntreut, seine Strafe fast abgesessen. Damit ist der Fall strafrechtlich durch, aber die Kohle ist nach wie vor weg. Vier Millionen. Der Mann wird im Februar entlassen. Und du sollst noch mal ermitteln. Nicht für den Staat, für mich. Für die Bank. Irgendwann führt er dich zu dem Geld. Dann gibt's einen runden Tisch, und wir machen dem Betrüger klar, dass er das gesamte Geld sofort zurückerstattet, dafür lässt die Bank ihn in Ruhe. Und du bekommst den Scheck deines Lebens, machst erst mal Urlaub.«

Am anderen Ende des Fachkommissariats mit dem offenen, freundlichen Mittelteil, um das sich die Büros der Beamten schachtelten, sah Sigi Dr. Wiegand.

»Ich bin ein paar Tage unterwegs«, fuhr Konrad fort. »Einem

Kunstmäzen ist ein Hundertwasser gestohlen worden. Er verdächtigt seinen eigenen Sohn, deswegen will er die Polizei draußen halten. Auf dem Rückweg komme ich wieder vorbei. Du hast eine Woche zum Überlegen.« Konrad zog eine Schachtel mit Zigarillos aus der Manteltasche. »Auch eine?«

Sigi schüttelte den Kopf. Dieses ganze Mittagessen lag ihm irgendwie schwer im Magen.

14

Neunundzwanzig schwitzende Genesende samt den beiden Assistenten drängten sich strumpfsockig und in leichter Sportbekleidung die Wände entlang, auf blauen Gymnastikmatten, wie jeder sie aus dem Turnunterricht zu Schulzeiten kannte. Schulter an Schulter.

Alicia stand in der Mitte, wie die Schamanin eines Stammes bei einem seltsamen Initiationsritus. Neben ihr trat Evelyn von einem Fuß auf den anderen. Es war nicht so, dass die unscheinbare Frau Ende zwanzig nicht auf Körperpflege achten würde. Ihr Deo versagte hier nur schon nach den ersten Minuten.

Willkommen in der Wutgruppe.

»Das kann ich nicht. Da krieg ich Panikattacken.«

Alicia winkte ab. »Ach, mit Panikattacken hab ich auch mal geflirtet, als ich jung war. Das hat sich gelegt.«

Evelyns Gesichtsausdruck verdüsterte sich schlagartig. Keine Überraschung. Es gab ab einem gewissen Punkt zwei Arten von Patienten: Die einen, die lange der Meinung waren, dass sie kein Problem hatten, bis sie aufwachten und zusammenbrachen. Und die anderen, die glaubten, sie seien die ärmste Sau auf Erden, und gekränkt waren, wenn sie erfuhren, dass sie nichts Besonderes darstellten. Evelyn gehörte in die zweite Kategorie. Alicia legte noch eine Schippe drauf. »Du kannst ja süß böse gucken. Aber das hat deinen Vater nicht davon abgehalten, dich regelmäßig zu schlagen. Nicht wahr?«

Evelyn begann zu schnauben. Sie steckte noch mitten in der

Phase, in der sie alle Wut und jeden Widerstand auf die Therapeuten projizierte. Das war okay. Zur richtigen Zeit würde sich das ändern. Und in diesem Raum war aller Ärger hochwillkommen. Hier war jeder Hass am richtigen Platz.

»Sag es uns einmal: Manchmal würde ich dich am liebsten umbringen!«

Einige Minuten später, als allen schon die Sportkleidung auf der Haut klebte, klopfte es. Alicia bat den Assistenten, zu übernehmen, und schlüpfte zur Tür hinaus. Auf ihren nackten Armen schimmerte bereits ein dünner Schweißfilm, und die Haare klebten ihr im Gesicht.

Sigi Kamm blickte missbilligend auf die Tür, aus der sie gekommen war und hinter der das Geschrei immer lauter wurde: »Manchmal würde ich dich am liebsten umbringen! Manchmal würde ich dich am liebsten umbringen!«

Der Hauptkommissar schüttelte den Kopf. »Finden Sie das konstruktiv?«

Alicia verschränkte die Arme vor dem Oberkörper. »Ja.«

»Wie können Sie das nur forcieren?«

»Integrieren. Ist ein Unterschied.«

»Geht das jeden Tag so?«

»Nein. Letztes Mal haben wir gebrüllt: Ich scheiß auf eure Meinung.«

»Manchmal würde ich dich am liebsten umbringen!«, schallte es zu ihnen auf den Flur.

Alicia war stolz auf Evelyn. Es hatte nicht lange gedauert, bis sie nach den ersten zaghaften Versuchen, ihre Wut zuzulassen, einen mutigen Schritt nach vorne gewagt hatte.

Alicia grinste Sigi Kamm herausfordernd an. »Nicht die Wut in uns ist das Problem, das sage ich vor jeder Wutgruppe, sondern zu leugnen, dass es sie gibt. Man kann nicht lernen, mit etwas umzugehen, dessen Existenz man leugnet.«

Auch Noyan war damals lieber schlecht gelaunt als wütend gewesen. Bis er sich getraut hatte. Er hatte geschrien und geschrien und geschrien, den gleichen Satz immer wieder, ihn ausgespien. »Ich hasse dich! Ich hasse dich! Ich hasse dich!« Er hatte jedem der neunundzwanzig Mitpatienten diesen Satz ins Gesicht schleudern und ihm dabei fest in die Augen sehen müssen. Nach einem Drittel der Runde war sein Schreien in ein Schluchzen übergegangen. Nach der Hälfte war er in hysterisches, erleichtertes Lachen ausgebrochen. Und am Ende war er erschöpft zusammengesunken, selig, ausgelaugt, fertig mit der Welt.

Sigi Kamm verschränkte in dem kalten Flur die Arme und sah auf die Tür, hinter der das »Manchmal würde ich dich am liebsten umbringen …« gerade in ein Schluchzen überging. »Diese Kriseninterventionssache war nicht meine Idee.«

Alicia wurde ungeduldig. »Davon bin ich auch nicht ausgegangen. Wie Sie hören, habe ich Wutgruppe, worum geht es?«

»Sie haben diesen Job angenommen. Sagt mein Chef. Warum?«

»Wegen Noyan und seinem Vater.« Dass das nur die halbe Wahrheit war, musste er ja nicht wissen.

»Worauf muss ich mich einstellen? Schaffen Sie es, sich um die Opfer zu kümmern, ohne uns in die Suppe zu spucken?«

»Ich mache das hier nicht für Sie. Sondern für meinen ehemaligen Patienten. Und ich mache es auf meine Weise.«

»Das habe ich befürchtet.«

15

Sie saßen in dem verwaisten Sechzigerjahre-Esssaal. Auf den Holztischen stand Weihnachtsdekoration, die ebenfalls aus den Sechzigern stammen könnte. Paul aus der Küche brachte ihnen eine Kanne Kräutertee.

Sigi Kamm hielt den Mann in der weißen Schürze zurück. »Gibt's auch Kaffee?«

Paul sah kurz unsicher zu Alicia. »Nein.«

Der Hauptkommissar schien geradezu entgeistert. »Sie verbieten Ihren Patienten nicht allen Ernstes Kaffee?«

Alicia zuckte mit den Schultern. »Zurzeit schon. Es gab eine Tendenz bei vielen, sich damit wegzumachen.«

»Wegzumachen?«

»Sich aufzuputschen, abzulenken, die Gefühle wegzumachen, die hier hochkommen.«

Der Hauptkommissar schüttelte fassungslos den Kopf. Alicia dankte Paul und schenkte Tee ein. Als sie einen Schwung Zucker in ihre Tasse kippte, legte Sigi Kamm ihr eine Hand auf den Arm.

»Zucker? Aber doch nicht so viel! Sie machen sich ja völlig weg!«

Alicia musste grinsen. »Also, bringen wir es hinter uns. Ich bin bereit, mich um Mutasim Akay zu kümmern, ihm zu helfen, sich gute Unterstützung zu organisieren, und einen Akut-Therapieplatz zu bekommen«

Sigi Kamm musterte sie. »Wir brauchen Sie auch für unseren Zeugen. Rüdiger Brandt. Heute Morgen wurde er von zwei vermummten Männern zusammengeschlagen. Jetzt will er nicht mehr aussagen. Er hat Angst. Verständlicherweise. Aber wir brauchen seine Aussage. Dringend. Bevor ich ihn vom Staatsanwalt vorladen lasse, versuchen Sie, ihn dazu zu bewegen, ein Protokoll und eine Objektivzeichnung zu machen.«

»Gestern sagten Sie, er hätte Ihnen eine Täterbeschreibung gegeben. Reicht das nicht für so ein Phantombild?«

»Als Beschreibung ist es recht genau, aber für eine Zeichnung muss sich der Zeuge mehrere Stunden mit einem Profi an den Computer setzen. Es werden so lange Gesichtsformen, Augen, Mund und Nasenformen ausprobiert und angeglichen, bis der Zeuge wirklich sagen kann: Genau so sah er aus. Mit der Beschreibung allein bekommen wir so eine Zeichnung nicht hin. Oder nur ein Allerweltsgesicht, und im schlimmsten Fall ist es total verfälscht. Wenn wir jetzt eine ungenaue Zeichnung anfertigen, erkennt den Täter niemand wieder – nicht mal, wenn er danebensteht. Mit einem Phantombild könnten wir an die Öffentlichkeit gehen, und vielleicht haben wir den Typen dann innerhalb weniger Stunden. Also …«, Hauptkommissar Kamm nickte ihr auffordernd zu. »Bringen Sie Brandt zur Vernunft.«

Alicia lehnte sich zurück. Als sie sprach, langsam, freundlich, nahm sie etwas Kampfeslustiges in seinen wässrig-blauen Augen wahr. Und etwas unangemessen Intensives lag in seinem Blick.

»Ich glaube, Sie haben etwas Grundlegendes an der Tätigkeit eines Kriseninterventionsspezialisten missverstanden. Und an meiner Arbeit auch. Ich arbeite nicht für die Polizei, indem ich Menschen manipuliere und dränge, sondern für die psychische Gesundheit und Weiterentwicklung meiner Patienten.«

»Ja, ja«, winkte er ab und fegte dabei fast einen Engel aus Tannenzapfen vom Tisch. »Machen Sie Ihr ganzes Psychoprogramm, wenn es hilft. Ich brauche seine Aussage. Im Moment habe ich als Belastungszeugen nur den Beamten, der die Täterbeschreibung aufgenommen hat. Hörensagen, das reicht nicht.«

»Ich werde den Mann nicht zu irgendwas überreden.«

»Aber ich kann ihn noch nicht mal schützen lassen, wenn er nichts sagt. Bitten Sie ihn wenigstens, sich Fotos von möglichen Tätern anzusehen, die schon mal straffällig geworden sind.«

»Wenn der Mann den Eindruck bekommt, dass ich letztendlich doch nur Ihr verlängerter Arm bin, ist jedes Vertrauen weg. Und ich schätze, davon bringt er sowieso nicht viel mit nach alldem. Dann kann ich mir die ganze Sache als Krisenintervention-spezialistin sparen.«

»Ja, aber …«

»Wie funktionieren Sie?«, unterbrach sie ihn und lachte auf. »Sind Sie im Ja-Aber-Modus? Auf alles, was ich nicht tun will, haben Sie ein ›Ja aber‹?«

Sigi Kamm krempelte die Ärmel seines blauschwarz gestreiften Hemdes hoch. Seine Unterarme waren kräftig, blond behaart, Venen traten bläulich unter der hellen Haut hervor. Er sah sie unverwandt an.

Alicia seufzte und stand auf. »Machen Sie mir einen Termin. Ich kann um drei Uhr hier weg.«

Er erhob sich ebenfalls. »Können wir wenigstens so verbleiben: Wenn mein Zeuge sich Ihnen unbedingt offenbaren will, hindern Sie ihn nicht daran.«

Sie warf ihm ein »Damit kann ich leben« zu und ging an ihm vorbei zur Glastür.

Vor dem prächtigen Weihnachtsbaum am Empfang hielt er ihr die Hand hin. Sie wedelte kurz mit der Zigarettenpackung.

»Ich begleite Sie hinaus.«

Eine helle Stimme flötete zu ihnen herüber. »Ui, krieg ich auch eine?«

Alicia wandte sich um und erkannte Monika. Jung, schön, ihre langen Beine in schwarzen Leggins verpackt, eher tänzelnd als gehend und den Blick neugierig auf den Hauptkommissar gerichtet.

»In sechs Wochen, wenn du heimgehst.« Alicia sah zu Kamm hinüber, der Monika aufmerksam musterte. Wieder dieser unangemessen intensive Blick.

»Monika«, wandte Alicia sich an die junge Frau, die den Kopf leicht geneigt hielt, mädchenhaft lächelte und die Augen nicht von Sigi Kamm abwendete. »Wieso bist du hier?«

Das Lächeln der Patientin fiel in sich zusammen. Nun sah sie beleidigt aus wie eine Vierjährige. Ihre Haltung verlor die Grazie, ihr Blick sprach Bände. »Ja, ja, hab's kapiert. Beziehungssüchtig.«

Damit stapfte sie unmädchenhaft weiter, drehte sich an der Treppe allerdings noch mal um und warf dem Kommissar einen trotzig flirtiven Blick zu. Sigi Kamm sah ihr grinsend nach.

»Herr Kamm, hören Sie auf zu grinsen. Sie sind für die Frau gerade nicht mehr als ein Glas Schnaps für einen Alkoholiker.«

»Meinen Sie manches von dem, was Sie sagen, eigentlich auch ernst, oder versuchen Sie Ihre Patienten nur so lange zu nerven, bis sie lieber gesund werden, als sich das weiter anzuhören?«

Alicia seufzte und trat durch die große Drehtür nach draußen in den Schnee. Wie sollte sie jemandem, der nichts davon hören wollte, erklären, dass es fast egal war, womit man sich abschoss: mit Drogen oder Alkohol, mit ständigen Romanzen oder Sexsucht ... Sie selber hatte Jahre gebraucht, um es zu kapieren. Man konnte anderen Menschen sehr nahekommen, um zu vermeiden, sich selbst nahe sein zu müssen.

Er kam ihr hinterher. »Keinen Kaffee, keinen Alkohol, strengere Enthaltsamkeit, als die katholische Kirche sie fordert. Macht das Leben eigentlich noch Spaß, wenn man in allem das Böse sieht?«

»Sagen Sie es mir, das ist doch Ihre Lebenshaltung.«

Sie gaben sich draußen nicht mehr die Hand.

16

Verena spürte die heiße Holunderbeersuppe durch den Styroporbecher, durch die Tüte darum (»Ihre Daily-Soup! Jeden Tag ein anderes Highlight!«) und die wollenen Handschuhe hindurch. Ihr Atem hing in weißen Wattefetzen in der Luft, und auch wenn der Weg von der Innenstadt zu ihrem kleinen Steuerberatungsbüro nur ein Katzensprung war, fror sie.

Sie hatte das Büro damals genommen, weil es so zentral gelegen war, unweit des Platzes der Deutschen Einheit mit dem hässlichen Mahnmal gegen Faschismus. Doch als sie nun die Seitenstraße hinuntereilte, vorbei an den sanierten dreigeschossigen Jahrhundertwendehäusern, vorbei an den Aufgängen ins Hochparterre, an denen der Putz abbröckelte und kahle Mauerwunden zeigte, gestand sie sich ein, dass sie sich hier nie recht wohlgefühlt hatte. Es war eben nur ein Kompromiss gewesen. Nicht Süddeutschland. Kein Häuschen mit Privatwohnung und Büro und kleinem Garten. Ein Kompromiss, um Rüdiger nicht zu verlieren.

Sie nahm den Aufgang mit den massivsten Putz-Schäden in der ganzen Straße. Im Vorbeigehen warf sie einen Blick auf das blank geputzte Schild am Hauseingang. »Steuerbüro Verena Brandt«. Sie durfte nicht vergessen es abzumontieren.

Sie trat in die kleine Zweizimmerwohnung. An den Wänden hingen großformatige, teuer gerahmte Fotos der Alpen. Der sechshundert Kilometer entfernte Traum. Sie stieß gegen einen der Umzugskartons, als das Telefon klingelte und sie in das vordere Büro eilte. Wuttka, ihr größter Kunde der letzten Jahre, wollte heute anrufen, um die letzten Details der Festanstellung zu besprechen.

»Steuerbüro Verena Brandt?«

»Ich bin's. Rüdiger.«

Sie stellte die Suppe ab, klemmte den Hörer zwischen Kinn und Hals und zog sich umständlich den Mantel aus. »Hi. Wenn du wegen deiner Krankenkassensachen anrufst, die müsstest du selber haben.«

»Es geht um was anderes.«

Rüdiger klang komisch nuschelig. Als hätte er einen schlimmen Kater. Die Pause am anderen Ende der Leitung ließ erahnen, dass dies kein erfreuliches Gespräch werden würde.

»Ich kann Susanne heute nicht nehmen.«

»Rüdiger, das geht nicht! Ich muss das Büro abwickeln! Ich hab mich drauf verlassen, dass sie bis Sonntag bei dir sein kann!«

Er schwieg einen Moment. »Kann deine Mutter nicht einspringen?«

War es wirklich möglich, dass sie sich noch gestern eingebildet hatte, diesen Mann zu vermissen?

»Verdammt! Wir hatten eine Abmachung! Susa soll so wenig wie möglich unter der Trennung leiden! Wir kümmern uns beide!«

Er wurde etwas lauter.

»Es ist mir was dazwischengekommen. In ein paar Tagen nehme ich sie wieder.«

Warum sagte er nicht einfach, was los war? Wie sie es hasste, nachzufragen.

»Verena, deine Mutter reißt sich doch sonst auch darum, Susanne zu nehmen. Was ist denn jetzt schon wieder so schlimm daran? Susanne kennt doch ein, zwei Mädchen in Zehlendorf. Und dann kann sie nach Berlin reinfahren, das findet sie doch klasse.«

»Wie soll das funktionieren, wenn ich ab Januar die Festanstellung habe und du ständig absagst? Du bist doch der, der seit Monaten keinen Job hat! Wieso kriegst du es nicht mal hin, deine Tochter zu nehmen? Wenn Mama sie jetzt nimmt, dann beschwer dich nicht, wenn Susa die ganzen Weihnachtstage auch bei ihr ist!«

Damit legte sie auf. Sie wusste, dass es gemein war, Rüdiger wegen seiner Arbeitslosigkeit Vorwürfe zu machen. Sie wusste, dass sie übertrieben hatte, er sagte nicht ständig ab. Aber er war unzuverlässig, das war er immer gewesen. Sie hatte es immer gewusst und dennoch gehofft, dass er sich ändern würde.

Sie atmete tief durch, wartete, bis der größte Ärger verraucht war. Dann griff sie zum Telefon, zögerte, legte wieder auf. Atmen. Schließlich drückte sie die Drei auf der Kurzwahltastenliste.

»Silvia Zettel?«

Rüdiger hatte ihre Mutter einmal mit einer dieser ewig aufgeweckten und pfiffigen Großmütter aus schlimmen Samstag-Vorabend-Fernsehserien verglichen. Er hatte nicht ganz unrecht gehabt, aber Verena hatte es ihm trotzdem übel genommen.

»Mama, ich bin's.«

»Oh, diesen Tonfall kenne ich. Es ist wieder was mit diesem Kerl.«

»Mama.« Verena atmete zweimal ein und aus. Bewusst und langsam. »Er ist Susannes Vater.«

»Was ist los, will er Unterhalt von dir?«

»Kannst du Susa nehmen?«

»Sie kann immer zu mir. Jederzeit. Aber du solltest den Kerl aus deinem Leben entsorgen.«

»Ich bin dabei. Aber in Susas Leben wird er nun mal bleiben.«

»Anscheinend legt er nicht viel Wert darauf.«

»Mama! Du sagst so was doch nicht zu Susa, oder?«

»Kind. Ich misch mich nicht in eure Erziehung ein. Aber meiner Tochter sage ich, was ich denke. Wann reichst du endlich die Scheidung ein?«

Verena starrte auf das Bild an der Wand. Ein Berggrat, mit Schnee bedeckt, von der Sonne beschienen, weit, frei und wuchtig.

17

Inmitten weißpudrigen Neuschnees die rote Blutlache. Aus allen Perspektiven: das Messer, die verschmierte Klinge. Im Schnee, in der Asservatentüte, auf dem Untersuchungstisch der Kriminaltechnischen Abteilung. Die eine Wand des länglichen Besprechungsraumes war mit Tatortfotos übersät. Dazu Fotos des Zeugen aus der Tatnacht, noch ohne die Verletzungen im Gesicht, aber mit einer bösen Schnittwunde an der Hand. Neben Brandts Bild hing die bisherige Täterbeschreibung.

Sigi Kamm war allein, warf über den Beamer Fotos auf die Projektionsleinwand. Hunderte Fotos, die Noyan auf Demonstrationen gegen rechts geschossen hatte und die seine Kollegen noch nicht zu sichten geschafft hatten.

Sein Team war auf sieben Ermittler angewachsen. Er hatte sie alle losgeschickt. Dennoch lief es schleppend. Die DNA-Untersuchungen an Noyans Kleidung dauerten. Fotos des Messers waren an alle Geschäfte in Potsdam und Umgebung geschickt worden, die Messer vertrieben. Bisher ohne Erfolg. Die Befragungen in der Schule waren ohne nennenswertes Ergebnis geblieben. Ein Drittel von Noyans Mitabiturienten war hingerissen von dem engagierten Schüler. Dieses Drittel war vornehmlich weiblich. Ein Drittel befand Noyan für arrogant. Die anderen erlebten ihn als Spaßbremse, seit er Alkohol und Drogen abgeschworen hatte. Ernst zu nehmender Ärger mit einem Neonazi? Keiner wollte etwas davon gewusst haben.

Der alte Mann, der auf Rüdiger Brandts Bitte hin die Polizei zum Tatort gerufen hatte, konnte nicht mehr aussagen als in der Tatnacht selbst. Er war zu weit weg gewesen, um eine Täterbeschreibung abzugeben.

Woher der Täter wissen konnte, wer der Zeuge war und wo er wohnte, blieb fraglich. Das Krankenhauspersonal, das in der Nacht Dienst gehabt hatte, schwor, keine Patienteninformationen herausgegeben zu haben.

Sigi klickte sich durch die Bilder. Eines nach dem anderen. Noyan hatte wie besessen fotografiert. Nicht nur in Potsdam, auch in Berlin war er gewesen, in umliegenden Kleinstädten, auf dem Land. In Übergröße stierten Glatzköpfe von der Wand herunter. Ein schwarzer Pulk nach dem anderen wälzte sich über die Projektionsfläche. Immer wieder einzelne Köpfe in der Nahaufnahme. Viele der Männer waren vermummt, hatten Tücher vor dem Gesicht.

Zuerst sichtete Sigi die Bilder von der verhinderten Neonazidemonstration vor zwei Monaten, zu der Noyans Initiative an die dreitausend Gegendemonstranten mobilisiert hatte. Überall selbst gebastelte Schilder »SgR – Schule gegen Rassismus«. »Potsdam bekennt Farbe«. »Kein Sex mit Nazis«. Sigi grinste.

Noyan hatte sich Feinde gemacht, keine Frage.

»Wer von den Vollidioten bist du«, murmelte er.

Nach einer halben Stunde wechselte er in den nächsten Unterordner. Weitere hundert Fotos. Er kniff die Augen mehrmals hintereinander schnell zusammen. Sie brannten vom aufmerksamen Schauen und der Heizungsluft. Er würde diesen Winter wohl nicht um einen Augenarzttermin herumkommen und beschloss, sich morgen darum zu kümmern. Oder spätestens, wenn der Fall durch war.

Er brauchte dringend eine Pause und wollte sich einen Kaffee holen, als sein Handy klingelte. Schon wieder Iris.

Das Telefon drehte erneut seine Kreise auf der Schreibtischplatte. Iris war erst wieder bei den Altabitreffen aufgetaucht, seit sie mit ihrem Mann, irgendeinem Filmfuzzi, von München nach Babelsberg gezogen war. Sie hatte vor einiger Zeit einen Artikel darüber geschrieben, welch große Fortschritte Potsdam in der Jugendjustiz machte. Schnelle Verfahren, zeitnah an den Taten. Im Zuge dessen hatte sie eines Tages in seinem Büro gestanden, um ein Interview mit ihm zu machen. Und er hatte sich gefragt, ob er nicht eine große Lebenschance hatte sausen lassen. Damals, nach dem Abi, als sie seine erste ernsthafte Liebe gewesen war, er jedoch irgendwann gedacht hatte, es müsse noch viel mehr geben in der Welt da draußen. Noch viel mehr Leben.

Iris war an allen Verhandlungstagen in der Sache Akay anwesend gewesen, hatte eifrig mitgeschrieben und mehrere Artikel veröffentlicht.

Dr. Behrens hatte nicht aufgehört, sich einzumischen. Anstatt bei ihrer Sachverständigenaussage über Noyan Akays schwere Kindheit und den ganzen abgedroschenen Scheiß zu bleiben, fing sie mehr oder weniger an, die Ermittler und ihre Arbeit infrage zu stellen: »Ich sehe hier keinen Sinn von Strafe. Außer Abschreckung. Und die wirkt, was die Wurzeln des Problems angeht, eher verstärkend.«

Sigi schüttelte den Kopf und murmelte: »Gleich kommt Schwimmen mit Delfinen.«

Der Richter bemühte sich redlich, für Ruhe zu sorgen. Doch Sigi konnte wieder und wieder den Mund nicht halten und diese Dr. Behrens leider auch nicht. Sie erzählte etwas davon, dass Noyan Akay bereit sei, Dinge wiedergutzumachen, insbesondere dass er Menschen verletzt hatte. Dass er sich in die Gesellschaft eingliedern und Sozialstunden ableisten würde.

Sigi warf ein, dass Dr. Behrens wahrscheinlich wirklich daran glaube, was sie da erzählte. Aber meinte Noyan Akay es ehrlich? Oder würden sie ihn in zwei Wochen wieder aufgreifen?

Sie antwortete, ohne ihm auch nur eine Pause zum Atmen zu lassen, dass die Rückfallquoten nach ihrer Therapie dreißig Prozent unter denen bei Jugendarresten lägen, und fügte hinzu: »Von Gefängnissen ganz zu schweigen.«

»Prima«, sagte Sigi, »dann schaffen wir doch die Gefängnisse ab.«

Dr. Behrens hielt das für einen guten Denkansatz, und im Saal wurde gelacht. Dem knorrigen Mann in der Robe waren die Gesichtszüge entglitten, und er forderte sie beide nachdrücklich auf, nur auf seine Fragen zu antworten. Es hatte noch vier Sätze gebraucht, bis der Richter laut geworden war:

Sigi regte sich auf, dass das Bedauern von Drogensüchtigen genau bis zum nächsten Schuss oder bis zur nächsten Nase reichte, das könne er nach zwanzig Jahren Polizeierfahrung sagen. Und das sei lebensnaher als ein Psychologiestudium.

»Lässt aber jede Menge Platz für blinde Flecken«, erwiderte Dr. Behrens wie aus der Pistole geschossen.

»Wer hätte gedacht, dass Sie und ich so schnell Gemeinsamkeiten finden«, lächelte er sarkastisch.

Der Richter verpflichtete sie beide zu fünfhundert Euro Ordnungsgeld wegen unbotmäßigen Verhaltens im Gerichtssaal, laut und deutlich, zu hören bis in die letzte Reihe der Zuschauerbänke.

Iris Radauer lachte sich tot über die Strafe, auch abends noch, als sie bei Sigi war, wie jeden Dienstag, seit sie sich wieder trafen. »Yoga«. So viel zum Thema glückliche Ehe. In Sigis Augen wieder ein Beweis, dass diese Sache nicht funktionierte.

Aus dem Sex an jenem Abend war allerdings nichts geworden. Sie waren nicht mal bis zum Wein gekommen. Iris hatte ihn gefragt, ob er vielleicht nicht doch ein bisschen zu hart vorgegangen sei, in der Nacht, als er Noyan aufgegriffen hatte. Er sei ja schon zu Abiturzeiten recht forsch gewesen. Und sei es auch jetzt noch, wenn es nicht nach seiner Nase ging.

Das Handy auf Sigis Büroschreibtisch hörte auf zu klingeln. Nein, Sigi fand noch heute, dass er richtig gehandelt hatte. Vielleicht hatte er sich in einem geirrt: Noyan hatte sich anscheinend tatsächlich verändert. Diese Behrens und ihre sonderbare Klinik hatten etwas in dem koksenden Schüler bewegt. Es war sicher kein Spaziergang für Noyan Akay gewesen, schon gar nicht mit dieser Therapeutin, aber er hatte etwas erreicht, hatte sich für das Richtige eingesetzt. Und das hatte ihm eine Hitlerfresse genommen.

Sigi konzentrierte sich wieder auf die Leinwand, von der ein Skinhead mit weit aufgerissenem Mund und Hass in den Augen zu ihm herunterblickte.

Dann kam das Foto 3045.

Und mit einem Mal saß Sigi aufrecht. Die Aufnahme stammte aus dem letzten Winter: Eine Reihe Polizisten in dunkelblauen Kampfanzügen, schusssicheren Westen, massiven Schienbeinschonern bis zu den Knien. Weiße Helme. Die Einsatzkräfte trennten Gegendemonstranten und einen Pulk Schwarzgekleideter mit schwarz-weiß-roten Fahnen. Im Hintergrund wölbte sich mit seinem ganzen klassizistischen Stolz und weit über die Dächer der Stadt hinaus die Tambourkuppel von Schinkels Nikolaikirche. Die Großdemonstration in Potsdam vor zwölf Monaten. Sigi vergrößerte den Bildausschnitt mit den Nazidemonstranten. Keiner, der auf die Beschreibung des Täters passte. Aber in dritter Reihe ein anderes Gesicht. Verhuscht, still, ohne zu skandieren. Ein Pfannkuchengesicht mit Pferdeschwanz. Er hatte diese Frau erst gestern für einen Mann gehalten. Petra Sanders. Die Vermieterin seines Zeugen.

Sigi sprang auf. Sanders war bei den Neonazis und konnte im Vorderhaus über jede Bewegung ihres Mieters wachen.

Deshalb machte der Mann den Mund nicht auf.

18

Wie ungeschickt er sich anstellte, als er Noyan die Fingernägel säuberte, unter denen noch Blutreste klebten. Hatte er das schon jemals gemacht? Als Mutasim versuchte, sich an die Zeit zu erinnern, in der Noyan noch zu ihm auf den Schoss geklettert war, waberte nur zäher Nebel durch seinen Kopf. Die Erinnerungen mussten irgendwo sein, aber sie hatten sich verkrochen. Was sollte er seinem Sohn sagen?

Er hatte auch nicht gewusst, was er Dr. Behrens sagen sollte, als sie da gewesen war. Er war froh gewesen, einen Menschen zu sehen, der nicht – wie die Ärzte hier – den Augenkontakt vermied. Aber wie er sich fühlte? Ob er etwas brauchte? Er hatte nichts antworten können.

Dr. Behrens hatte ihm geraten, mit Noyan zu sprechen. Müsste ihm nicht ganz viel einfallen, was er in dieser Situation zu seinem Kind sagen wollte? Sollte? Müsste?

Doch da war nichts außer dem Nebel und dem Piepen der Apparate und dem rhythmischen Geräusch der Lungenmaschine.

Darauf lief es nun also hinaus. Er hatte Adiba verloren und einen wütenden Sohn bekommen, wo vorher ein Junge gewesen war, der ihn gerne in der Apotheke besucht hatte und der mit ihm ebenso gerne im Kanu paddeln wie in die Moschee gegangen war. Wenn Noyan starb, wofür war sein Leben dann gut gewesen?

Vor der Intensivstation stand ein Polizist. Zum Schutz, wie ihm mitgeteilt worden war.

Zu spät. Alles zu spät.

19

Nach der Klinik war Alicia auf der Intensivstation im Krankenhaus gewesen. Es war schlimm, Noyan so zu sehen, und sie hatte ihre Trauer nicht versteckt. Herr Akay hatte sie in seiner versteinerten Hilflosigkeit tief berührt. Er tat sich so schwer damit, irgendwie Kontakt zu seinem Sohn aufzunehmen.

Alicia war froh, dass sie auf dem Weg vom Krankenhaus zu Rüdiger Brandt ein wenig Zeit gehabt hatte, sich zu sammeln. Für gewöhnlich war ihre Fähigkeit, sich ganz auf den aktuellen

Patienten zu konzentrieren, alle anderen Gedanken und Gefühle bei Bedarf in der Warteschleife in ihrem Hinterkopf zu parken und ganz präsent im Hier und Jetzt zu sein, konstant und stabil. Dieses Vermögen war für sie eine grundlegende Voraussetzung, um eine gute Therapeutin zu sein. Aber für gewöhnlich wurden ihre Patienten auch nicht ins Koma geprügelt.

Rüdiger Brandt bedankte sich, dass Alicia gekommen war, und bat sie herein. Sie sah sich in dem kleinen Gartenhaus um und setzte sich auf das breite Designersofa. In dem kleinen Raum wirkte es fast riesig.

Unter Brandts Füßen knarzten die Dielen. Er sah sympathisch aus, fand sie, sogar noch mit dem zugeschwollenen Auge, der aufgeplatzten Lippe und dem Gesichtsausdruck, den Menschen mit starken Kopfschmerzen haben. Mehr als ihre Namen hatten sie einander noch nicht gesagt. Und Alicia machte keine Anstalten, das zu ändern. Sie lehnte sich zurück und sah sich ungeniert um. Es dauerte nicht lange, bis das Schweigen Brandts Wohlfühlgrenze erreicht hatte.

Er zündete eine Adventskerze an, um etwas zu tun.

»Wollen Sie einen Kaffee?«, fragte er schließlich.

Sie wollte einen.

Er trat in die offene Küche und hantierte mit einer verchromten Maschine und umständlich verpackten Tabs herum, obwohl seine Hand mit der Schnittwunde ziemlich wehtun musste und die Ärzte ihm sicher gesagt hatten, dass er sie wegen der Wundheilung stillhalten sollte. Während die erste Tasse zu dampfen begann und ihr Aroma verbreitete, drehte er sich um. Er klang immer noch freundlich, obwohl es ihm nicht sehr gut zu gehen schien und Alicia ganz bewusst einen schweigsamen und seltsamen Gast abgab.

»Hauptkomissar Kamm schickt Sie, damit Sie mich zum Reden bringen.«

Alicia lächelte freundlich. »Nein.«

»Wieso sind Sie dann hier?«

Nur ein Angebot, erklärte sie. Es sei ihr Beruf, Menschen, die etwas Schlimmes erlebt hatten, zu helfen.

Er stellte die beiden Tassen auf ein Tablett, dazu Milch, Zucker und Kekse. Die Dielen knarzten wieder, und als er vor ihr stand, klang seine Stimme zum ersten Mal angespannt.

»Sie wollen doch etwas von mir.«

»Im Moment nur einen Kaffee.«

Er war köstlich. Brandt hatte sich nun ebenfalls gesetzt, rührte seine Tasse aber fast nicht an. Schon beim ersten Schluck hatte er leicht den Mund verzogen.

»Frau Behrens, es ist freundlich, dass Sie mit mir reden wollen. Aber ich will mit der Sache nichts mehr zu tun haben.«

»Sie werden einen guten Grund dafür haben.«

Er sah sie überrascht an. »Ich habe eine Familie«, sagte er schließlich.

Alicia sah auf das gerahmte Bild, das auf dem Tischchen lag. Das Glas fehlte. Das Foto darunter hatte leicht gelitten. Eine aufgeraute Schramme zog sich durch das Papier, genau über das rechte Auge und die rechte Wange des lächelnden Mädchens. Es wirkte dadurch seltsam entstellt.

»Hauptkommissar Kamm sagt, Sie leben getrennt.«

»Ja. Meine Frau hat neulich was von Scheidung gesagt. Aber wir waren schon öfter an dem Punkt. Vielleicht renkt es sich wieder ein.«

Alicia gähnte. Lang, tief, genussvoll. Es war ziemlich unverschämt, das war ihr klar. Aber sie hatte den Eindruck, dass der Mann gut darin war, sich Dinge schönzureden. Und in solchen Fällen schaffte sie gerne Verunsicherung.

»Müde?«, fragte er irritiert. »Noch einen Kaffee?«

Sie lehnte ab. »Aber macht es Ihnen was aus, wenn ich mich kurz hinlege?«

Brandt blickte zu der Tür, hinter der wahrscheinlich sein Schlafzimmer lag. Er räusperte sich. »Äh ja, also nein. Bitte.«

Alicia streifte ihre Schuhe ab und streckte sich auf dem Sofa aus. »Ah, wunderbar. « Wieder gähnte sie genussvoll. »Ich hab so wenig geschlafen. War bis um vier im Krankenhaus. Habe den Vater des Jungen begleitet. Und heute um acht musste ich schon in der Klinik sein, Teambesprechung. Dann Therapiegruppe, dann Wutgruppe. Und dann kommt ständig dieser Kommissar an. Sie kennen ihn ja, ständig will er was von einem. Ich komm gar nicht mehr zur Ruhe.«

Alle Freundlichkeit war nun aus seinem Gesicht gewichen. »Was wollen Sie eigentlich von mir?«

»Nichts. Aber ich habe den Eindruck, dass Sie etwas von mir wollen.«

»Sie sind doch zu mir gekommen!«

Alicia reckte sich. »Und Sie haben Herrn Kamm gesagt, dass Sie sich mit mir unterhalten wollen.«

»Er hat es mir aufgedrängt.«

Alicia schob sich ein Kissen in den Nacken, faltete die Hände vor dem Bauch und sah an die Decke. »Sie waren doch einverstanden. Irgendwas in Ihnen hat also Ja gesagt. Außerdem werden Sie nicht müde, mir zu zeigen, wie weh Ihr Gesicht tut. Als würden Sie nur darauf warten, dass ich Sie frage, wie es so geht, und Ihnen die Erlaubnis gebe, wegen dieser Schmerzen zu schweigen.«

»Können Sie denn nicht verstehen, dass ich Angst habe? Ich habe genug getan! Ich will, dass all das wieder aus meinem Leben verschwindet!«

»Es ist aber nun mal da.«

Er sah zu Boden. Schwieg. Irgendwann murmelte er, dass sie als Psychologin also auch der Meinung sei, er solle reden. Auch wenn die Neonazis dann wiederkämen oder seiner Tochter etwas antäten.

Alicia würde ihm nicht den Gefallen tun, ihm zu sagen, was richtig oder falsch war; das konnte er letztendlich nur selbst entscheiden.

»Herr Brandt, kann es denn ernsthaft Ziel sein, auf dieses Risiko zuzusteuern?«

Sein Blick suchte Halt bei ihr. »Nein. Sie finden also nicht, dass ich reden soll?«

»Ist es denn ausschlaggebend, was ich finde?«

Offensichtlich nicht die Antwort, die er hatte hören wollen. »Sie finden es also doch falsch, was ich tue.«

»Und ist es ausschlaggebend, was ich falsch finde?«

Er sah traurig aus und hob an, etwas zu sagen, doch stand dann abrupt auf und ging in die Küche. Durch den offenen Raum, Alicia den Rücken zugewandt, fragte er zögernd: »Wie geht es dem Jungen?«

»Unverändert. Die Ärzte lassen ihn erst mal im künstlichen Koma.«

Als Brandt zurück zum Sofa kam, klang seine Stimme belegt. Er wirkte müde. »Die Zeitungen schreiben schon darüber. Ich will nicht, dass noch mehr Leute wissen, dass ich das war. Sonst kommen die Typen von heute Morgen doch erst recht wieder. Ich will nicht mit der Angst leben, dass jederzeit wieder etwas passieren kann.«

»Verständlich.«

»Gestern war alles noch normal. Nicht gut, aber es war normal. Und plötzlich …«

Alicia setzte sich auf. Endlich spürte sie, dass da etwas Wahres zum Vorschein kam. Wahre Gefühle. »Anscheinend sehen Sie gerade nur einen Weg, um ein bisschen Sicherheit wiederzuerlangen: aushalten und schweigen. Aber das wird nicht auf Dauer funktionieren. Wenn Sie das alles mal von den Polizeiermittlungen trennen: Es geht jetzt vor allem darum, zu lernen, wie Sie sich selber wieder Stück für Stück Sicherheit geben können.«

Rüdiger Brandt war ratlos. »Wie soll das gehen? Mit Schlägern, die hier aufkreuzen? Mit diesem Polizisten, der ständig Druck macht?«

Sie wartete, bis er sie ansah. »Der erste Schritt ist, sich einzugestehen, dass das alles gerade zu viel für Sie ist. Die Trennung von Ihrer Frau, die Angst um Ihre Tochter, diesen schlimmen Überfall mitzuerleben, zusammengeschlagen zu werden. Und die Erschütterung darüber, dass eben nicht jeder einfach sicher ist. Also holen Sie sich professionelle Hilfe.«

Rüdiger Brandt versuchte diesmal nicht, höflich zu bleiben. Er verzog abfällig den Mundwinkel. »Eine Therapie?«

»Glauben Sie allen Ernstes, dass Sie den Zusammenbruch verhindern können, auf den Sie da gerade zusteuern?«

»Ja.«

Alicia brach in schallendes Gelächter aus. Sie hatte nichts anderes erwartet. Brandt unterschied sich kaum von den meisten ihrer Patienten. Wenn es zur Sache ging, ruderten sie alle erst mal zurück. Kontrolle, Kontrolle, Kontrolle. Wasch mich, aber mach mich nicht nass. Änder mein Leben, aber verändere mich nicht.

Rüdiger Brandt stand auf. »Vielleicht gehen Sie jetzt besser!«

Immerhin. Sein Ton hatte den Opfer-Modus verlassen. Alicia zog ihre Schuhe an. Als sie nach draußen trat, hielt er ihr nicht die Hand hin.

»Wie ernst meinen Sie es mit der Sorge um Ihre Tochter und Ihre Noch-Frau?«

Er war kurz davor, die Tür zu schließen. »Ich werde sie nicht in Gefahr bringen, nur weil die Polizei Druck macht.«

»Sagen Sie ihnen, was passiert ist. Die beiden müssen es wissen.«

»Ich bin nicht an einer Therapie interessiert.« Im Licht der Außenlampe wirkte sein gesundes, graugrünes Auge blass und unscheinbar.

Alicia zog ihren Schal fester um den Hals. Oh, wie sie das kannte. Wie sie ihr das eingebläut hatten, den Großteil ihrer Kindheit und ihre halbe Jugend über. All die Erwachsenen, die sich blind an den Strohhalm eines fanatischen Glaubens geklammert hatten, Selbstbeherrschung als größte Tugend ansahen und Tränen als Zeichen mangelnder Selbstkontrolle. Die es charakterschwach fanden, Hilfe von außen anzunehmen. Und die, wenn man diesen Anforderungen nicht mehr genügte, mit Kontaktentzug straften. Manchmal unterschieden sich die Erziehungsmethoden traumatisierter Familien der Nachkriegsgeneration nicht viel von denen in einer Sekte. Die Gründe waren ähnliche: Angst wurde unter Disziplin begraben, um ein System nicht zum Einsturz zu bringen.

Auch Rüdiger Brandt schien so etwas gelernt zu haben. Und seine Welt wackelte momentan gewaltig.

Sie sah ihn freundlich an. »Der Mann, der Noyan Akay ins Koma geprügelt hat, hat gedroht, wiederzukommen und Ihrer Familie etwas anzutun? Sie glauben, Sie können die Angst für Sie drei tragen? Was bilden Sie sich ein, wer Sie sind? Superman?«

»Susanne ist vierzehn!«

»Und ich glaube nicht an Helden! Verdammt, fangen Sie an, der Wahrheit ins Auge zu sehen! Ihr Leben wird bedroht. Das ist die Realität. Sie können das nicht allein bewältigen. Sie können Ihre

Tochter nicht schützen, indem Sie so tun, als wäre das alles nicht passiert.«

Angst in seinen Augen. Pure Angst. Wovor auch immer: vor den Nazis, vor der Auseinandersetzung mit seiner Frau, davor, seine Tochter zu verlieren.

»Gehen Sie zu den beiden. Sagen Sie ihnen, was Sache ist.«

Von einem der Nachbargrundstücke drang Hundegebell durch die Gärten.

Brandt atmete geräuschvoll aus. »Ich kann das nicht einfach so erzählen.«

Alicia lächelte ihn an. »Da, wo die Angst ist, geht's lang.«

20

Hinter der schmalen Gasse mit den niedrigen Bürgerhäusern, an die das Gelände des Ministeriums des Inneren anschloss, ragten weißgelb gestreifte Hochhausbauten in den Abendhimmel wie Tortenstücke. Hauptkommissar Kamm passierte den Beamten im Pförtnerhaus im Laufschritt.

Noch fünf Minuten.

Um diese Uhrzeit würde er schneller zu Fuß sein. Verkehrslärm brandete von der breiten Durchgangsstraße auf, und Abgase der dahinschleichenden Autokolonnen wehten mit einer eisigen Bö zu ihm herüber, als er den weitläufigen Platz erreichte, der ihn vom Neuen Lustgarten und der Hafenpromenade trennte. Sigi spürte seine Lunge schon, als er auf das sozialistische Hotelmonstrum an der Stirnseite des Platzes zurannte. Er würde noch heute wieder mit dem Joggen anfangen, schwor er sich. Oder vielleicht morgen.

Noch drei Minuten.

Keuchend durchquerte er den Neuen Lustgarten. Eingeschneite Bäume standen dunkel gegen die mit Scheinwerfern in Szene gesetzten Säulen der alten Orangerie. Noch zwei Minuten. Er passierte den Brunnen, in dem unter einer weißen Decke steinerne Wasserspeier und moderne marine Kunst schlummerten. Dann hatte er den Hafen erreicht.

Noch eine Minute.

Entlang der Promenade wurden die Lichter angetäuter Schiffe im Wasser reflektiert. Es roch nach Havel und Benzin. Dutzende Touristen entstiegen einem Luxusdampfer und versperrten Sigi die Sicht auf die Anleger. Er flog die Stufen zum Wasser hinunter, lief die Schiffe ab und erspähte die »Petra« schließlich am Ende der Promenade. Die Brücke wurde eben eingeholt. Sigi erkannte die üppige Frau mit den breiten Händen schon von Weitem. Sie hielt inne, als sie einen weiteren potenziellen Fahrgast ankommen sah, und ihr Lächeln erstarb, als sie den Hauptkommissar erkannte.

Er sprang zu ihr hinüber und griff nach der Reling, um nicht auf dem Eisendeck hinzuschlagen.

»Frau Sanders. Sie machen sofort eine Aussage, oder ich sorge dafür, dass Ihr Kahn die nächsten Tage keine einzige Stollenfahrt mehr macht, weil Sie dann nämlich in U-Haft sitzen«, keuchte Sigi.

Sie schaute ihn erschrocken an, dann drehte sie den Kopf in Richtung der Panoramascheiben. Der große Raum mit den Plüschstühlen war voll besetzt. Petra Sanders Stollenfahrt durch das erleuchtete Potsdam, vorbei an den Perlen des kurfürstlichen Erbes, stand weit oben auf der Liste der Veranstaltungstipps in Zeitungen und Internet, wie Sigi herausgefunden hatte.

»Haben Sie Rüdiger Brandt verraten?«

»Was?« Petra Sanders hantierte hektisch mit einer Kette herum, mit der sie schließlich das Schiffsgeländer am Einstieg schloss.

»Ja, wäre schlecht fürs Geschäft, was? Wenn die Touristen beim Frühstück in der Zeitung läsen, dass hier engagierte Abiturienten von Rechtsradikalen halb totgeprügelt werden, und nachmittags bei Stollen und Glühwein merken sie, dass sie von einer dieser Neonazis durch das wunderschöne deutsche Kulturparadies geschippert werden.«

»Das ist doch längst vorbei! Das war … es ist vorbei. Es war eine dumme Zeit. Ich bin da raus.«

»Wieso haben Sie mir das verschwiegen?«

Sanders befeuchtete ihre Lippen und schluckte. »Na, würden Sie in der Welt rumlaufen und es jedem gleich auf die Nase binden?

Ich war dumm und … es ist mir unangenehm. Ich will nicht, dass es jemand weiß.«

»Kommen Sie mit aufs Revier.«

»Ich kann nicht eine ganze Fahrt ausfallen lassen!«

»Dann reden wir hier.«

Sie sah ihn unschlüssig an. Dann nickte sie. »Gut, kommen Sie mit in den Steuerraum. Versprechen Sie mir, dass es niemand mitkriegt.«

Sigi blickte durch die raumhohen Panoramafenster, sah einen dünnen Kellner erste Bestellungen aufnehmen, eine Meute feierlauniger Kulturkonsumenten, und folgte Petra Sanders ins Innere. Er hatte keine Versprechungen gemacht und würde auch keine machen. Mit Nazis machte er keine Deals.

21

Hauptkommissar Kamm musste sich gedulden. Die ersten zehn Minuten sprach Petra Sanders über die Mikofonanlage zu ihren Gästen, während ihre breiten Hände das Schiff in Gang setzten. Sie hieß das schaulustige Volk willkommen, pries den Butterstollen an, der im Fahrpreis inbegriffen war, und dann die ersten Sehenswürdigkeiten der von Wasser umschlossenen Stadt. Die sich stolz erhebende Nikolaikirche, die Kanäle der Alten und der Neuen Fahrt, die die Freundschaftsinsel umschlossen. Die ehemalige Kirche, die aussah wie ein Funkturm und nun eine Seniorenresidenz am Wasser beherbergte, und linker Hand die Schiffbauergasse, ein Areal für Kultur und Kulinarisches, mit der erleuchteten, sich in drei Schichten und viel Pomp und Glas öffnenden roten Muschel des neuen Stadttheaters. Und als sie in den Tiefen See, ein breites Teilstück der Havel, schipperten, erhob sich rechter Hand der Park Babelsberg mit seinem Schloss.

Sigi war erstaunt, zu hören, mit welcher Begeisterung das dröge Pfannkuchengesicht von seiner Geburtsstadt erzählte. Nahm sie mit dem gleichen Enthusiasmus an Neonaziaufmärschen teil?

Nun wuchsen über ihnen die graugrünen Schwingen der Brücke empor, die Sigi erst letzte Nacht mit Alicia Behrens überquert hatte.

»Die Glienicker Brücke verbindet über die Havel hinweg die Städte Berlin und Potsdam. Ihren Namen verdankt sie dem in der Nähe gelegenen ehemaligen Gut Klein-Glienicke, an dessen Stelle heute das Schloss Glienicke liegt. Weltweit bekannt wurde die Glienicker Brücke durch den spektakulär inszenierten dritten und letzten Agentenaustausch am 11. Februar 1986.«

Sie tuckerten unter der Brücke hindurch, und Sanders legte das erste Mal das Mikrofon aus der Hand. Scheu wie ein Waldtier sah sie nun aus, als Sigi sich von der Wand abstieß und neben sie trat.

»Ich habe Fotos von Ihnen. Die Großdemonstration mit Hunderten Neonazis vor einem Jahr in Potsdam. Sie mittendrin.«

»Ich war nur ein paar Monate da. Ich hatte jemanden kennengelernt. Beim Boxen. Es war am Anfang … wie im Sportverein. Aber das war mir alles zu gewalttätig. Ich schwöre es, ich war seit bestimmt neun Monaten mit niemandem von denen mehr zusammen.«

»Finden Sie nicht, dass das alles ein bisschen viel Zufall ist? Seit vier Monaten wohnt Rüdiger Brandt bei Ihnen. Er wird Zeuge, wie ein Neonazi einen Jungen fast totschlägt, und erzählt Ihnen das noch in der Nacht. Und am Morgen darauf wird er ordentlich eingenordet. Und Sie sitzen im Vorderhaus.«

»Ich schwöre, ich habe mit niemandem darüber gesprochen. Mit niemandem!«

»Woher kennen Sie Brandt?«

»Vom Sport.« Sie nahm das Mikrofon. »Wir befinden uns nun mitten in einem Konstrukt aus architektonischen Verbindungslinien, die die Herrscher der Kurfürstenzeit durch ihre Bauten über dieses Idyll gelegt haben. Hier weitet sich die Havel zum Jungfernsee mit den Sichtachsen auf Klein-Glienicke und Babelsberg hinter uns und das Marmorpalais und Schloss Cecilienhof.«

Sigi nahm ihr das Mikro aus der Hand.

»Sie kennen ihn vom Boxen?«

»Nein. Aus dem Sportstudio. Beim Boxen war ich nur kurz. Weil die da alle waren.«

»Was ist das mit Ihnen und Brandt?«

»Wir haben uns angefreundet. Als seine Frau ihn rausgeschmissen hat, habe ich ihm angeboten, das Gartenhaus zu renovieren. Für die Arbeit ist er ein paar Monate mietfrei. Und er hilft mir bei den ganzen handwerklichen Sachen. Das kann er wirklich gut.«

»Eine verlängerte WG mit Mietbasis auf Naturalien und ein bisschen gemeinsamem Sport? Ich glaube Ihnen nicht, dass das alles ist. Weiß er von Ihrer Vergangenheit?«

Die Knöchel ihrer Hände waren schon weiß, so sehr krallte sie sich an den Steuerhebel. »Rüdiger ist der Einzige, der mich akzeptiert, auch mit dem, was war. Ich habe ihm alles erzählt. Er hat mich nicht verurteilt. Was vorbei ist, ist vorbei, sagt er. Er ist nicht wie Sie. Und alle anderen.«

»Ein richtiger Gutmensch, unser Zeuge. Ich bin gerührt. Leider macht er den Mund nicht mehr auf, weil Ihre alten Freunde ihm die Fresse poliert haben. Was wissen Sie davon?«

Ein alter Wachposten der DDR-Grenzpolizei kam in Sicht. Sigi gab das Mikro nicht her. »Reden Sie, dann können Sie Ihre kleine lustige Stollenfahrt weitermoderieren.«

Sie hielt ihren Blick auf die immer spärlicher beleuchteten Ufer gerichtet, an denen umso pittoresker die Erbstücke alter Baufürsten prangten. Sie sprach jetzt sehr leise. »Es ist meine Schuld, dass er nicht aussagt.«

Sigi packte sie an der Schulter und spürte die Muskeln unter ihrem dicken Pullover. »Wieso? Was haben Sie mit der Sache zu tun?«

Einige Sekunden dröhnte nur der Motor durch die kleine Steuerkabine. Die »Petra« kämpfte sich mit tapferem Tuckern durch das dunkle Wasser.

»Sie kennen die Leute nicht. Rüdiger hat allen Grund, die Schnauze zu halten. Ich habe ihm alles erzählt. Alles. Sie können ihm nicht übel nehmen, dass er schweigt. Und ich bin auch nur heil aus der Sache herausgekommen, weil ich meinen Mund halte.«

»Was haben Sie ihm erzählt?«

Sie schüttelte den Kopf.

Sigi zog die Täterbeschreibung hervor, die Brandt nach dem Übergriff auf Noyan Akay abgegeben hatte. »Ein Neonazi, etwa eins achtzig groß, dunkelbraune, fast schulterlange Haare mit strengem Seitenscheitel. Schnauzer. Riesige Stirn. Große, breite Nase. Helle Augen, wahrscheinlich blau. Irrer Blick. Rechtes Ohrläppchen auffallend klein und vernarbt, wie abgerissen.«

Petra Sanders zog scharf die Luft ein. Rötliche Flecken bildeten sich auf ihrem Gesicht. War das Angst in ihren Augen?

»Wer ist das?«, insistierte Sigi.

»Ich lebe, weil ich nicht rede.«

»Glauben Sie allen Ernstes, diese Jungs kommen nicht von allein drauf, dass Sie die Vermieterin von dem Typen sind, der den Täter identifizieren kann?«

»Ich hatte nicht lange mit ihm zu tun. Wirklich!«

Die Flecken in ihrem Gesicht breiteten sich aus. Sigi musterte sie, und plötzlich beschlich ihn ein Verdacht. Sie hatte mit Nazis geboxt, warum nicht auch mehr …

»Sie hatten etwas mit ihm?«

Die Angst in ihren Augen machte Panik Platz. Sie atmete heftiger.

»Halten Sie mich aus den Akten raus?«

»Das lässt sich tatsächlich machen. Wenn Sie mir glaubhaft versichern können, dass Sie mit der ganzen Sache nichts zu tun haben.«

»Werner«, keuchte sie.

»Nachname?«

Sie schluckte. »Niemand erfährt, dass ich das war?«

»Versprochen.«

»Ich mache das hier nur für Rüdiger.«

»Name?«

»Emser. Werner Emser.«

Sigi trat einen Schritt zurück. Endlich. Endlich ein konkreter Hinweis. »Danke, Frau Sanders. Und reden Sie weiterhin mit niemandem über die Sache, verstanden? Und wenn Ihnen etwas auffällt, wenn Sie plötzlich jemanden von Ihren alten Freunden wiedersehen, sagen Sie Bescheid.«

Er drückte ihr das Mikrofon in die Hand. »Und jetzt setzen Sie mich irgendwo ab.«

Fast wie ein Kind sah sie jetzt aus, sie zog verständnislos die kräftigen Augenbrauen empor. »Wie, absetzen?«

»Irgendwo. Wo ist der nächste Halt? Ich lass mich dann von ei nem Kollegen abholen.«

»Wir halten nicht«, sagte sie irritiert. »Erst wieder an der Langen Brücke. In zwei Stunden.«

»Das geht nicht«, donnerte er. »Ich muss zurück, sofort!«

»Ich kann hier nirgends anlegen. Ich kann Ihnen nur anbieten … Wollen Sie ein Stück Stollen?«

Sigi fluchte und versuchte, einen Kollegen vom Fachdezernat für politisch motivierte Straftaten zu erreichen.

Er musste er an Konrad denken. An Mexiko. An einen Job, der viel Geld brachte und bei dem man recht distanziert bleiben konnte, da es meistens nur um Geld ging und um Leute, die viel davon besaßen und sich viel davon hatten klauen lassen, und um Idioten, die sich für clever hielten und das Zeug zur Seite zu schaffen versuchten. Mehr nicht. Konnte das Leben so einfach sein?

22

Die Kollegen vom Fachdezernat für politisch motivierte Straftaten leisteten schnelle und solide Arbeit, obwohl es schon nach Feierabend war. Als Sigi endlich der launigen Touristenatmosphäre des plüschigen Wassercafés mit kulturellem Panoramablick entkam, lief er auf direktem Weg zum Präsidium zurück. Hunger hatte er keinen mehr, und er hatte zum zweiten Mal an diesem Tag beschlossen, spätestens morgen wieder mit dem Joggen anzufangen, um die vier Stücke Butterstollen abzutrainieren, die er vor lauter Langeweile verschlungen hatte.

Erste Ermittlungsergebnisse hatte er sich noch auf das Schiff mailen lassen: Werner Emser war vorbestraft wegen Körperverletzung. Einen Ausdruck des Vorstrafenregisters fand er auf seinem Schreibtisch vor, als er um halb zehn in sein Büro kam. Den Eintrag zierte ein Foto aus jüngeren Tagen. Da hatte Emser die Haare noch abrasiert und auf einen Schnauzer verzichtet. Aber nicht nur die hohe Stirn und die auffallend breite Nase passten zu Rüdiger Brandts Täterbeschreibung. Emsers rechtes Ohrläppchen war abgerissen und vernarbt.

Sigi erreichte nur noch die Mailbox des zuständigen Staatsanwalts und kündigte ihm an, ihn um acht Uhr am nächsten Morgen vor der Staatsanwaltschaft zu erwarten. Dann setzte er sich wieder an die Fotos.

Es dauerte keine zwanzig Minuten, bis er auf das erste Bild von Emser stieß, das Noyan Akay auf einer Demonstration geschossen hatte.

DONNERSTAG

1

Während Tausende kleine Adventstürchen geöffnet wurden und man dem Fest wieder einen Schritt näher gekommen war, fuhr Sigi Kamm durch die nördliche Innenstadt, vorbei am Jägertor, dem mit knapp dreihundert Jahren ältesten erhaltenen Potsdamer Stadttor, und parkte in der Jägervorstadt unweit des Landgerichts.

Er traf Martin Rudwinsky vor dem Zentrum der Justizbehörden des Landes Brandenburg. Der Staatsanwalt der Abteilung VIII war unter anderem für Kapital- und Tötungsdelikte zuständig und mit dem Fall Noyan Akay betraut. Man kannte sich aus diversen Fällen und pflegte ein professionelles Miteinander. Sigi unterrichtete ihn über den neuesten Ermittlungsstand, während sie durch das lang gestreckte Gebäude gingen. Die historische Unteroffiziersschule, von Schinkel 1826 erbaut und danach mehrfach verändert, beherbergte inzwischen das Verfassungsgericht, den Sitz der Staatsanwaltschaft, das Landgericht und das Amtsgericht.

Rudwinsky öffnete den Mantel über dem grauen Anzug, zog sich die Mütze vom Kopf und strich sich die Haare glatt, die im gleichen Farbton wie seine schwarzen geputzten Schuhe glänzten. »Was wollen Sie? Einen Durchsuchungsbeschluss? Ohne offizielle Zeugenaussage?«

Sigi verneinte. »Ich will eine Überwachung. Sofort. Es gibt allen Grund zur Annahme, dass in dieser Sache die körperliche Unversehrtheit mehrerer Personen auf dem Spiel steht. Es besteht dringender Tatverdacht. Auf die Verdunklungsgefahr muss ich nicht hinweisen, ein Zeuge wurde schon zum Schweigen gebracht.«

»Woher wussten die denn überhaupt, wo der Zeuge wohnt?«

»Da sind wir noch nicht viel weiter. Die Vermieterin, die mal bei den Nazis war, könnte geredet haben. Aber ebenso gut könnte es jemand aus dem Krankenhaus gewesen sein. Auch da, hoffe ich, bringt uns die Überwachung weiter.«

»Gut, ich rufe den Ermittlungsrichter an.«

»Ich brauche ein Bewegungsbild. Mehrere Tage. Telefone, Objekt und Person. Observation rund um die Uhr. Jetzt. Wenn alles in Position gebracht ist, befrage ich ihn als Zeugen. Im besten Fall reagiert er, nachdem ich bei ihm war, und macht einen Fehler.«

»Gut. Sie sehen so aus, als wollten Sie noch etwas.«

Sigi räusperte sich. »Ich möchte einen DNA-Abgleich des Verdächtigen mit den Spuren, die wir beim Opfer gefunden haben.«

Rudwinsky lachte auf. »Mit dem bisschen, was Sie bisher haben? Bringen Sie genug Beweise, dann belehren wir ihn über seine Rechte als Beschuldigter, und der Richter wird einen Beschluss unterschreiben.«

»Ich will den Abgleich jetzt.«

Der Staatsanwalt machte eine ungeduldige Handbewegung. »Sie kennen die Vorschriften. Dann müssen Sie den Mann fragen, und wenn er freiwillig zustimmt, lassen Sie ihn sämtliche Formblätter unterschreiben.«

Sigi sah den Staatsanwalt fest an. »Der Verdächtige ist vorbestraft wegen Körperverletzung. Er ist Teil eines Neonazinetzes in dieser Gegend. Wir könnten den DNA-Abgleich ohne sein Wissen vornehmen.«

Der Staatsanwalt ließ zwei Kollegen passieren, die ihm zunickten, bevor er gepresst antwortete: »Sie reden da über einen schweren Eingriff in das Selbstbestimmungsrecht. Das lassen Sie schön bleiben!«

»Es wurde schon mal gemacht. Um zu sehen, ob die Ermittlungsrichtung stimmt. Wenn wir richtigliegen, dann holen wir das Ganze mit einem richterlichen Beschluss nach.«

»In dem Fall, von dem Sie reden, hielt sich der Beschuldigte im Ausland auf«, erwiderte Rudwinsky deutlich ablehnend. »Sie halten sich strikt an die Vorschriften! Solange der Mann kein Beschuldigter ist, gibt es keine DNA. Bringen Sie Ihren Zeugen dazu, auszusagen, dann habe ich eine Handhabe.«

Nichts leichter als das, dachte Sigi verärgert und gab sich Mühe, ruhig zu bleiben. »Das kann dauern. Vielleicht zu lange. Und wie leicht man in Deutschland in der Szene untertauchen kann, hat die jüngste Vergangenheit gezeigt.«

»Was ist mit dieser Kriseninterventionsspezialistin? Kommt sie bei dem Zeugen nicht weiter?« Der Staatsanwalt stieg die ersten Stufen der Treppe hoch und sagte über die Schulter: »Ich kümmere mich um die Überwachung.«

Sigi sah ihm nach. Vielleicht war es an der Zeit, Alicia Behrens ein bisschen aufzurütteln.

Das Krankenhaus, in dem Noyan Akay lag, war nicht weit entfernt.

2

Alicia war mit Mutasim Akay nach draußen gegangen, hinaus aus dem ewig künstlichen Licht des Krankenhauses. Noyans Vater sah krank aus, wirkte von Tag zu Tag schmaler. Die Kälte, der Sauerstoff und ein bisschen Bewegung würden ihm vielleicht helfen, wieder etwas Farbe ins Gesicht zu bekommen.

»Es gibt immer noch niemanden, den ich für Sie verständigen kann? Keine Verwandte, keinen Freund aus der Gemeinde?«, versuchte Alicia es erneut.

»Damit belastet man andere nicht. Wenn ich reden will, gehe ich ins Erdgeschoss. In den muslimischen Betraum.«

»Ihr Sohn war genauso.«

»War? Er lebt noch!«

»Ja. Ich sage war, weil er sich verändert hat. Er hat gelernt, Hilfe anzunehmen.«

Sie gingen eine Zeit lang schweigend auf dem Krankenhausgelände nebeneinanderher.

»Gibt es etwas Neues in den Ermittlungen?«, fragte er abrupt. »Der Kommissar meldet sich nicht bei mir.«

»Ich kenne keine Details. Vorrangig interessiert mich auch, wie es Ihnen geht.«

Er hatte die Hände in den Manteltaschen vergraben, die Schultern hochgezogen und verbarg den Kopf zur Hälfte in seinem Schal. Die Wolle sah kratzig aus, der Schal alt und selbst gestrickt. Vielleicht ein Geschenk seiner Frau.

»Mein Sohn war verliebt. Wissen Sie, in wen?«

Alicia warf ihm einen raschen Blick zu. Wusste er etwas? Nein, dann hätte er früher etwas gesagt. Oder?

Dann sah sie vor ihrem geistigen Auge Noyan, wie er vor zwei Monaten vor ihr gestanden und gefragt hatte, ob er für Alicia zu jung sei. Oder nicht gut genug. Sie hatte versucht, sachlich zu bleiben: Er sei ein ehemaliger Patient, mit einem Bein im Rückfall, und sie glaube, er sei nicht in sie verliebt, sondern in die Idee, dass das seine Probleme lösen könne.

Da war Noyan wütend geworden. Er hatte ihr vorgeworfen, dass sie ihn wie den letzten Dreck behandele.

»Noyan, du willst mich aus lauter falschen Gründen«, hatte sie versucht, zu vermitteln. »Du kennst mich nicht wirklich, nur die, die du sehen willst – du idealisierst mich –, du bist einsam, und du verwechselst Liebe damit, dass du gerettet werden willst, und glaubst aus irgendeinem Grund, dass du mich auch retten musst.«

Woher sie das so genau wissen wolle?

Weil sie es kannte. So gut kannte. Und weil sich da etwas in ihr angesprochen gefühlt hatte von ihm, der fünfundzwanzig Jahre jünger war, voller Emotionen, unbeherrscht, leidenschaftlich. Und süchtig. Weit weg von sich selber. Wie oft hatte sie in ihrem Leben geglaubt, jemanden zu lieben und zu begehren, nur um nach einem Strohfeuer festzustellen, dass sie einfach irgendjemanden gebraucht hatte, um die Leere zu füllen. Und sie würde sehr genau aufpassen, dass ihr das nicht wieder passierte, schon gar nicht mit einem ehemaligen Patienten, noch dazu mit einem, der ein ähnliches Suchtmuster hatte wie sie.

Sie hatte ihn weggeschickt, ihm verboten sie anzurufen, und ihm auf den Kopf zugesagt, dass das, was er für Liebe halte, ihm in kurzer Zeit schon hochpeinlich sein werde.

»Frau Behrens?« Mutasim Akay sah sie forschend an. »Ist Ihnen nicht gut?«

Ein Krankenwagen kam mit Sirene an ihnen vorbeigerauscht,

und Alicia war froh, ein paar Sekunden Zeit zu gewinnen, um sich zu fangen.

»Nein, alles okay. Wieso wollen Sie wissen, in wen er verliebt war?«

»Diejenige weiß vielleicht etwas über den Nazi. Vielleicht wollte Noyan doch über ihn schreiben.«

»Die Polizei verfolgt mit Sicherheit alle Spuren, die es gibt.«

Er sah sie einen Moment unbestimmt an. »Sind Sie sicher?«

»Natürlich«, erwiderte sie überrascht.

»Sie kennen den Kommissar. Er war gegen Noyan, damals vor Gericht. Und jetzt ruft er mich nie an. Ich erfahre nichts. Glauben Sie wirklich, dass er alles tut, um den Täter zu finden?«

»Bestimmt«, versicherte sie ihm. Auch wenn sie durchaus ihre Zweifel in Bezug auf Sigi Kamm hatte, aber das glaubte sie tatsächlich.

Unvermittelt fiel Mutasim Akay doch noch jemand ein, den Alicia für ihn anrufen könnte. »David Merz. Ich habe seine Nummer nicht. Die Polizei hat noch das Handy meines Sohnes.«

»Gut, wer ist das?«

»Noyans bester Freund. Er soll herkommen. Ich muss ihn sprechen.«

Alicia glaubte nicht, dass ein Jugendlicher in Noyans Alter Herrn Akay wirklich unterstützen konnte. Aber sie wollte seine ersten Schritte, Hilfe anzunehmen, nicht gleich wieder im Keim ersticken.

Später, als sie zurück zu ihrem Wagen ging, zündete sie sich eine Zigarette an. Sie hatte ein schlechtes Gewissen. Nicht, weil sie Mutasim Akay Dinge über seinen Sohn verschwieg. Es gab schließlich das Patientengeheimnis, und was zwischen ihr und Noyan vorgefallen war, hatte offensichtlich mit dem Fall nichts zu tun. Aber dass sie Akay nicht ausschließlich betreute, um ihm zu helfen, sondern auch um ihren Job zu retten, fühlte sich nicht richtig an. Alicia hasste derlei Verstrickungen.

Als ihr Auto in Sicht kam, stutzte sie. An der Fahrertür lehnte Hauptkommissar Kamm.

»Wie läuft's?«, fragte er freundlich. Auffallend freundlich.

»Wollen Sie zu mir?«

»Ja. Könnten Sie mit zur Einsatzbesprechung kommen?«

Warum sollte sie als Zivilperson an einer Ermittlungsbesprechung teilnehmen? War etwas Schlimmes passiert? Schon wieder?

3

Sigi trat in den Besprechungsraum. Seine Kollegen und auch Dr. Wiegand warteten schon.

»Wir haben heute Unterstützung von Frau Dr. Behrens«, stellte Sigi die Therapeutin vor, und während ein allgemeines Händeschütteln stattfand, fuhr er fort: »Ich habe sie dazugebeten, damit sie uns berät, wie wir im Falle des Zeugen weiter vorgehen.«

Er registrierte, wie die Kollegen Alicia Behrens betrachteten, fast prüften, und glaubte, in den Gesichtern Verwunderung zu sehen. Es gab keinen Kollegen in der Mordkommission, der nicht mitbekommen hätte, wie Sigi und sie sich vor Gericht bis zur Geldbuße gestritten hatten.

Als alle Platz genommen hatten, brachte Sigi die Anwesenden auf den neuesten Stand. Inzwischen hatten sie eine Akte zu ihrem Hauptverdächtigen: Werner Emser, vierzig, keine abgeschlossene Ausbildung, arbeitslos. Vorbestraft wegen Volksverhetzung und Körperverletzung. Seit einigen Jahren sauber – oder zumindest ohne Eintrag. Vorsitzender einer neu gegründeten Partei: NDD. Neue Demokraten Deutschlands, eine Splitterpartei, die sich volksnah gab. Sich starkmachen wollte für die Jugend, für gute Ausbildungsplätze, Arbeit für Berufseinsteiger, und die forderte, kriminelle Ausländer schneller abzuschieben.

Sigi warf das Logo der NDD an die Wand. »Die Kollegen von der Politisch Motivierten vermuten, die Jungs sind letztendlich durch und durch rechtsradikal. Machen auf Lokalpatrioten, konzentrieren sich auf junge Wähler, sponsern einen Ruderklub und einen Boxverein. Sie haben eine Band, machen viele Partys. Und sie schreiben sich groß auf die Fahne: Keine Drogen und keine Kriminalität. Zieht alles gut bei überforderten Eltern. Und dieses ganze Vereinstrallala kommt an bei Jugendlichen.«

Er warf das nächste Bild an die Wand. Ein sportiver Anzugträger mit Krawatte in fortgeschrittenem Alter. Grau melierte Haare, gewinnendes Lächeln.

»Der Mann heißt Tilo Wanter. Achtundfünfzig. Schlipsnazi. Hat nach der Wende einen Haufen Geld mit Ostimmobilien gemacht. Er hält sich völlig im Hintergrund, aber hat Kontakt zu allen Rechtsgruppen in Berlin-Brandenburg. Wanter gehört eine alte Fabrik …«

Das nächste Bild zeigte ein helles Backsteingebäude, herrlich gelegen auf einem weitläufigen Gelände mit altem Baumbestand. Hausnummer 88.

»Sie liegt ein paar Kilometer außerhalb von Potsdam und ist die Zentrale der NDD. Und Freizeitheim für eine Menge neuer, junger Parteimitglieder. Hausnummer 88. Die Zahl steht für ›Heil Hitler‹. Das H ist der achte Buchstabe des Alphabets. Dort ist auch unser Hauptverdächtiger Werner Emser wohnhaft gemeldet.«

Sigi sah, dass sein Chef Alicia Behrens aufmerksam beobachtete. »Dr. Behrens. Was sagen Sie dazu? Für wie gefährlich halten Sie so eine kleine Gruppierung?«

Sie hatte still zugehört. Aber wenn Sigi nicht alles täuschte, beunruhigte sie das, was er erzählt hatte – auch wenn sie Dr. Wiegand sehr ruhig antwortete.

»Ich bin keine Spezialistin für Neonazis oder für Radikalisierung. Aber diese Gruppe scheint leider einen guten Riecher dafür zu haben, wie sie Jugendliche anspricht und an sich bindet.«

Sie sah jeden in der Runde an, sprach fest und wirkte sehr selbstsicher. Aber sie war beunruhigt, das spürte Sigi.

»Pubertierende sind prädestiniert dafür, radikale Weltansichten zu übernehmen«, fuhr sie fort. »Die meisten haben während dieser Zeit Schwierigkeiten, sich selbst zu finden. Und alle wollen Dinge ausprobieren und ein anderes Leben austesten als das, was sie von zu Hause kennen. Gerade Jugendliche aus Problemfamilien und die, die orientierungslos sind, scheinen anfällig für einfache Lösungen – wie sie beispielsweise nationalsozialistisches Gedankengut liefert. Klare Feindbilder, gepaart mit Visionen für eine ideale Zukunft. Für gewöhnlich bringen die Personen schon eine gewisse Bereitschaft zu radikalen Handlungen mit und legitimieren diese dann durch einen ideologischen Überbau.«

Waldemar Hobrecker warf düster ein: »Auf gut Deutsch müssen wir uns also auf gewaltbereite Arschlöcher einstellen. Die Kollegen von der Politisch Motivierten sagen: Man geht inzwischen davon aus, dass sich am ehesten Kleingruppen radikalisieren. Wäre bei Emser ja gegeben. Oder?«

Alicia Behrens schien ihre Worte genau zu wählen, bevor sie antwortete. »Drei bis fünf Leute können sich am schnellsten gegenseitig hochschaukeln und sich einander versichern, dass sie das Richtige tun. Wenn es also eine Gruppe Gleichgesinnter um Ihren Hauptverdächtigen gibt, ja, dann teile ich Ihre Sorge, dass es zu weiteren Gewalttaten kommen könne. Besonders, wenn eine starke ideelle Idee dahintersteht.«

»Sag ich doch«, erwiderte Hobrecker, »gewaltbereite Arschlöcher.«

Wenn es jemanden in seinem Team gab, der stets objektiv und korrekt handelte, dann Hobrecker. Ein ruppiger Ton in so einem Fall war nichts Ungewöhnliches, doch aus seinem Mund erstaunlich. Aber er hatte ja recht, dachte Sigi und fuhr fort:

»Die Kollegen von der Politisch Motivierten glauben, dass es da um mehr geht als nur darum, ein paar Leuten aufs Maul zu hauen. Es gibt eine Vermutung, die bislang auch wirklich nichts weiter als eine Vermutung ist: Der Schlipsnazi Wanter spekuliert darauf, dass Berlin und Brandenburg fusionieren. Dann würde Potsdam die neue Landeshauptstadt.«

Amüsiertes Lachen in der Runde.

»Das glauben die doch nicht wirklich.« Hobrecker schüttelte den Kopf.

Sigi zuckte die Schultern. Er selber hielt das auch für eine ausgemachte Schwachsinnsidee, aber dass Ideen schwachsinnig waren, hielt Nazis nun mal nicht davon ab, Menschen umzubringen. »Jeder träumt von seinem eigenen Großreich. Und die Verträge, dass Potsdam im Falle einer Fusion Hauptstadt wird, gibt es ja durchaus. Deshalb haben sie ja das Parlament im neuen Stadtschloss für all die Millionen so groß ausgebaut, um den gesamten Landtag beherbergen zu können. Alles noch Theorie. Aber die Vermutung:

Dann lässt Wanter alle rechten Splitterparteien fusionieren. Die einen, die sich auf ältere Wähler spezialisiert haben, die anderen für die Mittelschicht, die nächsten für die Unterschicht – und Emsers NDD für die Jungen.«

Hobrecker atmete geräuschvoll aus. »Und dann zielen sie auf möglichst viele der Sitze im neuen Parlament.«

Sigi blickte in die Runde. »Und da kommt ein schwer engagierter türkischer Abiturient an, der über alles schreibt, wo er rechten Dreck riecht, der sich gegen Gewalt einsetzt und der es geschafft hat, binnen einem Jahr eine gewaltlos schlagkräftige Initiative junger Leute gegen rechts ins Leben zu rufen. Die Kollegen von der Politisch Motivierten sagen, diese SgR-Initiative war maßgeblich daran beteiligt, dass die Neonazis bei ihrem letzten Aufmarsch vor zwei Monaten nicht durch die Stadt ziehen konnten. Sie haben mit anderen Vereinen an die dreitausend Gegendemonstranten mobilisiert.«

Sigi sah, was seine Kollegen dachten: Endlich eine konkrete Spur.

»Noch eine Sache, bevor wir loslegen«, sagte er und hoffte, dass Alicia Behrens inzwischen genug gehört hatte, um den Zeugen zu einer Aussage zu bewegen. »Frau Behrens, wie geht es Rüdiger Brandt?«

Alle sahen zu der Therapeutin hinüber. Sie wirkte angespannt.

4

Alicia dachte, dass sie die Sachlage vielleicht unterschätzt hatte. Was sie gehört hatte, klang beängstigend. In der Theorie wusste sie eine Menge darüber, warum Menschen sich radikalisierten. Und sie hatte in der Klinik auch schon praktische Erfahrung mit Patienten gemacht, die in ausländerfeindlichen Überzeugungen Sicherheit und Orientierung zu finden versucht hatten.

Dass es auch in und um Potsdam wirre und gewalttätige Neonazis gab, das war bekannt. Aber die Vorstellung, dass es einen großen Plan hinter allem geben könnte, war besorgniserregend.

»Ich denke, Ihr Zeuge leidet unter einem Akut-Trauma. Und dagegen ist man ziemlich machtlos. Es ist eine existenzielle Erschütterung. Plötzlich ist die trügerische Sicherheit, dass unser Leben in geregelten Bahnen verläuft, weg. Man hat die vermeintliche Kontrolle über das Außen und die eigene Angst verloren. So ungefähr geht es Rüdiger Brandt. Und aus Angst, alles noch schlimmer zu machen, macht er nichts. Ich denke, er kann nicht anders. Er schafft es nicht mal, seine Familie einzuweihen.«

»Was halten Sie für das Beste?«, fragte Hauptkommissar Kamm.

»Er braucht Sicherheit. Und Unterstützung.«

»Hilft es, wenn er aus diesem Gartenhaus rauskommt? Im Vorderhaus sitzt eine ehemalige Neonazianhängerin.«

»Am besten wäre es für ihn, auf neutralem Boden und nicht alleine zu sein.«

»Er sagt, er und seine Frau haben eine Auszeit. Könnte sie eine Hilfe sein?«, wollte Kamm wissen, und langsam beschlich Alicia der Verdacht, dass er sie in eine bestimmte Richtung drängen wollte.

»Ich weiß es nicht«, antwortete sie. »Je nachdem, wie stabil sie ist und was zwischen den beiden vorgefallen ist.«

»Können Sie ihm helfen, seiner Familie zu sagen, was vorgefallen ist? Und bei der Gelegenheit könnten Sie vorfühlen, ob Brandt dort besser aufgehoben wäre.«

Alicia war notgedrungen einverstanden. Aber es hätte ihr erheblich besser gefallen, wenn der Wunsch von Rüdiger Brandt selber gekommen wäre.

Dann scheuchte Hauptkommissar Kamm seine Ermittler auf. »Ein Team fährt noch mal zu dem alten Mann mit dem Dackel. Zeigt ihm ein paar Fotos, darunter Emser. Vielleicht erkennt er ihn doch. Und macht Dampf mit dem Messer. Weitet die Suche auf die Geschäfte in Brandenburg und Berlin aus. Hobrecker, du begleitest mich zu Emser. Zeugenbefragung.«

Als Alicia sich von Sigi Kamm verabschiedete, bat er sie um absolutes Stillschweigen über den Inhalt der Besprechung gegenüber Rüdiger Brandt und Mutasim Akay.

»Und danke, dass Sie vorbeigekommen sind.« Er schüttelte ihre Hand.

»Es war … interessant«, erwiderte sie und dachte: Erschütternd, es war erschütternd. Sie würde aufpassen müssen, dass sie sich durch die Neuigkeiten nicht beeinflussen ließ, wenn sie mit Brandt sprach. Alles, was sie im Auge haben musste, waren seine Gefühle und was für ihn das Beste war. Ihre eigenen Sorgen galt es aus dem Gespräch herauszuhalten und ihn zu nichts zu drängen.

Auf dem Gang holte Dr. Wiegand sie ein. »Frau Dr. Behrens, wie läuft es denn … mit Ihnen beiden?«

Alicia drehte sich verwundert um.

»Ich meine«, erklärte der Leiter der Mordkommission in unangemessen vertraulichem Ton, »Herr Kamm hat ja manchmal den Impuls, vorzuschnellen … Ist Ihnen da etwas aufgefallen?«

Alicia musterte den ergrauten Mann und seufzte innerlich. Hatte sie wirklich gedacht, dass es hier nur um den Fall gehen würde und alle nur an ihrer psychologischen Einschätzung von Rüdiger Brandt interessiert wären?

»Und was genau wollen Sie jetzt von mir über Ihren Mitarbeiter wissen?«, fragte sie und sah Dr. Wiegand so direkt an, dass dieser ins Stottern geriet.

»Ach, nichts weiter …«

5

Sigi stand in der Tür des Besprechungsraumes und sah, wie sein Chef Alicia Behrens aufhielt. Mit Sicherheit wollte er erfahren, ob es besondere Vorkommnisse in ihrer Zusammenarbeit gegeben hatte.

Er drehte sich um, und als Dr. Wiegand kurz darauf zurück in den Raum kam, musste Sigi breit grinsen. Dem mürrischen Gesichtsausdruck Dr. Wiegands nach hatte die Therapeutin ihn auflaufen lassen. Das machte sie ihm fast sympathisch.

Wenig später verließ Sigi mit Waldemar Hobrecker die Stadt. Sein Kombi rauschte durch eine der breiten Alleen entlang der Havel. Auf der nassen Straße blitzte Sonnenlicht, das durch die Baumkronen fiel. Er klappte die Blende herunter, während am Straßenrand gewaltige, knorrige Stämme vorbeiflogen.

Das alte Fabrikgelände, ein uneinsehbares, weitläufiges Grundstück, lag ein paar Kilometer außerhalb der Stadt. Die Techniker hatten den Abhörlaser installiert, als Emser Zigarettenholen gefahren war. Jedes Geräusch in der Fabrik wurde in Schallwellen auf die Fensterscheiben des Gebäudes übertragen, nun vom Laser aufgenommen und Hunderte Meter weiter von Beamten der Observationseinheit mitgehört.

Sigi hielt vor dem riesigen Eisentor mit der Nummer 88. Hobrecker stieg aus und klingelte, eine Gegensprechanlage rauschte. Auf dem linken Pfosten des Tores machte Sigi eine Kamera aus. Diese Leute waren auf der Hut.

»Polizei Potsdam«, rief Hobrecker bestimmt. »Wir würden uns gerne mit Ihnen unterhalten. Wir suchen Zeugen. Vielleicht können Sie uns helfen.«

Schließlich brummte es wieder, und das schwere Eisentor öffnete sich. Dahinter erstreckte sich das Gelände mit einer hübschen alten Gerberei aus hellem Backstein, verziert mit rotem Klinker. Das Haupthaus schien gut erhalten. Eine lang gezogene alte Halle dagegen lag brach. Sigi sah zerbrochene Scheiben und von der Zeit zerfressene Holztore. Und rundherum Baumbestand, dazu ein Lagerfeuerplatz unter einer deutschen Eiche. In ihrem Stamm ein eingebranntes Hakenkreuz.

Er ließ den Wagen auf das Gelände rollen, unter ihnen knirschte eine rissige Teerauffahrt. Sie stiegen aus. Hier draußen roch es nach Wald, und irgendwo pickte ein Specht sein verspätetes Frühstück.

In der Sonne glänzten zwei schwere Motorräder vor einem alten Auto. Sigi nickte Hobrecker zu. Sein drahtiger Kollege quittierte seinerseits mit einem Kopfnicken, zog ein Handy aus dem Parka und fotografierte die Nummernschilder unauffällig aus der Hüfte.

An der schweren Eisentür, die in den Gebäudetrakt führte, der offensichtlich als Wohnhaus genutzt wurde, befand sich eine zweite Kamera. Sigi lächelte freundlich nach oben. Die Tür summte.

Es war dunkel im Erdgeschoss. Hinter dem Eingangsbereich erstreckte sich eine Art Versammlungssaal: Tische und Stühle, zwei schwarz-weiß-rote Flaggen an der Wand. Isomatten und Schlafsäcke. Ein Boxsack. Plakate mit so erbaulichen Aufschriften wie »Dein Körper ist deine Waffe« und »Poppverbot für Kroppzeug«.

Sie stiegen eine betonierte Treppe hoch. Im ersten Stock drang Tageslicht durch ein mannshohes Fabrikfenster. Als die Wohnungstür geöffnet wurde, stand der Mann vor ihnen, den Rüdiger Brandt beschrieben hatte. Sogar der irre Blick passte.

»Bin grad auf dem Sprung. Worum geht es?«

Sigi stellte sich und Waldemar Hobrecker vor, wobei er rücksichtsvoll dessen Vornamen vermied, und wies sich aus. »Wir brauchen hoffentlich nicht lange, können wir reinkommen?«

Werner Emser musterte sie skeptisch.

»Es geht um einen Überfall vor zwei Tagen. Sie wurden zur fraglichen Zeit in der Nähe des Tatorts gesehen. Wir bitten jeden um Mithilfe, dem etwas aufgefallen sein könnte.«

Hinter Emsers riesiger Stirn arbeitete es. »In der Zeitung stand, dass jemand einen Neonazi beschuldigt. Was wollen Sie hier? Meinen Freunden was anhängen?«

»Keiner Ihrer Freunde wurde gesehen. Nur Sie. Vielleicht fällt Ihnen ein Detail ein, etwas Wichtiges, das uns helfen kann. Wir ermitteln in alle Richtungen.«

»Warum verhindern Sie dann nicht diese tendenziöse Berichterstattung in den Medien?«

Sigi nötigte sich ein Lächeln ab.

Emser sah von ihm zu Hobrecker und zurück. »Es geht um diesen türkischen Abiturienten, oder? Sie erzählen es rauf und runter im Radio. Ist er einer von diesem Drogenpack?«

Sigi sah in die Wohnung. Die ehemalige Gerberei war zu einem großzügigen Loft ausgebaut, das genug Sofas und Platz bot, um mehrere von Emsers glatzköpfigen Freunden vor einer Beamerleinwand zu versammeln. Derjenige, der der Tür am nächsten saß, hatte Buchstaben auf die Finger seiner Hand tätowiert. H – A – S – S, letztere in der eckigen Typografie der SS.

Emser trat zur Seite und ließ sie herein.

6

Verena legte den nächsten braunen DIN-A4-Umschlag auf den Stapel. Die privaten Kleinkunden bekamen ihre Unterlagen mit der Post zugeschickt, nur die Akten mit größerem Umfang brachte sie persönlich zurück. Die Türen der großen Schränke im hinteren Büro standen offen, und die alphabetisch aufgereihten Ordner ließen keine Zweifel darüber aufkommen, dass ihr noch weitere lange Tage bevorstanden. Wie hatte sie mit so vielen Kunden nicht über die Runden kommen können? Wieso krebste sie nach fünf Jahren immer noch so herum?

Verena verbot sich weitere Gedanken dieser Art und ging in die Küche. Sie brauchte eine Tasse Kaffee. Es war schon die dritte heute, und sie sollte auf grünen Tee umsteigen. Aber was sollte man nicht alles.

Bevor sie das Wasser in den Kocher einfüllen konnte, rasselte die Klingel. Wahrscheinlich der Fahrradkurier von Wuttka mit den unterschriebenen Verträgen. Sie drückte den Türsummer und öffnete.

Durch den schummrigen Flur näherte sich eine vermummte Gestalt. Verena erkannte die Silhouette sofort, seine Mütze, seine Jacke.

»Was willst du?«, fragte sie frostig.

»Können wir reden?«, kam es dumpf hinter dem Schal hervor.

»Nein, Rüdiger, so läuft das nicht mehr.«

»Bitte.«

»Jetzt? Vier Monate nachdem du ausgezogen bist?«

Er nahm die Mütze ab und zog den Schal herunter. Verena entfuhr ein spitzer Schrei. Sein linkes Auge sah entsetzlich aus. Wie eine halbe blaue Pflaume, bis zum Platzen angeschwollen. »Gott, was ist denn passiert?«

»Es tut mir alles so leid …«, sagte der Mann, mit dem sie fünfzehn Jahre ihres Lebens geteilt hatte, ziemlich aufgelöst.

Verena stand hilflos da, hin- und hergerissen zwischen Entsetzen, Mitgefühl und verletztem Stolz, weil er nicht um sie gekämpft hatte.

»Vor meinen Augen wurde jemand fast totgeprügelt. Ich soll bei der Polizei aussagen. Ich weiß nicht, was ich tun soll. Die Männer sind Nazis. Gestern früh waren sie auch bei mir …«

Verena war klar, dass sie ihn nicht wegschicken würde. Aber jemandem helfen, der in Not war, war das eine. Einen Ex, den man nie wiedersehen wollte, hereinbitten, war etwas ganz anderes.

Dann erst bemerkte sie die zweite Gestalt im Flur, die halb verdeckt hinter Rüdiger stand. Braune Locken, attraktiv und ein paar Jahre älter als sie selbst, ungeschminkt und ein offenes und einnehmendes Lächeln auf dem Gesicht.

Kurz darauf hatte Verena die Unterlagen von dem Klappsofa auf den Boden geräumt, und nun saß die Frau, die sich als Dr. Behrens vorgestellt hatte und seitdem schwieg, zusammen mit Rüdiger auf dem verblichenen Möbel. Es war damals ihr erstes gemeinsames Sofa gewesen, auf dem sie nächtelang Krimiserien geguckt und über die Täter gemutmaßt hatten und auf dem sie sich so oft geliebt hatten.

Verena wandte den Blick von ihrem Mann ab. »An Susannes Schule ist die Hölle los. Alle reden darüber.«

Er nuschelte, dass es ihm leidtue, ohne Begründung abgesagt zu haben. Aber er habe einfach nicht gewusst, was er tun sollte. Wenn Susanne ihn so sehen würde, was solle er ihr sagen? Er habe ihr keine Angst machen wollen. »Es war dämlich, mich da einzumischen. Vollkommen dämlich.«

Wie verzweifelt er aussah, dachte sie – und wie sehr er ihr leidtat. Die Verletzungen mussten schmerzhaft sein. Doch dann zwang Verena sich, auf die vielen Umzugskartons zu schauen und auf die Arbeit, die noch anstand, um ihr neues Leben zu beginnen.

»Du musst mir helfen«, fuhr er fort. »Soll ich diese Phantombilder machen und aussagen?«

»Was meinen Sie denn?«, fragte Verena Dr. Behrens.

»Erst mal ist es wichtig, die Gründe, warum Sie nicht mehr zusammenleben, zu trennen von der aktuellen Situation, mit der Sie irgendwie gemeinsam umgehen müssen, auch im Hinblick auf Ihre Tochter. Wenn Sie wegen der Trennung wütend aufeinander sind, ist das eine Sache. Wie Sie die Konsequenzen dieser Tat tragen, eine andere. Ich denke zum Beispiel, Ihre Tochter sollte wegen dieser Schläger ihren Vater erst mal nicht mehr zu Hause besuchen. Die Frage ist, ob Sie sich, Frau Brandt, eine Zeit allein um Susanne kümmern können.«

Verena sah Rüdiger an und seufzte. Passte ihr das in den Kram? Ganz und gar nicht. Würde sie es tun? Natürlich. Würde sie dazu wieder die Hilfe ihrer Mutter brauchen? Und ob.

Sie nickte.

»Danke«, sagte er. »Frau Behrens hat mir empfohlen, bis auf Weiteres auch nicht dort zu schlafen. Vielleicht finde ich ein billiges Hotel. Oder die Polizei hat etwas, wo ich eine Zeit lang bleiben kann. Der Hauptkommissar hat mir sogar angeboten, ich könnte einen Antrag auf Polizeischutz stellen.«

»Warum hast du es nicht gemacht?«, fragte Verena verwundert.

Rüdiger schüttelte heftig den Kopf. »Dann ist es ja nur eine Frage der Zeit, bis jeder in der Stadt weiß, über welchen Zeugen die Zeitungen schreiben. Ich bin nicht scharf darauf, noch mehr Probleme zu bekommen. Ich möchte Susanne so gerne sehen und mich richtig um sie kümmern. Du brauchst ja deine Zeit hier. Aber ich habe Angst, dass sie mit mir gesehen wird. Stell dir vor, diese Typen kommen wieder!«

»Vielleicht sollten wir Susa ein paar Tage von der Schule nehmen«, schlug Verena vor und sah die Psychologin fragend an.

»Sagen Sie ihr unbedingt die Wahrheit, ohne die Sache zu verharmlosen. Aber machen Sie auch kein größeres Drama draus, als es ist. Sie soll sich in den Umständen, die Sie beide jetzt schaffen, sicher fühlen – auch wenn sich ihre Eltern getrennt haben.«

Rüdiger schloss die Augen und lehnte sich zurück. »Ausgerechnet jetzt …«

»Sie haben gesagt, die ganze Schule Ihrer Tochter rede über den Überfall«, sagte Alicia Behrens. »Kennt Susanne den Abiturienten?«

Verena zuckte mit den Achseln. »Nicht gut.«

»Wie geht es ihr? Ist es schlimm für sie?«

Verena dachte an jenen Morgen, an dem sie Susa zur Schule begleitet hatte. Ihre Tochter hatte geschockt ausgesehen. »Ich glaube, ja.«

Rüdiger rieb sich über die Stirn, stand auf, wollte zum Fenster und blieb dann doch mitten im Raum stehen.

Verena sah ihn im Gegenlicht, sodass sein Gesicht fast im Dunkeln lag. Dennoch erkannte sie die unendliche Sorge darin, die er zu verbergen versuchte.

»Verena, soll ich verschwinden? Für eine Zeit lang weggehen? Wir haben immer alles besprochen, immer alles zusammen entschieden.«

Sie spürte einen kleinen Stich. So stimmte das nicht ganz. Auf die letzten Jahre traf es genau genommen überhaupt nicht mehr zu. Aber das war jetzt egal. Ihre Familie war ihr immer das Wichtigste gewesen, das hatte sich durch die Trennung nicht geändert.

»Du kannst die nächsten Tage erst mal hier auf der Couch schlafen. Da bist du in Sicherheit. Ich geh nachher für uns einkaufen.«

Dr. Behrens sah sie überrascht an. »Vielleicht haben wir uns jetzt missverstanden. Sie sollen sich nicht aufgerufen fühlen, hier eine Kuschelburg zu bilden.«

»Ich finde es auch nicht richtig«, stimmte Rüdiger nach kurzem Zögern zu. »Ich will dich da nicht mit hineinziehen. Das kann ich auf keinen Fall annehmen.«

»Du wirst das annehmen.«

»Ich möchte nicht, dass womöglich auch noch dir was passiert! Außerdem musst du hier klar Schiff machen. Und ich bin sicher nicht der Mensch, den du gerade am liebsten um dich hast.«

Sie spürte einen Kloß im Hals. Das war das Netteste und Ehrlichste, was er seit Langem zu ihr gesagt hatte. Sie schluckte den Kloß energisch hinunter und wandte sich an die Therapeutin. »Er ist Susannes Vater! Wir probieren es aus und überlegen in Ruhe, was wir Susa sagen. Am besten, meine Mutter und ich bringen sie erst mal jeden Tag zur Schule und holen sie ab. Oder sie soll gleich zu Hause bleiben, sie ist ja eh grad angeschlagen. Dann kannst du Susa auch hier sehen.«

Er murmelte ein verschämtes »Danke«.

Verena konnte sich ein Lächeln nicht verkneifen. »Ich mache das hier nur aus Eigennutz. Ich kann eine Hilfskraft gebrauchen. Viel Arbeit, Kost und Logie frei.«

Er lächelte voller Wärme und Dankbarkeit zurück, und sie erinnerte sich, wie gut es gewesen war, als sie beide, vor gefühlten Urzeiten, noch richtig gute Freunde gewesen waren.

Nur Dr. Behrens lächelte nicht. »Wollen Sie sich das nicht wenigstens noch einen Tag lang überlegen? Fällen Sie keine Entscheidung unter Zeitdruck. Wenn Sie hier in diesen engen Räumen aufeinanderhocken, mit all den ungelösten Problemen, die zu Ihrer Trennung geführt haben, und mit der Angst vor den Schlägern, kann Sie das schneller an Ihre Grenzen bringen, als Sie denken.«

Verena musterte Rüdiger. Sie war bereit, es auszuprobieren. Und vielleicht konnten sie wenigstens ihre Freundschaft retten – auch wenn sie sich auf dieser Couch nie wieder tief in die Augen und in die Seele gucken und sich lieben würden, was ja letztlich ihre Schwierigkeiten auch nicht hatte lösen können.

7

Es roch nach Zigarettenrauch in dem Fabrikloft und nach Bier.

»Sie sind ja früh dran«, konnte sich Sigi Kamm nicht verkneifen.

»Es ist doch immer wieder eine Freude, wie sehr die Polizei sich um unser Wohlergehen sorgt«, gab der Glatzkopf mit dem Tattoo auf der Hand zurück und nahm einen Schluck aus seiner Flasche. »Aber wissen Sie, Herr Kommissar, Bier is ooch Stulle.«

Sigi stellte sich und Hobrecker vor und streckte den Männern die Hand hin. »Würden Sie wohl kurz das Computerspiel unterbrechen, Herr ...?«

»Schultzke«, sagte der Erste, drückte eine Taste an der Spielkonsole, und die Szene auf der Leinwand fror in dem Moment ein, als ein dunkelhäutiger Kämpfer von einer Handgranate im Gesicht getroffen wurde.

»Und wären Sie bereit, Herr ...«

»Trautmann«, erwiderte der Zweite und stand auf.

»Wem gehören denn die beiden Maschinen?«, fragte Sigi bemüht interessiert.

»Icke und er«, antwortete patzig der Feisteste und zeigte auf den letzten der Männer.

»Hübsche Mopeds.« Die Namen der beiden Vollidioten Nummer drei und vier würde er über die Zulassungsstelle rausbekommen.

»Würden Sie Herrn Emser und uns kurz allein lassen? Dauert nicht lang.«

»Los, verpisst euch«, befahl Werner Emser.

Man trollte sich.

Als sie allein waren, konkretisierte Sigi den Tatzeitpunkt.

Emser kratzte sich im ungewaschenen Haar. »An dem Abend war ich beim Boxen. Danach … Bin ich nur heim. Paar Kumpels waren hier.«

»Wann sind Sie denn an der Bucht langgegangen?«

»So um neun rum.«

»Wann waren Sie zu Hause?«

Emser zündete sich eine Zigarette an. »Na ja, so halb zehn. Sonst noch was?«

Sigi nickte. »Kennen Sie das Opfer?«

»Diesen türkischen Abiturienten? Er hat sich zwei-, dreimal in die Zeitungen gebracht. Wahrscheinlich findet er sich fotogen. Spuckt große Töne, Freiheit und alle haben sich lieb. Hat aber keinen einzigen Vorschlag, wer das alles zahlen soll, das Kindergeld für die Libanesenclans. Die Millionen von Gefängniskosten für die Araber, die unsere Mädchen vergewaltigen. Diese Internetzeitung ist viel heiße Luft, wenig Inhalt. Populismus.«

Sigi hatte größte Mühe, das unkommentiert zu lassen.

Hobrecker schien das zu merken und sprang ein. »Haben Sie vielleicht etwas über die Tat gehört? Sagen wir: aus Ihren Reihen?«

Emser lachte abfällig. »Sehen Sie, genau gegen solche Missstände trete ich ein: Deutsche Bürger müssen sich rechtfertigen, während die Libanesen ganze Stadtviertel besetzen, keiner arbeitet, unzählige Kinder klauen, rauben Leute aus. Das nennen Sie Recht und Ordnung?«

»Kommen wir zum Thema zurück«, überging Sigi die Rede, die Emser vermutlich gerne im Stadtrat halten würde. Wie unendlich zuwider ihm dieses Gespräch war. Nur allzu gerne hätte er diesen Nazi eingenordet, doch er wollte keine Zeit mit Diskussionen verschwenden, die wahrscheinlich sowieso nicht fruchteten. Er wollte das hier schnell und effektiv durchziehen und hoffte, dass Emser früher oder später einen Fehler begehen würde.

Doch im Moment hörte der Nazi sich anscheinend einfach nur

gerne selbst reden. »Ich bin auch gegen deutsche Diebe und Vergewaltiger. Aber der Großteil der Kriminellen hier ist nun mal ausländisch, an diesen Statistiken können Sie nicht rütteln. Der Fall ist noch nicht lange her, Sie müssen ihn doch kennen: Eine vierzehnjährige Deutsche lässt sich dummerweise mit einem Araber ein. Macht Schluss. Er kommt zwei Tage später mit seinen Kumpels. Alle dürfen sich an ihr vergehen. Oben, unten, vorne, hinten. Und die Wichser haben es auch noch mit ihren Handykameras gefilmt. Wie viele wurden bestraft? Richtig. Zwei von sechs Typen. Die anderen sind einfach zurück in ihre Scheißwüstenländer. Ende der Geschichte.«

Sigi erinnerte sich gut an den Fall aus Berlin, eine entsetzliche Tat, aber Emser begann ihm mit seinen Ablenkungsmanövern gehörig auf die Nerven zu gehen. »Wir reden jetzt über die Tat von Dienstag!«

Emser blitzte ihn verschlagen an. »Dabei haben Sie doch auch was gegen diesen Abschaum. Sie haben im Sommer letzten Jahres doch auch einen von diesem Pack für uns aus dem Verkehr gezogen – auch wenn er leider nur in diese Kuschelklapse kam. Stand in der Zeitung. Über diesen Türken reden wir hier doch, oder?«

Sigi starrte ihn an. Hinter seinen Schläfen pochte es.

Der Neonazi lehnte sich entspannt in das Sofa zurück und grinste. »Ich fand es ja gut, Herr Kommissar.«

Hobrecker und Sigi wechselten einen Blick. Hobrecker übernahm, sodass Sigi seine Wut in den Griff bekommen konnte.

»Ich glaube, Sie unterschätzen den Ernst dieser Sache. Der Abiturient überlebt wahrscheinlich nicht. Und dann ermitteln wir nicht mehr wegen schwerer Körperverletzung, sondern wegen Mordes.«

Emser zuckte gelassen mit den Schultern. »Was wollen Sie von mir hören? Dass ich innerlich weine vor Betroffenheit?«

Sigi reichte es; er erhob sich. »Genau, Sie finden das alles ganz großartig, richtig? Weil Sie selber mal einen Ausländer ins Krankenhaus gebracht haben?«

Emser gab sich einstudiert freundlich. »Das ist sehr lange her. Und ich habe meine Strafe dafür abgesessen. Ich mache kein Geheimnis daraus. Denn jeder kann sich ändern. Wenn kriminelle

Ausländer dazu auch bereit sind, bitte, sollen sie sich integrieren. Wenn nicht, haben sie hier nichts zu suchen.«

Sigi lächelte spöttisch. »Dann helfen Sie uns.«

Emser drückte seine Zigarette in einem Rest Ketchup auf einem der dreckigen Teller auf dem Couchtisch aus. Dann nickte er. »Ich glaube, dass uns hier jemand etwas anhängen will. Ich habe eine neue Partei. Wir können richtig was bewegen. Und – welch ein Wunder – da kommt so eine Bombe. Ich glaube, dass da irgendwelche linken Zecken versuchen, unserer neuen Bewegung zu schaden.«

Sigi lachte bitter auf. »Und dafür einen jungen Mann totprügeln? Machen Sie sich doch nicht lächerlich.«

»Es gibt genug islamistische Verrückte, die freiwillig in den Tod gehen. Ich habe mit dieser Sache nichts zu tun. Und ich lasse mir das auch nicht anhängen. Und ich erwarte verdammt noch mal von Ihnen, dass Sie aufklären, wer hinter dieser Verleumdung steckt!«

Sigi nickte. »Ob ich wohl mal Ihre Toilette benutzen dürfte?«

Emser sah ihn ungerührt an. »Nein. Aber fühlen Sie sich draußen wie zu Hause. Nur pissen Sie nicht an unseren Grillplatz.«

Sollte Emser für den Moment nur triumphieren, dachte Sigi. Er würde diesen Nazi bald am Arsch haben! Er hoffte, dass der Typ mit dem irren Blick unvorsichtig würde, sobald sie weg waren. Und dass er nicht den Gestank des Zigarettenstummels mit Ketchup roch, der gerade das Innenfutter von Sigis Jackentasche ruinierte.

Auf dem Weg durch das dunkle Treppenhaus ins Erdgeschoss musste Sigi an Konrads Angebot denken. Es erschien ihm im Moment durchaus verlockend.

8

»Habt ihr was gehört von der Sache? Wird geredet?«

Die Qualität der Abhörbänder war beeindruckend. Sigi und Waldemar Hobrecker saßen bei ihren Kollegen in einem hoch technisierten Bus, einen halben Kilometer vom Fabrikgelände entfernt. Sie erkannten Emsers Stimme sofort. Seine Freunde hatten die Frage verneint.

Der, der sich als Icke bezeichnet hatte und eines der Motorräder fuhr, Thomas Schmidt, war nervös geworden. »Und du, Werner, weißt du was drüber? Sonst frag doch mal Tilo Wanter, der weiß alles.«

Werner Emser murrte. »Angeblich wars jemand von uns, schreiben die in der Presse. Hat dem verpissten Ausländer die Fresse poliert. Hoffentlich verreckt der Kanacke.«

Zustimmendes Gemurmel. Bierflaschen, die aneinanderklirrten.

»Jemand hat denen erzählt, ich wär in der Nähe vom Tatort gewesen. Schultzke, wir waren zusammen boxen. Du hast doch keinen Müll geredet?«

»Mann, Werner, spinnst du? Bei mir war niemand, und ich würd nie was sagen!«

»Wenn die mir oder uns was anhängen wollen: Ich war hier. Mit euch allen. Klar?«

»Klar, Werner.«

»Logo, Mann.«

»Wir waren hier.«

»Und, Leute, ab jetzt: Schnauze halten. Passt auf, was ihr sagt. Auch über die andere Sache: Schnauze.«

»Klar, Werner.«

Sigi verabschiedete sich nach einem langen Tag im Observationsbus mit der Bitte, auch nachts über alles informiert zu werden, was sich tat. Er informierte die Kollegen von der Personenobservation. »Es gibt eine andere Sache. Vielleicht meinen sie damit, dass sie unseren Zeugen mundtot gemacht haben. Oder sie haben noch etwas anderes am Laufen. Ich weiß, ich muss euch nicht drauf hinweisen, dass es wichtig ist. Ich tu es trotzdem. Lasst den Typen nicht aus den Augen, wenn er unterwegs ist. Da ist noch was im Busch!«

Als sie gingen, kramte Sigi ein Taschentuch aus der Jackentasche. Es war blutrot. Und stank entsetzlich.

Hobrecker schien sofort zu begreifen. »Du hast sie mitgenommen? Ohne richterlichen Beschluss?«

Sigis Blick war eine einzige unausgesprochene Frage: ob Hobrecker bei der Sache mitmachen würde.

Die Antwort war recht eindeutig: »Mach kein Scheiß! Aus einem privaten Raum?«

»Siehst du, deswegen sind wir so ein gutes Team. Du hast immer die Paragrafen im Auge, ich immer die Möglichkeiten, die sich bieten.«

»Und wie bitte willst du die DNA-Untersuchung begründen?«

»Eine der Gerichtsmedizinerinnen macht es für mich.«

Hobrecker wurde sauer. »Zieh mich da nicht mit rein.«

Sigi blieb vor seinem Wagen stehen. »Es ist doch nur, um sicherzugehen, dass wir mit dem Verdächtigen richtigliegen, solange Rüdiger Brandt nicht aussagen will. Was ist los mit dir?«

Hobrecker sah ihn ungehalten an. »Es gibt Gründe, warum die Vorschriften so streng sind. Die DDR ist keine fünfundzwanzig Jahre her. Das Dritte Reich keine siebzig. Was hätten die alle für einen Dreck angerichtet, wenn es die Möglichkeiten mit der DNA schon gegeben hätte? Es gibt sogar verdammt gute Gründe, warum die Vorschriften so streng sind.«

Sigi lachte auf. »Du willst mich mit der Stasi vergleichen? Mit den Nazis?«

»Du weißt, dass es so nicht gemeint ist! Ich will dir einfach nur sagen, dass du hier eine Grenze überschreitest.«

Sigi stieg ins Auto.

Hobrecker setzte sich neben ihn. »Er ist ein Scheißnazi. Aber er hat auch seine Grundrechte.«

Sigi startete den Wagen. »Und du hast Schiss um deine Karriere.«

Hobrecker schwieg.

»Ich fahr noch zur Gerichtsmedizinerin. Soll ich dich vorher irgendwo rauslassen?« Sigi konnte sich einen Seitenhieb nicht verkneifen. »Waldemar?«

»Ja!«

FREITAG

1

Die Ärzte kamen an diesem Morgen sehr früh, um Noyans Verbände zu wechseln. Mutasim Akay war dankbar, das Zimmer verlassen zu müssen. Anzusehen, wie sein Sohn unter den weißen Binden aussah, schaffte er nicht. Allah wusste, er war bereit, für seinen Sohn vieles zu tun. Das jedoch würde er nicht schaffen.

Mutasim trat ins Vorzimmer. Er zog den Schutzkittel aus, die Haube, den Mundschutz, die Handschuhe und den dicken Pullover. Er konnte es sich nicht leisten, in dem kühlen Zimmer krank zu werden. Jeder kleine Erkältungsbazillus, den er mitbrachte, konnte seinem Sohn das Leben kosten, hatten die Ärzte gesagt.

Den Flur hinunter war eine Diskussion im Gange. Mutasim bekam nicht mit, worüber man stritt, aber eine der Stimmen, die männliche, junge, kam ihm bekannt vor. Er stopfte die Schutzkleidung in die dafür vorgesehene Tonne und trat aus dem Vorraum.

»Herr Akay!«

David Merz hatte ihn sofort gesehen. Eine der älteren Schwestern, die mit dem strengen Gesichtsausdruck und der routinierten Art, Noyans Urinkatheter zu wechseln, verwehrte dem blonden Abiturienten den Zutritt zur Intensivstation.

Mutasims Puls beschleunigte sich.

Dr. Behrens hatte David gefunden und hergeschafft.

Er rührte seinen Tee nicht an. Die Cafeteria war um diese Uhrzeit nur mäßig besetzt, und die wenigen Gäste – die Hälfte im Bademantel, mit Tropf, Verband oder Gips, die andere in winterlichem Zivil – sprachen gedämpft.

Mutasim hatte die Mitleidsbekundungen von Noyans Freund hingenommen, ohne dass sie ihn berührt hätten. Nun herrschte ein seltsames Schweigen am Tisch. Akay betrachtete den Jungen. Er hatte sich verändert, wie die meisten Jungen in dem Alter. Er war männlicher geworden. Kantiger. Sein Gesicht war immer noch ein bisschen zu schmal, die Ohren zu klein. Ansonsten ein adretter Schüler. Und gesund. Am Leben.

»Wie geht es meinem Sohn?«

»Wie?«, kam es verdattert zurück.

»Im Leben? Ist er glücklich? Du bist sein bester Freund, du musst es doch wissen.«

David wurde rot. »Ja … Schon. Er hat Erfolg bei den Mädchen. Die stehen alle auf ihn. Er ist der Macher unserer Zeitung.«

»Hat er in den letzten Wochen etwas … über mich gesagt?«

»Äh … nein.«

Mutasim sah David an, dass er nicht ehrlich antwortete. »Sag die Wahrheit. Spricht er schlecht über mich?«

»Noyan erzählt nicht viel von zu Hause. Eigentlich überhaupt nichts.«

Mutasim nickte langsam. Er hätte seinem Sohn anbieten müssen, dass die SgR-Initiative sich auch bei ihnen zu Hause traf. Er hätte ihn öfter fragen sollen, ob er Unterstützung brauchte. Oder einfach danach, wie es ihm ging. Den Gedanken, dass er vielleicht kein guter Vater war, hatte Mutasim immer beiseitegeschoben und unter den Sorgen vergraben, die er sich über die Drogensucht gemacht hatte, den Klinikaufenthalt, das Familiengespräch mit Dr. Behrens und darüber, ob Noyan überhaupt noch Interesse hatte, Pharmazie zu studieren und eines Tages seine Apotheke zu übernehmen.

Doch jetzt wollte der Gedanke einfach nicht mehr verschwinden. Er war ein schlechter Vater.

David spielte mit einer Zigarettenpackung. Mutasim nahm sie ihm weg, legte sie beiseite und sah den blonden Jungen ernst an. »Kannst du dir vorstellen, wer das war?«

David wandte den Blick ab, ließ ihn durch die Cafeteria wandern. »Dieser Nazi, sagt doch die Polizei.«

»Ein bestimmter?«

»Weiß nicht …«

»David. Wenn du etwas weißt, sagst du es doch, nicht wahr?«

»Klar!«

Die Augen von Noyans Freund flackerten seltsam, und er spielte nervös mit dem Feuerzeug. Der Junge wusste mehr, als er zugab.

Mutasim stand auf. »Ich muss wieder hoch zu Noyan. Danke.«

David sah erstaunt zu ihm auf, und Mutasim erkannte in seinem Gesicht für einen Monent das Kind, das nach der Schule so oft zum Essen gekommen war. Den Einserschüler, der Noyan in Mathematik geholfen hatte … bis Adiba krank geworden war und ständige Ruhe gebraucht hatte.

»Wofür danke?«

»Dafür, dass du Noyans bester Freund bist.«

Der Junge wurde rot. Mutasim nahm das Tablett mit seinem vollen Teebecher und Davids leerem Latte-Glas. Auf dem Weg zur Geschirrrückgabe klirrten die Gläser und Löffel aneinander. Leise, in einer hohen Frequenz. Wie bei einem kleinen Erdbeben.

Mutasims Hände zitterten.

Alle verschwiegen ihm etwas. David. Der Hauptkommissar. Dr. Behrens. Es gab etwas, das er anscheinend nicht wissen sollte.

Und wer, dachte Mutasim verzweifelt, könnte ihm helfen herauszufinden, was das war? War irgendjemand bereit, ihm die Wahrheit zu sagen?

2

Alicia Behrens hatte noch eine halbe Stunde Zeit bis zur Gruppentherapie – und keine Zigaretten mehr. Sie verließ die Klinik und ging zu ihrem Stammkiosk, einem kleinen Laden am Ende der Dorfstraße. Sie hatte gestern nur die Mailbox von Hauptkommissar Kamm erreicht und kurz von dem Treffen bei Rüdiger und Verena Brandt berichtet. Was wohl bei seiner Befragung des Hauptverdächtigen herausgekommen war?

Alicia verstand, dass sie über die Besprechung bei der Mordkommission Stillschweigen bewahren sollte, aber sie fühlte sich nicht wohl dabei. Sie mochte keine Geheimnisse.

Bevor sie den Kiosk erreichte, holte sie ein Klinikpatient aus der Therapiegruppe eines Kollegen ein. Klaus war Mitte vierzig, er hatte einen leeren Blick und ließ die Schultern hängen.

»Kann ich mit in die Perspektive-Gruppe?«, fragte er außer Atem.

»Hast du das mit deinem Gruppentherapeuten besprochen?«

»Er sagt, ich soll dich fragen.«

»Wir sind schon ziemlich voll …«

»Bitte!«, unterbrach Klaus. »Ich kann das nicht mehr, Leichen von der Autobahn kratzen. Ich muss was anderes machen in meinem Leben! Bitte!«

Klaus war Beamter der Einsatzbereitschaft und nach einem psychischen Zusammenbruch krankgeschrieben. Worunter er mehr litt, unter seiner Arbeit oder der Überzeugung, als Polizist versagt zu haben und von seinen Kollegen dafür verachtet zu werden, war bislang weder ihm noch dem Therapeutenteam klar.

Alicia versprach, ihm Bescheid zu geben, und betrat dann den kleinen Kiosk.

Der alte Mann hinter dem Tresen begrüßte sie. Er war stets freundlich, obwohl Alicia ihm reichlich skurrile Kundschaft bescherte. Nicht nur Frauen, die am helllichten Tag mit Lockenwicklern hereinkamen, weil sie, wie sie mit Schamesröte im Gesicht beteuerten, dazu verdonnert worden waren, sich nicht mehr zu schämen. Auch Patienten mit quietschgrün gefärbten Haaren, weil ihre Familien zu Besuch kamen und sie erst gar nicht die Chance haben sollten, sich hinter alten Verhaltensmustern zu verstecken. Oder gestandene Männer, die ein Kuscheltier im Arm hielten und versicherten, das sei nicht auf ihrem Mist gewachsen.

Viel verdiente der Kioskbesitzer nicht an den Patienten aus der Kuschelklapse. Alkohol durften sie nicht kaufen, keine Kippen, auch keine Zeitungen, um sich nicht abzulenken. Die Leute mit Essstörungen nicht mal Süßigkeiten. Postkarten und Briefmarken gingen gut, hatte der Kioskbesitzer Alicia einmal erzählt, und karierte Blöcke für die Schreibklausuren, zu denen Rückfällige verdonnert wurden. Alicia war sicher seine beste Kundin. Sie hatte in den letzten fünf Jahren ein Vermögen für Tabak bei ihm gelassen.

»Das Übliche«, sagte sie freundlich, und während er vor dem Regal mit den hochprozentigen Fläschchen die Päckchen abzählte, ergänzte sie: »War mal wieder jemand da von uns?«

Er entblößte zwei Reihen gelber Zähne. »Frau Doktor, ich soll petzen? Ihre Sprösslinge erzählen immer, es kommt auf Selbstverantwortung an.«

»Richtig.« Alicia schob einen Geldschein über den Tresen. »Aber Alkoholiker saufen mitunter auch so lange, weil es Co-Abhängige gibt, die sich nicht trauen, sie auf ihre Sucht anzusprechen. Oder die Sucht sogar ermöglichen. Aus Angst vor Liebesentzug zum Beispiel. Oder aus Sorge um den Umsatz.«

Er knallte ihr das Wechselgeld auf den Tresen. »Ich mag Sie ja wirklich gerne, Frau Psychologin. Aber seit Sie ein bisschen berühmt geworden sind, glauben Sie, Sie können sich alles herausnehmen. Wahrscheinlich traut sich niemand, Ihnen das zu sagen, niemand von ihren Co-Dingsda-Leuten. Aber ich, ich …«

»Was soll das heißen?«, unterbrach sie ihn. »Berühmt? Was ist das denn für ein Quatsch?«

»Na seit Sie für die Polizei arbeiten! Stand schon gestern in der Zeitung. Sie erstellen jetzt solche Profile, ja? Wie in Amerika, bei den Serienmördern?«

Alicia vergaß fast ihre Zigaretten, als sie aus dem Kiosk stürmte.

3

»Haben Sie nichts Besseres zu tun, als mich herumzukutschieren?« Rüdiger Brandt saß auf dem Beifahrersitz. Der Verband seiner Hand war inzwischen ähnlich grau wie die Stadt da draußen. Der Schnee schmolz in der milden Dezembersonne zu dreckigem Matsch zusammen.

Hauptkommissar Sigi Kamm steuerte seinen Kombi gut gelaunt durch den Verkehr. Er antwortete nicht, sondern zog drei Fotografien aus seiner Jacke, als sie an einer roten Ampel halten mussten.

Brandt nahm die Bilder. Sigi beobachtete ihn von der Seite. Der

Mann sah von Tag zu Tag beschissener aus. Sein Auge wechselte schon von Tiefblau zu Lila, mit einem breiten gelblichen Vorhof. Die Fotos der beiden Neonazis Schultzke und Schmidt lösten keine Reaktion bei ihm aus. Das dritte Bild jedoch ließ alles in Brandts Gesicht für den Bruchteil einer Sekunde zusammenzucken.

»Er steht unter Beobachtung.« Sigi betätigte Spritzwasser und Scheibenwischer. Sofort war der Grauschleier von der Welt genommen. »Rund um die Uhr.«

Sein Zeuge schwieg. Sah aus dem Fenster. Er hielt die Fotos immer noch verkrampft in der Hand.

»Wissen Sie, was ein Zeugenschutzprogramm ist?«

Nun fuhr Brandts Kopf herum. »Zeugenschutz? Wieso? Wollen die mich umbringen? Nun sagen Sie schon! Wissen Sie was?«

»Ich will Ihnen einen Weg aufzeigen, das Richtige zu tun und zugleich in Sicherheit zu sein«, erwiderte Sigi behutsam. Er dachte an das, was Alicia Behrens gesagt hatte: dass sein Zeuge nicht anders konnte. Aber war das wirklich so? Konnte er nicht oder wollte er einfach nicht? Dr. Behrens hielt Druck für kein gutes Mittel.

Sigi sah das anders.

»Der Mörder – und das, was er getan hat, war keine Körperverletzung, sondern ein Mordversuch – läuft frei herum. Ohne Ihre Aussage kann ich Sie und Ihre Familie nicht mal schützen lassen.«

»Verstehe«, murmelte Rüdiger Brandt unwillig. »Ich soll am Arsch der Welt leben, einen neuen Namen und irgendeinen blöden Job annehmen und alle Kontakte abbrechen? Nur damit Sie weiterkommen?«

Sigi bog auf das Krankenhausgelände ein und berichtigte ihn. Zeugenschutz bedeutete, an einem neuen Ort zu leben, einen neuen Namen anzunehmen und viele Kontakte abzubrechen, ja. Es bedeutete allerdings auch, den Unterhalt bezahlt zu bekommen, bis die Betroffenen Arbeit gefunden hatten, die der bisherigen Beschäftigung vom Niveau zumindest gleichkam. »Mehr als hunderttausend Euro im Jahr ist meistens nicht drin, aber Sie sind ja kein Bankmanager, oder?«

»Ich soll hier weg? Von allem? Von meiner Familie? Meiner Tochter? Nie im Leben!«

»Nein. Sie sollen Ihre Familie mitnehmen. Wenn die Familie nicht mitgeht, wird auch kein Zeugenschutz gewährt.«

Brandt sah durch die Windschutzscheibe, die sich schon wieder mit einem gesprenkelten Grauschleier überzog, und auf die ersten Gebäude der Klinik. Er stieß einen langen, geräuschvollen Atemzug aus. Schüttelte den Kopf. Seufzte. »Meine Frau will sich scheiden lassen. Wie kommen Sie darauf, dass sie mitgehen würde?«

Sigi parkte den Wagen im Halteverbot. Er wählte seine Worte vorsichtig. »Allem Anschein nach plant der Verdächtige noch einen anderen Übergriff. Ich brauche Ihre Aussage.«

»Alles hängt an mir, das gefällt mir nicht«, sagte Brandt und stieg aus.

Sigi hoffte inständig, dass ihn die DNA-Analyse weiterbringen würde. Da die Gerichtsmedizinerin den Zigarettenstummel von Emser in die anderen DNA-Proben des Falles einschleusen musste, dauerte die Sache diesmal leider etwas länger. Aber bei einer Übereinstimmung könnte Sigi seinem Zeugen versichern, dass sie einen weiteren schlagkräftigen Beweis gegen den Täter hätten und Brandts Aussage nicht das einzige Belastungsindiz wäre. Vielleicht würde ihn das ermutigen. Dass Brandt allerdings zuerst aussagen musste, damit Sigi eine DNA-Analyse dann offiziell wiederholen konnte, musste sein Zeuge ja nicht so genau wissen.

Sigi legte seine Polizeiwagenkennung sichtbar über das Lenkrad und folgte Brandt zum Krankenhaus.

»Danke fürs Bringen«, sagte dieser irritiert. »Ich kann alleine zurückfahren.«

»Macht keine Umstände.«

Brandt blieb auf einem Stück Gehweg stehen, das vom Streusalz frei gefressen war und bereits zu trocknen begann. Als er sah, dass Sigi immer noch keine Anstalten machte, umzukehren, wurde er zusehends missgelaunt. »Was soll das? Glauben Sie, die lauern mir hier auf? Oder wollen Sie mir bei der Untersuchung Händchen halten?«

Sigi behielt seinen gut gelaunten Ton bei und schritt an Brandt vorüber. Im Gegensatz zu Dr. Behrens hielt er eine Menge von sanftem Druck. »Ich gehe auf die Intensivstation und schaue, ob Noyan Akay noch lebt. Und ich besuche den Vater des Jungen, er verlässt seit dieser furchtbaren Tatnacht das Krankenhaus nicht mehr.«

4

»Gibt es etwas Neues? Haben Sie das Schwein gefunden?«

Die typischen Fragen Angehöriger. Sigi Kamm hatte nur verneinen können und Mutasim Akay dann in ruhigem, ernstem Ton darüber aufgeklärt, dass jemand versuchte, den Hauptbelastungszeugen einzuschüchtern.

Alle Hoffnung war aus Akays Blick gewichen. Dieses Erlöschen in den Augen kannte Sigi nur zu gut. Mütter, Väter, Schwestern, Brüder, Ehepartner – aus ihren Augen wich Leben, wenn aus Befürchtungen Gewissheiten wurden. Wenn aus Opfern Tote wurden. Wenn aus Verschwundenen Aktenzeichen wurden. Wenn aus Tätern nicht mal Phantombilder wurden.

Auf die Fragen, ob Mutasim Akay noch etwas eingefallen sei, ob Noyan über rechtsradikale Parteien recherchiert habe oder über einen bestimmten Politiker, vielleicht über ein bestimmtes Ereignis, schüttelte der Vater nur hilflos den Kopf.

Sigi wusste, wie dünn das Eis war, auf das er sich nun begab. »Der Mann, der sich in die Schlägerei eingemischt hat, der Ihren Sohn gerettet hat, ist gerade unten im Krankenhaus.«

Akay hob seinen Blick.

Ja, das Eis war dünn. »Möchten Sie ihn kennenlernen?«

Kurz darauf trat Sigi mit Mutasim Akay in die Ambulanz. Er sah Rüdiger Brandt in dem breiten Flur vor einem Untersuchungszimmer sitzen, einige Papiere in der heilen Hand, ein Bein über das andere geschlagen. Brandt betrachtete die Menschen, die an ihm vorbeigingen. Ärzte, Patienten, Besucher, traurige, erleichterte und schmerzvolle Gesichter.

Brandts Augen weiteten sich, als er sie kommen sah. Er erhob sich langsam.

Sie blieben einen Meter voneinander entfernt stehen. Sigi konnte nicht sagen, wer schockierter aussah: Rüdiger Brandt, der den von Verzweiflung gezeichneten Vater anstarrte, oder Mutasim Akay, dem die Wunden Brandts eine entsetzliche Geschichte erzählten.

Sigi stellte die beiden Männer einander vor. Sein Zeuge reichte Akay vorsichtig die Hand. Brandt sah ängstlich aus; wer ließ sich schon gerne mit verzweifelten Angehörigen ein? Doch sein Gesichtsausdruck änderte sich rasch. Er lächelte höflich, so gut es mit der geplatzten Lippe eben ging.

Akay ergriff die Hand sofort. »Danke. Das war sehr mutig von Ihnen.«

Brandt warf Sigi einen kühlen Blick zu und versuchte dann ein weiteres Lächeln. »Das ... war doch selbstverständlich. Es tut mir leid, dass ich nicht mehr tun konnte.« Das Lächeln misslang diesmal gänzlich.

»Hat der Nazi Sie so zugerichtet?«, fragte Mutasim Akay unvermittelt. »Es ist schlimm, dass Sie das erleben müssen. Wenn ich etwas für Sie tun kann, sagen Sie es.«

Rüdiger Brandt bedankte sich höflich, das sei nicht nötig.

Sigi trat einen halben Schritt zurück und lehnte sich an die Wand. Bis jetzt lief es nicht schlecht. Beide Männer waren noch etwas steif und vorsichtig, jonglierten mit Höflichkeiten, aber besonders Mutasim Akay gab sich Mühe. So viel am Stück hatte Sigi ihn noch nie reden hören.

»Ich hoffe, Sie können sich von der Arbeit freinehmen?«

Brandt winkte mit der einbandagierten Hand ab. »Hab zurzeit eh keinen Job.«

Akay zögerte keine Sekunde. »Ich bin Apotheker. Ich brauche immer mal wieder einen Fahrer. Oder jemanden im Lager. Ich weiß nicht, vielleicht sind Sie ja Professor. Aber wenn Sie wollen, bekommen Sie jederzeit eine Arbeit bei mir.«

Brandt murmelte einen Dank, wirkte ehrlich gerührt und erkundigte sich nach Noyan. Er äußerte sein Bedauern darüber, dass der Zustand nach wie vor kritisch war. Akay erkundigte sich, ob sein

Held ebenfalls Kinder habe, und Rüdiger Brandt berichtete stolz von seiner Tochter, die an jeder ihrer Jacken einen SgR-Sticker trug.

»Susanne ist ein großer Fan dieser Initiative.«

Sigi war sehr zufrieden.

Eine Schwester steckte den Kopf in den Flur und rief die Schnittwunde auf. Brandt hob seine Hand mit dem grauen Verband.

»Das ist auch von dem Nazi? Aus der Nacht?«, fragte Mutasim Akay.

Rüdiger Brandt schlug die Augen nieder. »Sie haben gesagt, wenn es schlimmer wird, soll ich wiederkommen. Ich glaube, es hat sich entzündet.«

»Dieser Drecksnazi!«, entfuhr es Mutasim Akay, »hoffentlich ist er bald unschädlich gemacht.«

Kurz darauf lehnte sich Sigi gegen sein Auto, blinzelte in die Sonne und grinste. Er hoffte, dass sich dieser ganze Vormittag gelohnt hatte und dass es jetzt nur noch eine Frage der Zeit war, bis Brandt aussagte.

5

Zwanzig Minuten später kam Rüdiger Brandt aus dem Krankenhaus, einen frischen Verband um die Hand. Er sah verstört aus. Sigi wusste, was er ihm zugemutet hatte. Schweigend stiegen sie ein.

Drei Straßen weiter fragte Brandt: »Wie läuft das mit dem Zeugenschutz?«

Sigi gab sich zwei Sekunden Zeit, ehe er antwortete. Erfolge mussten schließlich auch gefeiert werden. »Darüber geben wir noch keine Auskunft. Niemandem. Zum Schutz der Zeugen. Wir müssen erst sicher sein, dass Sie mitspielen.«

Sie schwiegen bis zu Brandts Gartenhaus, wo der Zeuge ein paar Sachen zum Anziehen holen wollte.

»Meine Frau würde nicht mitgehen, das weiß ich.«

»Fragen Sie Dr. Behrens. Sie kann sicher bei dem Gespräch dabei sein.«

Brandt sah ihn unsicher an. »Ich habe ihr mehr oder weniger gesagt, dass ich nicht viel von Therapie halte.«

Sigi tat das auch nicht. Aber das musste einen ja nicht daran hindern, sie um Hilfe zu bitten, wenn es nötig war.

Er betrachtete Brandt. Das Zusammentreffen mit Mutasim hatte seinem Zeugen mehr zugesetzt, als er gedacht hatte.

Gut so.

6

Mutasim setzte sich ans Bett und ergriff Noyans Hand.

»Ich hoffe, dass ich das Richtige getan habe. Junge, ich hoffe, ich habe das Richtige getan.«

Noyans Brust hob und senkte sich im Rhythmus der Beatmungsmaschine. Mutasim drückte die Hand seines Sohnes, mit beiden Händen, damit sie endlich aufhörten zu zittern.

Als Hauptkommissar Kamm das Krankenhaus verlassen hatte, war Mutasim Rüdiger Brandt in das Behandlungszimmer gefolgt. Brandt hatte allein dort gesessen und auf einen Arzt gewartet.

Mutasim war schnell zur Sache gekommen, lange würden sie nicht allein bleiben. »Man hat Sie eingeschüchtert, damit Sie nicht aussagen, oder?«

Brandt hatte ihn nur angestarrt.

»Sie müssen nicht aussagen.« Mutasims Hände hatten da noch nicht gezittert, aber seine Stimme.

Sein Gegenüber hatte ihn verwirrt angesehen.

Mutasim hatte sich wiederholt, deutlich und leise. »Sie müssen nicht aussagen bei der Polizei.«

»Es tut mir so leid … Wenn die meiner Familie etwas antun …«

Noch jetzt, hier in dem kühlen Intensivzimmer bei seinem Sohn, fühlte er, wie trocken sein Mund gewesen war. Er hatte dem Zeugen zugenickt. »Ja. Ich verstehe das. Sagen Sie mir nur, wer es ist. Wer hat Noyan so zugerichtet?«

Brandt hatte geächzt, aber Mutasim hatte schnell weitergesprochen: »Ich werde mich darum kümmern. Sagen Sie mir, wer es ist. Und Sie müssen nicht aussagen.«

»Was … was soll das heißen? Kümmern …?« Brandts Erschrecken hatte verraten, dass er durchaus verstanden hatte.

»Der Nazi schüchtert alle ein. Deswegen werden sie ihn nicht verurteilen können. Und das ist Unrecht.«

Dann war ein Arzt hereingekommen.

Mutasim hatte Brandt seine Visitenkarte gegeben. »Überlegen Sie es sich. Danke. Sie sind ein guter Mann.«

Erst auf dem Weg zurück zur Intensivstation hatte er gemerkt, wie sehr sein Herz hämmerte. Es raste noch immer.

»Ich liebe dich, Noyan«, flüsterte er. »Und ich hoffe, dass ich das Richtige getan habe … dass ich das Richtige tun werde …«

7

»Was soll das? ›Unterstützung bekommt die Polizei seit Neuestem von der Fachklinik Wannseehof. Die Psychologin Alicia Behrens hilft, den rassistischen Überfall aufzuklären und als Profilerin den brutalen Parkkiller zu überführen. Sie betreut außerdem mehrere Opfer, die in diesen Fall verwickelt sind.‹ Was soll das? Es stimmt so nicht!«

Alicia knallte Dr. Härtl die Zeitung auf den Tisch.

Er blieb entspannt in seinen Drehstuhl gelehnt. »Nun haben Sie sich nicht so. Rassismus ist ein großes Thema. Die Presse stürzt sich auf so etwas. Und ich habe den Artikel nicht geschrieben.«

Als ob er die Berichterstattung nicht in diese Richtung gelenkt hätte, so zufrieden, wie er aussah. Begriff er nicht, wie kurzsichtig das war, was er tat? Dass es letztlich mehr schadete als nützte?

»Meine Patienten lernen, mir zu vertrauen, auch wenn sie mich manchmal hassen, weil Sie wissen, dass ich objektiv bin und ihnen helfe! Wenn jetzt jeder fürchtet, dass ich gegen ihn arbeite, nur weil er mal was Illegales getan hat, kommt hier niemand mehr weiter. Und solche Profiler arbeiten nach Statistiken, Analysen, Ferndiagnosen. Das ist das Gegenteil von dem, was ich tue!«

Dr. Härtl hielt ihr beide Hände hin, eine einladende, beschwichtigende Geste. Sein Gesicht verriet etwas anderes. Es war ungeduldig.

»Frau Behrens, nun sehen Sie es doch mal positiv ...«

»Noch mal so etwas, und ich schmeiße diese Kriseninterventionssache hin. Sofort!«

»Vielleicht sollten wir mit der Perspektive-Gruppe aussetzen«, erwiderte er ruhig.

Sie war schon fast zur Tür hinaus. »Wie bitte?«

»Nur eine Zeit lang. Bis sich alles beruhigt hat. Wenn die Presse mitkriegt, dass Noyans Initiative hier ihren Anfang genommen hat ...«

»Nein! Diese Gruppe ist wichtig für viele Patienten hier, die einen neuen Weg einschlagen müssen und wollen.«

»Ja, ja, um nicht wieder abzurutschen ...«

»Keine Diskussion!«, unterbrach sie ihn. Es wurde Zeit, dass Hauptkommissar Kamm den Täter überführte, bevor Dr. Härtls Ideen noch patientenfeindlicher wurden. Aber dafür brauchte er dringend die Aussage von Rüdiger Brandt.

Doch sie würde ihre Prinzipien nicht verraten, sie würde Brandt zu nichts drängen.

Unter keinen Umständen.

Auf dem Weg zu ihrem Büro klingelte ihr Handy. Es war Sigi Kamm.

»Ich gehe nicht davon aus«, sagte er, »dass Sie das lanciert haben, was die Zeitungen über Sie schreiben?«

»Nein. Und es gefällt mir auch nicht. Wie geht es in Ihren Ermittlungen voran? Wie war es gestern?«

»Werner Emser wird überwacht und abgehört. Er hat heute noch mal davon gesprochen, dass es ›eine andere Sache‹ gibt. Es kann sein, dass er Rüdiger Brandt damit meint.«

Alicia stutzte. »Es kann sein? Das hört sich so an, als hätten Sie noch eine andere Vermutung.«

»Die Kollegen aus dem Dezernat für politisch motivierte Straftaten haben einen ähnlichen Fall in Berlin gefunden. Vor eineinhalb Jahren. Ein junger Mann war abends alleine unterwegs, wurde von einem Einzeltäter angegriffen und bewusstlos geschlagen. Schwerste Kopfverletzungen, verursacht durch Stiefeltritte. In der Nähe wurde in der Tatnacht von mehreren Personen ein Neonazi beobachtet. Die Kollegen haben damals DNA-Spuren am Opfer gefunden, aber bis heute nicht den Täter ausfindig machen können. Sie gehen von einem rassistischen Übergriff ohne persönliches Motiv aus.«

»Sie glauben, es war derselbe Täter? Ist das nicht ein bisschen wenig für eine Parallele?«

»Doch. Ich bin wegen etwas anderem alarmiert. Rüdiger Brandt hat gesagt, dass der Täter dagestanden habe ›wie ein Cowboy‹. Die Hände an den Hüften, leicht in den Knien. Als wolle er Noyan Akay ins Gesicht springen.«

Alicia blieb vor ihrem Büro stehen und kramte nach ihrem Schlüssel. Auf einem Stuhl im Flur saß Klaus, der sie so dringlich gebeten hatte, in die Perspektive-Gruppe zu dürfen. Sie machte ihm ein Zeichen, dass es noch ein paar Minuten dauern würde.

»Der Täter ist dem jungen Mann aus Berlin wirklich ins Gesicht gesprungen?«, fragte sie, als sie eintrat.

»Nein. Der Täter hat seinem Opfer ins Gesicht gepinkelt, als es schon bewusstlos am Boden lag. Auf die offenen Knochenbrüche.«

Alicia ließ sich auf das Sofa sinken. »Gott … Hat man bei Noyan Spuren gefunden? Wurde ihm auch …«

»Nein«, hörte sie Kamm durchs Telefon. »Aber vielleicht wollte der Täter es tun. Vielleicht, als er so dastand, wie ein Cowboy, vielleicht hat er da seine Hose aufmachen wollen.«

8

Sigi Kamm sprach nur kurz mit Mischa Semjonow. Der junge Mann lebte in einem Wohnheim für betreutes Wohnen am Rande Berlins. Sein Hobby war es geworden, jeden Tag im Fitnessraum Hanteln zu stemmen. Sein Gesicht war eineinhalb Jahre nach dem

Überfall zu einer Kraterlandschaft aus Narben geworden. Ein Auge blind, das Lid fast zugewachsen.

Sigi zeigte ihm eine Auswahl von Fotos. Der junge Mann erkannte niemanden. Auch nicht Werner Emser. Er hatte keine Erinnerung an den Überfall. Auch nicht daran, dass der Schläger, der fast zu seinem Mörder geworden war, auf sein Gesicht gepinkelt hatte. Semjonow wusste nur, dass die DNA des Täters aus dem Urin isoliert worden war und das auch nicht geholfen hatte, ihn zu finden.

»Sie haben keinerlei Erinnerung an irgendein Detail? Auch nicht daran, ob es einen Streit gegeben hat?«

Die Schatten der Hanteln wanderten die farblosen Wände hoch. Semjonow stöhnte vor Anstrengung. »Ich erinnere mich, dass ich mal studiert habe …«, keuchte er. »Basketball gespielt habe … Eine Freundin hatte. Dass ich vom Tanzen nach Hause gegangen bin … Dass mal alles gut war. Bis dahin.« Er stieß seinen Atem aus. Gepresst. Von ganz tief. Von da, wo die Wut saß.

Sigi sah, wie sich die Narben in dem zerstörten Gesicht rot färbten. Er konnte Semjonows Wut nur allzu gut verstehen.

Auf dem Weg zurück nach Potsdam rief Sigi die Gerichtsmedizinerin an. Sie hatte noch keine Ergebnisse zur DNA-Probe von Werner Emser. Er musste sich noch einen Tag gedulden.

9

Der Gutshof lag nahezu im Dunkeln. Alicia öffnete das Gatter; ein rostiges Quietschen zerriss die Nacht. Dann wieder Stille. Sie fuhr ihren Kleinwagen in den Hof. Die Außenlampe warf gelbliches Licht von ihrem Fachwerkhaus bis hinüber zum Stall, in dem sie die Pferde ihrer Vermieterin hörte.

Die Tiere waren unruhig. Wahrscheinlich hatte ein Wildschwein den Hof durchquert und über den Bewegungsmelder die Außenlampe eingeschaltet. Es wäre nicht das erste Mal, dass eine Rotte ihren Garten nach Fressbarem umgrub und die Pferde in Aufruhr versetzte.

Schnee knirschte unter ihren Stiefeln, als sie gedankenverloren zu ihrem Haus ging. Das Telefonat mit Hauptkommissar Kamm ließ ihr keine Ruhe. Im schwachen Licht der Lampe kramte sie in ihrer Handtasche. Fühlte die Zigaretten, das Feuerzeug … hatte sie den Schlüssel doch im Mantel? Nein, da war nur ihr Handy. Sie spähte wieder in die Handtasche.

Dann fiel ein Schatten über sie.

Sie hörte das Knirschen des Schnees, das dieses Mal nicht sie verursachte, in dem Moment, als sich ihre Sicht verdunkelte.

Sie fuhr herum.

Schrak zurück.

Und im nächsten Moment knallte sie gegen die Hauswand. Die Handtasche entglitt ihr und schlug mit einem rasselnden Geräusch auf die vereisten Platten vor der Tür.

Sie waren zu zweit. Direkt vor ihr. Alicia hatte sie bis zur letzten Sekunde nicht kommen hören.

Springerstiefel, Bomberjacke, die Gesichter hinter schwarzen Skimützen verborgen.

10

Als Sigi aus Berlin zurückkam, stellte er den Wagen im Hof ab und stieg gar nicht erst in den fünften Stock zu seiner Wohnung hinauf. Er nahm gleich den Weg durch die verschneiten Kopfsteingassen, hinüber zur »Maria«, kürzte durch das Labyrinth verwinkelter Hinterhöfe ab, die sich in schmalen Tunneln unter den barocken Bürgerhäusern miteinander verbanden und unzählige Geschäfte beherbergten. Die Läden der Teestuben, Trödler, Galerien und Hutmacher waren geschlossen. In einer ehemaligen backsteinernen Brauerei wurden in einem Piercingladen, einem energetischen Aurastudio und einem Yogazentrum Überstunden gemacht.

Warmes Licht aus Restaurants warf helle Rechtecke in die Höfe. Nur hie und da schwappten Lachen und gute Laune aus einer Kneipe. Als Sigi die Gedenkstätte für die Opfer politischer Gewalt passiert hatte, sah er schon das in die Jahre gekommene Schild von »Maria« an der Ecke schimmern.

11

»Spinnen Sie, mich so zu erschrecken!«, fauchte Alicia wütend. Ihr Blick huschte über den Hof, zum Vorderbau. Der Geländewagen ihrer Vermieterin stand nicht da, und im Haus brannte kein Licht. Hier draußen war nur das, was sie sonst so liebte: Ruhe, Natur und Schnee.

»Sie hängen uns nichts an.« Es war der Bullige, der zuerst sprach.

Alicia atmete zweimal tief durch. Sollte etwa sie »die andere Sache« sein, von der Sigi Kamm gesprochen hatte?

Sie versuchte, in der gleichen Tonlage zu sprechen wie der Bullige. Bestimmt, hart, ohne Raum für Diskussionen. »Was wollen Sie?«

»In der Zeitung steht ständig was über diese SgR-Scheiße. Und über diesen Türken im Koma. Und dass jemand diese Scheiße uns anlasten will. Wir haben mit der Sache nichts zu tun. Trotzdem stochern die Bullen bei einem Bekannten von uns herum. In der Zeitung steht, dass du auch bei der ganzen Scheiße mitmischst.«

Die Männer waren vermummt, und das sagte Alicia, dass die beiden sich mindestens darüber bewusst waren, Hausfriedensbruch zu begehen – und dass sie eventuell noch weitaus Schlimmeres vorhatten. Sie musste dringend ihre Angst in den Griff bekommen. Ihr Gehirn ratterte die Strategien durch, die sie Patienten mit Angstzuständen empfahl: Hör die Angst, aber glaub ihr nicht. Wenig hilfreich, wenn zwei Vermummte vor einem standen. Ein Kraftort. Ja. An einen Ort denken, den man mit Ruhe und Sicherheit verband, an dem einem nichts passieren konnte. Die Teresa. Alicias Therapiestunden fanden in der Teresa statt. So nannten alle seit Urzeiten den weitläufigen Aufenthaltsraum für die Patienten, weil er durch seine zum Tal hin gelegene Glasfront an einen Wintergarten erinnerte, an eine hässliche Sechzigerjahre-

Terrasse. Trotz all der Wut und der Ängste, denen sie schon in diesem Raum begegnet war – es war der sicherste Ort, den Alicia kannte.

Sie merkte, dass sie augenblicklich ruhiger atmete. »Und Ihr Bekannter hat Sie beauftragt, das hier zu machen?«

»Hat niemand gesagt.«

»Da muss jemand sehr aufgebracht sein, wenn er zwei Männer schickt. Nachts. Vermummt. Gegen eine Frau. Vielleicht verstehe ich sogar, dass er nicht selber herkommt, wenn für ihn etwas auf dem Spiel steht. Aber es steht in seiner Macht, diese ganze Geschichte für sich zum Besseren zu wenden.«

Die beiden Männer sahen sich an. Der zweite übernahm das Reden. »Mit dieser Psychokacke landest du bei uns nicht. Du hast vor eineinhalb Jahren diesen Drecksausländer in der Irrenanstalt verschanzt. Wir kennen deine Einstellung. Von so einer Fotze lassen wir uns nicht sagen, was wir zu tun haben.«

Alicia nahm eine Bewegung des Bulligen wahr. Er schob seine Hand in die Jackentasche. Was war darin? Ein Messer? Ein Schlagring?

Sie hatte genug Menschen in der Wutgruppe gegenübergestanden, deren Wut kurz davor gewesen war, in körperliche Aggression umzuschlagen. Aber diese Patienten hatten grundsätzlich die Notwendigkeit gesehen, etwas an ihrem Leben zum Besseren zu verändern. Bei diesen beiden Kollegen hier war klar, dass sie kein Interesse an einer erleuchtenden Innenschau hatten.

Sie behielt ihren Tonfall bei, bemühte sich, hart zu klingen, geradeheraus. »Sie möchten wissen, welche Rolle ich bei dem spiele, worüber die Zeitungen schreiben? Gut, ich bin bereit, es Ihnen zu erläutern.« Sie tastete vorsichtig an ihrer Seite herunter. Da. In ihrer Manteltasche: das Handy. »Aber ich möchte solche Dinge in Ruhe klären. Also rufen Sie mich morgen an, dann können wir einen Termin ausmachen.«

Die Männer lachten.

»Halt dich von uns fern und hör auf, irgendwelchen Zeugen Scheiße einzureden!«

Alicia schob ihre rechte Hand in die Manteltasche. Sollte der Muskelberg zuschlagen, wären ihre Chancen gleich null, wenigstens ihr Gesicht zu schützen. Aber vielleicht konnte sie das Handy erreichen und die Wahlwiederholungstaste drücken. Während sie das vertraute Vibrieren in ihrer Hand spürte, als sie die Tastensperre löste, schickte sie einen schnellen Dank gen Himmel, dass sie immer noch eines dieser alten Handys ohne Touchscreen hatte. Sie bemühte sich, eindringlich zu reden.

»Hören Sie überhaupt zu, was ich sage? Wenn Sie sich entscheiden, mir etwas anzutun, dann werde ich Sie nicht daran hindern können. Aber dann werden Sie dafür die Verantwortung übernehmen müssen.«

Die Männer lachten herablassend. Der Bullige trat zurück. Einen kleinen Schritt. Zum Ausholen.

Alicia wurde lauter. »Wenn Sie nicht angeklagt werden wollen, dann verhalten Sie sich dementsprechend. Es ist Ihre verdammte Entscheidung!«

Der Bullige schlug zu. Der Schlagring krachte in das Fenster ihrer Haustür.

Alicia fuhr zusammen, drehte sich weg. Atmete hastig.

Der Mann griff ihr an den Hals, drängte sie an die Tür. »Wo ist dieser Zeuge?«

Sie spürte den Daumen hart an ihrer Vene. Sein Knie drängte zwischen ihre Beine. Sein Gewicht presste ihren Rücken gegen die Türklinke. Er stand so nah, dass sie ihn nicht fokussieren konnte, dass er unscharf wirkte. Oder wurde sie schon bewusstlos? Doch eines erkannte sie noch gut: den Hass in seinen Augen.

»Machs Maul auf, Drecksschlampe! Wo ist dieser Zeuge? Sag, wo dieser Lügner ist, sonst …«

Sie krächzte. Er öffnete die Hand. Luft strömte in ihre Lungen.

»Verschwinden Sie«, keuchte sie, so laut sie konnte. »Verlassen Sie sofort den Gutshof!«

12

Fall-Zeit war nie gute Ausgehzeit. Sigi Kamm stürmte aus der Kneipe. Er hatte sein Bier nicht mal zur Hälfte getrunken, als der Anruf von Alicia Behrens gekommen war. Er hatte nicht viel verstanden, aber genug.

Sigi rannte den ganzen Weg zu seiner Wohnung, zu seinem Wagen und presste sich weiter das Handy ans Ohr. Sie hatten Alicia Behrens in der Mangel. Und zimperlich waren sie nicht. Als er keuchend in sein Auto stürzte, hatte die eiskalte Luft ihm Eisengeschmack in den Mund getrieben.

Er forderte über Funk Verstärkung an und bat die Kollegen, Hobrecker zu Rüdiger Brandt zu schicken. Die Nazis waren auf der Suche nach ihm.

Was Sigi über das Handy hörte, war weiterhin undeutlich. Aber als er aus der Innenstadt fuhr, bekam er mit, dass die Männer Alicias Handtasche durchsuchten. Sie fragten sie nach ihrem Handy, um ihre Anruflisten zu kontrollieren. Dort, das wusste Sigi, würden sie Rüdiger Brandts Namen finden.

13

Verena öffnete ein Bürofenster zur Straße. Kalte Luft zog herein. Sie sollte weiter Papiere ordnen, Steuerunterlagen kuvertieren. Aber der Schwung, mit dem sie gestern und auch heute Morgen noch losgelegt hatte, war verschwunden. Eine lähmende Trägheit war ihr in die Glieder gefahren.

Ihr Blick wanderte einmal die dunkle Straße rauf und runter, wie schon mehrmals an diesem Tag. Keine glatzköpfigen Männer mit Baseballschlägern vor der Tür. Konnte man sich innerhalb weniger Stunden einen ausgewachsenen Verfolgungswahn zulegen?

Rüdiger war tatsächlich eine Hilfe. Aber nur beim Kuvertieren. Er saß einsilbig im hinteren Zimmer und machte alles, was sie wollte. Aber sprach kaum. Wie früher. Ihr Gespräch am Nachmittag war bemüht gewesen.

»Wie geht es mit der Jobsuche?«, hatte sie gefragt.

»Bin dran. Mühsam.«

Sie hatte gezögert. »Herr Wuttka, bei dem ich jetzt anfange, war einer meiner besten Kunden, bis zum Schluss. Ich könnte ihn nach einem Job für dich fragen. Die organisieren tausend Events. Hochzeiten, Konzerte, das Stadtfest ... Könnte doch super zu dir passen.«

»Klingt toll. Aber ... hältst du das für eine gute Idee? Wir in derselben Firma?«

»Ich mache die Buchhaltung. Ich hab ja mit dem Rest nichts zu tun. Ich merk doch, dass es dich fertigmacht. Wichtig ist, dass du wieder Fuß fasst. Und dass wir uns überlegen, was wir Susanne sagen.«

Rüdiger hatte gelächelt und trotzdem noch bedrückter gewirkt als zuvor.

»War etwas im Krankenhaus? Ist etwas passiert?«

Er hatte verneint. Alles gut.

Verena spürte die alte Ungeduld. Sie hatte ihm immer alles aus der Nase ziehen müssen.

Wenigstens Susa schien es gut zu gehen. Sie übernachtete bei ihrer Oma, und dann ging es ihr meistens gut. Nur ... Wie sollte ihre Tochter mit der Angst umgehen, wenn sie selber schon jede halbe Stunde nervös auf die Straße guckte?

Aus dem Augenwinkel nahm Verena einen hellen Fleck am Boden wahr, neben Rüdigers kleinem Haufen mit Habseligkeiten, Kulturbeutel und Kleidung zum Wechseln, die er heute nach dem Krankenhaus zusammen mit dem Kommissar aus seinem Gartenhaus geholt hatte. Sie sah hinunter.

Eine Visitenkarte.

Wahrscheinlich von einem Kunden. Sie hob die Karte auf. Nein, kein Kunde. In klaren, unprätentiösen Buchstaben stand darauf: »Zentral-Apotheke, Mutasim Akay«, und darunter eine Adresse.

Verena maß der Karte keine besondere Bedeutung bei. Wahrscheinlich war sie letzten Winter mal dort gewesen. Sie legte die Karte achtlos auf das Fensterbrett.

14

Als Sigi, gefolgt von einem Streifenwagen, von der Landstraße auf die schmale Zufahrtsstraße zu Alicia Behrens' Gutshof bog, sah er in einer kleinen Parkbucht das alte Auto stehen, das ihm schon auf Emsers Hof aufgefallen war.

»Wer ist mit dem Auto weggefahren?«, bellte er ins Funkgerät, und der Kollege von der Observationseinheit gab ihm die Namen von Thomas Schmidt und Sven Schultzke durch.

Sigi fuhr das letzte Stück zum Hof, so schnell es der vereiste Schotterweg zuließ. Hier draußen schneite es wie verrückt. Ein paar Hundert Meter entfernt lag ein weiterer Hof. Ansonsten gab es nichts außer Schnee, ein paar knorrigen Bäumen und noch mehr Schnee. Er fragte sich kurz, wie man freiwillig hier draußen leben konnte.

Sigi sprang aus dem Wagen, und dann sah er sie auch schon. Er rannte durch das Eisentor, vorbei an dem ersten Fachwerkhaus, dessen Fenster dunkel waren, und durch den Hof auf die kleine Gruppe zu. Zwei uniformierte Kollegen folgten ihm dicht auf den Fersen.

Die beiden Männer in Bomberjacken und Springerstiefeln traten einen Schritt zurück, und Sigi hatte den Eindruck, dass sie sich etwas vom Kopf zogen. Er erkannte sie sofort.

»Zurück!«, brüllte er mit gezogener Waffe.

Thomas Schmidt hob erstaunt die Hände und redete dann wie mit einem Pferd, das er zu beruhigen versuchte: »Hou-hou-hou … Wir haben uns nur nett mit der Dame unterhalten.«

Ein Blick zu Alicia Behrens sagte ihm, dass der fette Nazi Mist redete und er nicht später hätte kommen dürfen. Die Therapeutin atmete schwer und hielt sich den Hals.

»Wir werden Sie mitnehmen«, sagte Sigi und machte seinen Kollegen ein Zeichen mit dem Kopf. Handschellen klirrten.

Schmidt lachte. »Und aus welchem Grund? Sie können vielleicht unsere Personalien überprüfen, aber mehr auch nicht.«

»Hände an die Wand.« Sigi machte eine unmissverständliche Bewegung mit der Waffe. »Meine Kollegen durchsuchen Sie jetzt. Und ich empfehle Ihnen, ruhig stehen zu bleiben.«

Schmidt und Schultzke stellten sich brav an die Wand und ließen sich durchsuchen.

Sigi trat zu Dr. Behrens. »So weit alles okay bei Ihnen? Brauchen Sie einen Krankenwagen?«

Sie schüttelte den Kopf und krächzte dann leise: »Danke.«

Er hob ihre Handtasche auf und holte den Schlüsselbund heraus. »Gehen Sie schon rein, ich komme gleich nach.«

»Wir kommen auch gerne nach und setzen unseren Plausch fort«, rief Sven Schultzke herüber.

»Hören Sie auf mit dem Mist!« Sigi drehte sich unwirsch um. »Ich habe alles über Handy mitgehört!«

Die beiden Männer warfen sich einen Blick zu, doch Schmidt schaltete schnell. »Ach, das Gespräch über Pferde und über die Erkältung von der Frau Psychologin, deswegen ist ihre Stimme so dünn. Und dass wir ihr helfen wollten, das Fenster abzukleben. Hat sich ein Kind wohl heute einen schlechten Scherz erlaubt und einen Schneeball geworfen.«

»Nein, das Gespräch, in dem Sie Frau Behrens zuerst eindeutig bedroht und dann versucht haben, aus ihr herauszubekommen, wer der Zeuge ist!«

»Ich kann mich an nichts dergleichen erinnern? Du, Sven?«

Sigi wurde wütend. »Sie haben sogar ihre Handtasche durchsucht, um ihr Handy zu finden. Sie wollten ihre Anruflisten durchgehen. Sie sagte, sie habe es in der Klinik vergessen. Dann haben sie ihre Zigaretten genommen und sich eine angezündet. Ich sehe die Kippen doch hier am Boden.«

»Die Frau Psychodoktor ist halt eine höfliche Dame«, erwiderte Schultzke amüsiert. »Sie hat uns eine angeboten.«

Sigi legte Alicia Behrens kurz mitfühlend eine Hand auf die Schulter. Mein Gott, sah sie mitgenommen aus. Er zog ihr Handy aus ihrer Manteltasche und hielt es Schultzke und Schmidt hin.

Schmidt gab sich unbeeindruckt. »Solange Sie uns keine Tonbandaufnahme von dem angeblichen Gespräch vorspielen können, schätze ich, steht da Aussage gegen Aussage. Was meinen Sie denn, Frau Psychologin? Unser Plausch war doch so nett, dass wir gerne wiederkommen dürfen, oder?«

Alicia Behrens öffnete mit zitternden Fingern die Haustür, und als sie drinnen war, trat Sigi dicht an die beiden Nazis heran. »Sollten Sie sich jemals wieder in die Nähe von Frau Behrens wagen, reiße ich Ihnen den Arsch auf. Ich lasse Ihre Wohnungen durchsuchen und rücke so oft bei Ihnen an, dass Ihre Freunde nichts mehr mit Ihnen zu tun haben wollen.«

»Sie drohen uns?«, fragte Thomas Schmidt und wandte sich an die Uniformierten: »Haben Sie das gehört? Sie sind unsere Zeugen, Ihr Kollege hier hat uns gedroht. Das ist ja fast so, als hätten wir die Frau bedroht.«

Schultzke grinste. »Sie können uns nichts, und das wissen Sie.«

Ein Uniformierter hielt die Skimützen hoch. »Und was ist das?«

»Wir sind Motorradfahrer«, gab Schmidt zurück. »Im Herbst und Winter wird es arschkalt unter den Helmen. Wir haben die Mützen immer in der Jacke. Reine Gesundheitsvorsorge.«

»Nehmt sie mit«, sagte Sigi. Sie würden die Typen nicht lange festhalten können. Der fette Nazi hatte leider recht, es stand Aussage gegen Aussage. Aber sollte er die gewalttätigen Vollidioten einfach laufen lassen?

15

Verena hatte beschlossen, nach Hause zu fahren. Sie war hundemüde. Als sie nach ihrer Tasche griff, bemerkte sie Rüdiger im Türrahmen. Er sah traurig aus und brauchte eine gefühlte Ewigkeit, bis er sprach. »Dein Traum war es doch immer, nach Süddeutschland zu gehen. Ich stand dir da im Weg. Ich wollte nie, weil ich Angst hatte, dass sich was ändert.«

Sie nickte stumm und sammelte ihre Sachen zusammen.

Sie spürte seine Hand an ihrem Arm, einen sanften Griff. »Wenn du immer noch willst. Ich würde jetzt mitgehen. Weit weg von hier.«

Sie schnellte herum und machte sich wütend los. »Jetzt? Vier Monate nachdem du ausgezogen bist?«

Er sah sie an, weder bittend noch böse. »Ich sag das nicht, weil ich glaube, dass wir so einfach wieder zusammenkommen.«

»Wieso willst du dann weg?«

»Weil es für dich immer wichtig war. Und vielleicht wäre es für mich auch gut, neu anzufangen, alles hinter uns zu lassen.«

»Und Susa?«

»Vielleicht können wir ihr dort mehr bieten.«

»Wie stellst du dir das vor? Zwei neue Wohnungen finden, zwei Jobs … Hast du das schon lange geplant?«

»Nein. Die Idee ist neu. Und ich verlasse Potsdam nicht ohne euch. Auf keinen Fall.«

Verena ging langsam zum Fenster, sah auf die Straße hinaus. Alles, was sich draußen bewegte, waren Schneeflocken, Trilliarden von Schneeflocken, die die Welt in einen ruhigen, stillen Ort verwandelten. Und da war sie wieder, die altbekannte Traurigkeit.

Er räusperte sich. »Da ist noch etwas.«

Sie wollte sich eben umdrehen, als ein dunkler Wagen mit Blaulicht die Straße herunterfuhr. Das Auto hielt vor dem Haus. Ein drahtiger Mann in einem dicken Parka stieg aus und kam die Treppe zum Hochparterre herauf.

Verena fuhr herum.

Rüdiger kam auf sie zu. »Es ist genau das, wovor ich solche Angst hatte. Es tut mir so leid, Verena. Die Nazis … sie suchen nach mir.«

16

Das Erdgeschoss bestand aus einem einzigen offenen Raum, ein Wohnzimmer mit weißen, rauen Wänden, durch die sich in alter Fachwerkmanier dunkle Holzbalken zogen. Im Kamin vor der grob verputzten dicken Säule inmitten des Zimmers fachte Alicia Behrens ein Feuer an. Sie sah elend aus. Ihr Hals war gerötet.

»Wie geht es Ihnen?«, fragte er besorgt.

Sie nickte nur.

Er sah an der dunklen Holztreppe zum Obergeschoss vorbei,

hinüber zur Küche aus hellem Holz und mit schweren, gusseisernen Pfannen, die von der Decke baumelten.

Sigi setzte sich zu ihr auf das mit weißem Leinen bezogene Sofa. »Ich helfe Ihnen, das Fenster in der Tür zu flicken. Ansonsten kann ich nicht viel tun, fürchte ich. Erstatten Sie unbedingt Anzeige, allein schon als Zeichen, dass diese Leute nicht so einfach davonkommen können. Ich sage aus, was ich gehört habe. Aber stellen Sie sich darauf ein, dass es letztendlich nicht für eine Verurteilung reichen wird. Die scheinen juristisch genau informiert worden zu sein, wie weit sie gehen können, ohne belangt zu werden. Mehr als Aussage gegen Aussage haben wir nicht. Aber wir versuchen es natürlich.«

»War ich ›die andere Sache‹?«

»Wenn ich mich recht erinnere, wurden Sie vorgestern das erste Mal in der Presse erwähnt … Also vielleicht. Es tut mir leid.«

»Ist doch nicht Ihre Schuld«, erwiderte sie heiser. »Da steht jemand mächtig unter Druck.«

»Das ist alles, was Sie dazu sagen?«, fragte Sigi erstaunt.

»Was wollen Sie hören?«, fragte sie, stand auf und ging zur Küchenzeile. »Dass ich Angst habe? Dass ich wünschte, Sie könnten sie wegsperren, damit nicht noch mehr passiert?« Sie donnerte eine Schere und ein großes Stück dicke Pappe auf den Tisch, dazu Klebeband. »Was ist jetzt, wollen Sie mir helfen oder nicht?«

Sigi beobachtete sie genau. Der Überfall schien sie ziemlich mitgenommen zu haben. »Sind Sie noch dabei?«

Sie sah ihn verwirrt an.

»Oder wollen Sie aussteigen?«

Sie wich seinem Blick nicht aus und schien zu überlegen.

Vor ein paar Tagen hätte es Sigi noch gut in den Kram gepasst, wenn Dr. Behrens sich aus dem Fall verabschiedet hätte. Jetzt hoffte er inständig, dass sie ihm half, bis er die Aussage von Rüdiger Brandt hatte.

17

Alicia goss das brodelnde Wasser über einen Teefilter in eine Keramikkanne.

Hauptkommissar Kamm hatte eine berechtigte Frage gestellt. Sie machte sich Sorgen, was noch alles passieren könnte. Aber aussteigen? Noyans Vater, Rüdiger Brandt und seine Frau sich selbst überlassen? Nein.

»Ich bleibe dabei.«

»Sicher?«, fragte Kamm.

War das ein Lächeln auf seinem Gesicht? Alicia nickte. »Sicher.«

»Gut. Können wir uns dann noch mal über Brandt unterhalten?«

Kamm verlor ja wirklich keine Zeit, dachte sie und ging mit der Teekanne und zwei Tassen zu ihm.

»Er muss so schnell wie möglich den Neonazi identifizieren. Begleiten Sie ihn zur Gegenüberstellung.«

»Ist er bereit dazu?«

»Sagen wir es so: Er überlegt es sich.«

»Will heißen?«

»Ich habe ihm gestern noch gesagt, dass er erscheinen muss, wenn der Staatsanwalt ihn zu einer Befragung vorlädt. Er muss auch vor Gericht aussagen, wenn es zu einem Prozess kommt.«

»Verstehe. Wenn ein bisschen Druck nicht hilft, dann vielleicht viel davon.«

»Rufen Sie ihn an, sagen Sie ihm, dass Sie mitkommen. Händchen halten. Er steht hinter der Scheibe. Der Täter wird ihn nicht sehen können.«

»Glauben Sie, derjenige ist so dämlich, dass er nicht weiß, wer da steht? Und glauben Sie, Brandt ist so dämlich, dass er das nicht weiß?«

»Ich habe ihm Zeugenschutz angeboten.«

Alicia lachte auf, hielt sich sofort den schmerzenden Hals. Sie rührte einen dicken Löffel Honig in ihren Tee. Klar, ihr wäre um einiges wohler, wenn sie und Brandt und der Rest der Gesellschaft vor diesen Typen geschützt würden – aber was Kamm hier vorschlug, setzte den Zeugen noch weitaus mehr unter Druck als nur eine Aussage, es stellte sein Leben komplett auf den Kopf.

Kamm zog eine Packung Bonbons aus der Tasche und hielt sie ihr hin. »Schenke ich Ihnen. Also?«

Alicia sah auf die Packung. »Ich hasse Pfefferminz. Und Ihr Zeuge lebt außerdem fast schon in Scheidung.«

Er hielt ihr die Packung vors Gesicht. »Sie zwingen Ihre Patienten auch dazu, Dinge zu machen, die sie hassen, die aber anscheinend gut für sie sind. Also nehmen Sie ein Halsbonbon. Und zweitens: Machen Sie Brandt klar, dass das eine Chance für ihn ist – und vielleicht auch für seine Ehe.«

Alicia war weder gewillt, das eine noch das andere zu tun. Sie schürte das Feuer nach, Funken stoben. »Diese Leute stehen nach fünfzehn Jahren vor dem Trümmerhaufen ihrer Ehe. Und Sie denken, ich repariere das mal schnell in vierundzwanzig Stunden, nur damit Sie Ihre Aussage bekommen?«

»Wenn Sie das hinkriegen, gelobe ich Besserung und fange an, an Therapie zu glauben.«

Sie seufzte. »Sie haben wirklich keine Ahnung von dem, was ich mache.«

»Sie sind gerade überfallen worden. Nehmen Sie es nicht persönlich, aber Sie sehen im Moment aus wie ausgekotzt. Wollen Sie nicht, dass der Täter überführt wird?«

Sie schloss die Tür des Kamins und richtete sich auf. »Natürlich will ich das. Aber ich muss das Beste für den Patienten im Auge haben – nicht das Beste für mich.«

»Sie haben es selber gehört, die haben Ihnen gedroht wiederzukommen.«

»Ich kann ein paar Tage in der Klinik übernachten.«

»Ach, wollen Sie jetzt für immer in Ihrer Kuschelklapse leben?«

Wäre vielleicht nicht das Schlechteste, dachte Alicia. Aber dass es das Schlechteste für Rüdiger Brandt wäre, unter Druck und ohne gute therapeutische Begleitung zurück in seine alten Familienmuster zu stolpern, davon war sie überzeugt.

18

Die Fahrt nach Berlin-Zehlendorf hatten Verena und Rüdiger hauptsächlich schweigend zugebracht. Verena spielte das Kommende im Geist wieder und wieder durch. Alle Varianten, alle Variablen. Und doch kam immer etwas Ähnliches dabei heraus: Ihre Mutter würde Dinge sagen wie »Das hat ja so kommen müssen« oder »Dieser Mann macht nur Ärger«, und Susa würde sich ängstlich zurückziehen.

Die Straßen waren spiegelglatt. Die Stadtvilla, in der ihre Mutter alleine lebte, seit Verenas Vater vor zwei Jahren gestorben war, lag heimelig erleuchtet in dem sandigen und mit üppigen Pinien bestandenen Garten.

Das Grundstück sah selbst im Winter zugewachsen aus, ihre Mutter mochte es so. Niemand, der ihr zu nah auf die Pelle rückte, und niemand, der ihr auf den Kuchenteller sah. Wollte sie Gesellschaft, dann ging sie in den Golfklub.

Im Vorgarten roch es nach Braten, Kräutern und viel geschmolzener Butter, verfeinert mit einer Knoblauchnote. Verena hob den Zeigefinger zur Klingel. Zögerte. Rüdiger nickte ihr zu.

Sekunden nach dem Klingeln wurde die Tür aufgerissen. Silvia Zettel trug eine grüne Schürze über dem großen Busen und gelbe Gummihandschuhe, an denen Spülschaum glitzerte. Ihr Haar, das den gleichen Blondton hatte wie Verenas, war zu einer voluminösen Schnecke gedrillt. Die sechzig Jahre in ihrem Gesicht waren gut gepolstert, sodass man sie meistens für Mitte fünfzig hielt.

Silvia Zettel sah ihren Noch Schwiegersohn an wie wahrscheinlich wenige Stunden vorher den rohen Klumpen Fleisch in der Küche. Wie etwas, das man nur mit Gummihandschuhen anfasste, solange noch Blut in ihm war. Sie musterte sein Auge.

»Ah, hat es endlich mal jemand begriffen und draufgehauen.«

»Mama!«

Rüdiger sagte artig Guten Tag. Silvia Zettel grüßte nicht zurück.

Verena räusperte sich. »Mama, es ist wichtig. Wir werden heute hier übernachten.«

Dass ihre Mutter darauf nichts erwiderte, sagte alles.

»Wir müssen reden.« Keine Minute, dachte Verena, stand sie ihrer Mutter gegenüber und schon verfiel sie in diesen bettelnden Tonfall. »Auch mit Susa.«

»Kind, um diese Uhrzeit? Susanne ist kränklich und schon im Schlafanzug. Wenn ihr reden wollt, macht das tagsüber.«

Verena straffte sich, dann erklärte sie: »Wir werden reden. Alle miteinander. Jetzt.«

Damit schritt sie an ihrer Mutter vorbei ins Haus. Dies, fürchtete sie, würde eine entsetzliche Nacht werden.

19

Zuerst dachte Susanne, ihre Mutter und ihr Vater hätten alles rausbekommen.

Sie hatte sich nämlich nicht daran gehalten, was sie dem fremden Mann versprochen hatte. Deswegen war er bestimmt zu ihren Eltern gegangen. Sie schloss die Augen.

Erst als ihr Vater sie ansprach, nahm sie wahr, wie beschissen er aussah. *Muy* beschissen, wie sie dienstags im Nachmittagsunterricht sagen würden. Oder hieß es *mucho* beschissen? Das war ihr im Moment mucho scheißegal. Was war mit seinem Gesicht passiert? Ihre Mutter hatte doch nicht …

»Krass, Papa«, sie musterte ihren Vater. »Du siehst übel aus.«

Ihr Vater redete Erwachsenenkram. Alle sollten sich setzen, man müsse in Ruhe sprechen. Erst als alle auf dem großen Sofa Platz genommen hatten, das Oma nach Opas Tod gekauft hatte – malvenfarben und mehr als unpraktisch, weil man darauf nicht mal Chips essen durfte –, kam ihr Vater zur Sache.

»Dieser Junge auf deiner Schule, den sie ins Koma geprügelt haben. Wie gut kanntest du ihn?«

Susa zupfte an den Fransen ihres Bademantels. »Nicht gut …«

Er nahm ihre Hand. »Hast du Angst?«

Worauf lief das hier hinaus? Um ein Gespräch über Nazis zu führen, dafür wäre ihr Vater doch nicht freiwillig in den Wirkungsradius ihrer Oma getreten.

Dann platzte es aus ihrer Mutter heraus. »Dein Vater war derjenige, der dem Jungen geholfen hat.«

Susanne sah ihn an, sein unsicheres Lächeln auf den geplatzten Lippen. Sah, wie er sich mit der einbandagierten Hand die Haare nach hinten strich. Sah den Verlierer, der seit Urzeiten keinen Job mehr klargemacht und lahm zugesehen hatte, wie die Fristen, die ihre Mutter ihm setzte, immer kürzer und ihre Stirnfalten immer beängstigender wurden. Der jedem Streit aus dem Weg ging. Sie konnte sich nicht vorstellen, dass ihr Vater einem Nazi in den Weg sprang.

Sie stand auf. »Du?«

War das Angst in seinen Augen?

Und plötzlich fühlte sich diese Nazi-Sache um Noyan, die schlimm war, sehr schlimm, *muy mucho* schlimm, an, als stünde Susa mittendrin.

20

Alicia packte Sachen für ein paar Tage ein. Sie hatte ihrer Vermieterin eine Nachricht auf Band hinterlassen, ihr erzählt, was passiert war, und sie gebeten, sich um das Fenster in der Tür zu kümmern. Um sie und ihren Mann machte Alicia sich keine Sorgen. Mit deren Schäferhund war nicht zu spaßen.

Kamm hatte darauf bestanden, so lange zu warten, bis sie fertig war, um mit ihr gemeinsam den Hof zu verlassen. Sie hatte nicht abgelehnt, im Gegenteil, sie war erleichtert. Allerdings fragte sie sich, ob er wirklich zu ihrem Schutz dageblieben war, oder weil er ihr so lange auf die Nerven gehen wollte, bis sie in der Sache Brandt nachgab.

»Rufen Sie ihn an, vereinbaren Sie ein Treffen mit ihm und seiner Frau. Ist das nicht, was Sie ›Opfer begleiten‹ nennen?«

Alicia stieg die schmale Treppe hinunter. »Ich kann Ihnen sagen, wie Liebesgeschichten laufen, in denen alles so schnell gehen muss.«

Sie erzählte ihm die Geschichte von einem Patienten. Eine von vielen dieser Art. Der Patient hatte sich in eine Mitpatientin verliebt: hübsch, zwanzig, magersüchtig, eine, die machte, machte, machte, ackerte und dabei immer mehr von dieser Welt verschwand. Alicia hatte sich zwei Tage lang angesehen, wie die beiden zusammengegluckt waren, sich aus der Gemeinschaft ihrer Mitpatienten zurückzogen, um sich an ihren Gefühlen füreinander zu besaufen.

Dann hatte sie eingegriffen: »Für den Rest der Therapie Kontaktverbot. Ihr sprecht nicht miteinander, seht euch nicht an, sitzt an entgegengesetzten Enden des Raumes. In zwei Tagen ist die Verliebtheit vorbei.«

Der Patient hatte getobt. Endlich hatte er jemanden gefunden, dem er sein Herz ausschütten konnte, jemanden, dem er vertraute. Wie konnte Alicia ihm das nehmen?

Alicia hatte eine Minute nachgedacht, dann hatte sie ihren Patienten vor die Wahl gestellt. Entweder Kontaktverbot und Klausur, oder er und die Magersüchtige würden mit einem Kuhstrick an seiner Rechten und ihrer Linken zusammengebunden. Den dürften sie nicht lösen. Nicht bei der Therapie, nicht beim Sport, nicht beim Essen, nicht im Bad, nicht beim Scheißen, nicht beim Schlafen, nie.

Die beiden Turteltäubchen waren begeistert.

Schon drei Tage später hatten sie den Strick von Alicia losbinden lassen, sich in unterschiedliche Ecken des Aufenthaltsraumes gesetzt und kein Wort mehr miteinander gewechselt.

Sigi Kamm war sichtlich amüsiert. »Lustige Anekdote. Interessante Therapie.«

Alicia verriet ihm nicht, dass es Noyan Akay gewesen war, dem sie den Kuhstrick umgebunden und der in den drei Tagen viel begriffen hatte. Und der es innerhalb eines Jahres wieder verlernt und sich auf sie fixiert hatte.

»Mein Zeuge kennt seine Frau allerdings schon fünfzehn Jahre. Also kann von ›schnell‹ ja nicht die Rede sein.«

»Wollen Sie mir meine Therapie erklären? Ich werde Rüdiger Brandt nicht anrufen. Ich habe ihm Hilfe angeboten, aber er muss sie selber wollen. Er muss also zu mir kommen.«

»Mann, sind Sie stolz.«

»Sie verstehen es nicht. Das hat nichts mit mir zu tun oder mit Stolz. Meine Therapie ist nichts für Leute, die irgendwie vielleicht was wollen oder die irgendwas brauchen. Sie ist für Leute, die den Arsch hochkriegen und sie machen.«

Der Hauptkommissar zog sein Handy heraus und wählte. Während er lauschte, sah er Alicia gut gelaunt an.

Und sie begann, etwas Ungutes zu ahnen.

»Herr Brandt«, flötete Kamm. »Ich wollte Sie noch mal darin bestärken, Alicia Behrens zu fragen, ob sie Sie begleitet, wenn Sie mit Ihrer Familie über den Zeugenschutz reden. Sie ist dazu bereit, wenn Sie sich dann sicherer fühlen. Melden Sie sich doch bitte, sobald Sie die Mailbox abgehört haben.«

Er steckte sein Handy weg, während er sie weiter ansah.

»Sie haben wirklich keinerlei Ahnung von Therapie.«

Er lächelte charmant. »Aber von Ermittlungen.«

»Es wird Ihnen um die Ohren fliegen«, sagte sie und nahm ihre Tasche. Es würde ihnen allen um die Ohren fliegen, Kamm, Brandt, und wenn alles den Bach runterging, auch Dr. Härtl und ihr.

21

Susanne starrte ihren Vater an. Er stotterte. »Es … es tut mir leid … Ich wollte euch da nicht mit reinziehen.«

Und dann warf sie sich ihm in die Arme, so wie sie es als kleines Mädchen oft gemacht hatte. Ihre Mutter tupfte sich an den Augen herum; es wäre auch eine Überraschung gewesen, wenn sie es nicht getan hätte. Susanne hatte sich an ihre regelmäßigen Heulanfälle schon fast gewöhnt.

»Und der Scheißnazi hat dich so zugerichtet?« Susanne betastete vorsichtig das Gesicht ihres Vaters.

»Es ist leider ziemlich ernst, Liebes. Ich habe da etwas gemacht, was … nun, ich dachte, es wäre richtig. Aber leider belaste ich euch alle jetzt damit. Und das tut mir unsäglich leid. Und wenn ihr mir das übel nehmt, dann kann ich das verstehen.«

»Tickst du noch richtig? Das ist der Burner!«

»Ich soll eine offizielle Aussage machen. Und deshalb wurde ich bedroht und zusammengeschlagen.«

»Schweine!« Sie hatte ihrem Vater ziemlich unrecht getan. Er war kein Loser. Was würden sie in der Schule dazu sagen! Die Zicken würden aufhören, sie anzuzicken, und die Jungs würden sie nie wieder blöd anmachen.

Sie sah begeistert zu ihrer Großmutter hinüber, die die Arme vor der Brust verschränkt hatte und so gar nicht beeindruckt schien. Susanne ärgerte sich. Ihre Oma war nur wenige Jahre nach dem Scheißkrieg geboren, sie musste doch verstehen, dass man Nazis nicht wieder hochkommen lassen durfte.

Ihr Vater versuchte wieder ein Lächeln. Sagte, dass sie nun alle gut auf sich aufpassen müssten, dass Susanne ihn vorläufig nicht mehr im Gartenhaus besuchen könne und dass sie nicht mehr allein zur Schule dürfe. Und das Wichtigste: Sie dürfe niemandem erzählen, dass er der Zeuge sei.

Susanne war enttäuscht. Er strich ihr über das Haar. »Diese Neonazis lassen keine Ruhe. Sie … Anscheinend suchen sie nach mir.«

Ihre Großmutter stand auf, schüttelte erbost den Kopf und sagte zu Susannes Mutter: »Typisch. Dieser Mann reitet dich ständig in Probleme!« Und dann zu ihrem Vater: »Wie konntest du uns alle in so eine Situation bringen!«

Ihre Mutter stand nun ebenfalls auf. »Bitte halt dich da raus!«

Ihr Vater wurde laut. »Gut, Silvia. Findest du, ich hätte vorbeilaufen sollen? Findest du, ich hätte den Jungen da liegen lassen sollen? Nichts tun sollen, als der Typ ihm mit seinen Stiefeln ins Gesicht getreten hat?«

»Natürlich nicht«, sagte Susannes Großmutter kleinlaut.

»Dann schlage ich vor«, erwiderte er, »dass wir alle darüber schlafen und morgen weiterreden, ob ich aussagen soll.«

Wie konnte ihr Vater die Frage überhaupt stellen? Natürlich musste er aussagen! Ein Problem blieb allerdings: Wenn er darauf bestand, dass sie nicht mehr allein unterwegs war – wie sollte sie dann unbemerkt die Dinge machen, die sie dem ekligen Mann versprochen hatte?

Ihr Vater sah sie aufmerksam an. Sie blickte in sein gesundes Auge und tat, was sie so gut konnte.

Sie lächelte.

22

Sigi blieb neben dem Auto von Alicia Behrens stehen. Sie lud gerade ihre Tasche ein, als ein Geräusch von dem Stall im hinteren Teil des Hofes zu ihnen herüberdrang.

Sie sahen in die Dunkelheit.

»Nur die Pferde«, sagte die Therapeutin und lachte angestrengt.

Wie zerbrechlich sie plötzlich aussah. Sigi hatte sie heute wütend und bestimmt gesehen, aber auch ängstlich und verletzlich. Anscheinend steckte hinter der harten Psychologin doch so etwas wie ein normaler Mensch. Zumindest manchmal.

»Sind Sie sicher, dass Sie weiter dabei sind?«, fragte er.

»Ja.«

»Und wenn Rüdiger Brandt Sie anruft, helfen Sie ihm?«

»Ja«, erwiderte sie müde. »Aber jetzt muss ich ins Bett.«

»Sie mögen Brandt nicht. Warum?«

Sie sah ihn erstaunt an. »Ich finde ihn total sympathisch! Ich mag ihn!«

Er hob die Augenbrauen. »Das merke ich nicht. Und er auch nicht.«

»Gute Therapie machen heißt nicht, nett zu sein, sondern einem Menschen erkennen zu helfen, wie er sein eigenes Leben torpediert.«

Sigi seufzte. Die Therapeutin in ihr schien wohl nie Feierabend zu haben. Ob so eine Form von Prinzipientreue nicht an Verbohrtheit grenzte und für sich genommen ein Fall für die Klinik Wannseehof war? Auf der anderen Seite musste er ihr Respekt zollen: Sie verriet ihre Patienten nicht, auch dann nicht, wenn sie selbst bedroht wurde.

»Ich fahre Ihnen bis zur Klinik hinterher«, sagte er freundlich und gab ihr die Hand.

Auf dem Weg in die Stadt fiel ihm ein, dass er Iris hatte anrufen wollen. Er nahm es sich für den nächsten Tag vor. Dann beschloss er, noch joggen zu gehen. Denn Joggen, dachte er seufzend, war wohl auch nichts für Leute, die es irgendwie vielleicht wollten oder irgendwie brauchten. Sondern für die, die es taten.

SAMSTAG

1

An den Ufern hatte sich Eis gebildet. Nicht mehr lange, und man würde Schlittschuh laufen können. Der Wechsel der letzten Tage zwischen Schnee, Sonne und bitterer Kälte hatte die verschneite Landschaft verharscht. Dreckige Wolken hingen über der Stadt, über der Havel und bis hinunter zu den Prunkbauten alter Zeiten.

Alicia rollte über die mehrspurige Autoschneise, die um die Innenstadt führte. Stop and go.

Rüdiger Brandt hatte sie in der Früh angerufen und erzählt, dass er mit seiner Familie geredet und diese sehr gut auf alles reagiert habe. Er hatte sich sogar für Alicias Hilfe bedankt und angekündigt, heute mit seiner Frau über das Zeugenschutzprogramm sprechen zu wollen. Er hatte kurz wiedergegeben, was Hauptkommissar Kamm ihm gesagt hatte: Wenn seine Familie bereit wäre, mitzugehen, würden Beamte vom Zeugenschutz beurteilen, ob die Straftat, um die es ginge, groß genug sei. Er würde viele Gespräche führen müssen, über seine Pflichten und Rechte aufgeklärt und auf seine Glaubwürdigkeit als Zeuge überprüft werden.

Und dann hatte Brandt Alicia um einen Termin gebeten, auch noch, nachdem sie ihm deutlich gesagt hatte, dass sie nichts von dieser Hauruck-Aktion hielt.

Sie traf ihn am Tor. Er hatte Mütze und Schal wieder tief ins Gesicht gezogen und bedankte sich, dass sie gekommen war.

Als sie auf das Gartenhaus zusteuerten, hörte Alica eine vorwurfsvolle Stimme hinter sich.

»Wo warst du denn die ganze Zeit?« Die Frau, die plötzlich hinter ihnen stand, war kräftig. Sie wischte sich ihr fülliges Haar aus dem Gesicht und sah Alicia von oben bis unten mit unverhohlener Ablehnung an. »Gehen wir heute zum Sport?« Es klang wie ein Befehl.

»Ich weiß nicht, ob ich es heute schaffe«, wich Rüdiger Brandt aus. »Und meiner Hand geht's eh noch nicht gut.«

»Du bist nie da und gehst nicht ans Telefon. Was ist los?«

Brandt stellte Alicia und seine Vermieterin einander vor, dann lächelte er Petra Sanders verbindlich an. »Ich bin einfach nur ein paar Tage woanders. Wegen der Sache da.«

»Wo?«

»Kleines Hotel … In Berlin.«

»Wir haben eine Stunde vereinbart«, warf Alicia ungeduldig ein. »Legen wir los?«

Als Brandt die Tür zum gelben Gartenhäuschen öffnete, drehte sie sich noch einmal um. Petra Sanders stand wie erfroren neben ihrem grauen Haus.

»Haben Sie ein Problem miteinander?«

Brandt wandte sich um. »Nein. Ich soll nur niemandem vom Zeugenschutz erzählen, sagt Hauptkommissar Kamm, auch Petra nicht.«

»Sicher, dass das alles ist?«

»Ja.«

Er ließ Alicia in den Wohnraum, trat in die offene Küche und füllte zwei Gläser mit Wasser. Er sah etwas besser aus als bei ihrem letzten Treffen. Die Wunden begannen zu heilen, und er wirkte hoffnungsvoller.

Alicia versuchte, ihre eigenen Gedanken und Gefühle in der Warteschleife im Hinterkopf zu parken und ganz für Brandt da zu sein. Es gelang ihr nicht besonders gut. Sie musste an die letzte Nacht denken, an den Überfall, an die Neonazis, gegen die Sigi Kamm so wenig unternehmen konnte.

Rüdiger Brandt setzte sich zu ihr. »Sie halten nichts von der Sache mit dem Zeugenschutz. Gut. Aber Verena und ich, wir haben nach langer Zeit endlich mal wieder eine Ebene, auf der wir nicht streiten und gut miteinander umgehen. Vor ein paar Monaten haben wir uns nur angeschrien. Das jetzt ist ganz anders. Fast wie am Anfang.«

Alicia hätte jetzt provokativ sagen können, dass romantische Liebe und Anschreien ja eigentlich das Gleiche seien. Dass man in der Verliebtheit und beim Streiten nur andere Taktiken benutzte, um vom anderen bestätigt zu werden. Aber sie war zu müde, um sich auf die Diskussion, die darauf folgen würde, einzulassen.

Rüdiger Brandt bot ihr Kaffee an, und als sie ablehnte, sagte er: »Gestern Nacht waren Polizisten bei uns. Es ist wieder etwas passiert. Sie wollten uns nicht sagen, was. Wissen Sie etwas darüber?«

Alicia zögerte. Sie wollte ihm nicht die Chance geben, von sich selbst und seinem Problem wegzugehen. Also sagte sie:

»Sie wollen mit Ihrer Frau über den Zeugenschutz reden. Aber ich bin überzeugt, dass Sie erst über andere Dinge sprechen sollten.«

»Wir haben aber keine Zeit. Hauptkommissar Kamm sagt, es muss schnell gehen. Und ich will endlich Ruhe. Ich will, dass meine Tochter in Sicherheit ist.«

Sie musterte ihn. »Wie wollen Sie zusammenleben, wenn Sie ab heute wieder in Ihre alten Beziehungsmuster einsteigen? Die nämlich wird kein Zeugenschutz der Welt ändern. Aber machen Sie nur. Wenn es hundert Mal nicht klappt, kann man nie sicher sein, dass es nicht beim hundertundersten Mal doch klappt. Machen Sie es so lange, bis es Ihnen beiden so richtig dick zum Hals raushängt …«

Er trank von seinem Wasser, in kleinen Schlucken, und seine Augen blieben über den Rand des Glases auf sie fixiert.

Sie wartete. Wenn er es ernst meinte, wenn er wirklich Hilfe wollte, dann würde er jetzt dranbleiben.

Er zwang sich ganz offensichtlich zu einer Antwort. »Gut. Wie können wir etwas ändern?«

»Wie kam es dazu, dass Sie ausgezogen sind?«

»Verena wollte immer über unsere Probleme reden. Ich dachte, es wird schon wieder. Irgendwie. Ich habe es gehasst, zu reden. Zu hören, was ich alles falsch mache, dass ich zu wenig tue, mich nicht anstrenge.«

»Sie haben also so lange geschwiegen, bis sie Sie vor die Tür gesetzt hat.«

Er widersprach nicht.

»Also das, was Sie jetzt auch machen. Sie machen so lange nichts, bis die Leute um sie herum immer mehr Druck machen. Und dann beugen Sie sich diesem Druck. Um selbst keine Entscheidung fällen und keine Verantwortung übernehmen zu müssen. Wenn Sie das beim Zeugenschutz wieder so machen, drücken Sie sich vor der Verantwortung, falls es mit Ihrer Familie wieder schiefgeht.«

»Ich will ja, dass es gut geht!« Er schlug sich wütend auf die Knie. »Deswegen hab ich Sie doch hergebeten! Ich wollte Ihre Hilfe …«

»Herr Brandt«, unterbrach sie ihn, »ich führe keine Paargespräche, wenn die Beteiligten sich nicht eingestehen wollen, dass sie sich destruktiv verhalten, während sie dem anderen vorwerfen, Druck zu machen. Nach allem, was ich in unseren Gesprächen bisher gehört habe, sieht es bei Ihnen ähnlich aus. Sie versuchen immer wieder das Gleiche, auch wenn es bislang immer schiefgegangen ist. Es fängt damit an, dass Sie nicht sehen wollen, auch eine Seite in sich zu haben, die wütend ist und aggressiv. Und deshalb können Sie nicht lernen, anders mit dieser Seite umzugehen. Und Sie werden sich also immer weiter so in Ihrer Beziehung verhalten wie bisher. Ich weiß, das ist nicht das, was Sie hören wollen. Aber darauf läuft es hinaus. Wenn sich etwas ändern soll – dann ändern Sie etwas.«

Er war bleich.

Ihr Bauchgefühl hatte sie anscheinend nicht getäuscht, und Alicia war froh, dass er etwas zu begreifen schien. »Und jetzt kommen wir noch mal zur Romantik und dem Anschreien zurück. Hören Sie auf, von Ihrer Frau Bestätigung einzufordern, dass Sie ein guter Typ sind, egal, wie Sie sich ihr gegenüber verhalten. Sie sind kein Kind mehr.«

Lange Zeit entgegnete er nichts.

»Sie glauben wirklich, dass ich so bin?«

»Den Eindruck habe ich.«

»Es macht keinen Spaß, das zu hören«, sagte er.

Sie nickte. Schade, dass sie nur so wenig Zeit hatten. Gerne würde sie seine Entwicklung miterleben, um irgendwann das Leuchten in seinen Augen zu sehen.

2

Als Rüdiger Brandt Alicia hinausbegleitete, stand Hauptkommissar Kamm vor der Tür. »Störe ich noch in der Therapie? Ich wusste nicht, dass Sie so lange brauchen.«

»Nein«, erwiderte Alicia. »Wir sind fertig.«

»Wie geht es Ihnen?«, fragte er.

Alicia antwortete unbestimmt: »Na ja …«, und schüttelte Brandt die Hand. »Machen Sie es gut. Bleiben Sie dran. Es hat mir Spaß gemacht mit Ihnen.«

Er lachte ungläubig auf. »Was?«

Kamm fasste sie vorsichtig am Arm, trat näher. »Warten Sie auf mich? Da wäre noch eine Sache wegen der Abrechnung. Wir brauchen hier nicht lange.«

Alicia zögerte. Was war das in seinen Augen? Er log. Abrechnung? Sie sah hinunter auf die Hand, die auf ihrem Arm lag. Vielleicht ging es noch um den Überfall auf sie und Kamm wollte es nicht vor dem Zeugen aussprechen, um ihn nicht wieder zu verunsichern. Sie nickte und folgte den beiden Männern zurück ins Haus. Ließ sich auf einem freien Stuhl nieder.

»Ich kann auch nicht lange«, sagte Brandt, »ich hole hier nur noch ein paar Sachen und bin dann mit meiner Familie verabredet. Ich wollte das heute besprechen mit dem …«, er stockte kurz, und Alicia war sich sicher, dass es wegen ihr war, »mit dem Zeugenschutz.«

Hauptkommissar Kamm sah sich im Raum um und verfiel in einen unpassenden Plauderton. »Nur zwei, drei Fragen. Diese Mahnwache für Noyan Akay. Gehen Sie da heute hin?«

Brandt spülte umständlich Gläser mit der unverletzten Hand und sprach über die Schulter hinweg. »Nein. Es ist ja schon genug passiert. Und wie Sie sagten: Vorsicht ist oberstes Gebot, wir wollen nichts riskieren.«

Kamm öffnete seine Jacke. »Ich würde Sie bitten, hinzugehen.«

Alicia sah erstaunt zu ihm hoch. Gestern erst war sie überfallen worden, und nun schickte er Brandt zu dieser Mahnwache?

Rüdiger Brandt war ebenfalls irritiert. »Was? Das … das geht nicht. Was, wenn diese Schläger da hinkommen und mich dort sehen?«

Kamm antwortete aufgeräumt: »Auf der Mahnwache werden über zweihundert Polizeibeamte sein. Und Sie bekommen zwei Zivile an die Hacken. Ziehen Sie sich Ihre Mütze ins Gesicht und den Schal über den Mund. Ich möchte, dass Sie sich die Leute ansehen. Vielleicht erkennen Sie die Männer wieder, die Sie zusammengeschlagen haben.«

»Aber … ich hab doch nicht viel sehen können wegen der Skimützen!«

»Augen. Statur. Stimme. Alles wichtig.«

Brandt war alles andere als begeistert. »Ich habe meiner Tochter verboten, dort hinzugehen. Ich kann es ihr nicht verbieten und dann selber teilnehmen.«

»Nehmen Sie sie mit.«

»Wie bitte? Wenn da irgendwas passiert. Meine Schwiegermutter bringt mich um, wenn ich das mache. Sie wird es den Rest meines Lebens gegen mich verwenden! Und finden Sie nicht, dass das total unvorsichtig ist?«

»Wenn Sie wollen, rede ich mit Ihrer Schwiegermutter«, bot Kamm an.

»Das würden Sie?«

»Na klar. Ein Verbrechen erinnert uns an unsere tiefsten Ängste, nicht wahr, Frau Dr. Behrens?«

Spätestens hier wurde Alicia klar, dass etwas nicht stimmte. Kamm war viel zu aufgeräumt, und er redete gelinde gesagt gerade seltsames Zeug.

»Mit Sicherheit löst es auch bei der alten Dame viele Ängste aus. Ich kümmere mich gerne darum. Vielleicht kündigen Sie mich an?« Dann erklärte der Hauptkommissar, dass der vorübergehende Polizeischutz gewährt worden war, dem Brandt vernünftigerweise doch zugestimmt hatte. Dass zwei zivile Beamten jeweils acht Stunden am Tag übernehmen würden.

»Und zwei, drei Fragen habe ich noch für die Unterlagen. Es gab da Ungereimtheiten … Und es muss ja alles stimmen, sonst haut uns irgendein Verteidiger die Sachen bei Gericht um die Ohren.«

Alicia beobachtete Kamm. Seine Augen waren auf permanentem Streifzug durch das Wohnzimmer. Er scannte alles.

Brandt nickte eilfertig.

»In der Tatnacht. Wie war das, hatten Sie nur Sportkleidung und Turnschuhe an?«

»Als ich zum Sport gegangen bin, hatte ich Jeans und Stiefel an. Aber mir ist im Spind eine Flasche ausgelaufen. Über die Jeans in die Schuhe. Deshalb bin ich in den Sportsachen nach Hause.«

»Können wir die Jeans und die Stiefel auch für unsere Untersuchungen haben? Und die Sporttasche bitte? Tut mir leid, es war mein Versäumnis neulich.«

»Ich habe alles schon gewaschen. Es hat alles geklebt, in der Flasche war ein Iso-Getränk.«

»Schade, aber nicht so schlimm. Es hilft uns trotzdem«, erwiderte Kamm.

»Die Jeans hängt auf der Leine. Und die Schuhe sind meine einzigen guten Winterstiefel. Die kann ich nicht entbehren.«

»Für einen Tag«, bat Kamm. »Morgen haben Sie alles wieder.«

Rüdiger Brandt stimmte unwillig zu und packte die Sachen in seine Sporttasche.

»Gut. Dann noch eine Sache. Die beiden Kollegen zu Ihrem Schutz werden im Auto warten. Sie fahren Sie und Ihre Familie auch zur Mahnwache und zurück. Wir werden zusätzlich eine Abhörlaserpistole auf Ihr Haus richten. Wir kriegen alles mit, was hier passiert und gesprochen wird. Okay?«

»Aber ich werde doch gar nicht hier sein.«

»Herr Brandt, das wissen die Neonazis ja nicht.«

»Okay, ja, ich verstehe.«

»Wann werden Sie mit Ihrer Frau sprechen?«

»Eigentlich wollte ich jetzt … Also dann nach der Mahnwache.«

3

Es begann bereits zu dämmern; im Vorderhaus war alles dunkel. Alicia folgte Sigi Kamm durch den Garten. An der Straße trat er zu den beiden Zivilen in dem Allerweltskombi.

»Ihr lasst ihn nirgendwo alleine hin. Protokolliert alles, was er macht. Und wenn seine Vermieterin sich sehen lässt, dann will ich das auch wissen. Unterhalten sich die beiden …«

»Wollen Sie es wissen, schon klar.« Die Beamten nickten.

Alicia forschte in Kamms Gesicht, während die ersten Straßenlaternen aufflackerten. »Was ist hier eigentlich los?«

Kamm schlenderte außer Hörweite seiner zivilen Kollegen.

Sie folgte. Ungeduldig. »Gibt es etwas Neues, von dem ich wissen sollte? Ist etwas bei der Überwachung Ihres Hauptverdächtigen herausgekommen?«

An ihrem Auto blieb er stehen. »Sie haben gesagt, Sie mögen Rüdiger Brandt.«

»Soweit ich das nach den ersten Eindrücken beurteilen kann. Herr Brandt flüchtet vor sich selber, hat einen Haufen blinder Flecken. Aber nun, wer hat das nicht. Er liebt seine Tochter über alles, und irgendwas hat er begriffen, auch wenn er es noch nicht benennen kann. Ich glaube ihm tatsächlich, dass er sich ändern will. Ich finde ihn sympathisch, ja.«

»Halten Sie ihn für vertrauenswürdig?«

Alicia musterte ihn. Sein Gesicht sah hart aus.

»Zweifeln Sie an seiner Aussage?«

»Es gibt ein paar Ungereimtheiten in der ganzen Sache …«

4

Siebzehn Stunden früher …

Sigi Kamm hatte in seinem ungewöhnlichen Anfall von Tatendrang – machen statt wollen, wer hätte gedacht, dass er auf Therapie ansprach! – nach seinen Sportsachen gesucht. Seine schnittige, atmungsaktive Laufhose hatte in der Tonne mit Dreckwäsche gelegen.

Die andere, baumwollene Trainingshose war ausgeleiert, und das Rot war zu einem Rosé ausgeblichen. Aber es war Nacht, und da waren alle Jogger grau.

Er hatte schon ein Bein in der Hose, als er stutzte.

Die Trainingshose.

Langsam ließ er sein Bein sinken. Stand da, mit nackten Schenkeln, fror und starrte auf den Stoff in seiner Hand.

Kurz danach, um halb elf abends, parkte er vor dem Sportstudio. Plakate für Freundschaftswerbung und günstige Jahresmitgliedschaften dominierten den Eingangsbereich. Auf dem Tresen stand eine kleine Schale Obst, daneben stapelten sich Pyramiden aus Eiweißshakepulvern in den Geschmacksrichtungen Erdbeere, Schokolade und Karamell.

Die Frau am Empfang war attraktiv. In das knallenge rote T-Shirt waren links oben die Worte »All-fit« und darunter »Claudia« eingenäht, auf ihrem Gesicht strahlte ein motivierendes Lächeln. Wahrscheinlich sah sie in ihm einen neuen Kunden für eine Jahresmitgliedschaft. Doch Sigi irrte sich. Auch nachdem er sich ausgewiesen und seine erste Frage gestellt hatte, behielt sie ihr Lächeln bei.

»Petra Sanders trainiert hier schon seit drei Jahren. Rüdiger Brandt ist seit 'nem guten Jahr dabei.«

»Die beiden waren am Dienstag zusammen hier?«

Sie band sich ihre roten Haare zu einem Zopf, und selbst diese Geste sah sportlich und gelenkig aus.

Claudia nickte. »Stimmt. Abends. Sie sind oft zusammen da.«

»Wieso erinnern Sie sich so genau?«

»Na ja, Rüdiger Brandt versucht immer ein bisschen zu flirten. Nicht, dass das andere nicht auch versuchten. Hey, wir sind in einem Sportstudio. Aber er versucht es auf eine lustige Weise.«

Sigi gefiel die Antwort nicht, einfach weil sie nicht zu dem Bild passte, das er bisher von Brandt gewonnen hatte.

Claudia grinste ihn an. »Darf man nicht so ernst nehmen. Männer.«

»Wann sind die beiden gegangen?«

»So gegen acht. Ich habe gerade den Spinningkurs ausgerufen.«

»Kam Petra Sanders später noch mal alleine wieder?«

»Ja, sie hatte was vergessen.«

»Was?«

»Duschzeug, glaube ich.«

Claudia meinte sich zu erinnern, dass es so gegen zehn Uhr gewesen sei. Eher ein bisschen später.

»Ist Ihnen etwas Ungewöhnliches an ihr aufgefallen?«

Claudia zögerte. Dann legte sie ihren Kopf mädchenhaft schief, als wollte sie ihrer Aussage die Schärfe nehmen. »Sie ist immer ein bisschen komisch. Aber an dem Abend war sie nett. Sehr sogar.«

»Ihre Kleidung, war die blutig?«

Nun wich ihr Lächeln einer besorgten Miene. Ihr war kein Blut aufgefallen.

»Petra Sanders hat geduscht«, hakte Sigi nach. »Rüdiger Brandt auch?«

Claudia sah aus, als würde sie langsam an der Seriosität der Potsdamer Polizei zweifeln.

»Ich meine«, fuhr er fort, »wenn man nach dem Sport duscht, dann zieht man sich doch in der Regel wieder seine Straßenkleidung an.«

»Natürlich«, erwiderte sie befremdet. »Und mit durchgeschwitzten Trainingssachen raus bei dem Wetter? Da holt man sich den Tod. Außerdem …«

Sie deutete auf ein Schild. »Mit Draußen-Schuhen trainieren verboten!«

Sie spähte an seinen roséfarbenen Trainingshosen hinunter zu seinen Sportschuhen. »Ich würde Sie so nicht reinlassen. Macht unser Parkett kaputt.«

Sigi fuhr sich mit der Hand mehrfach über das Gesicht. Rüdiger Brandt hatte ihm doch keine Lügen aufgetischt?

»Sie sind sich wirklich sicher, dass er normale Straßenklamotten trug, als er ging?«

Sie überlegte, er präzisierte: »Nicht eine weiße Trainingshose und quietschgelbe Turnschuhe?«

»Oh Gott, die furchtbaren Dinger. Ehrlich gesagt … ich weiß

es nicht mehr. Um die Uhrzeit ist immer viel los. Aber ich hätte ihm mit Sicherheit den Marsch geblasen, wenn es mir aufgefallen wäre.«

Sigi nickte freundlich und verfluchte innerlich das Gedächtnis der Trainerin. Falls Brandt hier in Straßenklamotten herausspaziert war, warum trug er dann zwei Stunden später, nach der blutigen Schlägerei, plötzlich wieder seine Trainingssachen?

»Sagen Sie mir jetzt, was das alles soll?«

»Reine Routine«, murmelte Sigi.

Sie lächelte wieder geschult motivierend. »Probetraining gefällig? Wir haben zurzeit tolle Sonderangebote.« Sie taxierte seinen Körper. »Könnte nicht schaden.«

»Klingt mehr als vernünftig. Aber keine Zeit für so was«, warf er ihr hin und verabschiedete sich.

Sigi beschloss, die ausgebeulte Trainingshose wegzuwerfen, wenn er daheim wäre. Aus seinem Drink bei »Maria« würde es heute auch nichts werden. Er zückte sein Handy.

»Jo, Mann, was geht?«, tönte es aus dem Telefon, als Sigi auf seinen Wagen zusteuerte.

»Hier ist Hauptkommissar Kamm. Ich muss Sie sprechen.« Er hörte laute Musik, viele Leute. David Merz war auf einer Party. »Wo sind Sie?«

Die »Wunderbar« war ein Yuppie-Schuppen. Sigi hatte dem Türsteher seinen Kripo-Ausweis zeigen müssen, um sich mit Turnschuhen und roséfarbener Trainingshose unters Volk mischen zu dürfen.

Der Raum zog sich entlang einer Bar, hinter der drei gut aussehende Studenten vor einem überfüllten Regal mit Flaschen Getränke mixten. Reichlich Geld wanderte über den Tresen mit Erdnussschälchen. Zu laute Technomusik wummerte aus den Boxen.

Sigi kämpfte sich zwischen den gebügelten Hemden und den Dekolletés durch. Er fand David Merz an der Bar, mit lässigem Jackett und blank geputzten Schuhen in Schale geworfen. Er war im Gespräch mit einem etwa gleichaltrigen Mädchen, das trotz Minusgraden vor der Tür einen apart kurzen Rock und Seidenstrumpfhosen trug. Sigi erinnerte sich, sie bei seinem Besuch in der Schule gesehen zu haben. Die beiden tranken Mojitos. Auch eine Art der Trauerbewältigung.

»Na, schon wieder in Wodka-Laune?«, versuchte Sigi gegen die Musik anzukommen.

»Mojito, da ist Rum drin. Ich krieg einen Koller, wenn ich nur zu Hause hocke.«

Die weibliche Begleitung verzog sich, als klar war, dass Sigi ihnen keine Neuigkeiten von Noyan brachte.

Er bestellte eine Saftschorle bei dem jungen Barkeeper, der sich gelangweilt dem Kühlschrank zuwandte. »Bist du nüchtern genug, um mir ein paar Fragen zu beantworten?«, brüllte er Noyans bestem Freund ins Ohr.

»Logisch.«

»Diese Leute, kennst du die?«

Er zeigte David Merz ein Foto auf seinem Handy. Werner Emser. Der Abiturient schüttelte den Kopf. Das nächste Foto zeigte Petra Sanders. Wieder Kopfschütteln. Dann ein Bild von Rüdiger Brandt, ohne Schlagwunden im Gesicht.

David beugte sich zu ihm und schrie: »Logisch. Der war mal im Elternbeirat bei uns.«

»Das heißt: Noyan kennt den Mann auch?«

»Jeder kannte ihn, als er Beirat war. Wieso?«

Die Saftschorle wurde vor ihn hingestellt.

»Sechs fünfzig!«, verlangte der Barkeeper.

Dafür bekam er bei »Maria« drei Bier, dachte Sigi und sagte: »Ich zahle, wenn ich gehe.«

»Ist bei uns aber nicht üblich.«

»Bei mir schon!«, warf Sigi dem Bar-Bubi hin und wandte sich erneut David zu. Er musste seine Worte genau abwägen. Noyans Freund hatte sich nicht als besonders verschwiegen erwiesen.

»Wie war Rüdiger Brandt als Beirat?«

»Meine Mutter macht das auch. Sie fand den Kerl schmierig. Ich glaub, er hat sie angemacht. Meine Mutter ist ein bisschen prüde, wissen Sie …«

Was David hier erzählte, passte wieder nicht zu dem Rüdiger Brandt, den er bisher kennengelernt hatte.

»Meine Mutter fand ihn scheiße«, brüllte David weiter in sein

Ohr. »Viele Ideen, große Worte, aber nichts dahinter. Die Arbeit sollten die anderen machen. Fauler Sack halt. Und irgendwann hat er einfach aufgehört. Wieso fragen Sie?«

»Routine. Und ich will nichts darüber in eurer Internetzeitung lesen. Absolut rein gar nichts. Zu keinem ein Wort. Hast du das verstanden?«

David lachte. »Wow, verhaften Sie mich sonst?« Er nahm einen großen Schluck von seinem Drink.

»Ja, wegen Behinderung der polizeilichen Ermittlungen.«

David Merz verschluckte sich.

Sigi winkte dem Bar-Bubi zu und griff sich an die Gesäßtasche. Sie war leer. Sie war ausgeleiert und roséfarben. Und sein Geldbeutel lag zu Hause in seiner Jeans. Er zog seinen Polizeiausweis aus der Jacke und hielt ihn über den Tresen.

»Ich muss bis morgen anschreiben!«

David Merz lachte sich halb tot. »Soll ich Sie auslösen, Herr Kommissar?«

Doch Sigi hatte in dieser Nacht nicht mehr viel Sinn für Humor.

5

Alicia stand auf der Straße, starrte Hauptkommissar Kamm an und glaubte nicht, was sie da eben von ihm gehört hatte. Sie nahm einen Zug von ihrer Zigarette.

Kamm begrüßte ein kleines Team von Technikern, die lautlos, schnell und unauffällig im Garten verschwanden und nur kurze Zeit später wieder herauskamen. Die Abhörlaserpistole.

»Sie glauben doch nicht allen Ernstes, dass er derjenige war, der Noyan Akay ins Koma geprügelt hat?«

»Es sind bisher nur Ungereimtheiten.«

Sie zündete sich eine neue Zigarette an, nahm ein paar Züge und hörte seinen Ausführungen still zu.

»Bis jetzt habe ich noch niemandem von den Unstimmigkeiten erzählt, nicht mal meinen Kollegen. Sonst platzt die Überwachung des Neonazis. Und wenn ich Brandt offiziell dazu befrage, können wir den Zeugenschutz wahrscheinlich vergessen und Brandts Aussage nie wieder verwerten.«

Sie lehnte sich gegen das Auto. »Wieso sollte Rüdiger Brandt das getan haben?«

Ein Motiv konnte Sigi Kamm ihr nicht bieten. Nur einen Zweifel.

»Sie wissen es doch«, kommentierte er ihr Kopfschütteln. »Jeder kann zum Mörder werden.«

»Theoretisch«, erwiderte sie. »Es ist allerdings mehr als unwahrscheinlich. Unsere Erziehung und unser Wertesystem bilden eine gewaltige Barriere. Dieses Wertekorsett müssen Sie erst mal in einem Menschen zerstören, bevor er einen anderen Menschen tötet.«

»Da muss ich Ihnen aus meiner Erfahrung widersprechen.« Jetzt schüttelte er den Kopf. »Zweitausend Tötungsdelikte im Jahr allein in Deutschland plus eine ähnlich hohe Dunkelziffer.«

»Sind die meisten nicht Affekttäter?«

»Durchaus.«

»Wenn eine Ehefrau über Jahre geschlagen wird, und in einer Affekttat ihren Peiniger tötet – schlimm, aber psychologisch nachvollziehbar bei der Vorgeschichte. Und die meisten Tötungsdelikte sind doch Beziehungstaten. Wieso also sollte Rüdiger Brandt Noyan töten? Haben die beiden eine Vorgeschichte?«

»Ich weiß nur, dass Brandt mir auffallend viel verschwiegen hat.«

Eine ganze Weile wusste sie nicht, was sie sagen sollte, wusste auch nicht, inwieweit sie als Kriseninterventionsspezialistin an eine Schweigepflicht gebunden war. Sehr wahrscheinlich war sie das.

»Ich halte nicht viel von solchen Labeln. Aber …«, fing sie an und merkte, wie schnell sie ins Stocken geriet. »Er ist passiv aggressiv. Kann keine Grenzen ziehen. Hat eine Menge Groll in sich begraben. Kein Job, seine Familie ist weg … es wird auch jetzt nicht gut gehen mit den dreien. Ich glaube, er ahnt das. Und es macht ihn wütend. Er erzählt das, was ihm am meisten Punkte bringt. Er macht es nicht mal bewusst, glaube ich. Oder nur zum Teil. Seine Erfahrung ist, dass Offenheit ihm schadet. Ehrlichkeit macht ihn verletzlich. Aber …« Plötzlich sah sie auf. »Haben Sie ihn deswegen zu der Mahnwache geschickt? Nur um zu sehen, ob er das fertigbringt? Er würde doch nicht zur Mahnwache gehen, wenn er der Täter wäre.«

»Ich möchte, dass Sie mitgehen.«

Sie schluckte trocken. »Wie sehr verdächtigen Sie ihn?«

»Ich muss ihn genau überprüfen, bevor ich einen anderen Menschen wegen der Tat verhafte und Rüdiger Brandt von dieser Welt verschwinden lasse.«

Sie schüttelte energisch den Kopf. »Er war es nicht.«

»Ich weiß. Sie glauben an das Gute im Menschen.«

»Ja. Er war es nicht.«

6

Fünf Minuten später klingelte sie an dem gelben Häuschen. Brandt spähte durch den Türspion, dann öffnete er.

»Haben Sie was vergessen?«

»Nein. Aber ich hab's mir überlegt. Ich komme mit zur Mahnwache.«

Über Rüdiger Brandts Miene zog ein Schatten.

Alicia lächelte. »Dann kann ich mal Ihre Tochter kennenlernen.«

»Gut …«, sagte er zögerlich. »Ich treffe Verena und Susanne direkt am Kanal. Bitte tun Sie mir den Gefallen und halten sich bei den beiden etwas zurück mit Ihren Sprüchen.«

Warum wirkte Brandt so nervös? War es nur die Sorge, dass sie seine Frau verschrecken könnte? Oder fühlte er sich in die Enge getrieben?

Hatte sie Rüdiger Brandt bislang unvoreingenommen wie einen Patienten behandelt, wurde sie nun misstrauisch. Das Ende jeder guten Therapie.

7

Silvia Zettel führte den Hauptkommissar durch ihr Haus in Berlin-Zehlendorf ins Wohnzimmer.

»Mein Schwiegersohn hat Sie geschickt?« Ihre Frage klang wie eine Feststellung.

»Nein«, lächelte Sigi.

»Sie wollen gut Wetter für ihn machen.«

»Er hat jemandem das Leben gerettet.«

»Aber nicht mit Absicht. Es ist ihm vor die Füße gefallen.«

So eine Schwiegermutter war doch ein richtiger Traum, dachte Sigi. Wenn es da eine Leiche im Keller von Rüdiger Brandt gäbe, von der sie wusste, Silvia Zettel würde ihn mit der Nase darauf stoßen. Aber verlassen wollte er sich trotzdem nicht darauf.

Was er hier vorhatte, kam einer Lüge sehr nah. Eine zielführende Halbwahrheit, nannte Sigi es bei sich. Ein Verstoß gegen die Vorschriften, würde sein Kollege Hobrecker dazu sagen. Deshalb war Sigi auch allein gekommen.

Er erklärte Frau Zettel, dass er noch ein paar Fragen bezüglich der Gerichtsverhandlung habe. Wenn Rüdiger Brandt aussagte, könnte der Prozess eine Belastung für die ganze Familie darstellen. Und er wollte herausfinden, ob gegebenenfalls psychologische Unterstützung vonnöten sei. »Wir klopfen also alles ab. Erschrecken Sie nicht über meine Fragen, das wird immer so gemacht.«

»Und das alles von unseren Steuergeldern«, bekam er spitz zur Antwort.

Sigi nötigte sich ein Lächeln ab. »Sie finden es doch auch gut, was Ihr Schwiegersohn getan hat?«

Silvia Zettel setzte sich aufs Sofa. »Was bleibt mir anderes übrig. Findet man so etwas nicht gut, ist man gleich ein Nazi.«

»Hat jemand aus Ihrer Familie Depressionen?«

»Meine Tochter neigt zu so was.«

»Ist Gewalt ein Thema in Ihrer Familie?«

Ihre aufrechte Haltung bekam plötzlich etwas Angespanntes. Das Kinn vorgeschoben, die Lider halb gesenkt, schien sie nachzudenken. Sigi war sich sicher: Sie überlegte, wie viel sie erzählen sollte.

»Frau Zettel, es geht nicht darum, alte Wunden aufzureißen.«

Sie zögerte.

»Es ist wichtig, dass wir einschätzen können, wie Sie alle mit der Situation umgehen werden. Es ist wichtig für Ihre Familie.«

»Meine Tochter wird Weihnachten nicht herkommen, wenn sie erfährt, dass ich das gesagt habe.«

»Ich behandele es vertraulich.«

»Er hat sie mal geschlagen.«

Sigi war hellwach. »Wann war das?«

»Einige Jahre her. Eine Ohrfeige. Sagt Verena. So wie sie geheult hat: mehrere, sage ich. Und selbst eine ist zu viel. Sie hatten Ehekrach. Meine Tochter kann auch unangenehm sein, das kann ich Ihnen sagen. Schon als Kind war sie ganz schön zickig. Aber ich hätte den Kerl sofort rausgeschmissen. Für immer. Sie war mit Susanne drei Wochen hier, dann ist sie zurück in die gemeinsame Wohnung. Ich hätte ihm das nie verziehen.«

Sigi nickte vertraulich. »Verstehe. Von weiteren Vorfällen wissen Sie nichts? Vielleicht gegen das Mädchen?«

»Nein, Gott bewahre. Ich mag Rüdiger nicht. Aber eins ist klar, er würde Susanne nie etwas antun.«

»Hat Ihr Schwiegersohn mal was gegen Ausländer gesagt?«

»Nein. Er hat überhaupt nie zu irgendwas eine Meinung, nicht mal eine falsche.«

»Er war mal Elternbeirat in der Schule Ihrer Enkelin. Kennt er Noyan Akay? Hatte er etwas mit ihm zu tun? Kennt Susanne Noyan näher?«

Silvia Zettel musterte den Hauptkommissar kritisch. »Was sind denn das für Fragen?«

»Noyan Akay wird vielleicht nicht aus dem Koma erwachen. Wenn er stirbt … Je näher die Beziehung, desto größer die Belastung.«

Sie wischte mit der Hand unsichtbaren Staub vom Glastisch. »Also, bei dieser Beiratsgeschichte war mein Schwiegersohn nicht lang. Susanne kannte den Jungen. Sie hat ihn angehimmelt. Aber ich glaube nicht, dass sie was miteinander zu tun hatten. Das hätte ich gewusst.«

»Sicher?«

»Ja. Susanne erzählt mir von solchen Dingen.«

Wenig später verließ Sigi Berlin und beschleunigte seinen Wagen auf der vierspurigen Straße Richtung Westen. Vereinzelte Schneeflocken begannen sich vom Himmel zu lösen, und als er in die Stadt fuhr, zerflossen die Lichter der Ladenzeilen hinter den nassen Scheiben. Schwarze Baumgerippe huschten verschwommen vorbei.

Sein Handy klingelte. Konrad. Er hatte ihn völlig vergessen.

»Wo treffen wir uns?«

»Ich hab noch einen dringenden Einsatz. Aber komm doch mit.«

»Wie bitte?«

»Eine Mahnwache. Danach können wir was trinken gehen.«

»Aus dem Alter bin ich raus. Demos, meine ich, nicht trinken. Du hast unsere Verabredung doch nicht vergessen?«

»Nein!«, log Sigi. »Du brichst dir schon keinen ab, wenn du auch mal für was Gutes einstehst.«

Sigi hatte keine ruhige Minute gehabt, um über Konrads Angebot nachzudenken. Es war reizvoll, keine Frage. Viel Geld, viel Welt. Aber interessierten ihn unterschlagene Millionen? Im Moment auf jeden Fall interessierte ihn nur, welche Geheimnisse und Leichen sein Zeuge im Keller hatte.

Stockender Verkehr und wild parkende Autos kündigten schon von Weitem die Straßensperren für die Mahnwache an.

8

Hermannswerder lag im Dämmerlicht, hinter der Bucht leuchtete die Stadt ihren Weihnachtsglanz herüber.

Die beiden Zugangswege über den Kanal waren mit massiven Gittern für den öffentlichen Verkehr gesperrt. Dutzende Einsatzbusse mit gesicherten Scheiben rollten auf die Insel und postierten sich an den Anlegestellen der Fähren, patroullierten an den Ufern. Hunderte Polizisten steckten in voller Montur: blaue Kampfanzüge, schusssichere Westen, Helme wie riesige weiße Stahlpilze, Beinprotektoren bis zu den Knien.

Die Mahnwache gegen rechte Gewalt hatte begonnen, und man rechnete mit über tausend Demonstranten. Der Schweigemarsch wurde von Fackeln erhellt, und Banner gegen rechts überragten die Köpfe. Fast alle Schüler hatten sich angeschlossen, nahezu die Hälfte der Eltern und dazu Offizielle der Stadt, der Oberbürgermeister und einige Lokalpolitiker.

Susanne hatte sich bei ihrem Vater untergehakt, sich eng an ihn gedrückt. Er trug dicke Handschuhe über der verbundenen Hand, eine Mütze tief ins Gesicht gezogen, Susannes Pickel-Abdeckcreme um das geschwollene Auge und einen Schal über der aufgeplatzten Lippe. An seiner linken Seite ging ihre Mutter, daneben die Therapeutin.

Susannes Oma hatte nicht mitkommen wollen, aber sie hatte Fackeln gespendet. Susanne trug eine davon und spürte die Hitze, die in unregelmäßigen Schwaden von der Flamme auf ihr Gesicht zog.

Einige Reihen vor ihnen ging die Clique aus ihrer Klasse. Vor ein paar Tagen noch hätte sie es mehr als peinlich gefunden, mit ihren Eltern hier rumzulaufen. Aber heute fühlte sie sich wohl, aufgehoben. Und wenn all die Leute aus ihrer Schule nur wüssten, was ihr Vater getan hatte …

9

Verena war so stolz auf Rüdiger. Sie schritt inmitten von Hunderten Leuten an der Seite ihres zukünftigen Exmannes, und niemand wusste, dass er der Held des Dramas war. Bis auf die beiden zivilen Beamten, die hinter ihnen gingen, bis auf Susa und bis auf die Therapeutin an ihrer Seite.

Die schweigende Menge zog über die Insel, flutete das Schulgelände, sammelte sich auf dem Pausenhof, drängte immer dichter vor das Gebäude.

Rüdiger wollte ein Stück abseits bleiben, und Verena verstand es nur allzu gut. Er sah sich ständig um, seine Augen huschten über die Menge. Man gruppierte sich vor den grünen Flügeln des Haupteingangs. Dort standen die Menschen, die die Reporter auf ihren Bildern sehen wollten – allen voran Mutasim Akay, die SgR-Gründungsmitglieder, dahinter die ganze Abiturklasse mit Fackeln und Bannern: »Wir sind bei Dir, Noyan«, »Gegen rechts« und »Kein Sex mit Nazis«.

Verena nickte einigen Bekannten zu, Eltern aus der Klasse ihrer Tochter. Sie erkannte weiter vorne auch den Hauptkommissar, der seinen Blick über die Menge schweifen ließ, dabei aber ganz ruhig dastand, als wäre er nur einer von vielen Solidarischen.

Verena spürte die Blicke der Therapeutin auf sich ruhen. Und als sie zu Alicia Behrens hinübersah, blickte diese nicht weg. Sie sah sie ungeniert an. So direkt, dass Verena wegsehen musste.

Dann begann das Lied.

Imagine there's no heaven ...

Die ersten Zeilen klangen leise, getragen nur von der Abiturklasse. A cappella.

It's easy if you try, no hell below us, above us only sky ...

Langsam, ungleichmäßig, stimmten andere ein, schließlich schienen sie alle zu singen. Vereinzelt waren Schluchzer aus der Menge zu hören. Auch Verena musste schlucken.

Rüdigers Lippen waren aufeinandergepresst. All das musste ihn viel schlimmer treffen, als er zugab. Er starrte zu dem türkischen Vater nach vorne, der ebenfalls die Lippen nicht auseinanderbekam.

Verena drehte sich um. Die Therapeutin mit der Bommelmütze schaute sie immer noch an.

10

Als das Lied ausgeklungen war, hielt der Bürgermeister eine kurze Rede, richtete Worte des Mitgefühls an Familie und Freunde und appellierte, nicht wegzusehen bei rechter Gewalt.

Alicia hatte in der Menge drei Klinikschwestern und mehrere Patienten ausgemacht. Wenn sie den Stundenplan richtig im Kopf hatte, schwänzten Letztere gerade die Maltherapie. Als das Lied für Noyan erklungen war, hatte Alicia nicht versucht, ihre Tränen zu unterdrücken. Sie hatte sie laufen lassen.

Sie beobachtete Mutasim Akay. Er stand da wie steif gefroren, den Kopf gesenkt, völlig abwesend. Zurückgezogen in einen Kokon, als hätte das alles hier nichts mit ihm zu tun. Es war der gleiche Blick, mit dem Noyan die ersten drei Wochen während seines Klinikaufenthalts in die Welt geschaut hatte. Doch als Herr Akay Hauptkommissar Kamm entdeckte, kam plötzlich Leben in ihn, und er schob sich zielstrebig durch die Menge. Der Ausdruck auf seinem Gesicht beunruhigte Alicia. Sie drängte sich durch die Demonstranten, ihm nach.

»Wieso erfahre ich nichts? Wieso geht nichts vorwärts? Wann haben Sie endlich den Täter?«, hörte sie Noyans Vater aufgebracht.

»Ich habe Ihnen doch gesagt, dass ich Sie auf dem Laufenden halte. Lassen Sie uns unsere Arbeit machen. Wir tun wirklich, was wir können.«

»Warum sind Sie hier? Glauben Sie, der Täter treibt sich hier rum?« Mutasim Akay drehte sich entsetzt einmal um sich selbst. Er entdeckte Alicia. »Wussten Sie davon?«

Sie nahm ihn am Ellenbogen. »Sind Sie sicher, dass das hier nicht zu viel für Sie ist? Sie müssen nicht hier sein. Sie sehen entsetzlich aus. Haben Sie heute schon etwas gegessen?«

Er verneinte.

»Sie überfordern sich, Herr Akay. Wenn Sie nicht schlafen und essen, stehen Sie das alles nicht durch. Soll ich Sie nach Hause fahren?«

Er schien die Frage gar nicht gehört zu haben, sah hinüber zu Rüdiger Brandt. »Der Mann, der Noyan das Leben gerettet hat«, flüsterte er. »Er ist auch hier. Mutig. Ich werde auch bleiben.«

Alicia folgte seinem Blick. Brandt hatte das Gesicht tief im Schal vergraben. Nein, er konnte nicht so verschlagen sein, hierherzukommen, wenn er Akays Sohn so zugerichtet hatte. Das war unmöglich.

Sie sah zu Sigi Kamm und schüttelte unmerklich den Kopf. Brandt konnte es nicht sein. Doch das Gesicht des Kommissars war ernst, tiefe Furchen hatten sich in seine Stirn gegraben.

11

Susanne wollte wenigstens kurz ihren Leuten Hallo sagen und hatte ihren Eltern versprochen, in Sichtweite zu bleiben. Sie schlängelte sich durch die Menge, als ihr einer der Abiturienten in den Weg trat. Seine kleinen Ohren waren rot von der Kälte.

»Hey«, begrüßte er sie.

»Hey«, murmelte sie zurück.

»Bevor das alles passiert ist … Hast du da noch mit Noyan gesprochen?«

Susanne sah David nicht an. »Hat sich erledigt.«

»Wenn du willst, kannst du mich ja mal anrufen …«

»Ich überleg's mir«, sagte sie ausweichend. »Hast du mit Noyans Vater gesprochen?«

David zögerte. »Mach ich noch.« Dann stockte er. »Der Typ mit dem fetten Schal. Wer ist das?«

»Welcher?«

»Geradeaus. Glotzt die ganze Zeit zu uns rüber. Der war mal Beirat an der Schule. Kennst du den?«

»Klar. Das ist mein Vater.«

David ließ die Zigarette sinken, die er sich eben hatte anzünden wollen. »Was?«

Plötzlich kam Susanne ein schlimmer Gedanke. David hatte noch in der Nacht über die Tat geschrieben. Wusste er inzwischen, dass ihr Vater der Zeuge war?

Sie stieß ihn an. »Du schreibst nichts über ihn im Internet, ist das klar?«

Doch David verschwand ohne Verabschiedung zwischen den Demonstrierenden. Was für ein Vollidiot.

Sie drehte sich besorgt zu ihrem Vater um.

12

Mutasim Akay hatte David für die Organisation der Mahnwache danken wollen. Er war zutiefst gerührt. Fast die ganze Schule war hier und halb Potsdam, so sein Eindruck. Rüdiger Brandt war weder aus Angst vor den Nazis ferngeblieben, noch hatte er sich in den Vordergrund gedrängt oder Wert darauf gelegt, als Held gefeiert zu werden. Und, Allah wusste es, er hätte allen Grund dazu gehabt.

Mutasim hatte David schon fast erreicht, da hatte er gesehen, dass David sehr vertraut mit Brandts Tochter redete.

»Hast du mit Noyan gesprochen?«, hatte er verstanden. Und dann hatte Noyans bester Freund mit schreckensgeweiteten Augen zu Rüdiger Brandt hinübergestarrt.

Als hätte er in dem Moment etwas Entsetzliches begriffen.

Was ging hier vor? Hauptkommissar Kamm hielt ihn nicht auf dem Laufenden, und David verschwieg ihm etwas.

Mutasim schob sich durch die Menschenmenge, um Noyans Freund unauffällig zu folgen.

13

Inzwischen hatte eine Trommlergruppe angefangen zu spielen. Hunderte bewegten sich im Rhythmus dazu, tanzten, klatschten, riefen Slogans gegen rechts. Die Stimmung wandelte sich von betroffenem Schweigen zu lautstarker Empörung und vereinter Wut.

Alicia nahm im Augenwinkel einen Menschen wahr. Der Mann stach aus der lebhaften Menge hervor. Er stand allein und ganz still, er bewegte sich nicht wie die anderen. Er stand einfach nur da und beobachtete Familie Brandt.

Ja, eindeutig.

Alicia entdeckte Hauptkommissar Kamm am Rand der demonstrierenden Menge. Er war zu einem Herrn in teurem Mantel gegangen, und die beiden unterhielten sich angeregt. Alicia kämpfte sich zu ihnen durch. Sie wollte sich gerade bemerkbar machen, als sie hörte:

»Also Sigi. Kündige, reiche deinen Resturlaub ein, und morgen geht es los.«

»Ich muss diesen Fall abschließen.«

»Machen deine Kollegen. Ich habe dir für den Anfang doppeltes Gehalt geboten. Plus Provision. Geht es darum? Willst du mehr?«

Alicia war verblüfft. Dachte Hauptkommissar Kamm wirklich daran, seinen Beruf aufzugeben? Warum hatte er ihr nichts erzählt? War er gestern, nachdem sie überfallen worden war, so auf der Aussage von Brandt herumgeritten, um den Fall Noyan einfach nur schnell abzuhaken? War seine Freundlichkeit ihr gegenüber reine Berechnung gewesen? Damit er so bald wie möglich einen besseren Job antreten konnte?

»Wann bist du hier fertig?«, drängte der Mann im teuren Mantel. »Wenn es um Geld geht, dann lass uns noch mal reden.«

Als Sigi Kamm Alicia entdeckte, stellte er sie und Konrad Becker verlegen vor. Sie beachtete den Mann kaum, sah Kamm forsch an und deutete mit einer Kopfbewegung nach vorne in die Menge. »Vorderes Drittel, linke Seite. Ein Mann mit Hornbrille. Er stiert seit Ewigkeiten hinüber zu Brandt. Da ist was faul. Warum machen die zivilen Beamten nichts?«

Hauptkommissar Kamm war alarmiert. »Wo?«

Alicia drehte sich um.

Der Mann war fort.

Kamm griff sie am Arm und zog sie mit sich. Vor ihnen ein Meer von Gesichtern und Mützen.

Und dann sah sie ihn. »Da, das ist er!«

Kamm drängte sich an ihr vorbei und riss den Mann herum. Verblüffte, von Falten umrundete Augen glotzten sie durch die Hornbrille an.

14

Als Susanne ihn gesehen hatte, hätten ihre Beine fast nachgegeben. Der eklige Mann. Da stand er in der Menge der Protestierenden und sah sie direkt an.

Er hatte sie gefunden.

Susanne spürte die gleiche Angst wie vor einer Woche hinter dem Kaufhaus. Wieso verschwand er nicht endlich aus ihrem Leben? Vielleicht konnte sie sich mit der Therapeutin zeigen. Oder mit dem Polizisten. Dem Fremden ein Zeichen geben, dass sie beschützt war, dass er sie in Ruhe lassen sollte.

Er sprach mit jemandem und schaute sie dabei weiter an. Aber … Das konnte doch nicht sein …

Der Fremde redete mit dem Hauptkommissar, der in der Schule gewesen war! Und er lächelte die Therapeutin an.

Und dann sah er wieder über die Ränder seiner Brille zu Susanne herüber, sah sie direkt an.

Susanne drehte sich um und stolperte in Richtung ihrer Eltern. Vor dem erstbesten Baum übergab sie sich.

15

Sigi hatte Alicia Behrens aufgeklärt. Der Mann mit der Hornbrille war der Alte, der in der Tatnacht die Polizei gerufen hatte.

»Wen sehen Sie denn die ganze Zeit so auffällig an?«, ging Kamm ihn an.

Der Alte sprach leise, aber bestimmt. »Ich … ich wusste nicht, ob er es ist. Ich hatte doch in der Nacht meine Brille nicht auf. Aber er sieht so aus …«

»Sehen Sie woandershin!«

Der Alte blickte noch mal hinüber zu Familie Brandt und dem dünnen blonden Mädchen, das sich gerade übergab, und sagte, dass er sowieso gehen wolle.

»Und dafür friere ich mir hier eine Stunde lang den Arsch ab«, polterte Konrad, als Sigi ihm erklärte, dass es heute mit dem Bier nichts werde.

16

Mutasim Akay beschleunigte seine Schritte. David Merz ging gut zwanzig Meter vor ihm, hinüber zu den Toiletten des naturwissenschaftlichen Trakts. Der Junge hatte etwas zu verbergen, davon war er inzwischen überzeugt. Er hatte sich schon im Krankenhaus so merkwürdig verhalten. Und heute, auf der Mahnwache, hatte er ihm fast nicht in die Augen sehen können.

Mutasim holte ihn ein, bevor er in den hell gekachelten Raum der Schultoilette verschwinden konnte.

»David.«

Der Abiturient fuhr erschrocken herum. Er erkannte Mutasim und erschrak noch mehr.

Diesmal würde Mutasim ihn nicht davonkommen lassen. Er zog ihn ein Stück zur Seite, zu den Bäumen auf der Wiese, hinaus aus dem grellen Licht. »Rede! Was verschweigst du? Du schuldest mir was! Du hast den Artikel im Internet über Noyan geschrieben. Bis auf die Intensivstation sind mir die Fotografen gefolgt.«

David sah ängstlich zu ihm hoch. Mutasim berührte ihn nun fast, so nah stand er vor ihm.

»Du weißt doch was!«

»Wie bitte?«

»Rede! Wer hat das meinem Sohn angetan? Lüg mich nicht an! Wieso hast du den Zeugen so angestarrt? Was hast du mit dem Mädchen zu tun? Was hat Noyan mit ihr zu tun?«

»Ich darf nichts sagen. Bitte lassen Sie mich …«

Mutasim packte ihn am Kragen und knallte ihn unsanft gegen den nächsten Baum.

David keuchte. »War … war die Polizei schon bei Ihnen?«

Mutasim lockerte die Faust an Davids Kragen. »Wieso? Wieso sollte sie? Was weißt du über den Neonazi?«

»Ich darf nichts sagen!«

Mutasim stieß David wieder gegen den Baum und drückte ihm fast die Luft ab. »Du schuldest es mir. Und Noyan. Warum glaubst du, sollte die Polizei noch mal zu mir kommen?«

David antwortete leise, hektisch. »Sie waren gestern Nacht bei mir. Sie haben mich befragt und mir Fotos von drei Leuten gezeigt. Der Kommissar hat mir strikt verboten, etwas darüber zu schreiben. Er hat mir gedroht!«

Mutasim ließ ihn los. Die Luft stand weiß vor seinem Mund. »Mittäter?«

David sah ihn gequält an. »Keinen Plan.«

»Was sind das für Leute?«

»Ich weiß es nicht, ich kannte nur den einen Mann auf dem Foto.«

»Weiter!«

»Der Polizist wollte wissen, ob Noyan den Typen kennt und wie der so ist und alles Mögliche. Ob die was miteinander zu tun haben, Streit hatten … Der Bulle hat gesagt, sie wollten nur sichergehen.«

»Aber du glaubst, es steckt mehr dahinter?«

»Ich habe keine Ahnung. Wirklich!« Es klang wie eine große Lüge.

»Wie heißt der Mann?«

David sah plötzlich an ihm vorbei und bekam wieder diesen merkwürdigen Gesichtsausdruck. Mutasim drehte sich um: Das Mädchen, das sich zu den Damentoiletten schleppte und von ihrer Mutter gestützt wurde, war Brandts Tochter. Und eingehüllt in Schal und Mütze, folgte er selbst, dann zwei Männer.

Mutasim riss den Kopf zurück. »Haben Sie dich nach ihm gefragt?«

David nickte nur.

Deshalb sagte der Kommissar nichts! Deshalb wirkte Alicia Behrens heute so nervös!

Dann erinnerte er sich an eine Frage, die ihm der Kommissar im Krankenhaus gestellt hatte.

Mutasim wandte sich ab und ging zu den Toiletten hinüber, hörte nicht auf David, der ihm hinterherrief, alles sei doch nur Routine gewesen. Aber Mutasim wusste es besser.

Ja, jetzt erinnerte er sich an die eine Frage, die der Kommissar ihm im Krankenhaus gestellt hatte. Die Frage nach dem Messer.

17

Familie Brandt blieb abrupt stehen, als Mutasim sie ansprach.

»Unsere Tochter ist krank«, sagte Rüdiger Brandt. »Wir müssen schnell nach Hause. Sonst wären wir noch geblieben. Eine berührende Mahnwache.«

Mutasim war zutiefst verunsichert. War dieser Mann, den er verehrt hatte, der Held, der Noyan vielleicht das Leben gerettet hatte, in Wahrheit ein Lügner?

»Du bist also Susanne«, sagte er. Das Mädchen sah elend aus.

Sie reichte ihm die Hand. »Und Sie sind Noyans Vater? Es tut mir so leid. Diese Schweine.«

»Danke. Dein Vater ist ein sehr mutiger Mann.«

Susanne nickte verhalten. Angeblich war sie krank, aber so hatte sie vorhin, als sie mit David gesprochen hatte, nicht gewirkt. Wusste sie vielleicht auch, dass hier etwas nicht stimmte?

»Wie geht es Ihrem Sohn?«, fragte Rüdiger Brandt. Es klang hölzern.

»Unverändert«, erwiderte er.

»Es muss furchtbar für Sie sein. Unser Mitgefühl …«, sagte die Frau freundlich.

Nun begann Rüdiger Brandt zu drängeln. »Wir müssen jetzt wirklich …«

Irrte sich Mutasim, oder vermied es der Mann, ihm in die Augen zu schauen?

»Haben Sie über mein Angebot nachgedacht?«

Brandts Augen weiteten sich für einen Moment. Er warf seiner Frau einen schnellen Blick zu und sah ihn dann fragend an, als ob er nicht verstehen würde. Natürlich verstand er. Es ging um sein Angebot, die Sache selbst in die Hand zu nehmen.

»Der Job in meiner Apotheke«, sagte Mutasim stattdessen.

»Ach das. Ja … Danke. Meine Frau hat etwas für mich organisiert. Vielleicht klappt das.«

»Toll. Ein guter Job?«

Nun mischte sich die Frau ein. »Eventagentur Wuttka. Dort habe ich Beziehungen.«

Mutasim deutete auf Brandts Handschuh. »Ihre Verletzung. Wird es besser?«

Brandts Lächeln wirkte angestrengt. »Wird schon. Auf Wiedersehen, Herr Akay. Und alles Gute weiterhin.«

Damit schob er seine Tochter in die Damentoilette. Die Frau sah Mutasim mitfühlend an. »Es tut mir leid, dass wir es so eilig haben. Ihr geht es wirklich schlecht.« Dann fügte sie beschämt hinzu: »Aber was sage ich. Für Sie muss das alles ganz schrecklich sein. Ich … ich wünschte, ich könnte Ihnen mehr sagen.«

Mutasim verabschiedete sich von ihr. Eine nette Frau. Aber ihr Mann? Die Polizei hatte David nicht ohne Grund über ihn ausgefragt. Und da war die Sache mit dem Messer …

18

Die Familie stieg aus dem Wagen der zivilen Beamten und überquerte die Straße. Rüdiger Brandt legte einen Arm um das Mädchen, drückte sie an sich und folgte seiner Frau ins Haus.

Die Frau und das Mädchen.

Mutasim saß in seinem Auto und ließ die Haustür, hinter der Brandt verschwunden war, nicht aus den Augen.

Zuerst musste er sich sicher sein. Dann würde er Brandt die Frau nehmen. Ja, zuerst die Frau.

19

Alicia Behrens und Hauptkommissar Kamm standen vor der Schule, neben seinem Wagen im absoluten Halteverbot. Um sie herum verabschiedeten sich Menschen in den vorweihnachtlichen Abend.

Sigi sah in den Himmel. Ein Flugzeug kreuzte als kleines Licht die nachtschwarze Fläche über ihnen. »Wegen vorhin … Ich habe ein Jobangebot, und ich wäre Ihnen dankbar, wenn es unter uns bliebe.«

»Sind Sie in dieser Sache noch ganz da oder schon auf dem Absprung?«

»Frau Therapeutin. Ich bin Ihnen keine Rechenschaft schuldig.«

»Aber ich mir, Herr Kommissar. Und ich will wissen, woran ich bin. Und worauf sich die Menschen einstellen müssen, die ich betreue.«

Er hielt ihrem Blick stand. Keiner von beiden sah weg. Keiner gab nach.

»Ich mache meinen Job hier hundertprozentig, verlassen Sie sich drauf. Also. Sie haben Brandt beobachtet. Was sagen Sie jetzt zu ihm?«

»Einen Menschen halb totzuprügeln, dazu braucht es schon eine Menge Wut und Frust. Selbst wenn Sie eine Affekttat für möglich halten – das hier durchzuziehen, dem Vater des Opfers ins Gesicht zu lügen und zu lächeln, das ist noch mal etwas ganz anderes. Das kostet eine Menge Nerven. Das wären nicht mehr Wut oder Verzweiflung, sondern Berechnung. Ich habe Rüdiger Brandt zwar erst ein paar Mal gesehen und er ist sicher kein einfacher Typ, aber er ist auch kein Soziopath. Oder haben Sie irgendetwas dergleichen über ihn herausgefunden?«

Es war zehn vor acht, als sein Handy klingelte.

Die Gerichtsmedizinerin meldete sich. »Es ist wegen der zusätzlichen DNA-Probe. Die Zigarette. Wir haben einen Treffer.«

20

Kurz darauf passierte Sigi die Straßensperre und fuhr Richtung Innenstadt. Dr. Behrens saß auf dem Beifahrersitz, ihm aufmerksam zugewandt. Ihr Gesicht wurde im Rhythmus der vorbeiziehenden Straßenlaternen erhellt, wie in der Nacht, als er sie mit zu Mutasim Akay genommen hatte.

»Das klang, als gebe es Schwierigkeiten?«

»Nein«, log er. Wie sollte er ausgerechnet ihr begreiflich machen, dass es jetzt ein Beweisstück gab, das er nicht verwenden durfte, da er es rechtswidrig erlangt hatte? Er kam bei ihr mit einer schockierenden Wahrheit bestimmt weiter als mit trockener Rechtstheorie – und er würde damit von hinten um die Ecke kommen.

»Sie glauben doch immer, dass es keine Rolle spielt, ob der Täter in den Knast kommt oder nicht.«

»So habe ich das nie gesagt.«

»Wie dann?«

»Ein Gefängnis sollte ein Ort sein, der hilft, die Gesellschaft vor Tätern zu schützen, und der diesen die Möglichkeit bietet zu lernen, sich anders zu verhalten. Ein Gefängnis sollte nicht dazu da sein zu strafen. Denn auch, wenn wir das alle kennen, diesen Wunsch nach Rache und ausgleichender Gerechtigkeit: Es hilft einfach nicht. Langfristig ändert es Täter nicht, es macht die Gesellschaft nicht sicherer. Das ist erwiesen, und dennoch ändern sich unsere Gefängnisse nicht.«

»Ich sehe das anders. Ich bin fest davon überzeugt: Abschreckung hilft. Je größer das Risiko, in den Knast zu wandern, desto eher unterdrückt ein möglicher Täter seinen Impuls, ein Verbrechen zu begehen. Außerdem ist es für die Opfer wichtig zu wissen, dass die Täter bestraft werden. Da können Sie mir nichts erzählen. Es ist wichtig!«

»Ob man als Geschädigter Frieden findet mit dem, was passiert ist, dafür ist es nicht ausschlaggebend, ob ein Täter fünf oder fünfzehn Jahre sitzt. Das, was heilt, ist etwas anderes.«

»Ist das nicht naiv? Was sagen Ihre Trauma-Patienten dazu, die Opfer von Gewalt geworden sind?«

»Sie sind froh, wenn sie einen Ort haben, an dem sie ihre Wut in einem sicheren Rahmen zulassen, zeigen und dadurch verarbeiten können – um nicht darauf sitzen zu bleiben.«

Hunderte von Demonstranten waren noch unterwegs. Im Schein von Sigis blauer Rundumleuchte wichen sie zur Seite.

Er sah wieder zu ihr hinüber. Er würde jetzt mit seiner Art von Therapie um die Ecke kommen, mit Schocktherapie. »Haben Sie Zeit für einen Ausflug nach Berlin?«

»Geht es um Rüdiger Brandt?«

»Nicht direkt.« Er beschleunigte den Wagen. »Ich habe Ihnen doch von Mischa Semjonow erzählt. Der Fall, der unserem auffallend gleicht. Wir hatten nichts bis jetzt, keine Spur des Täters. Aber nun haben wir einen Volltreffer. Begleiten Sie mich zu ihm ins Wohnheim. Und dann reden wir noch mal über den Sinn von Strafe.«

21

Ihre Schritte hallten dumpf auf dem Linoleum. Aus dem Aufenthaltsraum am Ende des Ganges drangen Musik, Fanfaren, Geklatsche, aufgeregte Stimmen – die Gute-Laune-Geräusche einer Fernsehshow.

Der Fitnessraum des Heims für betreutes Wohnen wirkte in der Grellheit der Energiesparlampen farblos. Selbst das Rot von Mischa Semjonows T-Shirt sah matschig aus.

Sigi stellte Alicia Behrens vor.

Semjonow hörte nicht auf zu trainieren. »Was wollen Sie?«

»Wir haben einen Verdächtigen in Ihrem Fall«, erklärte Sigi.

»Der alles bestreitet und den ich nicht wiedererkenne«, antwortete Semjonow bitter. Sein Gesicht bekam eine dunkelrote Färbung.

»Setzen Sie die Hantel ab«, bat Sigi. »Wir haben seine DNA.«

Die Hantel fiel mit ohrenbetäubendem Krachen in die Halterung. Semjonow setzte sich ruckartig auf. »Sie haben ihn?«

»Ja.«

»Den Mann, der mich so zugerichtet und auch noch auf mich draufgepinkelt hat, als ich bewusstlos war?«

»Ja«, bestätigte er. »Genau den.«

»Aber?«

»Nichts aber.«

Das Gesicht des jungen Mannes leuchtete auf. Genau für solche Momente machte Sigi diese Arbeit. Für die Opfer und die Angehörigen. Für den Moment, in dem aus Ungewissheit Klarheit wurde und aus Ohnmacht Gerechtigkeit.

Mischa Semjonow würde noch warten müssen, bis Rüdiger Brandt gegen Werner Emser ausgesagt hatte, was – jetzt, da sie weitere Beweise gegen den Nazi hatten – morgen oder übermorgen passieren würde, wie Sigi hoffte. Dann würde ein Richter eine offizielle DNA-Entnahme bei Emser anordnen, und die Datenbank würde offiziell und gerichtsfest bestätigen, was Sigi jetzt schon wusste: Werner Emser, Hauptverdächtiger im Fall Noyan Akay, war ebenfalls der Täter im Fall Semjonow. »Jetzt kann die Staatsanwaltschaft ihn in Ihrem Fall wegen schwerer Körperverletzung anklagen«, fuhr Sigi fort. »Die DNA-Beweise sind eindeutig. Dieser Mann ist bereits wegen schwerer Körperverletzung vorbestraft. Und so wie es aussieht, ist er auch in einem weiteren, sehr ähnlich gelagerten Fall schuldig.«

Mischa Semjonow wirkte auf einmal trotz seiner Statur sehr klein; als wäre sämtliche Anspannung aus ihm gewichen. »Danke«, flüsterte er. »Danke …«

Sigi ließ dem jungen Mann Zeit und sah zu Alicia Behrens hinüber. Sie stand sichtlich betroffen zwischen Crosstrainer und Laufband. Wer weiß, was ihr durch den Kopf ging. Erkannte sie, dass Strafe sehr wohl wichtig war? Vielleicht dachte sie aber auch an Noyan Akay und daran, dass es ihrem ehemaligen Patienten vermutlich nicht mehr vergönnt sein würde, so einen Moment der Klarheit und Gerechtigkeit zu erleben. Oder ihr wurde gerade bewusst, was die Neuigkeit hieß: dass sich Sigis Verdacht gegen Rüdiger Brand durch den Beweis gegen Emser erledigt hatte. Ob sie es ihm dick und breit unter die Nase reiben würde? Dass sie an das Gute in dem Zeugen geglaubt hatte und er nicht? Wenn alles reibungslos liefe, wäre der Fall in zwei Tagen vom Tisch und sie beide hätten ihre Zusammenarbeit mit Anstand hinter sich gebracht.

»Wie heißt der Typ?«, fragte Mischa Semjonow plötzlich.

»Das werden Sie von Ihrem Anwalt erfahren, wenn der Mann angeklagt wird.«

»Ein Nazi?«

»Ja. Eindeutig.«

Mischa Semjonow verließ mit ihnen den Hantelraum. Er sah noch mal zurück, dann löschte er das Licht und schloss die Tür hinter sich.

22

Alicia und Hauptkommissar Kamm verließen das Wohnheim und schritten schweigend durch den Schnee. Sie rechnete jeden Moment mit der angekündigten Suada über den Sinn von Strafe.

Er tat nichts dergleichen.

An seinem Auto drehte sie sich zu ihm um. »Das heißt, Rüdiger Brandt ist nicht mehr verdächtig?«

»Alles spricht gegen Werner Emser. Vorbestraft wegen Körperverletzung, dringend tatverdächtig im Fall Semjonow und im Fall Noyan Akay. Außerdem ist das Labor mit den meisten DNA-Untersuchungen durch. Die Straßenkleidung, die Rüdiger Brandt in der Nacht getragen hat, beziehungsweise die, die er in seiner Sporttasche mit nach Hause genommen hat, ist untersucht worden. Die Ergebnisse bestätigen seine Aussage. Trotz Waschmaschine konnten die Kollegen Reste eines isotonischen Getränks auf der Hose nachweisen und in den Winterstiefeln ebenso. Und kein Blut, nicht einen Tropfen. Nur mit den Vergleichsproben zu Noyan Akays Kleidung sind sie noch nicht durch. Es sind jede Menge verschiedene Spuren darauf: Brandt, die Sanitäter, die Ärzte, die Abiturienten von der Party … Wenn sie auch noch Spuren von Werner Emser finden, ist es wasserdicht.«

»Wann verhaften Sie ihn?«

»Rüdiger Brandt will mir spätestens morgen Bescheid geben wegen des Zeugenschutzes. Wenn er zustimmt, nehmen wir sofort das Protokoll auf. So lange warten wir mit der Verhaftung von Werner Emser. Wir wollen ja niemanden aufscheuchen.«

Alicia spürte eine immense Erleichterung. Erst jetzt realisierte sie, wie sehr die letzten Tage sie belastet hatten.

»Herr Kamm, Sie klingen fast ein bisschen enttäuscht.«

Er lächelte schief. »Was wollen Sie hören? Dass Sie bei Brandt recht hatten? Ja, bitte, hier haben Sie es.«

Sie musste grinsen, deutete eine Verbeugung an. »Das ist ja fast ein Anflug von Größe.«

Er öffnete ihr die Beifahrertür.

»Und wir sind dann durch«, ergänzte sie.

Und als sie zu ihm hochsah, war es wieder da. Das Intensive, unangemessen Intensive in seinem Blick.

»Wir wissen noch nicht, wer Rüdiger Brandt verprügelt hat, also ermitteln wir weiter«, erwiderte er. »Aber wir beide, wir sind fertig miteinander, sozusagen.«

»Gut«, sagte sie.

Dr. Härtl würde zufrieden sein. Sie könnte vorerst alle ihre Therapiemethoden behalten, und sie würde Mutasim Akay wie geplant an einen niedergelassenen Therapeuten überweisen. Heute würde sie noch mal in der Klinik schlafen, und dann würde das normale Leben weitergehen.

Einen Moment standen sie da, sahen sich an und sagten nichts.

»Dann …«, hob er an.

»Dann …«, nickte sie und stieg ein.

23

Rüdiger strich ihr über das Haar. Verena war überrascht, dass es so gekommen war. Sie lag in seiner Armbeuge, streichelte seine Brust und spürte seine Hand auf ihrem nackten Rücken.

»Sie haben mir Zeugenschutz angeboten«, flüsterte er.

Einen Moment stockte ihr Atem. Dann setzte sie sich ruckartig auf. Die nächsten Worte trafen sie wie Fausthiebe: Weggehen. Neue Identität. Alle Kontakte abbrechen.

Gerade war Rüdiger ihr noch so nah gewesen, und nun ging er doch wieder. Sie wollte aufstehen, weg hier, doch er hielt sie zurück.

»Geh mit. Für uns könnte es ein Neustart sein. Irgendwo in Süddeutschland. Das war doch immer dein Traum. Und für mich wäre es die Chance, endlich mal das Richtige zu tun.«

Das Richtige tun, dröhnte es in Verenas Kopf. Sie dachte an Susa und fragte sich verzweifelt, was es war, das Richtige.

SONNTAG

1

Susanne glaubte nicht, was sie da hörte. Sie setzte sich im Bett auf.

»Süddeutschland?«

»Susa, es ist nur eine Frage«, sagte ihre Mutter, »deine Meinung hat genauso viel Gewicht wie unsere.«

»Nimm dir Zeit zum Überlegen«, bekräftigte ihr Vater.

»Wir sollen von hier weg, und niemand weiß, wo wir sind?«

Ihr Vater nickte. »Aber wir finden neue Freunde. Ich weiß, dass dir das schwerfällt …«

»Und Oma?«, unterbrach sie ihn.

Ihre Mutter antwortete: »Die nehmen wir natürlich mit. Wenn sie mag. Ohne sie dürfen wir das gar nicht machen.«

Ihr Vater setzte sich auf die Bettkante und nahm ihre Hand. »Es tut mir leid, dass wir dich so überfallen. Wir wollen dich nicht drängen …«

Noch ehe er zu Ende gesprochen hatte, sagte sie voller Erleichterung: »Ja.«

Ihr Vater stutzte.

»Ja.« Sie nickte heftig. »Ja.«

»Susa, bist du dir sicher?«, fragte ihre Mutter. »Es würde vielleicht schon morgen losgehen.«

Susanne richtete sich auf. »Ja. Das machen wir. Du musst aussagen. Dieser Neonazi muss ins Gefängnis. Das ist wichtig.«

Innerlich zitterte sie. Sie würde dem Fremden doch noch entkommen. Schon morgen. Weg. Weit weg. Und ihre Eltern müssten nie etwas von alldem erfahren.

Ihre Mutter stand auf, lachte und fuhr sich durch die Haare. »Dann rufe ich jetzt Oma an und sage ihr, sie soll zum Frühstück kommen. Dann fragen wir sie alle zusammen. In Ordnung?«

Susanne und ihr Vater fanden es mehr als in Ordnung, und ihre Mutter wollte sofort zum Bäcker.

Susanne spürte plötzlich eine unbestimmte Angst. »Diese Polizisten vor dem Haus, frag sie, ob sie dich begleiten.«

Ihre Mutter drehte sich in der Tür um. »Die paar Meter. Mir wird schon nichts passieren.«

Susanne stand auf. »Ich komme mit, Mama.«

»Du bleibst schön hier und kurierst dich aus.«

Ihr Vater stimmte ein: »Außerdem wollen wir doch heute in mein Gartenhäuschen und deine Sachen holen. Und dann werden die Leute vom Zeugenschutz kommen und uns noch Fragen stellen und das ganze Prozedere erklären. Das wird vielleicht anstrengend.«

»Bleib liegen, bis Oma kommt«, sagte ihre Mutter.

Und damit war sie verschwunden.

2

Eineinhalb Stunden später warf Hauptkommissar Sigi Kamm die ganze Maschinerie für den Zeugenschutz an, forderte weitere Personenschützer für die Familie, bis diese ins Nirgendwo verschwand, und bereitete das SEK auf den Zugriff vor.

Der Fall ging in die letzte Runde.

3

Mutasim Akay ging den Gang entlang. Er suchte die Namensschilder an den Türen ab. Er fand keinen Waldemar Hobrecker. Hobrecker, hatte man ihm an der Pforte gesagt, könne ihm weiterhelfen. Hauptkommissar Kamm sei nicht im Hause.

Vor dem Besprechungsraum blieb Mutasim stehen. Dann musste er es eben irgendwo versuchen. Er klopfte. Keine Reaktion. Er öffnete die Tür. Niemand da. Auf der weißen Platte des lang gezogenen Tisches stapelten sich jede Menge Akten.

Mutasim wollte gerade die Türe schließen, als er an der Wand die Fotos sah. Noyan, verquollen in einer Blutlache im Schnee. Wie paralysiert hing Mutasim an den Bildern, unfähig, den Blick abzuwenden.

Sein halb toter Sohn, das Gesicht völlig verschoben, ein Haufen Fleisch und Knochen. Unzählige Fotos.

Das Messer.

Die Blutlache.

Fußabdrücke.

Fotos von Männern.

Einer mit irrem Blick.

Daneben Rüdiger Brandt.

»Was machen Sie da?«

Mutasim drehte sich wie in Zeitlupe um. Der Mann, der auf ihn zustürzte, war untersetzt, hatte graues Haar und trug einen Anzug. »Spinnen Sie? Was machen Sie hier? Raus, aber sofort! Sie können nicht einfach in die Büros eindringen!«

»Ich bin Mutasim Akay.« Er musste sich räuspern. »Warum sagt mir nie jemand etwas? Hauptkommissar Kamm hat versprochen, mich auf dem Laufenden zu halten. Wieso ruft er nicht an? Wer sind diese Männer an der Wand? Sind das die Täter?«

Der Polizist stellte sich als Dr. Wiegand vor, Leiter der Mordkommission. Er entschuldigte sich für Kamm, der sei schwer im Stress, er würde sich sicher morgen mit Neuigkeiten melden. Denn heute gebe es viel zu tun.

»Haben Sie den Täter schon?«

»Wir machen sehr große Fortschritte.«

»Sie haben ihn«, seufzte Akay. »Sind Sie sicher?«

»Herr Akay, ich verstehe Sie ja, aber Sie müssen jetzt dieses Zimmer verlassen. Die DNA-Untersuchungen laufen noch, aber die Indizien sprechen dafür.«

»Dann wird er bestraft, ja?«

»Darüber wird ein Gericht entscheiden.«

»Er wird doch nicht davonkommen?«

»Nein, Herr Akay.«

Mutasim atmete auf. Gut. Er sah auf das Foto mit dem Messer. Noyan hatte dieses Messer zum zehnten Geburtstag von seinem Großvater geschenkt bekommen. Der alte Mann hatte ihm beigebracht, damit umzugehen. Mutasim hatte seinem Jungen gepredigt, nie jemanden damit anzugreifen. Man durfte sich nur verteidigen. Noyan hatte es geschworen. Nie hätte es jemand geschafft, ihm das Messer aus der Hand zu nehmen. Und wenn jemand damit verletzt worden war, dann nur, weil Noyan sich damit verteidigt hatte, davon war Mutasim überzeugt.

Er deutete auf das Foto. »Dieses Messer gehört meinem Sohn. Ich habe es wiedererkannt. Aber Noyan hatte keine Verletzungen davon, nicht wahr?«

Wiegand sah ihn mitfühlend an. »Nein. Der Täter hat das Messer benutzt, als der Zeuge sich eingemischt hat.«

»Der Zeuge?«

Wiegand führte Mutasim aus dem Raum. »Ja. Der Mann, der Ihrem Sohn das Leben gerettet hat. Er ist bereit, auszusagen. Beruhigen Sie sich. Der Täter kommt vor Gericht.«

Mutasim hätte losschreien mögen. Begriffen sie es denn nicht?

Er ließ sich auf den Gang schieben, in seinem Kopf die Bilder seines Sohnes. Blut. Überall Blut.

4

Die Haustür war offen. Mutasims Atem ging schnell, als er in den zweiten Stock hochstieg. Das Treppenhaus roch nach Kohlsuppe. Die Wände waren gelb gestrichen.

Er blieb vor der Tür stehen, die Lippen aufeinandergepresst, dass sie schmerzten. Ruhig werden, ermahnte er sich, ruhig werden. Er hätte die Tür mit dem Adventskranz und dem »Herzlich willkommen«-Schild am liebsten eingetreten.

Seine Hand zitterte, als er den Finger zur Klingel hob.

Er spürte, dass ihn jemand durch den Spion beobachtete,

kurz darauf hörte er eine unfreundliche Stimme: »Wir kaufen nichts.«

»Ich bin Mutasim Akay. Ist Verena Brandt da?«

Die Tür wurde aufgerissen. Eine Frau, älter als er, stand da, eine Küchenschürze über dem immensen Busen, die blonden Haare zu einem Knoten gebunden. Sie sah mitgenommen aus. Fahrig.

»Ach Sie sind das. Das mit Ihrem Sohn tut mir aufrichtig leid. Es ist entsetzlich.«

Mutasim nahm in ihren Augen etwas Weiches wahr. Die Frau wischte sich die Hand an der Schürze ab, reichte sie ihm. »Silvia Zettel. Meine Tochter ist unterwegs, sie sind alle bei der Polizei. Aber sie müsste bald wieder da sein. Wollen Sie warten?«

Mutasim folgte ihr durch den Flur. Die Dielen knarzten. An einem Zimmer hing ein »Draußen-bleiben!«-Schild, still und ruhig. Eine alte Standuhr tickte schwerfällig. Kurz vor zwölf.

»Wundern Sie sich nicht, wie es hier aussieht. Es geht bei uns gerade drunter und drüber.«

Die Küche war hell. Mutasim nahm den Stuhl, den Silvia Zettel für ihn freiräumte. Nahm den Tee, den er nicht anrührte. Ertrug es, dass sie ihn unverwandt musterte, ihn aus dem Mantel nötigte, ihn zum Reden zwang.

»Heute ist doch verkaufsoffener Sonntag, ist Ihre Apotheke denn gar nicht auf? Was wollen Sie denn von meiner Tochter?«

Mutasim hörte seine eigene Stimme ein bisschen zu laut und holprig. »Ich weiß jetzt, wer meinen Sohn so zugerichtet hat.«

»Das muss eine Gnade für Sie sein.«

Mit einer ruckartigen Bewegung stand er auf. »Vielleicht komme ich morgen wieder.«

Silvia Zettel fuhr sich seltsam nervös über die Haare. »Morgen ist schlecht …«

»Dann übermorgen.«

»Da ist auch schwierig …«

Warum war die alte Frau plötzlich so nervös? »Wieso? Fahren Sie in den Urlaub?«

Sie überlegte einen Moment zu lange und sprach viel zu abgehackt. »Ach, nur so ein paar Tage. Verlängertes Wochenende. Ostsee.«

»Wann kommen Sie wieder?«
»Hören Sie. Warum rufen Sie meine Tochter nicht an?«
»Fahren Sie mit? Sie alle? Auch Ihr Schwiegersohn?«
»Oder meine Tochter ruft Sie an, wenn sie zurück ist?«
Mutasim nickte. »Wo kann ich sie finden?«
»Sie wollte ins Büro, wenn sie bei der Polizei fertig sind.«

5

Mutasim ging die Straße entlang. Sein ganzer Körper fühlte sich taub an. War das Angst? Angst, wieder zu spät zu kommen?

In seinem Mantel vibrierte das Handy. Er sah die Nummer auf dem Display. David. Er sollte auf Noyan aufpassen.

»Ja?«

»Herr Akay, er bewegt sich!« Davids Stimme überschlug sich. »Kommen Sie schnell, Noyan bewegt sich!«

6

Susanne ließ sich von ihrem Vater umarmen und folgte ihrer Großmutter durch den Garten. Sie war sauer. Morgen sollte der Zeugenschutz losgehen, und die Alten verlangten allen Ernstes von ihr, noch zur Nachhilfe zu gehen.

»Die Polizei hat gesagt, wir müssen alles genauso weitermachen wie bisher«, hatte ihr Vater gepredigt.

Bei der Polizei war es grottenlangweilig gewesen, und jetzt hatte sie auch noch helfen müssen, zu packen. Immerhin, ihre Oma und ihr Vater hatten sich ausnahmsweise nicht gestritten. Sie waren nett zueinander gewesen, und das war mehr, als man erwarten konnte. Überhaupt gab sich ihr Vater richtig Mühe.

Cool, irgendwie.

Immerhin konnte sie jetzt endlich aus dem Gartenhaus raus. Angeblich saßen irgendwo Leute, die alles mithörten, was sie sprachen. Susanne hatte sich gar nicht mehr getraut, aufs Klo zu gehen.

Morgen würde ihr Vater noch mal zur Polizei müssen, zu so einer Gegenüberstellung, und dann würden sie abhauen. Es konnte also doch noch alles gut werden.

Ihre Oma stieg in den Wagen. Susanne warf ihren Rucksack auf den Rücksitz und wollte ebenfalls einsteigen, da sah sie das Spiegelbild in der Scheibe. Die kräftigen Schultern, das breite Gesicht.

Sie fuhr herum.

Die unheimliche Vermieterin.

»Ihr seid mal wieder da? Dein Papa auch?«

Susanne sah die Frau genervt an.

»Susanne, wegen des Streits neulich ...«

»Ich will nicht darüber reden!« Sie wich zur Beifahrertür zurück.

»Warte doch. Ich mag deinen Papa ...«

»Ich muss jetzt zur Nachhilfe«, erwiderte sie kühl und dachte, dass sie Petra Sanders nun auch bald los sein würde. Zum Glück.

Ja, manchmal konnten Dinge gut werden.

7

»Noyan, kannst du uns hören?«, rief Mutasim.

»Hey, Alter, was geht? Was machst'n für'n Scheiß«, sagte David aufgeregt.

Aus Noyans Auge löste sich eine Träne, rann über die Wange und verschwand im Stoff eines Verbands. Mutasim verfolgte das Tröpfchen Salzwasser wie ein riesengroßes Wunder.

»Noyan. Ich bin da. Wir sind alle da.«

Mutasim drehte sich um und sah den Ärzten in die Augen. Der Reihe nach.

»Ist das ein gutes Zeichen?«

Ein Augenpaar nach dem anderen senkte sich. Die behandelnde Ärztin ergriff das Wort.

»Leider nicht. Es ist ein übliches Phänomen bei Komapatienten.«

David wurde laut. »Aber er hat sich bewegt. Die Hand hat gezuckt!«

»Das sind unwillkürliche Impulse aus dem Gehirn. Es hat nichts zu bedeuten, glauben Sie mir. Die Hirnströme haben sich leider nicht verändert, wie das EEG gerade gezeigt hat.«

»Das kann doch nicht sein!« Mutasim ging wie in Trance Richtung Tür.

»Es tut mir leid«, hörte er die Ärztin hinter sich sagen, und David: »Scheiße, Mann. Ich dachte, es wäre gut …«

Mutasim riss sich die Schutzkleidung vom Leib.

Trat in den Vorraum.

In den Flur.

Und verließ die Intensivstation.

8

Die Fußgängerzone war ein Lichtermeer: Leuchtketten, blinkende Schaufenster und der modernistische Baum aus Tausenden von blauen Glühbirnen, der vom Brandenburger Tor bis hinüber zu St. Peter und Paul zu sehen war. Die Uhr an dem hohen italienischen Glockenturm zeigte kurz vor sechs. Verena hatte den Kopf zwischen die Schultern gezogen und eilte durch die Touristenströme, die sich über den Markt vor der Kulisse der angestrahlten Kirche schoben, deren Apsis eine Kopie der Hagia Sophia in Istanbul war. Sie drängte weiter durch die Menschen, die sich zu den üblichen Weihnachtsliedern durch das Konsumangebot schwemmen ließen. Nur ein Laden lag im Dunkeln. Das Schild an der Apotheke war handgeschrieben. »Wegen Notfall heute geschlossen«.

Die Einkaufstüte mit dem Wein und den Geschenken für Susa schnitt Verena in die Hand. Zumindest hatte sie die beiden wichtigsten Sachen besorgt. Denn wer wusste schon, ob sie in den nächsten Tagen dazu kommen würde. Rüdiger musste morgen noch zum Staatsanwalt, wo sie seine Aussage auf Video aufnehmen würden, und er sollte sich noch für eine Gegenüberstellung mit dem Täter bereithalten. Danach würden sie nach Süddeutschland gebracht werden.

Kurz bevor sie in den Delikatessenladen mit der prächtigen Auslage und den nicht minder prächtigen Preisen eintrat, drehte sie sich um. St. Peter und Paul war immer ihre Lieblingskirche gewesen. Hier hatten Rüdiger und sie geheiratet.

Und dann sah sie die beiden Gestalten mit den schwarzen Jacken und den schwarzen Stiefeln. Sie hielten direkt auf Verena zu.

9

Die Betondecke des Parkhauses hing niedrig über den unübersichtlichen Reihen nasser Autos. Es roch nach Benzin und Qualm. Susanne ging neben ihrer Großmutter zum Kassenautomaten. Die ganze dämliche Nachhilfe über hatte sie sich nicht konzentrieren können. Wieso hatte sie da überhaupt noch hingehen sollen?

Ihre Oma drückte ihr den angebrochenen Schokoladenweihnachtsmann in die Hand, wühlte in ihrer hässlichen malvenfarbenen Handtasche und seufzte dann verärgert.

»Ich habe das Parkticket im Auto gelassen. Warte hier, ich hol es schnell.« Sie strich Susanne über die Wange. Dann eilte sie davon und verschwand hinter der zweiten Parkreihe. Susanne hörte nur noch das sich stetig entfernende Klackern der teuren Lederschuhe.

Sie holte ihr Handy aus dem Rucksack. Nur ein Balken Empfang. Sie wählte die Nummer ihrer Mutter. Es läutete.

Und läutete.

Und läutete. Bis die Stimme ihrer Mutter den Anrufer bat, eine Nachricht auf der Mailbox zu hinterlassen.

10

Verena stolperte in den Delikatessenladen. Die Türglocke schrillte über ihr. Es war voll und laut; Kunden riefen ihre Bestellungen über die Theke.

Verena versteckte sich hinter dem Weinregal und spähte aus dem Fenster. Wo waren ihre Verfolger? Und dann sah sie sie. Sie marschierten strammen Schrittes am Laden vorbei.

Diese ganze Sache würde sie noch um den Verstand bringen.

Erleichtert – und ein kleines bisschen verschämt – reihte sie sich in die Schlange ein und wartete eine Ewigkeit, bis sie an die Reihe kam. Als ihr Handy erneut klingelte, ging sie ran.

»Brandt?«

Das Schluchzen klang verzweifelt. »Verena, Liebes … es tut mir so leid …«

Kurz darauf hörte Verena ein lautes Krachen und das Splittern von Glas. Sie spürte einen dumpfen Schmerz an ihrem Fuß. Dunkle rote Flüssigkeit breitete sich in den Vertiefungen zwischen den Kacheln aus, eine Lache, die immer größer wurde. Sie hatte die Einkaufstüte mit der Weinflasche fallen lassen. Rot, alles rot. Und in der Auslage totes, kaltes rotes Fleisch.

Die Stimme der Verkäuferin kam wie von sehr weit weg. »Sie sind ja ganz bleich! Ist Ihnen nicht gut?«

11

Sigi Kamm schleppte seine Einkäufe in den fünften Stock. Sein Kühlschrank war in den letzten Tagen zu einem gähnenden Loch geworden. Er stieß an die Kartons mit Altglas und Altpapier. Schon vor Tagen hatte er sich vorgenommen, das Zeug zu entsorgen. Er würde es nachher machen. Oder morgen. Heute wollte er ja schon joggen gehen.

Mechanisch griff er zum Handy, als es läutete. Dreißig Sekunden später stürmte er die Treppe hinunter.

Während er den Motor anließ, beorderte er seine besten Einsatzkräfte.

12

Vor dem Parkhaus herrschte Chaos. Über der Zufahrt tanzte weißrotes Absperrband im Wind, und niemand wurde mehr durchgelassen. Dutzende Menschen mit Einkaufstüten und Paketen wollten zu ihren Autos und fragten unentwegt, wer denn für die im Halbstundentakt anfallenden Gebühren aufkomme. Schaulustige hatten sich versammelt, ihre Köpfe zwischen die Schultern gezogen, stampften mit ihren Winterstiefeln auf die vereiste Straße und unterhielten sich angeregt.

Sigi Kamm hupte sich den Weg frei, zeigte durch die Scheibe seinen Ausweis und rollte dann hinter das Absperrband. Dort sprang Verena aus dem Wagen und rannte die Einfahrt hinunter zum Polizeibus, der neben dem Kassenautomaten stand. Sie stieß ihre Mutter gegen den Bus.

»Wo ist sie? Wo ist sie?«

Wimperntusche hatte sich über Silvia Zettels Wangen verteilt, der dicke Haardutt hatte sich gelöst, wüst hingen Strähnen über dem teuren Pelzbesatz.

»Wo ist sie?«

»Es tut mir so leid! Ich war nur kurz beim Auto, das Ticket holen, es tut mir so leid!«

»Wie konntest du mit ihr hierherfahren? Wie konntest du sie aus den Augen lassen?«

»Ich hatte es ihr versprochen! Wir haben nur DVDs besorgt! Ich war nur eine halbe Minute weg …«

Verena hob ihre Hände, schlug hilflos auf ihre Mutter ein. Sigis Kollegen gingen sanft dazwischen.

13

Niemand hatte etwas gesehen. Es gab keine Zeugen. Nur Silvia Zettel, die den Schrei ihrer vierzehnjährigen Enkelin gehört und nichts mehr vorgefunden hatte als einen angebissenen Schokoladenweihnachtsmann, zwei DVDs und Susannes Rucksack, in dem der Geldbeutel, der Hausschlüssel und das Handy des Mädchens lagen.

Sigi drehte sich langsam im Kreis. Er winkte einen uniformierten Kollegen zu sich und deutete an die niedrige Decke: eine Überwachungskamera, ausgerichtet auf den Kassenautomaten.

Weniger als zehn Minuten später setzte Hauptkommissar Kamm die gesamte Maschinerie für einen Entführungsfall in Gang. Die Überwachungsbänder des Parkhauses, die er gesichtet hatte, ließen keinen Zweifel. Die Minute 17.55 trieb Sigi eine Gänsehaut über den Rücken.

Schwarz-weißes Bild, grobkörnig:

Susanne und ihre Großmutter. Silvia Zettel streicht dem Mädchen über die Wange. Geht.

Susanne alleine.

Steht da.

Macht einen Anruf. Nur wenige Sekunden.

Steckt das Handy in den Rucksack.

Schreckt auf.

Dreht sich einmal im Kreis.

Langsam.

Das Bild ist zwar grobkörnig, aber man sieht nur zu gut, wie ängstlich sie ist. Sie macht eine Hundertachtzig-Grad-Wendung, sieht etwas außerhalb des Kamerawinkels – und weicht mit panischem Gesichtsausdruck zurück.

Lässt ihren Rucksack fallen und die DVDs, den Schokoweihnachtsmann.

Weicht weiter zurück.

Reißt den Mund auf. Ein schwarz-weißer, stummer Schrei.

Dann eine massige Gestalt in einem Poncho mit Kapuze, die

dem Mädchen eine Hand auf den Mund presst und eine in den Nacken.

14

Hauptkommissar Kamm fluchte. Der blanke Horror. Bislang hatte er gedacht, der Überfall auf Alicia Behrens wäre »die andere Sache« gewesen, von der die abgehörten Nazis gesprochen hatten. Hatte er sich entsetzlich geirrt? War damit die Entführung des Mädchens gemeint gewesen?

Vom Observationsteam hatte Sigi erfahren, dass Werner Emser den ganzen Tag in seiner Fabrik gesessen und sich ruhig verhalten hatte – was nicht hieß, dass er nicht doch hinter der ganzen Sache steckte.

Sigi trat zu Verena Brandt und ihrer Mutter, die unweit des Kassenautomaten neben einem Polizeibus standen. »Wer weiß alles, dass Sie morgen weggehen?«

»Niemand«, schrie Verena. »Niemand!«

Silvia Zettel schüttelte den Kopf. »Ihre Kollegen vom Zeugenschutz haben es uns ja eingebläut.«

»Und Ihr Mann, Frau Brandt? Kann es sein, dass er es jemandem erzählt hat?«

»Bestimmt nicht. Er ist allen damit auf die Nerven gegangen. Auch Susa: Sie sollte niemandem etwas erzählen, auch nicht ihren Freundinnen. Es war bestimmt schwer für sie, aber sie hat es eingesehen. Sie ist so klug.«

»Schreibt Susanne Tagebuch?«

Ratloses Schulterzucken.

»Suchen Sie zu Hause danach. Ist es denkbar, dass Ihr Mann seiner Vermieterin erzählt hat, dass Sie weggehen?«

»Nein. Nie im Leben. Mein Mann ist doch nicht blöd.«

Dann stieß Rüdiger Brandt in Begleitung zweier ziviler Beamten zu ihnen. Er war bleich und zittrig, als er die Einfahrt herunterkam und seiner Schwiegermutter Vorwürfe machte. Dann schrien alle durcheinander.

Sigi beorderte eine Einheit des Sondereinsatzkommandos zur Fabrik. Anschließend wählte er die Nummer von Dr. Behrens. Hoffentlich steckte sie nicht gerade in irgendeiner abendlichen Wutgruppe. Wenn er jemals ihre Hilfe gebraucht hatte, dann jetzt.

15

Der eisige Wind war stärker geworden und zerrte an Alicias Haaren und den dürren Zweigen der Birken vor dem Parkhaus. Sigi Kamm nickte einem Polizisten zu, der das Absperrband hob und Alicia passieren ließ.

»Danke, dass Sie so schnell kommen konnten«, sagte Kamm.

Wie angespannt er aussah. Merkte er überhaupt, dass er seine Hand auf ihre Schulter gelegt hatte?

»In zwölf Stunden stehen die Leute vom Zeugenschutz vor der Tür. Ich muss bis dahin das Mädchen finden. Versuchen Sie, die Familie davon abzuhalten, sich gegenseitig umzubringen.«

»Sie glauben also, es waren dieser Neonazi und seine Leute?«

»Vielleicht ist das hier ›die andere Sache‹«, sagte Kamm, »und er hat Susanne entführen lassen, damit der Zeugenschutz platzt und Brandt nicht aussagt. Dann können wir Emser nicht wegen versuchten Mordes anklagen.«

Alicia folgte dem Hauptkommissar in den Glaskasten des Parkwächters. Sie beugten sich über den kleinen Schwarz-Weiß-Monitor. Zuerst zeigte Sigi Kamm ihr die Aufnahmen, die er schon kannte, dann spielte er die neuen Bilder von der Videoüberwachung ab:

Silvia Zettel und Susanne im Parkhaus.

Die Gestalt im Poncho, die Kapuze weit über das Gesicht gezogen.

17.57 Uhr. Susanne Brandt wird aus dem Monitorbild gerissen.

Andere Kamera, 17.58 Uhr: Die Gestalt, den Kopf nach unten geneigt, die Kapuze weit übers Gesicht gezogen, hält Susanne mit dem rechten Arm eng an sich gedrückt. Der linke Arm ist unter dem Poncho verborgen. Susanne stolpert mit der Gestalt die Treppen des Parkhauses hoch, wird durch einen Seitenausgang nach draußen gezerrt.

Andere Kamera, 17.59: Der Entführer im Poncho eilt, Susanne fest im Griff, in Richtung Havel.

Hin zur Langen Brücke. Zum Park. Zur Freundschaftsinsel. Hin zu den Hunderten Parkplätzen unter freiem Himmel.

In die Richtung, in der es unzählige Fluchtwege gab.

Alicia sah erschüttert auf den Monitor, der nun nur noch einen menschenleeren Ausgang zeigte.

Kamm ergriff als Erster das Wort. »Der Entführer muss gewusst haben, wo hier die Kameras sind. Wahrscheinlich hat er das Fluchtauto draußen auf dem großen Parkplatz abgestellt. Und er muss gewusst haben, dass Susanne im Einkaufszentrum ist. Er war vorbereitet.«

»Warum schreit sie nur ein Mal?«

»Schätze, er hatte unter dem Poncho eine Waffe. Ein Messer vielleicht. Er wird ihr gedroht haben.«

»Spulen Sie zurück«, bat Alicia. »Susanne hat schon Angst, bevor die Gestalt im Poncho kommt. Als die Oma zum Auto geht.«

Kamm suchte den Moment auf dem Band, bevor Silvia Zettel dem Mädchen über die Wange streichelte, und fror das Bild ein:

Susanne sieht ihre Großmutter an.

Alicia sah Hunderte von Patienten im Jahr, und sie wusste, wie Angst aussah. »Vielleicht hat sie ein paar Skinheads im Einkaufszentrum gesehen. Einer hat sie dann verfolgt?«

»Hätte sie ihrer Großmutter das nicht gesagt? Außerdem ist das hier keine spontane Entführung«, entgegnete Hauptkommissar Kamm und sah auf die Uhr. »Wir müssen die Parkgarage wieder öffnen. Begleiten Sie die Eltern und die Großmutter ins Präsidium. Versuchen Sie, aus ihnen etwas anderes rauszubekommen als Schuldzuweisungen. Ein Kollege aus meinem Team wird dabei sein.«

»Und Sie?«

»Das Sondereinsatzkommando wartet auf mich.«

16

Das Observationsteam hatte keine Telefonate oder Gespräche dokumentieren können, die belegten, dass Werner Emser etwas mit Susannes Verschwinden zu tun hatte.

Nachdem Emser ihn mit den Worten »Ich habe keine Zeit« an der Klingelanlage vor der Kamera stehen ließ, überantwortete Sigi den Zugriff nur zu gerne dem SEK. Er hatte keine Lust auf unliebsame Überraschungen bei der Verhaftung. Auf Waffen zum Beispiel oder eine kleine Kugel im Kopf.

Er wartete vor der übermannshohen Mauer, wartete, bis die SEKler das Schloss des Eisentores geöffnet und zu der alten Gerberei gelaufen waren. Knacken im Ohrfunk, er hörte ein zackiges »Zugriff«, gefolgt von einem immensen Krachen, als das Team sich Zugang zur Fabrik verschaffte.

17

Grelles Licht flammte in dem Besprechungsraum der Mordkommission auf. Die Wände waren kahl. Rüdiger Brandt setzte sich neben seine Frau an den ovalen Tisch, legte die Arme um sie und versuchte zu trösten. Silvia Zettel ließ sich auf der anderen Seite ihrer Tochter nieder.

Der Kollege aus Kamms Ermittlerteam, Herr Hobrecker, bot Kaffee an. Aber keinem war danach.

»Susanne«, fragte Alicia. »Wie ist sie so?«

Brandt antwortete als Erster. Er konnte nicht still sitzen. »Ein normales, nettes Mädchen. Zuverlässig.«

Alicia schüttelte den Kopf. »Das hier wird kein Nachruf. Ich will Wahrheiten. Nimmt sie Drogen?«

Die Familie war empört. Ein Nein jagte das nächste.

Alicia legte einen viel zu schnellen Gang ein, das wusste sie. Aber hier waren sie nun einmal nicht in der Klinik. Hier zählte jede Stunde. »Ich habe sie gesehen. Sie ist viel zu dürr für ihr Alter. Ist sie magersüchtig?«

»Sie ist vierzehn! Da wollen alle dünn sein«, erwiderte ihre Mutter defensiv.

Silvia Zettel wehrte beherzter ab. »Sie isst zu wenig, da haben Sie recht. Aber um das zu sehen, muss man ja kein Psychologe sein.«

»Frau Zettel, Magersucht ist eine schwere Krankheit. Eine Fami lienkrankheit.«

»Wie Sie in der Sache eine Hilfe sein sollen, ist mir ein echtes Rätsel!« Silvia Zettel wandte sich an Hobrecker. »Wo ist dieser Kamm? Ich hoffe, der Junge wacht auf, und der ganze Albtraum hört endlich auf! Und was haben diese Fragen bitte mit Susannes Entführung zu tun?«

Alicia blieb ruhig. Die Großmutter war panisch, weil sie sich schuldig fühlte. Kein Grund also, irgendwelche Feindseligkeiten persönlich zu nehmen.

»Die Frage ist«, erklärte Alicia, »wie stabil sie ist. Wie reagiert Susanne, wenn ihr etwas zu viel wird? Schreit sie rum oder zieht sie sich zurück? Heult sie sich bei einer Freundin aus oder geht sie stundenlang allein spazieren? Magersüchtige zum Beispiel sind im Wechsel oft wahnsinnig energetisch und dann sehr depressiv.« Alicia sah einen nach dem anderen an, bis sie sicher war, die volle Aufmerksamkeit der Familie zu haben. »Susanne hatte Angst. Wovor? Gibt es jemanden, dem sie alles anvertraut? Vielleicht auch, dass Sie weggehen wollten?«

Rüdiger Brandt stand auf, ging in dem Raum hin und her. »Susanne hatte keine Angst, nicht mal vor den Neonazis! Ich hab sie ständig gewarnt, das nicht auf die leichte Schulter zu nehmen. Nein, sie hat sich gefreut, dass wir alle wieder zusammengefunden haben.«

Alicia wurde ungeduldig. Die Eltern hatten sich so gestritten, dass sie seit Monaten in Trennung lebten, die Großmutter hasste ihren Schwiegersohn, und dazwischen ein pubertierendes Mädchen, das unkompliziert und fröhlich war? Sehr unwahrscheinlich.

»Denken Sie an unsere Gespräche«, appellierte sie an Susannes Vater. »Es ist keine Schande, Probleme zu haben. Solange Sie alle glauben, Sie müssten hier Ihr Gesicht wahren, können wir Susanne nicht helfen.«

Rüdiger Brandt schien sich zu einer Antwort zwingen zu müssen. »Ja, sie hat Zeiten, in denen sie genervt ist, Familie doof findet und nur in ihrem Zimmer hockt. Aber dass wir alle zusammen weggehen, das fand sie großartig. Sie hat sich richtig gefreut!«

Das klang ehrlich. Alicia wunderte sich. Eine Vierzehnjährige, die sich darauf freut, aus ihrem Freundeskreis gerissen zu werden?

»Hat sie Sex?«

»Mit Sicherheit nicht!«, entfuhr es Rüdiger Brandt.

Die Großmutter sah auf den blanken Tisch, die Hände gefaltet, den Mund spitz und fest zugekniffen.

»Das kann ich mir nicht vorstellen … Noch nicht …«, schniefte Susannes Mutter, bevor sie wieder von Weinkrämpfen geschüttelt wurde.

Alicia griff zu Susannes Rucksack, den Kamm ihr überlassen hatte. Sie kippte den kompletten Inhalt auf den Besprechungstisch: Wimperntusche, mehrere Lippenstifte, Lidschatten, Make-up, Deo, Parfüm, Zigaretten.

»Was hier liegt«, fasste Alicia zusammen, »kostet bestimmt zweihundert Euro. Woher hat sie so viel Geld?«

Frau Brandt giftete ihre Mutter an. »Hast du ihr das gekauft? Wie oft sollen wir das noch diskutieren? Ich will nicht, dass du ihr so viel Geld gibst!«

»Nichts davon habe ich ihr gekauft!«, wehrte sich Silvia Zettel.

Alicia fischte eine Packung Kondome aus dem Haufen. »Außer die, nicht wahr?«

Silvia Zettel schwieg, wie sie schon auf die Frage nach dem Sex geschwiegen hatte.

Rüdiger Brandt fuhr sie an. »Wie kommst du dazu? Sie ist vierzehn!«

»Ist dir lieber, sie wird in dem Alter schwanger?«

»Wer ist der Typ?« Brandt klang jetzt gefährlich ruhig.

»Du glaubst doch nicht, dass ich dir das auf die Nase binde. Mit mir kann sie über solche Sachen wenigstens reden. Es ist besser, sie weiß, wie man verhütet und was sich gut anfühlt und wann man einem Jungen sagt, er soll sich aus dem Staub machen, als dass sie alles mit sich machen lässt.«

Verena Brandt brach erneut in Tränen aus. »Ich reiße mir den Arsch auf, das Mädchen gut durch die Pubertät zu bringen, und du machst dich zum Liebling, indem du ihr alles erlaubst. Zigaretten? Ihr sogar Kondome kaufst?«

»Verbieten kann man das doch eh nicht.«

Kommissar Hobrecker saß ganz offensichtlich auf glühenden Kohlen. »Wem könnte Susanne von dem Zeugenschutz erzählt haben?«

»Na, ihren Freundinnen ...«, sagte Verena Brandt matt.

Alicia sah sie der Reihe nach an. »Sie alle kennen Susanne ja nicht sehr gut.«

»Ich kenne sie«, schleuderte ihr Silvia Zettel wie erwartet entgegen.

»Dann sagen Sie mir: Wer ist dieser Junge, den Susanne trifft? Vielleicht weiß er mehr über Ihre Enkelin als Sie alle drei.«

Die Großmutter wurde zusehends unsicher.

»Bitte«, flüsterte Verena Brandt. »Bitte. Wenn es hilft, sie zu finden ...«

Silvia Zettel gab sich einen Ruck. »Achim.«

Alicia griff zu Susannes Handy. Achim. Der erste Eintrag in ihrem Telefonbuch. Sie wählte. Hörte es dreimal klingeln. Dann meldete sich der Junge. Er klang wie sechzehn, siebzehn:

»Was willst du, du Dreckschlampe?«

18

Wieder knackte es in Sigis Ohr: »Zielperson festgesetzt«, und er setzte sich in Bewegung. Emser lag auf dem Boden, die Hände in Handschellen auf dem Rücken, und stierte ihm kalt entgegen.

»Ich verhafte Sie wegen des dringenden Tatverdachts des versuchten Mordes an Noyan Akay und wegen gefährlicher Körperverletzung an Mischa Semjonow. Ich habe außerdem einen richterlichen Beschluss für eine Hausdurchsuchung.«

»Ich habe das nicht getan!« Emser wehrte sich. Ein SEKler setzte sein Knie auf den Rücken des Verdächtigen.

Sigi zuckte mit den Schultern. »Der Staatsanwalt beantragt morgen früh einen Beschluss für eine DNA-Entnahme. Warten wir doch ab, was dabei herauskommt. Oder wollen Sie uns freiwillig eine Probe geben? Ein bisschen Speichel reicht – oder auch Urin. Wussten Sie, dass im Urin DNA-Spuren sind?«

Emser schluckte trocken. Die Haare hingen ihm wild ins Gesicht.

Sigi ging in die Knie, beugte sich dicht zu ihm hinunter. »Das Mädchen. Haben Sie etwas damit zu tun?«

Emser atmete hart aus. Dann verlangte er einen Anwalt und sagte kein Wort mehr. Außer: »Fick dich, du Arschloch!«

19

Rüdiger Brandt ging an der Stirnseite vor der Projektionsfläche auf und ab und telefonierte. Kommissar Hobrecker hatte die Eltern gebeten, bei Susannes besten Freundinnen anzurufen, um herauszufinden, ob sie irgendwem erzählt hatte, dass sie mit ihrer Familie wegging. War sie verfolgt worden? Hatte sie sich beobachtet gefühlt? Wovor hatte sie Angst?

Verena Brandt saß auf halber Höhe an dem langen Tisch, lauschte, schüttelte immer wieder den Kopf.

Das Ergebnis der Telefonrecherche war erschütternd. Alle sechs Freundinnen sagten aus, dass sie schon länger keinen Kontakt mehr zu Susanne gehabt hätten.

Rüdiger Brandt ließ sich auf einen Stuhl fallen. »Sie hat uns neulich noch gesagt, dass sie bei Lisa übernachtet.«

Kommissar Hobrecker schüttelte den Kopf. »Willkommen in der Welt der Pubertierenden.«

Es klopfte an der Tür, und ein Polizist steckte den Kopf herein. »Wir haben den Jungen aufgetrieben.«

»Dann bringen Sie ihn her«, sagte Alicia.

Waldemar Hobrecker zückte sein Handy. »Das muss ich mit Hauptkommissar Kamm klären. Die Befragung führen ja normalerweise wir durch. Und die Leute werden einzeln befragt.«

»Nicht bei mir«, erklärte Alicia.

20

Sigi Kamm schaltete die Beleuchtung im Verhörraum ein, einem gemütlichen Zimmer im Trakt der Mordkommission, abgeschottet von den Büros und Besprechungsräumen des Fachkommissariats. Eine blinde Scheibe war das einzig Kühle im Raum. Der Rest – bequeme Stühle, Bilder an der Wand, eine Pflanze – war in warmes Licht getaucht. Zeugen und Beschuldigte, die hier vernommen wurden, sollten sich wohlfühlen und zu ihrer Aussage ermutigt, nicht durch eine Knast-Atmosphäre abgeschreckt werden.

Dass der Nazi sich hier wohlfühlte, war eigentlich das Letzte, was Sigi interessierte, am liebsten hätte er ihn sofort in eine feuchte Zelle ohne Tageslicht gesperrt. Aber erstens gab es keine feuchten Zellen, und zweitens gab es Vorschriften.

Emser, das Kinn vorgeschoben, die Miene versteinert, wollte sich ins Zimmer schieben. Sigi hielt ihn zurück, deutete auf die Springerstiefel.

»Würden Sie die bitte ausziehen?«

Emser brauchte ein paar Sekunden, bis er begriff, und sofort flammte wieder Hass in seinen Augen auf. »Warum?«

Sigi gab sich keine Mühe zu verbergen, dass er sich eine Antwort ausdachte. »Das hier ist ein Barfußraum.«

Der Nazi deutete wütend auf den abgenutzten, fleckigen Teppich.

Sigi nickte. »Eben deswegen.«

Emsers Gesicht verzog sich zu einer Grimasse. »Wie denn, mit Handschellen.«

Er musste sich die Schuhbänder seiner Springerstiefel aufschnüren lassen. Sigi folgte seinem strumpfsockigen Verdächtigen.

»Und Sie?«, fragte Emser harsch.

Sigi sah auf seine Schuhe hinunter. »Ich habe entsetzliche Schweißfüße, das wäre nicht schön für Sie.«

Dann schloss er die Tür und schaltete das Aufnahmegerät ein. »Falls Sie doch schon was sagen wollen.«

21

Verena und Rüdiger Brandt musterten den Jungen, der offenbar ein halbes Jahr mit ihrer Tochter zusammen gewesen war, ohne dass sie es geahnt hatten. Er war drei Jahre älter als Susanne, trug seine dunklen Haare schulterlang und mit einem Haarreif aus dem Gesicht gehalten. Silvia Zettel konnte sich die Bemerkung nicht verkneifen, dass er auf den Fotos nicht so fettige Haare gehabt habe.

»Wann hat sie Schluss gemacht? Und wieso?«, fragte Alicia.

»Weiß nicht. Einfach so. Heute. Per SMS. Schlampe.«

Sein Atem roch nach Zigaretten. Jetzt eine rauchen, dachte Alicia.

Rüdiger Brandt sprang auf. »Pass auf, wie du über meine Tochter redest!«

Alicia fuhr dem Vater über den Mund und bat Achim, zu erzählen.

»Sie war ganz cool eigentlich. Manchmal hat sie genervt, wollte, dass wir uns jeden Tag sehen. Aber sie war für jeden Spaß zu haben.«

Über den Stress in ihrer Familie hatten sie wenig geredet.

Achim wurde zusehends nervös. Alicia ungeduldig: Ehrlichkeit war hier die Devise. Nur leider offensichtlich keine Sportart, in der Achim zu Hause war. Er kämpfte mit sich, mit seinen Worten, damit, dass alle ihre Aufmerksamkeit auf ihn gerichtet hatten.

»Na ja, sie meinte mal, ihre Mutter ist … schwach und kommandiert ihren Mann immer rum …«

»Was? Das hat sie über mich gesagt?«, entfuhr es Verena Brandt.

Alicia sah ihr den Schock an, und dass sie ihre Scham kaum verbergen konnte.

»Die Oma ist ganz gut drauf. Ist lässig, findet Susanne. Aber, Mann, sie zahlt, also sagt sie an, was läuft.«

Silvia Zettel gefror zu Eis. Alicia ahnte, wie verletzt sie war.

»Und ihr Alter«, fuhr Achim fort, warf einen unsicheren Blick zu Brandt und räusperte sich. »Na ja, ein Loser halt.«

»Das sagst du mir ins Gesicht, du pickliger Möchtegern-Casanova? Wie alt bist du? Siebzehn? Und bumst ein vierzehnjähriges Mädchen?«

Alicia drohte Brandt, ihn rauszuschmeißen, sollte er sich nicht in den Griff bekommen. »Wollen Sie die Wahrheit wissen oder nicht? Wollen Sie wissen, wie es Ihrer Tochter geht und wo sie sein könnte, oder nicht?«

Achim bemühte sich, gelassen zu erscheinen. Doch dass Susanne ihn hatte sitzen lassen, berührte ihn offensichtlich um einiges mehr, als er zugab.

Brandt biss die Zähne zusammen und murmelte: »Wie kann sie sich bloß mit so einem Vollidioten einlassen?«

Alicia sah nicht mal auf und bemühte sich um einen möglichst beiläufigen Tonfall: »Wir suchen uns für gewöhnlich immer jemanden, der die besten und schlechtesten Eigenschaften unserer Eltern repräsentiert.« Dann nickte sie Achim aufmunternd zu und ignorierte Brandts hasserfülltes Schnauben. »Wusstest du, dass die Familie morgen wegziehen wollte?«

Achim schien getroffen.

»Also nicht. Vielleicht hat sie deswegen Schluss gemacht? Um nichts erklären zu müssen? Um nicht in noch größere Konflikte zu kommen?«

Er zog den Haarreif von seinem Kopf, schüttelte die Mähne und schob ihn wieder hinter die Ohren.

»Klaut Susanne?«

»Ich hab ihr gesagt, sie soll den Scheiß lassen«, antwortete er zögernd. »Aber irgendwie kickt sie das.«

»Ich glaube, Susanne hat eine unglaubliche Sehnsucht nach Verbundenheit. Nach Sicherheit und Geborgenheit. Und sie strampelt sich einen ab, um diese Leere zuzustopfen.«

Das Schweigen im Raum war fast unerträglich. Alicia meinte, Scham und Selbstvorwürfe in den Gesichtern zu lesen.

»Hat sie Angst vor Nazis?«

Achim schüttelte den Kopf. »Nee, über die hat sie sich lustig gemacht. Wieso sollte sie Angst vor Glatzen haben?«

Verena Brandt stand auf und ging zur Tür, die Hände vor dem Gesicht. Ihre Mutter wollte ihr hinterher, doch Frau Brandt schrie sie an, sie gefälligst in Ruhe zu lassen.

Als Achim ging, war von seinem Selbstbewusstsein nicht mehr viel übrig. Er hatte begriffen, dass er das Mädchen, mit dem er zusammen gewesen war, kaum gekannt hatte.

22

Werner Emser verweigerte auch in Anwesenheit seines Anwalts weiterhin jede Aussage. Er wanderte in eine Zelle, um am nächsten Morgen dem Haftrichter vorgeführt zu werden.

Während in Potsdam Streifenwagen mit einem Foto von Susanne herumfuhren, Radiosender Suchmeldungen verbreiteten und Polizisten um das Einkaufszentrum herum Passanten befragten, lief Sigi Kamms Handy heiß. Er ließ sich von allen Observationseinheiten jede Kleinigkeit schildern, die in den letzten dreißig Stunden passiert war. Nichts, was extrem auffällig gewesen wäre. Keine Glatzen, die sich unachtsam nahe an die Familie herangewagt hatten.

Am Vorabend hatten die Beamten einen schwarzen Mercedes bemerkt, der Familie Brandt gefolgt war. Sie hatten den Fahrer vor der Tür nach seinem Ausweis gefragt. Es war Mutasim Akay gewesen. Er hatte sich bei Rüdiger Brandt entschuldigen wollen, dass er ihn auf der Mahnwache so bedrängt hatte, sich dann aber entschieden, es am nächsten Tag zu tun. Schließlich war es spät, und das Mädchen schien krank zu sein.

Petra Sanders hatte den Müll rausgebracht und kurz mit Susanne auf der Straße gesprochen, bevor diese mit ihrer Großmutter weggefahren war. Was sie gesprochen hatten, war auf den Bändern des Abhörlasers nicht richtig zu verstehen, weil zeitgleich ein Räumfahrzeug vorbeigekommen war. Danach war Sanders zu Rüdiger Brandt gegangen und hatte die überfällige Miete angemahnt. Mehr nicht. Eine Viertelstunde später war sie zur Arbeit gefahren. Das Observationsteam hatte ihr Auto getrackt. Es befand sich seit Stunden am selben Ort: In der Nähe ihrer Arbeitsstelle. Dort war auch ihr Handy in den entsprechenden Funkmast eingeloggt.

Sigi erinnerte sich an seinen Besuch bei Petra Sanders auf dem

Ausflugsschiff. Es legte an der Langen Brücke ab, keine sieben Gehminuten von dem Parkhaus entfernt, aus dem Susanne von einer breiten, in einen Poncho gehüllten Gestalt entführt worden war. Das Boot fuhr nicht nur vorbei an erleuchteten Schlössern, sondern auch an unbewohnten, einsamen Inseln.

23

Verena Brandt blieb lange auf der Toilette der Mordkommission. Alicia bemerkte sehr wohl, dass das Schweigen zwischen Silvia Zettel und Rüdiger Brandt für beide unerträglich zu werden schien. Die Sorge um Susanne konnte den Hass in ihren Augen nicht mehr überdecken. Aber Alicia unternahm nichts dagegen. Reines Bauchgefühl, dass es bei den beiden auch um etwas anderes ging als um Susannes Verschwinden.

Silvia Zettel setzte sich an der Stirnseite des Raumes zu Alicia. »Er ist an allem schuld. Seit fünfzehn Jahren leidet meine Tochter unter diesem Mann. Sie ist ja schon depressiv.«

Rüdiger warf seiner Schwiegermutter einen gehässigen Blick zu.

Alicia kämpfte ihre aufkommende Antipathie gegen die resolute Dame hinunter und beschloss, Öl ins Feuer zu gießen. »Ja, Depression ist die Belohnung.«

»Belohnung?«, fragte Silvia Zettel ungläubig.

Alicia sah sie unverwandt an. »Fürs Bravsein.«

Ein abfälliger Laut, der so gar nicht zu der feinen Dame passen wollte.

Dann konnte Rüdiger Brandt sich nicht länger beherrschen. »Ja, Verena musste immer kuschen. Du hast gehört, was dieser Achim gesagt hat. Du sagst ihr, was gemacht wird und wie sie sich zu verhalten hat, weil du zahlst. Das erkennt sogar Susanne. Merkst du das selber nicht?«

Silvia Zettel bebte. »Und dich hält sie für einen Versager!«

»Wie konntest du sie nur in dieses Einkaufszentrum schleppen!«

Brandts Schwiegermutter setzte sich kerzengerade auf. »Nun tu doch nicht so, als läge dir so viel an deiner Familie. Du hast diese Nazibraut gebumst!«

Alicia fuhr hoch.

Brandt erbleichte. »Das ist völliger Schwachsinn!«

»Ich habe es mit eigenen Augen gesehen.« Das Gesicht der älteren Dame war nun voller Abscheu. »Du und dieses Weibsstück! In deinem blöden Gartenhaus. Gesuhlt habt ihr euch auf dem Boden. Widerlich.«

Auf seinem Gesicht wechselten Wut und Schrecken. Eine Tür schlug auf dem Flur. Brandts Kopf schnellte herum, dann zu seiner Schwiegermutter zurück.

Die verzog abfällig den Mundwinkel. »Nein, ich habe es Verena nicht gesagt. Ich würde meine Tochter nie so verletzen, wie du es ständig tust.«

»Sie haben eine Affäre mit Ihrer Vermieterin und sagen das nicht?«, ging Alicia dazwischen.

Brandt biss nur die Zähne aufeinander, die Augen auf einen Fleck auf dem Tisch fixiert. Alles an ihm zeigte Abwehr.

Alicia winkte ihm wild zu. »Hallo, ist jemand zu Hause? Weiß diese Frau, dass Sie in den Zeugenschutz gehen?«

»Nein!«

»Ist diese Affäre beendet?«

Er schwieg grimmig.

Alicia war fassungslos. »Ist das Ihre Art, Schluss zu machen? Sie verschwinden einfach für immer? Da ist Ihre Tochter ja erwachsener, die schreibt wenigstens eine SMS, wenn sie Schluss macht!«

»Hören Sie auf!«, brüllte Brandt. »Ich muss mich nicht dafür rechtfertigen! Meine Frau hat mich verlassen, ich habe was mit einer anderen gehabt. Punkt.«

Alicia wusste durchaus, dass sie etwas unprofessionell geworden war, aber das war ihr im Moment egal. »Herr Brandt, Sie belasten einen Neonazi wegen versuchten Mordes und gehen mit seiner Exfreundin ins Bett?«

Brandt schrie zurück. »Ja, ich hatte eine Affäre und habe nicht klar Schluss gemacht! Aber hören Sie auf, mich anzumachen, als wäre ich an allem schuld! Dass ich mich ändern will, ist mir ernst. Für meine Familie. Und Susannes Entführung hat mit Petra Sanders nichts zu tun. Nichts! Sie haben in vielem recht, was mich betrifft, das gebe ich zu, aber nicht damit.«

Silvia Zettels Stimme zitterte. »Susanne hat Angst vor ihr. Das hat sie mir selbst gesagt. Mehrfach. Sie hat Angst vor dieser Vermieterin.« Die alte Frau sah Alicia an, die Augen geweitet, panisch. »Sie hat uns gesehen, als Susanne und ich weggefahren sind.«

Verena Brandt kam mit Kommissar Hobrecker zurück in den Raum. »Was ist?«

Rüdiger und Silvia Zettel blieben einfach nur stumm sitzen.

»Was ist?«, wiederholte sie ihre Frage.

Als keine Antwort kam, mischte sich Waldemar Hobrecker ein. Die Techniker hatten eine Zuschaltüberwachung für alle Telefone der Familie eingerichtet, erklärte er. Ab sofort würden alle Telefonate automatisch aufgezeichnet. Für den Fall, dass sich der oder die Entführer meldeten.

Verena Brandt setzte sich zu Alicia und griff nach ihren Händen. »Was können wir denn noch tun? Können Sie nicht mit den Nazis reden? Oder fällt Ihnen noch etwas ein? Sie können mir alles an den Kopf werfen. Ja, ich war nicht genug für Susa da, ich war so mit mir selber beschäftigt und der Trennung und dem neuen Job. Es war ein Fehler, ich werde mir das nie verzeihen. Aber bitte helfen Sie uns!«

Alicia drückte ihre Hände. »Es geht hier nicht darum, dass Sie sich runtermachen. Fahren Sie nach Hause, falls dort ein Anruf eingeht. Ich werde Hauptkommissar Kamm anrufen. Wir melden uns sofort, wenn es etwas Neues gibt.«

Alicia stand auf. Sie musste dringend Sigi Kamm erreichen.

24

Alicia trat auf den kühlen Flur. Ihr Kopf schwirrte. Kamm ging nach dem ersten Läuten ans Telefon.

»Wo sind Sie?«, fragte sie.

»Ich fahre gerade vom Hof. Zur Vermieterin.«

»Nehmen Sie mich mit.«

»Wieso?« Er klang gehetzt.

»Ich nehme an, Sie glauben, die Frau könnte etwas mit der Entführung zu tun haben?«

Er zögerte kurz. »Ja. Wie kommen Sie darauf?«

»Erkläre ich Ihnen später. Hören Sie. Die Frau ist von diversen Männern wohl sehr beschissen behandelt worden – oder aus irgendwelchen Gründen hat sie sich so behandeln lassen. Wenn Sie weiterkommen wollen, wenn Sie wirklich wollen, dass sie redet, dann müssen Sie einfühlsam mit ihr umgehen. Mit einer Frau, die mal bei den Neonazis war. Können Sie das?«

25

Sigi Kamm und Alicia Behrens stemmten sich gegen den Wind, als sie die breite, steinerne Treppe von der Langen Brücke hinunter zu den Schiffsanlegern stiegen. Im Sommer reihten sich hier Cafés aneinander, säumten Kübel mit riesigen Palmen die Promenade, erinnerte alles an südländische Flaniermeilen am Wasser. Jetzt, um diese Jahreszeit, zu vorgerückter Stunde, durchschritten die beiden einen unwirtlichen Platz. Trübe Lichter schienen vom sozialistischen Hotelriesen herüber. Nur wenige wintertaugliche Schiffe lagen angetäut. Auf der »Petra« glomm ein einsames Licht hinter den Panoramascheiben. Im eisigen Wind schlug ein Schild an die dicke Kette, die den Zutritt zum Schiff verwehrte: »Heute keine Fahrt«. Feuchtigkeit fegte wie kleine Nadelstiche auf die Gesichter der beiden späten Gäste. Kamm stieg über die Kette und hielt Alicia seine Hand hin. Es war höllisch glatt auf dem Steg. Der Raum, in dem sich sonst gut gelaunte Ausflügler bei Kaffee, Glühwein und Butterstollen drängelten, war nur spärlich beleuchtet. In irgendeinem hinteren Teil der »Petra« brannte Licht.

»Frau Sanders?«, rief Kamm gegen den Wind. Keine Antwort.

Alicia hörte hinter sich ein Geräusch und drehte sich um. Gegen den Mond, der hinter Wolkenfetzen hervorkam, sah sie eine Gestalt in einer dicken Jacke – mit einer Eisenstange.

26

Sigi Kamm fuhr herum und machte einen erstaunlich behenden Schritt nach vorne, wobei er Alicia mit dem linken Arm zur Seite stieß, sodass sie hart gegen das Panoramafenster prallte. Mit der Rechten zog er seine Waffe.

»Polizei!«

Der Warnschuss zerfetzte mit einem ohrenbetäubenden Knall die Nacht, und die Kugel schlug sirrend ins Deck.

Die Hand mit der Eisenstange verharrte in der Luft.

»Das Ding hinlegen, schön langsam! Die Hände gegen die Wand.«

Langsam senkte sich die Stange. Eine zittrige Stimme sagte: »Au scheiße, Sie sind das.«

Als die Stange lag, sprang Kamm vor und hatte die Gestalt schneller an die Wand gedrängt, als Alicia gucken konnte. Der Hauptkommissar legte Petra Sanders Handschellen an. Sie wehrte sich nicht.

»Ich dachte, Sie sind einer von den Nazis! Ratzelkurze Haare, dunkle Jacke, Mann, um die Uhrzeit …«

Kamm drängte sie unsanft ins Innere des Schiffs.

»Entschuldigung, Sie haben mich noch gewarnt vor den Glatzen, und dann schleichen Sie hier rum …«

Alicia folgte den beiden mit einem leichten Zittern in den Knien. Als sie in den Schein der Halogenlampe vor den Schiffstoiletten traten, ließ Kamm die Vermieterin los, und Alicia blieb im Hals stecken, was sie hatte sagen wollen.

Petra Sanders' linkes Auge war angeschwollen, und unter dem Dunkelrot begann das Blau eines dicken Hämatoms heraufzuziehen. Sie sah völlig verängstigt aus.

»Wer war das?«, entfuhr es beiden zeitgleich.

Sanders senkte den Blick. Fuhr sich mit der Zunge über die Lippen.

Sigi Kamm steckte seine Waffe weg. »Susanne Brandt. Wo ist sie?«

Die Vermieterin sah ihn verwirrt an.

»Sie wurde heute Abend entführt. Hier um die Ecke. Haben Sie

Ihren Kahn heute Abend bewegt? Und lügen Sie mich nicht an, wir kriegen es eh raus.«

»Entführt?«, keuchte Petra Sanders entsetzt.

Als sie in dem großen Panoramaraum saßen, rieb Sanders sich die Handgelenke. Die Handschellen hatten rote Striemen auf der Haut hinterlassen.

»Ich weiß nichts von dem Mädchen, ich schwöre es. Ich würde einem Kind nie so etwas antun. Und schon gar nicht Susanne!«

Hauptkommissar Kamm fuhr ungerührt fort. »Wer war hier? Wer hat Sie geschlagen? Ihre alten Freunde? Haben die dann das Mädchen mitgenommen? Oder hatten sie Susanne schon dabei? Ist sie hier auf dem Schiff?«

Alicia sah Panik in Sanders' Augen, aber auch etwas Ertapptes, das verriet: Kamm hatte nicht ganz unrecht. Und er setzte nach:

»Sie haben sich heute mit ihr unterhalten. Auf der Straße. Worüber?«

Sie sah ihn verschämt an. »Ich hab ihr nur noch mal gesagt, dass ich mit den alten Leuten nichts mehr zu tun habe. Weil sie immer so abweisend ist. Und da ist ja diese Sache mit dem Abiturienten passiert ...«

»Frau Sanders.« Alicia wartete, bis die Vermieterin sie ansah. »Sie hatten eine Affäre mit Rüdiger Brandt, nicht wahr?«

Die Frau wirkte schlagartig traurig. »Es ist nicht nur eine Affäre. Er sagt, wir müssen noch etwas warten. Bis das Mädchen mich mag.«

Alicia und Kamm warfen sich einen Blick zu. Er nickte kurz und Alicia fuhr fort. »Wussten Sie, dass Rüdiger Brandt morgen mit seiner Familie wegziehen wollte? Weit weg?«

Erstaunen. Dann der Schock. »Nein. Nein, er zieht doch nicht weg. Er hat ja nicht gekündigt und auch nichts gesagt. Er lässt sich scheiden.« In dem plüschigen Raum wirkte sie plötzlich wie ein Kind.

Alicia seufzte innerlich. Es war nicht ihre Aufgabe, Petra Sanders aufzurütteln, und sie hatte sowieso den Eindruck, dass die Frau tief in ihrem Inneren wusste, dass es mit Brandt und ihr nichts werden konnte. Dass er sie nicht wirklich wollte. Die Vermieterin sprach lange nicht. Starrte nur. Dahin, dorthin. In ihrem Schiff herum, ihrem ganzen Stolz. Jetzt sah sie nicht stolz aus.

»Er ist der Einzige, der mich nicht verurteilt. Er weiß alles über mich. Dass ich mal eine … dumme Zeit hatte. Er ist der Einzige, der mich trotzdem mag.« Ihre Augen füllten sich mit Tränen. »Wieso sollte er das tun? Einfach gehen? Ich habe ihn nie unter Druck gesetzt.«

Nicht unter Druck gesetzt war allem Anschein nach der falsche Ausdruck, dachte Alicia. Petra Sanders hatte sich wahrscheinlich einfach nicht getraut, ihn vor eine Entscheidung zu stellen, um ihn nicht zu verlieren.

Sigi Kamm schien wenig beeindruckt von Sanders' Tränen. »Wie lange waren Sie mit Werner Emser zusammen?«

»Ein halbes Jahr.«

»Warum ist es zu Ende gegangen?«

Da kam das scheue Tier in Sanders zum Vorschein, verschämt, unsicher, ängstlich.

Alicia lächelte Kamm an. »Ob Sie uns wohl einen Moment allein lassen könnten?«

»Was?« Dann schien Sigi Kamm zu begreifen. Ein Gespräch von Frau zu Frau. »Gut. Ich durchsuche das Schiff nach Susanne Brandt. Was dagegen?«

Petra Sanders schüttelte den Kopf. Auch als der Hauptkommissar verschwunden war, brauchte die Frau noch viel Zuspruch und wollte ein Versprechen, dass nichts davon in irgendeine Akte käme.

»Wenn Sie mir jetzt ein Verbrechen gestehen, dann wissen Sie, dass ich das nicht verschweigen kann. Aber uns ist nicht daran gelegen, Sie in Schwierigkeiten zu bringen«, entgegnete Alicia.

Petra Sanders sprach leise und voller Scham. Wie die meisten Frauen, die Alicia erstmals von ihren missbräuchlichen Beziehungen hatte erzählen hören.

Am Anfang war es schön gewesen mit Emser. Er hatte ihr ehrlich von seiner Vergangenheit erzählt und dass er sich jetzt in einer Partei für Gerechtigkeit engagiere. Das hatte ihr imponiert. Ab und zu war der große Sponsor da gewesen, und dann hatten sie alle darüber geredet, wie schlimm es in den Libanesenclans zuging und wie schlecht diese Leute Frauen behandelten. Bei ihnen war es um Werte gegangen, um Gemeinschaft und Zusammenhalt, um ehrliche Arbeit und Engagement. Es waren wunderbare Abende gewesen.

Doch nach einigen netten Monaten mit dem zupackenden Emser hatten seine ausländerfeindlichen Tendenzen ein schlimmes Ausmaß angenommen. Aus Politik seien Hetzreden geworden. Anfangs fand Sanders es gut, aber das änderte sich schnell. Sie dachte, dass ihr Freund nur eine schlechte Woche hätte. Einen schlechten Monat. Aber auch die bislang heiteren Abende mit Emsers Freunden änderten sich. Nichts war mehr lustig. »Türken klatschen« war jetzt die Parole.

Und eines Tages hatte Emser bei seinen Kumpels damit angegeben, dass er jemandem das Gesicht gebrochen hatte. Einem Russen. Petra Sanders war danach wie gelähmt gewesen. »Ich konnte nicht mehr mit ihm … Sie wissen schon.«

Alicia nickte.

»Ich war so geschockt. Deshalb wurde er eklig, gemein zu mir. Und hat mich verlassen.«

»Haben Sie Angst vor ihm?«

Ihre Worte kamen leise. »Er hat mich freigegeben, seinen Kumpels gesagt, wer über mich drüber will, darf, ich … sei eingeritten. Und als er den Russen fast getötet hat, sei sein Ding härter gewesen als bei mir …«

Alicia ließ Petra Sanders noch einen Moment Zeit, bevor sie Hauptkommissar Kamm zurückholte.

Er übernahm sofort wieder die Befragung. »Kann es sein, dass Ihr Exfreund Susanne hat entführen lassen? Damit Rüdiger Brandt seine Aussage zurückzieht?«

»Ich weiß es nicht. Ich würde es ihm zutrauen. Er wollte nie Kinder. Er fand sie lästig.«

»Noch mal: Wer war das mit Ihrem Auge? Er? Seine Freunde?«

Sanders sah ängstlich auf. »Mehr sage ich nicht. Wenn Emser meint, ich sei für jeden Glatzenschwanz freigegeben, dann meint er das genau so … sie werden alle kommen, nacheinander. Es darf in keine Akte, das haben Sie versprochen!«

Alicia nickte.

»Ich schwöre, ich habe Rüdiger nicht verraten. Er ist der Einzige, der zu mir steht!«

Als Alicia und Sigi Kamm das Schiff verließen, sah sie sich noch mal um. Wie einsam Petra Sanders zwischen den vielen leeren Stühlen wirkte.

27

War das Ticken der Standuhr schon immer so laut gewesen?

Tick. Tack. Tick. Tack.

Verena saß auf Susas Bett. Sie hatte kein Licht eingeschaltet. Die Decke ihrer Tochter bis zum Hals hochgezogen, drückte sie den alten, flauschigen Kuschelhasen an sich. Das letzte Überbleibsel einer verblassenden Kindheit. Der Hase roch nach ihrer Tochter, und das brachte sie erneut zum Weinen.

Und da war es. Ein Geräusch. An der Haustür.

Verena sprang auf, verfing sich in der Decke und wäre um ein Haar der Länge nach hingeschlagen.

»Susa?« Sie stürmte den Flur entlang und riss die Haustür auf.

Vor ihr nur der dunkle Flur.

Keine Susa.

Nichts.

Verena blieb noch minutenlang stehen, wagte nicht zu atmen, horchte, ob das Geräusch wiederkam, ob es vielleicht von der Eingangstür im Erdgeschoss gekommen war. Sie spürte die Kälte in ihren Füßen nicht. Auch nicht den Krampf in ihrer Hand, während sie den weißen Hasen an sich gepresst hielt.

28

Mutasim Akay spürte einen Schmerz im Nacken. Es war hart, wo er lag. Sein Kopf dröhnte. Das Mädchen. Susanne. Hatte sie ihm diese Schmerzen zugefügt? Wo waren sie?

Er fuhr hoch. Die Muskeln seines Nackens schrien auf. Dämmerlicht. Lämpchen. Geräusche.

Er lauschte dem regelmäßigen Piepen, dem schabenden Geräusch des Beatmungsgeräts.

Dann kam die Orientierung zurück. Er war eingeschlafen, halb auf einem Stuhl sitzend, halb auf dem Bett seines Sohnes liegend.

Es zuckte in seiner Rechten. Er hielt Noyans Hand immer noch fest, hatte sie auch im Schlaf nicht losgelassen. Mutasim machte das Licht an.

Unter den Augenlidern seines Sohnes zuckte es.

»Noyan?«

Nichts. Nur das Schaben des Beatmungsgeräts und das mechanische Piepen der Maschinen.

MONTAG

1

Werner Emser begann am nächsten Morgen um acht Uhr zu reden. Genauer gesagt war es sein kahlköpfiger Anwalt, der sprach, als Sigi Kamm sich in den Besuchsraum der Justizvollzugsanstalt setzte.

»Herr Emser bestreitet die Vorwürfe, die Sie ihm zu dem Vorfall vor eineinhalb Jahren machen. Er hat Mischa Semjonow nicht ins Gesicht getreten. Herr Emser gibt zu, in jener Nacht sehr betrunken gewesen zu sein. Er hat den jungen Mann für einen ebenfalls Betrunkenen gehalten und wollte einen dummen Scherz machen – einen sehr dummen, wie wir zugeben – und hat auf ihn uriniert.«

Sigi sah Emser ungerührt an. »Er hat einen mit Blut überströmten Menschen für einen Betrunkenen gehalten? Das glaubt doch kein Richter.«

»Sagen wir, wie es ist«, fuhr der Anwalt fort. »Mehr können Sie nicht beweisen. Herr Emser sieht ein, dass er etwas gutzumachen hat, und erklärt sich bereit, Sie im Fall des verschwundenen Mädchens zu unterstützen. Er kennt viele Leute. Er wird sich umhören.«

Sigi verzog keine Miene. »Ich mache keine Deals mit Neonazis.«

Emser lehnte sich nach vorne und stützte die Ellenbogen auf den Tisch. »Sagen Sie das dem Mädchen.«

Der Anwalt zog seinen Mandanten zurück auf den Stuhl. »Herr Kamm, Sie wissen, dass das, was Sie haben, nicht reicht, um Herrn Emser wegen mehr schuldig zu sprechen als wegen unterlassener Hilfeleistung und groben Unfugs. Ich werde den Leiter der Mordkommission ebenfalls über unser Angebot informieren. Dann sehen wir weiter.«

Die Meinung des Leiters der Mordkommission fiel eindeutig aus. »Kamm, im Zweifelsfall werden Sie das tun. Wir werden nichts unversucht lassen, das Mädchen zu finden!«

Sigi stand nach dem Gespräch am Fenster seines Büros und dachte an Mexiko. Gerade schien ihm Konrads Jobangebot ungemein verlockend. Da müsste er wenigstens nicht mit einem Nazi verhandeln, der abartig dachte, abartig agierte, abartig war.

2

Alicia betrat die Teresa. Jemand hatte Licht gemacht in dem weitläufigen Aufenthaltsraum. Draußen hingen die Wolken zum Platzen angeschwollen über dem Tal. Es war trüb und dunkel, sodass man nicht mal bis zum See sehen konnte. Bald würde es wieder schneien.

Alicia setzte sich zu den zehn Patienten ihrer Gruppe, die schweigend auf den abgewetzten Ledersofas warteten. Sie fühlte sich wie gerädert. Sie hatte ihr Handy in der Nacht angelassen, falls es etwas Neues von Susanne Brandt oder Noyan gab. Es hatte kein einziges Mal geklingelt, und dennoch war sie ständig aus dem Schlaf hochgeschreckt.

»Wer will heute arbeiten?«

Niemand meldete sich. Für gewöhnlich gab es mindestens zwei, drei, die immer Sorge hatten, bei allem zu kurz zu kommen, und sich in allen Belangen des Lebens und der Klinik vordrängelten. Nicht so heute.

»Was ist los?« Alicia fixierte Manfred, seit seinem Entzug fünf Wochen trocken und ein engagierter Patient. Er war in seinem Leben vor Wannseehof ein grandioses Arschloch gewesen. Sooft er sich vorgenommen hatte, nicht mehr zu trinken oder zumindest weniger, so oft war er gescheitert. Mittlerweile war er auf dem besten Weg, zu verstehen, welchen Groll auf die Welt er mit sich herumschleppte. Wie enorm sein Stolz und sein Ego waren. Und wohin ihn seine Krankheit geführt hatte. An dem Punkt hatte Manfred den Mund geschlossen und die Ohren geöffnet.

Nun rang er mit sich. »Wir fragen uns alle …«

»Sprichst du bitte nur von dir? Die anderen können alle für sich selbst sprechen.«

»Was ist mit dem Mädchen?«, quetschte er heraus.

Alicia lehnte sich zurück, sah ihn an und schwieg. Manfred geriet ins Stottern.

»Es steht in der Zeitung. Du arbeitest nebenbei für die Polizei. Der Junge liegt im Koma. Jetzt war schon zweimal eine Vertretung für dich in der Gruppe wegen dieser Kriseninterventionsgeschichte. Und dann verschwindet das Mädchen. Was ist mit ihr?«

»Manfred. Du bist Alkoholiker?«

»Ja.«

»Seit wann trocken?«

»Fünf Wochen.«

»Und was hat der Fall da draußen mit deiner Genesung zu tun?«

Er zwirbelte an einem Wollfaden, der sich aus seinem Pullover gelöst hatte.

Silke, Alicias Burn-out-Patientin, mischte sich ein. »Aber du bist doch unsere Therapeutin.«

»Vertraust du mir nicht mehr, nur weil ich für ein paar Tage andere Leute unterstütze?«

»Nein, aber …«

»Machst du dir Sorgen, dass ich nicht genug Aufmerksamkeit für dich übrig habe?«

»Ja«, sprang Helga, die schon fast ihr ganzes Leben lang mit ihrer Bulimie kämpfte, Silke bei. »Wie willst du genug Zeit für uns alle haben?«

»Dass das von dir kommt, war klar. Was du kriegst, nimmst du doch eh nicht an, sondern kotzt es direkt wieder aus.«

Helga drehte gekränkt den Kopf zum Fenster.

»Wer ist verantwortlich für deine Genesung?«

»Ich«, maulte sie.

Betretenes Schweigen.

Alicia war sauer. »Welche Vereinbarungen seid ihr alle am Anfang eurer Therapie eingegangen?«

Niemand musste es aussprechen: Kein Alkohol, keine Kippen, kein Radio, keine Zeitungen, keine Liebschaften.

»Und warum?«, fuhr sie unerbittlich fort.

Auch das musste niemand aussprechen. Alle wussten es: damit sie sich auf sich selbst konzentrierten und sich nicht wegmachten.

»Wo kommt also die Zeitung her, die ihr offensichtlich alle so genau studiert habt?«

Ronald, schwere Depressionen, meldete sich stumm.

»Die ganze Gruppe: ab sofort Klausur. Jeder bleibt zwei Tage auf seinem Zimmer. Das Essen wird euch hochgebracht. In achtundvierzig Stunden will ich von jedem eine Inventur lesen. Zwei Seiten oder zwanzig, ist mir egal. Aber ich will eine ehrliche Bestandsaufnahme zu der Frage: Welche Tätigkeiten, Süchte und Menschen benutze ich, um mich davor zu drücken, mich mit meinen Problemen und meinen Anteilen an diesen Problemen auseinanderzusetzen?«

Betroffenheit auf den Gesichtern ringsherum. Im Widerstand waren die meisten gut, auch im Widersprechen. Aber jetzt sahen sie alle kleinlaut auf ihre Knie.

»Los, rauf. Und wen ich noch einmal dabei erwische, dass er gegen die Vereinbarungen handelt, der fliegt. Ich brauche die Plätze für Leute, die wirklich etwas ändern wollen.«

Ihre Patienten schlichen hinaus. Alicia sah grimmig aus dem Fenster. Sie könnte jetzt ebenso eine Inventur über ihren eigenen Groll schreiben, dachte sie. Der machte sie nämlich gerade nicht zu einer besseren Therapeutin. Dass Patienten gegen die Vereinbarungen verstießen, weil sie nicht begriffen, dass diese einen Schutzraum darstellten, eine mehr als hilfreiche Käseglocke, das kam ständig vor. Aber dass dieser Bruch mit ihr selbst zu tun hatte, darüber war sie sauer.

Normalerweise ließ sie ihr Handy im Büro. Aber nicht heute. Damit hatte es schon angefangen. Sie schleppte ihr Telefon mit sich herum. War das gut für sie und ihre Patienten?

Das Display verhieß nichts Gutes. Es zeigte nur die Uhrzeit an. Keine Nachricht. Nichts Neues von Noyan. Nichts Neues von dem Mädchen.

3

»Seit gestern Abend um sechs Uhr wird die vierzehnjährige Susanne Brandt vermisst. Das Mädchen wurde zuletzt in der Parkgarage der Einkaufspassagen am Hauptbahnhof gesehen. Sie ist ein Meter fünfundsechzig groß, hat lange blonde Haare und ist sehr dünn. Sie trägt eine dicke schwarze Winterjacke und blaue Jeans. Sie geht auf die gleiche Schule wie Noyan Akay, der vor einigen Tagen mutmaßlich von einem Neonazi ins Koma geprügelt wurde. Die Polizei wollte sich über einen möglichen Zusammenhang nicht äußern …«

Verena schaltete das Radio aus. Müde Morgensonne fiel durch das Küchenfenster und zeichnete ein Rechteck auf den einsamen Küchentisch. Verena trug immer noch dieselben Sachen wie am Vortag. Trotz des Kaffees hatte sie einen ekelhaften Geschmack im Mund.

Sie wartete darauf, dass endlich wieder das Telefon klingelte, und zugleich hatte sie Angst davor. Die Anrufe, die sie heute entgegengenommen hatte, waren von Eltern von Susannes ehemaligen Freundinnen gewesen. Was, wenn sie abnahm und eine Stimme sagte: »Wir haben eine schlechte Nachricht …« Wenn Hauptkommissar Kamm sich meldete und eine lange Pause einlegte, nachdem er seinen Namen gesagt hatte? Eine Pause, die alles Folgende vorwegnehmen sollte? Was, wenn Dr. Behrens anrief, um zu sagen, dass sie nun alle eine schwere Zeit vor sich hätten?

Doch seit einer Stunde schwieg das Telefon.

Immer nur Tick. Tack. Tick. Tack. Susas Sekunden, die dahinrannen.

Ein Schrillen ließ Verena zusammenfahren. Kaffee schwappte aus ihrer Tasse auf den Tisch. Es war die Türklingel.

Verena stürzte in den Flur und riss die Tür auf. Eine irrationale Stimme in ihrem Kopf sagte ihr, dass es Susa war, die klingelte, weil ihr Schlüssel ja im Rucksack lag. Verena starrte in das Gesicht im Treppenhaus. Sie erkannte ihre Tochter darin.

Und vor Enttäuschung brach sie in Tränen aus.

Rüdiger.

Sie hatte darauf bestanden, dass er im Gartenhaus übernachtete, falls Susa dort auftauchte. Er sah ähnlich übernächtigt aus wie sie. Aber er wirkte entschlossen, stürmte in die Wohnung und zog sie mit sich.

»Hier.« Er reichte ihr ein orangefarbenes Blatt in der Größe von Susas Vokabelheften für den Spanischunterricht. »Ich lasse es tausendmal kopieren.«

Von dem Blatt lächelte ihr Susanne entgegen. Eine Suchanzeige.

»Wir verteilen sie den ganzen Tag rund um die Parkgarage. Ein paar Kumpels vom Sport helfen uns. Wir gehen zum Fernsehen, machen einen Aufruf als Eltern. Vielleicht sieht sie uns oder wir erreichen jemanden, der sie gesehen hat.«

Verena sah auf das Blatt. »Zwanzigtausend Euro Belohnung?«

»Ja.«

»Woher sollen wir das Geld denn nehmen?«

»Zieh dich an, wir fahren zu deiner Mutter.«

»Ich will sie nicht sehen. Ich will hier bleiben, falls Susa kommt.«

»Deine Mutter muss uns helfen!« Rüdiger packte sie am Arm. So bestimmend hatte sie ihn noch nie erlebt. Nicht in all den fünfzehn Jahren. »Wir finden sie! Los, anziehen!«

Sie ließ sich widerstandslos von ihm in den Arm nehmen.

»Verena, wir werden alles für unser Kind tun!«

Die Sonne erhob sich über der weißen Stadt in einen klaren Himmel. Es versprach, ein prachtvoller Wintertag zu werden.

Nur noch acht Tage bis Weihnachten.

4

Es war noch eine halbe Stunde Zeit bis zu dem Termin, den Werner Emser aus der U-Haft eingefädelt hatte. Sigi hasste den Gedanken an einen Deal jetzt noch mehr als heute früh.

Er würde Hobrecker vor Ort treffen, und so fuhr er langsam durch die breiten Alleen in Babelsberg. Hier waren ansehnliche Stadtvillen von gepflegten Vorgärten gesäumt.

Sigi parkte und sah durch eine winterdürre Hecke in einen weißen Vorgarten mit zwei lustig aussehenden Schneemännern. Hinter einer Terrassentür verabschiedete sich eine Familie. Die Frau war groß, dünn und immer noch unglaublich hübsch. Das achtjährige Mädchen setzte sich seine Mütze auf. Dann kam der Vater mit dem Kleinkind dazu.

Sigi sah, wie Iris Radauer ihren Mann, den Filmfuzzi, küsste.

Welch Idyll.

Er ließ den Motor an, warf einen letzten Blick auf die Familie. Alles wie aus der Werbung. Vielleicht war es an der Zeit loszulassen. Er war nicht der Mann in diesem Haus, und er war auch nicht der Mann für diese Art von Leben.

Das Lachen der Frau war bezaubernd. Immer noch.

Das dadrinnen hätte ein Teil seines Lebens sein können.

Sigi sah auf die Uhr. Es wurde Zeit für die Nazis.

5

Der Campingplatz lag eine Dreiviertelstunde außerhalb der Stadt. Wo der Schnee nicht bis unter die hohen, dicht stehenden Bäumen gefallen war, sah man die sandige Erde der Gegend. Das Wasser der Havel schwappte glucksend ans Ufer. Ein Steg reichte weit hinaus und lud dazu ein, sich hinzusetzen und Stunden verstreichen zu lassen. Der Blick über die Seenlandschaft war beeindruckend. Kam die Sonne heraus, musste man mit einer Hand die Augen beim Staunen beschatten, um nicht vom Glitzern des Wassers geblendet zu werden.

Auch im Winter war hier ein Drittel der Stellplätze belegt. Der Campingplatz »Germania« war das ganze Jahr über geöffnet.

Im Wind blähten sich zwei große Deutschlandfahnen, als Sigi auf das Gelände rollte. Hobrecker wartete neben Thomas Schmidts breitem Motorrad.

Der feiste Besitzer erwartete sie schon in seinem überhitzten Büro. Nichts hier deutete auf seine Gesinnung hin, und die meisten Urlauber würden nicht auf die Idee kommen, dass sie ihre Stellplatzmiete an jemanden zahlten, der seine Gäste in Rassen und Klassen einteilte, um zu befinden, ob sie dieses Platzes würdig waren.

Thomas Schmidt war immer noch so unhöflich wie vor ein paar Tagen, als sie ihn im Fabrikloft von Werner Emser angetroffen hatten. Und er hatte das gleiche, provokante Grinsen im Gesicht wie auf dem Gutshof von Alicia Behrens.

»So sieht man sich wieder«, sagte Schmidt, und Sigi hatte den Eindruck, dass er sich jedes einzelne Wort auf der Zunge zergehen ließ. »Wir helfen unseren Freunden von der Polizei doch gerne.«

Sigi hätte ihn nur zu gerne an seinem Specknacken gepackt und den ganzen Weg bis zu seinem Nazikumpel Emser in die Untersuchungszelle geschleift.

»Was haben Sie uns zu sagen?«, fragte er stattdessen.

Emsers Anwalt hatte Schmidt offensichtlich bestens instruiert. Er kam sofort zur Sache. »Ich hab gestern mit 'nem Freund die Sanders besucht. Auf ihrem Schiff. Bissl gequatscht. Stollen gegessen.«

»Und haben ihr dabei ins Gesicht geschlagen.«

»Wir schlagen keine anständigen Frauen. Sie ist ausgerutscht. Auf so 'nem Schiff ist es im Winter höllisch glatt. Als wir zurück sind, so gegen Viertel nach sechs, haben wir das Mädchen gesehen. Wir hatten auf dem großen Parkplatz geparkt. Zwischen Hauptbahnhof und Freundschaftsinsel. Bei der Langen Brücke. Das Mädchen ist in ein Auto gestiegen.«

»Wer war dabei?«

»Hab ich nicht gesehen. Der Typ hatte einen Umhang an, glaube ich. Vielleicht war es auch eine dicke Frau. Vielleicht so 'ne Muslima, diese Islamistenweiber laufen doch alle vermummt rum.«

»Nur Fakten. Kein rassistisches Gedankengut.«

Thomas Schmidt lehnte sich zurück. Der Stuhl quietschte bedenklich. »Wollen Sie was über das Mädchen wissen oder nicht?«

»Wie sah sie aus?«

»Als hätte sie Durchfall. Hat mich angeglotzt, mit so großen Augen. Hatte Angst.«

»Wussten Sie, wer sie ist?«

Schmidt zündete sich eine Zigarette an, und die Luft in dem überhitzten Raum wurde noch schlechter. »Nein. Wieso sollte ich sie kennen?«

»Sie hatte Angst. Warum haben Sie nichts gemacht?«

»Mann, sie hatte so einen blöden bunten Anstecker an der Jacke. Ist doch klar, dass sie gemerkt hat: Politisch stehen wir in einem anderen Lager. Konnte ich doch nicht wissen, dass der Typ sie entführt. Sie hat nicht geschrien oder so. Hat mich nur angeglotzt. Ich dachte, sie ist behindert oder so.«

»Der Mann im Umhang – hat er sie gezwungen, hat sie sich gewehrt?«

»Nee, er hat sie hinten reingesetzt. Geschoben eher. Wir sind ja nur vorbeigegangen.«

»Was war das für ein Auto?«

»Mercedes. Schwarz.«

Sigi fixierte ihn. »Sicher?«

»Absolut. Schönes deutsches Auto.«

Sigi stand auf. »Danke, Sie haben uns sehr geholfen.« Dann nickte er Hobrecker zu, der seine Waffe zog und auf Thomas Schmidt richtete.

Der schnaufte. »Mann, was soll der Mist? Ich hab die Wahrheit gesagt.«

»Das weiß ich«, grinste Sigi. »Emsers Anwalt hat uns am Telefon darüber informiert, wann Sie das Mädchen wo gesehen haben. Also habe ich Ihre Angaben vor unserem Treffen überprüfen lassen – um sicherzugehen, dass Sie uns keinen Blödsinn erzählen. Ja, Sie waren an der Langen Brücke, sogar auf dem Schiff von Frau Sanders. Eine ganze Reisegruppe hat gestern Nachmittag bei ihr eine Stollenfahrt gemacht. Da hatte Frau Sanders noch kein blaues Auge. Und als die Gruppe das Schiff verließ, haben mehrere Leute

Sie auf das Boot gehen sehen. Zwei Kollegen besuchen gerade Ihren Freund Sven Schultzke. Ich verhafte Sie wegen Nötigung und Körperverletzung.«

Thomas Schmidt blieb gelassen. »Nach uns kamen noch andere Typen. So ein Abend ist lang.«

»Und so ein blaues Auge hat eine gewisse Entwicklungszeit. Der Zeitraum passt ganz gut. Auf jeden Fall reicht es erst mal, um Sie mitzunehmen.«

Schmidt keuchte. »Wenn Sie das machen, ziehe ich meine Aussage über das Mädchen und den Mercedes zurück!«

Sigi sah ihn ungerührt an und zückte die Handschellen. »Dann belange ich Sie wegen Falschaussage und Behinderung der polizeilichen Ermittlungen.«

Der Fettwanst ächzte genauso wie der Stuhl, von dem Sigi ihn hochriss.

6

Sigi Kamm raste zurück in die Stadt. Den Auftrag, alle schwarzen Mercedes der Gegend zu überprüfen, hatte er noch vom Campingplatz aus durchgegeben.

Doch er hatte schon einen entsetzlichen Verdacht, wo er den Wagen finden würde.

Und erneut kam es ihm vor, als hätte jemand seinen Fall in den Schredder gesteckt.

7

Alicia saß auf dem abgewetzten Ledersofa in der Teresa. Hatte sie zu heftig reagiert, als sie ihre ganze Gruppe in Klausur geschickt hatte? Sie erinnerte sich daran, wie es war, als sie Noyan dazu verdonnert hatte. Er hatte seitenweise zu der gleichen Aufgabenstellung geschrieben.

Nach achtundvierzig Stunden war er bereit gewesen, seinen Vater zu einem Familientreffen einzuladen und Wiedergutmachung zu leisten, völlig unabhängig davon, ob Mutasim das auch tat. Der einzige Weg, um gesund zu werden.

So hatte Alicia Mutasim Akay kennengelernt, einen Mann, der sich nur noch durch den Schmerz aufrecht hielt, der in ihm über all die Jahre verhärtet war. Noyan und sein Vater hatten sich damals zum ersten Mal seit Jahren wieder umarmt.

Alicia griff erneut zu ihrem Handy. Sie hatte heute schon mehrfach versucht, Herrn Akay anzurufen, aber nur seine Mailbox erreicht. Auch wenn er auf der Intensivstation recht abgeschottet war, so war es nur eine Frage der Zeit, bis er erfuhr, dass Susanne Brandt entführt worden war. Dann musste er nur eins und eins zusammenzählen, um zu wissen, was das bedeutete: keine Aussage gegen den Neonazi.

Und spätestens dann würde er dringend jemanden zum Reden brauchen.

8

»Wo ist Mutasim Akay?« Sigi Kamms ungehaltene Stimme zerriss die achtsame Ruhe auf der Intensivstation.

David Merz sah ihn erschrocken an. »Beten … ich soll ihm helfen. Drei, vier Stunden am Tag bei Noyan sein. Herr Akay sagt, im Islam darf man Sterbende nicht alleine lassen …«

»Du warst gestern auch hier, sagen die Kollegen. Von ungefähr fünf bis um neun.«

David Merz schien hochnervös. »Ja?«

»Wo war Herr Akay in der Zeit?«

David zuckte mit den Schultern. »Beten halt …«

»Er war vier Stunden lang beten?«

Davids Stimme klang belegt. »Es sieht schlecht aus mit Noyan, die Ärzte …«

Sigi unterbrach ihn. »Hast du ihm gesagt, dass ich mit einem Foto von Rüdiger Brandt bei dir war? Hast du wieder gequatscht?«

David wich vorsorglich einen Schritt zurück. »Mann, er hat mich voll unter Druck gesetzt. Ich kann ihn nicht anlügen!«

»Hast du ihm etwa irgendwas in die Richtung erzählt, dass wir den Zeugen unter Verdacht haben?«

»Mann, das hat er von sich aus gesagt! Ich hab mir einen Bart gequatscht, dass das nur Routine war – so haben Sie es doch ausgedrückt!«

»Was hat Herr Akay vor?«

»Wie, was hat er vor? Ich habe keinen Plan! Er redet fast nicht. Fragen Sie diese Therapeutin, mit der spricht er.«

Sigi stierte ihn an. »Weißt du eigentlich, was du da angerichtet hast?«

9

Sigi lief die Treppen hinunter und durchquerte die breiten Krankenhausflure. Er steuerte den hinteren Flügel des Erdgeschosses an. Vereinzelte leere Betten standen im Gang. Alles schien verlassen. Ein Getränkeautomat summte leise.

Er betrat den muslimischen Betraum, wie er jede Kirche betreten hätte: Er riss die Tür auf und ging mit großen Schritten hinein. Im Regal neben der Tür stand ein einsames Paar Schuhe. Der Raum war kahl. Schmucklos. Nur an einer Seite befand sich eine Tafel mit Inschriften.

Mutasim Akay saß auf den Fersen, den Kopf gesenkt, die Hände im Schoß. Sein Hals stak breit aus einem wollenen Strickpullover. Auf dem Boden neben ihm lag ein Mantel.

Sigi blieb hinter ihm stehen. »Wo ist Ihr Auto?«

Mutasim Akay rührte sich nicht. »Sie müssen das Messer untersuchen. Sie hatten mich danach gefragt, in der ersten Nacht im Krankenhaus, wissen Sie noch? Ich hatte ganz vergessen, dass Noyan eines hat. Gestern habe ich es wiedererkannt. Er hat es zu seinem zehnten Geburtstag geschenkt bekommen. Von seinem Großvater in Istanbul. Er kann gut damit umgehen. Er hat immer damit geübt, Schnitzen, Werfen … Niemand hätte es ihm aus der

Hand genommen. Er hat geschworen, er wird nie jemanden mit diesem Messer angreifen. Und es war unsere feste Abmachung, immer: Er wird es nur benutzen, um sich damit zu verteidigen! Mein Sohn hat sich in dieser Nacht verteidigt – und den Täter dabei verletzt!«

»Das ist doch kein Beweis! Rüdiger Brandt sagt, das Messer lag auf dem Boden, und der Täter hat es aufgehoben.«

»Der Nazi hätte es nicht geschafft, Noyan das Messer wegzunehmen, ohne selbst verletzt zu werden!«

»Das sind doch alles nur Mutmaßungen«, sagte Sigi. Unwirsch fuhr er fort: »Und wieso kommen Sie damit nicht zu mir?«

»Ich habe es Ihrem Chef gesagt. Er hat nichts gemacht. Und Sie rufen mich nie an. Sagen mir nichts. Jetzt wissen Sie es.«

»Wo ist Ihr Wagen?« Sigi zerrte an Akays Arm. »Stehen Sie auf, sehen Sie mich an!«

»Ich bete.«

»Jetzt nicht mehr!«

»Dies ist ein Ort der Besinnung.«

»Hören Sie mit dem religiösen Gefasel auf. Ihr Auto!«

»Was wollen Sie damit?«

»Wo – ist – es!«

»Ich habe es verliehen.«

»Ich nehme Sie vorläufig fest. Sie können sich einen Anwalt nehmen, die nächsten vierundzwanzig Stunden werden Sie auf jeden Fall bei uns verbringen. Also sagen Sie diesem David Merz lieber gleich, er soll sich nichts vornehmen in der Zeit.«

Nun kam Leben in den Mann. »Nein. Ich werde bei meinem Sohn bleiben. Ich verlasse das Krankenhaus unter keinen Umständen!«

»Dann reden Sie! Wer hatte Ihren Wagen?«

Seine Augen waren tiefschwarz. »Jemand aus der Gemeinde. Gestern Abend. Ich habe es ihm um sechs in die Gartenstadt Süd gebracht. Er musste etwas transportieren.«

Sigi zückte das Handy und schickte sofort Einsatzkräfte los. Dass Akay ihn inständig bat, das Handy im Betraum nicht zu benutzen, war ihm scheißegal.

»Waren Sie gestern im Einkaufszentrum am Hauptbahnhof?«

Mutasim Akays Augen flatterten einen Moment. »Ich war hier. Die ganze Zeit.«

»Zeugen?«

»Menschen beten nicht mehr viel heutzutage. Ich war alleine.«

»Sie saßen stundenlang hier allein?«

Mutasim Akay fuhr sich über das müde Gesicht. In den Augen des türkischen Vaters lag keine Hoffnung mehr. »Mein Sohn wird sterben, Herr Kommissar. Da können Sie mir nicht helfen und Dr. Behrens kann es auch nicht. Ich habe getan, was ich tun kann. Alles Weitere muss ich meinem Gott überlassen. Und jetzt möchte ich weiter beten.«

Sigi griff nach Akays Mantel. »Der ist nass. Woher? Hat es hier drinnen geschneit?«

Noyans Vater sah auf seinen Mantel hinunter. »Dr. Behrens hat gesagt, ich soll zwischendurch das Krankenhaus verlassen. Wenigstens fünf Minuten auf und ab gehen. Draußen. Um in der Welt zu bleiben. Das habe ich gemacht.«

Sigi packte ihn und zog ihn zur Tür.

»Sie hindern mich an meiner Religionsausübung.«

»Und Sie hindern mich bei den Ermittlungen.« Er drückte Mutasim Akay die Schuhe aus dem Regal in die Hand und schob ihn auf den Flur. »Die Tochter von Rüdiger Brandt ist entführt worden. Haben Sie etwas damit zu tun?«

Akay sah den Hauptkommissar lange an. Der Ausdruck in seinen Augen veränderte sich nicht. Keine Überraschung, kein Erschrecken, kein Mitgefühl. »Das arme Mädchen. Sie machte einen sehr netten Eindruck.«

10

Es roch nach Papier und Kleber. Das monotone Surren des Industriekopierers, wenn er im Sekundentakt Blätter einzog und auswarf, wirkte einschläfernd. Verena stand in dem engen Copyshop mit den acht Geräten, die Hände auf der Maschine, und spürte das

Vibrieren in dem hellgrauen Monstrum. Zwei Geräte weiter kopierte ihre Mutter die nächsten fünfhundert Handzettel. Verena starrte aus dem Ladenfenster, durch ihr Spiegelbild hindurch, das ihr trotz aller Unschärfe verriet, dass sie so elend aussah, wie sie sich fühlte.

Rüdiger trat neben sie und packte die fertigen Handzettel in einen Karton. Er war großartig gewesen in den letzten Stunden. Er hatte ihre Mutter überzeugt, die Belohnung auszusetzen. Und auch, als er sich eine Menge Beleidigungen hatte anhören müssen, war er ruhig geblieben.

Sie drückte seinen Arm. »Ich rufe alle Leute an, die mir einfallen. Deine Leute vom Sport hast du ja schon gefragt, ob sie mit Zettel verteilen, oder was ist mit deiner Vermieterin? Die kann doch auch mithelfen.«

Verena dachte einen Moment, dass er zusammengezuckt war. Er hatte ganz kurz zu ihrer Mutter hinübergesehen. Verena drehte sich zu Silvia um. Auch sie sah seltsam erschrocken aus.

»Was ist los?«

Rüdiger suchte nach Worten.

»Was ist mit ihr? Ich dachte, ihr versteht euch so gut?«

Da schaltete sich ihre Mutter ein. »Sie war bei den Neonazis. Glaubst du wirklich, es ist eine gute Idee, sie zu involvieren?«

Verena schrie. Einfach weil ihr inzwischen die Kraft fehlte, Dinge in Ruhe zu besprechen und sich Gegenargumente anzuhören. »Es ist mir scheißegal! Ich will mein Kind wieder! Ich will Hilfe! Ich kann es mir nicht leisten, dass uns die Fresse von dem Pfannkuchen nicht passt!«

Rüdiger nahm sie in den Arm. »Ich frage sie. Sie hilft uns bestimmt.«

Verena nahm den abfälligen Gesichtsausdruck ihrer Mutter wahr und fragte sich, warum der Hass gegen Rüdiger auch jetzt so bestimmend war, wo es doch um Susa ging.

Rüdiger trug einen Karton mit orangefarbenen Blättern zum Wagen, in dem die beiden zivilen Beamten warteten.

Verenas Handy, das neben ihrer Handtasche auf dem breiten Fenstersims lag, spielte eine Klaviermelodie.

Einen schrecklichen Moment lang war sie überzeugt, dass es Hauptkommissar Kamm war, um ihr mitzuteilen, es komme nun eine schwere Zeit auf sie zu. Dann obsiegte die Hoffnung, es seien die Entführer, die ihr sagten, Susa gehe es gut.

Sie schloss die Augen und nahm ab.

Die Stimme war ihr vertraut. Und mit den ersten Worten kam eine riesige Enttäuschung. Es war nur ihr neuer Arbeitgeber. Wuttka. Verena fühlte einen Stich. Mein Gott, den hatte sie ganz vergessen. Sie hatte vergessen, ihm zu sagen, dass sie die Stelle bei ihm nicht antreten würde und dass Rüdiger keinen Job brauchte.

Und dann folgte das Entsetzen.

Plötzlich war es viel zu grell und viel zu laut in dem Copyshop. Die Maschinen warfen mit ohrenbetäubendem Lärm Papiere aus. Der Geruch nach Papier und Chemie nahm ihr den Atem.

Und als sie einen lähmenden Schmerz an der Hüfte und der Schulter spürte, war das Letzte, was sie dachte, dass sie wohl gerade ohnmächtig wurde.

11

Der Kollege von der Technik, der die Telefonzuschaltung mithörte, spielte Sigi Kamm, der Mutasim Akay den Krankenhausgang entlangschob, den Anruf über Handy vor.

»Frau Brandt, stimmt es, dass gegen Ihren Mann ermittelt wird?«

»Wie bitte?«

»Ich kann Ihrem Mann keinen Job geben, wenn er unter Mordverdacht steht!«

»Was … was soll das? Wie kommen Sie darauf?«

»Gestern Nachmittag war ein gewisser Mutasim Akay bei mir. Er sagt, Ihr Mann habe seinen Sohn, diesen türkischen Abiturienten, von dem alle Zeitungen berichten, ins Koma geprügelt. Meine Firma kann es sich nicht leisten, in die Sache hineingezogen zu werden. Sie verstehen, dass ich das Bewerbungsgespräch mit Ihrem Mann absage. Und ich muss unter den gegebenen Umständen leider auch Ihren Vertrag auflösen.« Und nach einer Pause fügte er hinzu: »Frau Brandt, ich habe Sie immer sehr geschätzt. Ich wünsche Ihnen alles Gute.«

Sigi stellte sein Handy auf laut und ließ sich das Gespräch noch mal vorspielen. Als Mutasim Akay schwieg, griff er zu seinen Handschellen.

»Ich nehme Sie vorläufig fest.«

»Wieso?«

»Wenn Sie so verdammt klug sind, wie Sie glauben, dann können Sie sich das selbst zusammenreimen.«

»Ich will sofort einen Anwalt anrufen.«

12

Der Leiter der Mordkommission rief Sigi an, noch bevor dieser mit Mutasim Akay das Krankenhausgelände verlassen konnte. »Der Anwalt wird uns den Arsch aufreißen wegen Behinderung der Religionsausübung.«

Sigi hielt seinen Kombi an, stieg aus, schloss angesichts seines Verdächtigen auf der Rückbank die Tür und bemühte sich um einen beherrschten Ton. »Dr. Wiegand, der Mann beschuldigt Brandt, Noyan ins Koma geprügelt zu haben. Und er unternimmt nichts, um unseren Verdacht gegen ihn zu entkräften. Er hat vielleicht das Mädchen entführt!«

»Die Kollegen haben seinen Mercedes gefunden. Der Mann aus der Gemeinde hat Möbel durch die Gegend gefahren.«

»Und?«, schnaubte Sigi. »Alles ausgesaugt? Waschanlage? Picobello sauber? Keine Spuren?«

Durchs Handy herrschte Wiegand ihn an: »Herr Akays Anwalt zieht das volle Register! Er hat sich da sehr klar ausgedrückt. Wenn Sie ihn festhalten, weiß in einer Stunde jede Nachrichtenredaktion in dieser Stadt, dass wir einem Muslim seine Religionsrituale verweigern. Und das, während sein Sohn ums Überleben kämpft. Und damit nicht genug: Dann glauben alle auch noch, dass es einen echten Verdacht gegen Rüdiger Brandt gibt.«

»Dann verhindern Sie das!«

Dr. Wiegand lachte auf. »Im Zeitalter des Internets? Sie wissen, wie schnell dieser erste Artikel die Runde gemacht hat. Die Presse wird sich auf die Geschichte stürzen. Wenn dieser Anwalt oder David Merz oder Herr Akay auch nur einen Ton verlauten lassen, dann fragen sich Tausende Leser, ob unser Held vielleicht ein Mörder ist. Auch die Freunde Ihres Hauptverdächtigen, diese Neonazis. Was dann los ist, werde ich nicht verantworten.«

»Ich lasse mich doch nicht erpressen! Schon gar nicht von einem möglichen Entführer!« Bis vor Kurzem hatte Sigi allerdings auch nicht gedacht, dass er sich auf Deals mit Neonazis einlassen würde.

»Kamm, schlucken Sie die Kröte. Stellen Sie Akay unter strengste Bewachung, lassen Sie ihn bei seinem sterbenden Sohn bleiben. In Handschellen abführen können Sie ihn auch noch in ein paar Tagen! Er wäre nicht der erste Verdächtige, den wir aus taktischen Gründen noch eine Zeit lang draußen lassen. Diese Sache hier wird nicht noch mehr eskalieren!« Dr. Wiegand sprach in versöhnlicherem Ton weiter. »Wie ist dieser Herr Akay überhaupt auf den Gedanken gekommen, dass Ihr Zeuge der Täter sein könnte?«

Sigi spürte eine immense Wut. Noyans Vater saß apathisch im Wagen, als hätte das alles hier nichts mit ihm zu tun. »Wir haben Brandt kurzzeitig überprüft, weil es Ungereimtheiten in seiner Aussage gab. Akay hat es mitbekommen.«

»Wie denn das bitte?«

»Ein Zeuge, den ich befragt habe, hat geredet.«

»Sind Sie sicher?«

»Ja. Worauf wollen Sie hinaus?«

Wiegand räusperte sich. »Haben Sie diese Ungereimtheiten mit Dr. Behrens diskutiert?«

»Ja.«

»Dieser Noyan Akay war doch ihr Patient. Und sie scheint sich gut um den Vater zu kümmern. Kann es sein, dass sie ihm etwas darüber erzählt hat?«

Für einen Moment kam Sigi aus dem Konzept. »Sie weiß, dass sie über alle Interna Stillschweigen bewahren muss. Nein, so dämlich ist sie nicht.«

Irritiert beendete er das Telefonat. Dann öffnete er die Autotür. »Los, verschwinden Sie!«

Wütend sah er Herrn Akay nach, der zum Krankenhaus zurückging. Vor Kurzem noch hatte dieser verzweifelte Vater Rüdiger Brandt regelrecht verehrt. Warum war das in solch kalten Hass umgeschlagen? Doch nicht nur wegen des Messers. Da musste doch mehr passiert sein.

13

Rüdiger wollte Verena stützen, als sie vor dem Haus ihrer Mutter aus dem Auto stiegen. »Du musst endlich was essen!«

Sie stieß ihn hart von sich. »Hast du etwas damit zu tun?«

Er schien so fassungslos, dass er kein Wort herausbrachte, und das machte die Sache fast noch schlimmer.

Verena schrie. »Akay hat Wuttka gesagt, dass du seinen Sohn ins Koma geprügelt hast!«

»Spinnst du?«

Verena brüllte: »Warum behauptet er, dass du es warst?«

»Er ist verrückt!«, sagte Rüdiger und versuchte, ihre Hand zu nehmen. Sie zog sie weg.

Ihre Mutter fasste sie am Arm. »Ich möchte, dass wir alle sofort zur Polizei fahren. Sofort.«

Rüdiger riss ihrer Mutter den Hausschlüssel aus der Hand und sperrte auf. »Verena wird jetzt erst mal was essen und sich hinlegen.« Er zerrte sie in die kleine Stadtvilla. »Du glaubst das doch nicht, Verena? Du glaubst das doch nicht! Komm, wir haben alle wenig geschlafen. Du musst da was missverstanden haben. Oder dieser Wuttka.«

Ihre Mutter drängte sich an ihnen vorbei, ihre Stimme klang schrill. »Dieser Akay war doch bei uns. Schatz, er wollte dich ganz dringend sprechen. Hat er dich angerufen?«

Verena schüttelte den Kopf. Sie sah ihren Mann an, den halb Verflossenen, halb Zukünftigen, dessen Hände vorgestern noch ihre Haut gestreichelt hatten. An ihrem ganzen Körper. So zärtlich.

Diese Hände sollten einen Abiturienten verprügelt haben? Diese Füße, die sich an ihre geschmiegt hatten, die Knochen eines Kopfes gebrochen haben?

Und er sah, was sie dachte. »Aber ich war es nicht!« Er begann zwischen Küche und Flur umherzulaufen, ziellos, drehte sich wirr um sich selber. »Verdammt, ich Idiot! Warum bin ich nicht einfach vorbeigelaufen! Warum habe ich Riesenarschloch nicht einfach weggesehen …«

Verena wurde wieder schwindelig. Sie verstand nichts mehr, verstand auch nicht, warum der Kommissar so plötzlich in der Tür stand, woher er das alles wissen konnte.

14

Alicia stand auf dem Parkplatz der Klinik Wannseehof. Einige Fenster in den oberen Geschossen waren erleuchtet. Ihre Therapiegruppe. Die Patienten auf ihren Zimmern grübelten über der Inventur. Es würde Alicia nicht wundern, wenn ein paar ihrer Leute sie gerade beim Rauchen beobachteten und hassten.

Wenn es nach ihr gegangen wäre, hätte sie ihre Patienten zurückbeordert, nur um sich zu beschäftigen. Aber es ging nun mal nicht um sie.

»Achtundvierzig Stunden Klausur?«

Alicia musste sich nicht umdrehen.

»Wer hat sich bei Ihnen beschwert? Helga?«

Dr. Härtl stellte sich neben sie. »Als Klinikleiter kann ich Beschwerden nicht einfach ignorieren, besonders jetzt nicht. Die Patienten wollen wissen, was Sie mit dem Fall zu tun haben. Und die Rentenversicherung auch, nebenbei bemerkt.«

»Sagen Sie es ihnen, es war Ihr Wunsch.«

»Mein Wunsch war, dass Sie den Betroffenen helfen. Nicht dass Kinder verschwinden!«

Sie lächelte müde. »Herr Härtl, wie weit die Patienten sich hier drinnen einlassen, kann ich bis zu einem gewissen Grad beeinflussen. Aber was da draußen passiert, wie Menschen in ihren Familien- und Glaubenssystemen handeln, die sich nicht mal über ihre Familien- und Glaubenssysteme bewusst sind – darüber habe ich keinerlei Macht. Und wenn ich von Glauben rede, meine ich nicht Religion.«

»Es hat auch eine Beschwerde von der Großmutter des verschwundenen Mädchens gegeben.«

»Silvia Zettel, welch Überraschung.«

»Wie können Sie so mit Angehörigen umspringen? Haben Sie etwas gegen diese Leute?«

»Nun machen Sie sich nicht lächerlich!«

Ein Fenster hatte sich geöffnet, und Helga sah zu ihnen herunter. Sie schien jetzt schon Ablenkung von der Klausur zu brauchen. Der Klinikleiter dämpfte seine Stimme.

»Ich dachte, Sie machen das gut.«

»Ich mache es sehr gut. Und dazu gehört auch, hart nachzufragen, wenn es sein muss. Diese Brandts weisen viele Symptome einer dysfunktionalen Familie auf. Bei denen hängt der Teppich unter der Decke, so viele Geheimnisse haben die daruntergekehrt. Ich pamper ihnen doch nicht ihre blinden Flecken, wenn es darum geht, das Mädchen zu finden!«

»Es ist nicht Ihre Aufgabe, diese Familie zu therapieren. Sie sollen nur Händchen halten.«

Alicia sah ihn unzufrieden an. Händchen halten war nicht das, was sie wollte. Wie konnte sie Leute in ihr Unglück rennen lassen, ohne ihnen wenigstens eine Chance zu geben, etwas zu verändern?

Wie sehr hätte sie damals jemanden gebraucht, der ihrer Familie diese Chance gegeben hätte. Es war niemand gekommen, und so war sie mit fünfzehn abgehauen. In einer Nacht-und-Nebel-Aktion, war untergetaucht und hatte ihre Eltern nicht wiedergesehen. Bis zum Tod ihrer Mutter.

»Sie sollten alles dafür tun, damit klar ist, dass weder Sie noch die Klinik einen Fehler gemacht haben«, fuhr Dr. Härtl fort. »Passen Sie auf, dass jetzt nichts schiefläuft.«

Nein, Händchen halten war nicht das, was Alicia wollte. Und was sie ärgerte, war nicht Dr. Härtls Meinung. Es war der Gedanke, dass er durchaus recht hatte, wenn auch vielleicht aus den falschen Motiven. Es war nicht ihre Aufgabe, Familie Brandt zu therapieren, nach ihren Geheimnissen zu graben und Susanne ein besseres Zuhause zu verschaffen. Sie konnte nicht jedem helfen. Und wenn sie sich in diesem Fall verausgabte, war das nicht gut für ihre Klinikpatienten und auch nicht gut für sie. Und etwas in ihr konnte und wollte es trotzdem nicht mehr loslassen.

Ein klassisches Merkmal süchtigen Verhaltens.

15

Sigi Kamm führte seine Befragung im Haus von Silvia Zettel durch. Zuerst wollte sie ihren Schwiegersohn nicht länger um sich und schon gar nicht in ihrem Haus haben. Erst als Sigi sie unwirsch vor die Alternative stellte, sie alle drei für die Befragung mit aufs Präsidium nach Potsdam zu nehmen, stimmte sie widerwillig zu.

Jetzt lief Rüdiger Brandt in dem hell erleuchteten Wohnzimmer der Zehlendorfer Stadtvilla umher. »Ich versteh das nicht!«

»Seit wann verdächtigt er Sie?«, fragte Sigi.

»Nun sagen Sie doch was dazu«, fuhr Silvia Zettel Sigi an. »Sie waren bei mir, haben mich ausgefragt über Rüdiger. Sie glauben doch auch, dass er es war!«

Es wirkte einen Moment, als würden sowohl Rüdiger als auch Verena Brandt ihm am liebsten an die Kehle gehen.

»Das ist nicht Ihr Ernst«, entfuhr es Brandt. Er trat dicht an ihn heran. »Los, sagen Sie es mir ins Gesicht. Sie glauben, dass ich es war? Sie glauben, dass ich einem Jungen ins Gesicht treten kann? Immer wieder? Bis das Blut spritzt?«

Lange Sekunden hörte man nur das unregelmäßige Tropfen von Schmelzwasser, das draußen vor dem gekippten Fenster von der Regenrinne auf die Terrasse fiel.

»Herr Brandt, schreien Sie mich nicht an. Wir haben Sie lediglich überprüft. Wie ich Ihnen gesagt habe. Wir haben den Hauptverdächtigen verhaftet. Wir haben ihn in einem ähnlichen Fall als

Täter identifiziert. Der Fall ist dem von Noyan nahezu gleich. Aber da haben wir keinen DNA-Beweis.«

»Als Sie im Gartenhaus meine Kleidung haben wollten, da haben Sie gegen mich ermittelt?«

»Wir müssen jeder Ungereimtheit nachgehen.«

Brandt stieß einen dumpfen Klagelaut aus. »Dr. Behrens hat das gewusst?«

Sigi zögerte.

Sein Zeuge wandte sich ab. Er sah tief getroffen aus.

Silvia Zettel lachte bitter auf. »Diese Therapeutin! Hätte sie uns das nicht sagen müssen?«

»Nein«, erklärte Sigi. »Als der Täter Sie mit dem Messer verletzt hat, wie war das genau?«

»Das habe ich doch schon in der Nacht erzählt. Der Nazi hat dem Jungen ins Gesicht getreten, ich hab ihn weggezogen. Er hat das Messer genommen, das im Schnee lag, und sofort zugestochen. Ich hab die Hand gehoben, um mich zu schützen, und er hat mich erwischt. Dann kam der alte Mann, und der Nazi ist abgehauen.« Brandt sah Sigi feindselig an. »Ermitteln Sie etwa immer noch gegen mich?«

»Nein.«

»Dann gelte ich nicht als Tatverdächtiger?«

»Nein.«

Rüdiger Brandt brüllte wieder. »Dann sagen Sie das meiner Frau und meiner Schwiegermutter! Und jetzt suchen Sie verdammt noch mal meine Tochter!«

»Brüllen Sie mich nicht an.« Sigi wandte sich an Silvia Zettel. »Was genau hat Herr Akay gesagt, als er bei Ihnen war?«

Silvia Zettel, in den letzten vierundzwanzig Stunden um Jahre gealtert, flüsterte: »Er wollte zu Verena. Aber sie war nicht da. Er wollte am nächsten Tag wiederkommen, aber da sollten wir doch in den Zeugenschutz. Also habe ich gesagt, es sei besser, wenn er später noch mal anruft. Die nächsten Tage sei es schlecht. Als er insistiert hat, habe ich gesagt, wir fahren ein paar Tage weg, um Ruhe zu bekommen. Aber ich habe nichts von dem Zeugenschutz gesagt, wirklich nicht!«

Verena Brandt ließ den Kopf sinken und weinte leise.

Sigi dachte daran, dass er seinen Zeugen und Herrn Akay im Krankenhaus einander vorgestellt hatte. Möglicherweise war das ein großer Fehler gewesen? »Was genau ist zwischen Ihnen und Herrn Akay vorgefallen?«

Erschrecken. Erkenntnis. Schock. All das spiegelte sich innerhalb weniger Sekunden in Rüdiger Brandts Gesicht. »Ich Vollidiot! Er kam im Krankenhaus zu mir, er wollte von mir wissen, wer der Täter ist. Er hat gesagt, er will ihn töten!«

Sigi wurde laut. »Wie bitte? Wann war das?«

»Vor ein paar Tagen. Ich war nur bereit auszusagen, um das zu verhindern! Damit der Täter in den Knast kommt und nicht noch ein Mord passiert! Verdammt, jetzt will Akay sich rächen, weil der Nazi vielleicht nur wegen Körperverletzung drankommt. Aber da kann ich doch nichts dafür.« Brandt war den Tränen nahe. »Was hätte ich denn machen sollen? Hätte ich Akay sagen sollen, wer Emser ist, und zugucken, wie er einen Menschen umbringt?«

Sigi fluchte innerlich. Er hatte einen Riesenbock geschossen. Er war wütend auf sich und wurde lauter als beabsichtigt. »Sie hätten das sagen müssen! Ihn anzeigen!«

Sein Zeuge sah ihn fassungslos an. »Ich hätte einen Vater, der um sein Kind trauert, anzeigen sollen, weil irgend so ein glatzköpfiges Arschloch ausgeflippt ist?«

Jetzt erst meldete sich Verena Brandt zu Wort. Sie war bleich und sprach leise. »Dr. Behrens, sie betreut Herrn Akay. Kann es sein, dass sie ihm etwas erzählt hat, was er falsch verstanden hat? Oder hat sie ihm etwas davon erzählt, dass Sie meinen Mann überprüft haben?«

»Nein, auf keinen Fall«, erwiderte Sigi.

Alicia Behrens hatte bestimmt nichts dergleichen getan. Oder?

16

Alica kam mit Dr. Härtl aus dem Speisesaal. Patienten liefen gut gelaunt und durcheinanderredend die Treppen hoch und runter, manche verließen zu einem Abendspaziergang die Klinik, und manche machten es sich auf den Sofas neben dem Weihnachtsbaum bequem.

Sigi Kamm preschte durch die Drehtür und steuerte direkt auf Alicia zu. Sie blieb stehen. Der Hauptkommissar sah aus wie vor eineinhalb Jahren bei Gericht: wütend.

Er zog sie beiseite, ohne darauf zu achten, dass Dr. Härtl noch in Hörweite war. »Haben Sie Mutasim Akay erzählt, dass ich Brandt habe überprüfen lassen?«

Alicia glaubte einen Moment, sie habe sich verhört. »Natürlich nicht! Was ist passiert?«

Er sah sich kurz um und erwiderte scharf: »Mutasim Akay beschuldigt Rüdiger Brandt, seinen Sohn ins Koma geprügelt zu haben. Akay steht außerdem unter Polizeibewachung, wir verdächtigen ihn, das Mädchen entführt zu haben. Und er bestreitet es nicht.«

Alicia registrierte kaum, dass Dr. Härtl hinter sie getreten war.

»Das hat er nicht getan«, stammelte sie.

»Das sagen Sie anscheinend von jedem, den Sie betreuen. Wie objektiv sind Sie eigentlich? Haben Sie Akay etwas erzählt?«

»Nein!«

Es schien Kamm nicht zu beruhigen. »Familie Brandt ist nicht mehr besonders gut auf Sie zu sprechen. Ob Sie den Kontakt zu Akay abbrechen müssen, wird der Staatsanwalt entscheiden. Wenn es nach mir ginge, säße er in U-Haft. Da dürfte erst mal nur sein Anwalt zu ihm.«

»Nein, machen Sie das nicht! Erst recht nicht jetzt! Lassen Sie mich mit ihm sprechen!«

Kamm taxierte sie. Er glaubte ihr nicht, sie sah es ihm an. Zumindest wusste er nicht, ob er ihr glauben sollte.

»Sie denken doch nicht im Ernst, dass ich mich so unprofessionell verhalte?!«

Dr. Härtl machte sich mit einem dünnen Räuspern bemerkbar. Er stand jetzt direkt neben ihr. »Habe ich das richtig verstanden? Die Opfer, die Frau Behrens betreut, sind vielleicht die Täter? Der eine soll unseren ehemaligen Patienten ins Koma geprügelt und der andere das Mädchen entführt haben?«

Härtl stützte sich an die Wand.

»Geben Sie mir eine Minute?«, bat Alicia den Hauptkommissar.

Kamm ging durch die Drehtür nach draußen. Alicia wandte sich Dr. Härtl zu, doch der kam ihr zuvor.

»Nehmen Sie sich ein paar Tage frei.«

Nicht das, nicht auch noch das, dachte sie.

»Tun Sie das nicht«, bat sie. »Das wird sich aufklären. Natürlich sind alle in Panik wegen der Sache …«

»Nein«, erwiderte der Klinikleiter matt. »Nehmen Sie sich frei.«

»Sie glauben doch nicht allen Ernstes, dass ich …«

»Nein«, unterbrach er sie. »Ich habe meine Schwierigkeiten mit Ihren seltsamen Methoden, aber das glaube ich nicht. Sie wettern gegen Geheimnisse, wo es nur geht, aber so einen Fehler machen Sie nicht. Also. Ich kümmere mich darum, dass Ihre Therapiegruppe in Klausur bleibt, meinetwegen. Nutzen Sie die Zeit und klären Sie die Sache auf. Und beeilen Sie sich!«

Alicia konnte zuerst nicht glauben, was sie da gehört hatte. Dann stahl sich ein Lächeln auf ihr Gesicht.

Er seufzte. »Nehmen Sie sich die Zeit, es richtig zu machen. Versuchen Sie alles. Für das Mädchen. Und für uns. Wir sind beide am Arsch, wenn diese Sache schiefgeht. Und nun verschwinden Sie!«

Alicia rannte durch die Drehtür und stieß draußen fast mit Kamm zusammen.

»Lassen Sie mich mit Herrn Akay sprechen!«

Skeptisch sah er sie an. »Wenn ich rausfinde, dass Sie auch nur ein falsches Wort zu ihm gesagt haben, sind Sie dran wegen Beihilfe zu einer Straftat und Behinderung der polizeilichen Ermittlungen.«

Langsam trieb er es etwas zu weit, dachte sie, aber wenn sie jetzt darauf einstieg, lief ihnen die Zeit davon.

»Ich hole schnell meinen Mantel«, sagte sie und wollte an ihm vorbei.

»Frau Behrens«, hielt er sie zurück. »Sie können mit ihm reden, aber nur in meiner Anwesenheit.«

»Ich rede, Sie halten sich zurück. Kein Druck, keine Drohungen, keine Vorwürfe.«

»Wenn es sein muss, greife ich ein.«

Nicht das, was Alicia sich erhofft hatte. Aber besser, als ihn allein hingehen zu lassen.

17

Mutasim fühlte sich wie ein Gefangener. Sie ließen ihn nicht mal mehr pinkeln ohne Begleitung eines Uniformierten.

Die kalte Hand in der seinen fühlte sich leblos an. Er hörte das Piepen der Geräte schon lange nicht mehr. Sein Blick hielt sich unscharf verfangen im Nichts, irgendwo über dem Haufen künstlich am Leben gehaltenen Fleisches, der von Noyan übrig geblieben war.

Das arme Mädchen. Er sah sie vor sich mit ihrem bunter SgR-Sticker. Den blonden Haaren. Den dürren Beinchen. Den grünen Augen.

Er hoffte inständig, dass er das Richtige tat.

Die Zeit verschwamm zu einer formlosen Masse; er verlor jedes Gefühl für Tag und Nacht. Die Eintönigkeit seiner Tage war zurückgekehrt. Der ewige Rhythmus aus Angst und Hoffnung, Resignation und wieder Angst, einen Menschen zu verlieren.

Irgendwann kamen Dr. Behrens und der Hauptkommissar. Ein seltsamer Besuch. Mutasim hätte später nicht sagen können, ob es noch Montag oder schon Dienstag gewesen war.

Beide hatten Schutzkleidung an, wie es Pflicht war, wenn man diesen Raum betrat. Dr. Behrens hob fragend die Augenbrauen, und als er unsicher nickte, setzte sie sich auf einen Besucherstuhl. Sigi Kamm blieb an der Tür stehen.

Sie sprachen kein Wort.

Als sie nach zehn Minuten immer noch nichts gesagt hatten, wurde Mutasim nervös. Der Kommissar sah wütend aus, Alicia Behrens mitfühlend. Doch sie schwieg weiter.

»Gibt es etwas Neues?«, fragte Mutasim schließlich.

»Sie werden einen guten Grund dafür haben, dass Sie das alles tun«, erwiderte die Therapeutin. Nicht scharf, eher unbestimmt.

Mutasim, im Innersten auf Abwehr eingestellt, sah sie verunsichert an.

»Damit eines klar ist«, sagte sie, »die Art und Weise, wie Sie handeln, finde ich mehr als unverantwortlich. Indiskutabel. Aber ich verstehe Ihre Versuche, mit allen Mitteln die Kontrolle zurückzuerlangen.«

Mutasim griff wieder nach Noyans kühler Hand. Diese Frau sollte gehen, einfach nur gehen. Doch sie sprach weiter, so mitfühlend. Das war fast das Schlimmste daran.

»Aber wir haben nun mal keine Kontrolle in diesem Leben. Wir haben keine Macht über andere. Die Polizei wird Sie verhaften. Denken Sie darüber nach, ob das hier alles wirklich das ist, was Sie wollen.«

Sie schenkte ihm ein kleines trauriges Lächeln. Dann stand sie auf und wandte sich zur Tür.

»Aber Brandt …«

Sie schaute zurück zu ihm. »Der Wunsch nach ausgleichender Gerechtigkeit ist nichts weiter als ein idiotischer Hirnfick. Sie können dadurch nicht umgehen, was eigentlich ansteht: Akzeptieren und Trauern. Und keine Rache dieser Welt wird Sie davor bewahren. Sie werden nicht darum herumkommen, den Schmerz zu fühlen. Noyan musste das auch lernen. Deswegen war er bei uns. Sie wollen Rache, er wollte Drogen, alles die gleiche Scheiße. Eine Strategie, die auf Dauer nicht funktioniert.«

Mutasim stand auf. »Akzeptieren? Wie soll das gehen? Wie können Sie das verlangen?«

»Wenn Sie wirklich darüber reden wollen, melden Sie sich.«

Sie blickte zu Noyan hinüber, eine unendliche Traurigkeit legte sich auf ihr Gesicht.

Dann war sie weg. Hauptkommissar Kamm folgte ihr.

18

Sigi und Dr. Behrens verließen das Krankenhaus.

»Das war alles?«, fragte er halb belustigt, halb verärgert.

»Es war der erste Schritt.«

»Kein: Haben Sie das Mädchen entführt? Lebt sie noch? Herr Brandt ist nicht der Täter?«

»Sie können den Druck auf ihn noch so erhöhen. Ich fürchte, sein Schmerz ist größer.« Sie versuchte sich eine Zigarette anzuzünden, doch der Wind war zu stark und blies das Feuerzeug wieder aus. »Und solange sich das nicht ändert, ist er auf seine Strategie fixiert, Brandt am Zeugenschutz zu hindern.«

Sigi bot ihr mit seinen Händen einen Windschutz, und endlich gelang es ihr, sich eine anzuzünden. »Im Gegensatz zu Ihnen glaube ich an Druck. Und an U-Haft.«

»Wenn Sie ihn in die Mangel nehmen, muss er sich nur mit Ihnen auseinandersetzen und mit den Vorwürfen, die Sie ihm machen – aber nicht mit sich selbst.« Sie nahm einen weiteren Zug und fuhr fort: »Es belastet ihn. Er braucht jemanden zum Reden. Ich bin mir sicher, dass er wieder anruft. Und das wollen wir doch.«

»Uns läuft die Zeit davon!«

»Deswegen lassen wir ja ihn kommen und vergeuden keine weitere Zeit mit Machtkampf und Tauziehen.«

»Dass ich Sie vorher in Ihrer Klinik so angegangen bin, tut mir leid.«

Sie winkte ab.

Sigi war überrascht. Keine Vorwürfe? Er überlegte eine Sekunde, sie zu fragen, ob sie noch etwas Schnelles mit ihm essen gehen würde, einen Döner vielleicht. Doch dann verwarf er die Idee.

Nachdem er sich von ihr verabschiedet hatte, rief er bei den Kollegen an, die Mutasim Akays Haus durchsucht hatten. Sie hatten nichts gefunden. Keine Hinweise, wo Noyans Vater das Mädchen hingebracht haben könnte – falls er überhaupt der Entführer war.

Vielleicht spielte Akay ihnen allen nur etwas vor? Vielleicht steckte hinter allem doch der Nazi, der in der U-Haft saß und auf seinen Deal wartete: dass sein Haftbefehl im Fall Semjonow ausgesetzt wurde.

19

Mutasim Akay saß wie versteinert am Bett seines Sohnes. Er war sich so sicher gewesen. Und jetzt … Was hatte er getan?

Sollte er doch die Wahrheit sagen?

Aber was, wenn dann der wahre Täter davonkam?

Mutasim bettete die kalte Hand seines Sohnes vorsichtig auf die Bettdecke. Er spürte Tränen über seine Wangen laufen.

Hatte Dr. Behrens recht? Hatte Noyan in dieser Klinik etwas begriffen, was er selbst nicht verstand.

»Was soll ich machen, Noyan?«, flüsterte er.

Doch wie sein Gott schwieg auch sein Sohn.

DIENSTAG

1

Noch sieben Tage bis Weihnachten.

»Lasst uns nicht blind werden für andere Indizien«, scheuchte Sigi Kamm sein Team auf. Der eine Hauptverdächtige im Entführungsfall war immer noch der inhaftierte Neonazi Werner Emser als Anstifter, der andere Mutasim Akay. Zwei gegensätzlichere Spuren hatte es selten gegeben.

»Viel spricht für diese beiden Theorien, aber ich möchte nicht in ein paar Tagen eine böse Überraschung erleben, weil Susannes Exfreund krankhaft eifersüchtig ist und sie umgebracht hat. Oder weil irgendein Pädophiler in der Stadt unterwegs ist und wir die Parallelen nicht gesehen haben, weil wir auf die Neonazis fixiert waren«, mahnte Sigi. »Ich rechne damit, dass wir einen Haufen Hinweise aus der Bevölkerung kriegen. Bei zwanzigtausend Euro Belohnung kann man schnell irgendwo ein Mädchen gesehen haben.«

Hauptkommissar Kamm sollte recht behalten. Susanne war an den verschiedensten Orten gesehen worden. Vor der Entführung, während der Entführung, nach der Entführung. Zeitgleich in der Fußgängerzone und in der S-Bahn nach Berlin. Am Potsdamer Triumphbogen, dem Brandenburger Tor, ebenso wie an seiner größeren und später erbauten Schwester in Berlin. Meistens war sie mit einem Neonazi gesehen worden. Manchmal sogar mit Werner Emser, der zu dem Zeitpunkt der Entführung in seinem Fabrikloft gesessen hatte und überwacht worden war.

Ein Haufen Spuren, die Zeit kosteten und allesamt im Sande verliefen.

Nahezu alle.

Gerade dachte Sigi an Dr. Behrens und fragte sich, ob sie recht behalten und Mutasim Akay sie anrufen und reden würde. Da steckte Hobrecker den Kopf zur Tür herein. Es gab einen konkreten Hinweis – und der kam aus einer ganz anderen Richtung.

2

Das Tauwetter tat dem geschäftigen Treiben um den Hauptbahnhof keinen Abbruch. Buden mit Zuckerwatte und Glühwein, ein Drehorgelspieler, Adventsschmuck, wo man hinsah. Im Einkaufszentrum drängelten sich Menschen auf der Jagd nach Geschenken, Reisende, die bei weihnachtlicher Musik einen Cappuccino schlürften, und Touristen, die hinüber zur Langen Brücke wollten, um eine Schiffstour zu den kulturellen Protzstücken der Vergangenheit zu unternehmen.

Nichts hier erinnerte daran, dass vor zwei Tagen ein vierzehnjähriges Mädchen entführt worden war. Lediglich Rüdiger Brandt, bewacht von zwei unauffälligen Zivilen, und Petra Sanders, die mit gekränktem Gesichtsausdruck orange Zettel verteilte, waren unliebsame Hilferufende. Sie passten nicht zur glühweinseligen Stimmung.

Sigi nickte den Zivilen aus der Ferne zu, als er mit der Zeugin zum Seiteneingang des Parkhauses ging. Sie hatte schlecht geschnittene Haare, und unter der roten Frisur wuchs es grau nach.

»Dort standen sie. An der Ecke, vor dem Parkhaus. Genau vor einer Woche. Später Nachmittag.«

Ein paar Stunden also, bevor Noyan ins Koma geprügelt worden war. Zufall?

Sigi sah sich um. Der Seiteneingang lag ein ganzes Stück weit von dem größeren Kaufhaus im Einkaufszentrum entfernt. Es war das einzige Geschäft hier, in dem es rote Spitzenunterwäsche gab.

Der Mann war dem vierzehnjährigen Mädchen mehrere Hundert Meter gefolgt.

»Wie hat der Mann ausgesehen?«

»Was älter, Brille, glaube ich. Rote Baseballkappe. Wie die Jugendlichen sie aufhaben. Dabei hatte er 'nen Mantel an. Passte gar nicht zusammen.«

»War ein Schriftzug drauf?«

Sie nannte den Namen einer abartig teuren Modefirma.

»Gut, dass er das Gör erwischt hat«, regte sich die Zeugin auf, »diese Klaukinder müssen mal wissen, wo es langgeht.«

»Sind Sie sicher, dass es ein Kaufhausdetektiv war?«

»Ja, er hat ihr das Zeug ja abgenommen.«

»Wir haben das überprüft«, sagte Sigi scharf. »Es ging keine Strafanzeige ein.«

Die Frau war sich sicher. »Sie war es. Und es war hier. Rote Spitzenunterwäsche. Ich dachte mir noch: Schlimm, dass die jungen Dinger sich schon in dem Alter anziehen wie Nutten.«

Die Passantin hatte Susanne und den vermeintlichen Kaufhausdetektiv am Parkhaus gesehen. An dem Parkhauseingang, aus dem sie entführt worden war. Das war ein zu großer Zufall. Sigi sah hinüber zu einem gelben Kassenautomaten und der Überwachungskamera. Er konnte diesmal darauf verzichten, die Bänder zu kontrollieren. Sie mussten nach vierundzwanzig Stunden gelöscht werden. So viel Glück sollte er nicht haben.

»Sie erzählen das doch nicht nur wegen der Belohnung?«

»Auch. Natürlich. Aber es ist wahr.«

»Gibt es noch was, an das Sie sich erinnern?«

»Sie standen da 'ne Weile. Er war eher klein, ganz schön feist. Glatzkopf. Ja, daran erinnere ich mich. Er hat die Kappe mal abgesetzt und ist sich über die Glatze gefahren.«

»Richtige Glatze?«

Sie überlegte. »Nein. Oben ja, Seiten nein. Was ist denn jetzt mit der Belohnung?«

»Bei uns haben Sie nur Ihre Bürgerpflicht getan, und dafür danken wir Ihnen. Wenn Sie Geld wollen, wenden Sie sich an die Familie des verschwundenen Mädchens.«

Sie sah unzufrieden aus, und Sigi wurde freundlicher.

»Dennoch, denken Sie nach. Ein Detail, irgendwas. Hatte er vielleicht Einkäufe gemacht? Tüten dabei, mit Aufschrift?«

Sie dachte nach, sah auf den Boden vor sich, den Blick unscharf gestellt, und nickte schließlich. »Ja, doch, eine von diesen feinen Tüten aus Pappe. So eine dicke. Da waren … es waren Zigarren. Auf der Tüte waren lauter Zigarren und ein Schriftzug …«

Sigi vergaß für einen Moment, warum er hier war. Er kannte die Tüte. Er hatte sie vor einer Woche gesehen, genauso wie die Baseballkappe mit dem Schriftzug der teuren Modefirma.

Er hatte dem Mann gegenübergestanden.

3

Die Sonne begann sich hinter den nahen Plattenbauten zu verkriechen. Die erwachenden Lichter der Stadt und das Festgeleuchte spiegelten sich auf der kalten Seenlandschaft, die die Insel umgab.

Alicia ging die Promenade an der Langen Brücke entlang und suchte zwischen den Touristen nach Susannes Mutter. Sie entdeckte Verena Brandt vor dem Lustgarten. Neben ihr standen ihr Mann und ihre Mutter. Sie sprachen Touristen an und verteilten Handzettel.

Als Alicia näher kam, hörte sie die drei streiten.

»Wieso hat sich noch niemand gemeldet?« Verena Brandt blinzelte gegen die tief hängende Sonne. Sie sah verfroren und übernächtigt aus.

»Vielleicht müssen wir die Belohnung erhöhen.« Rüdiger Brandt sah Silvia Zettel fragend an, und Alicia registrierte wieder diese unglaubliche Abneigung auf ihrem Gesicht. »Vielleicht solltest du mit deiner Nazifreundin erst mal die restlichen Handzettel verteilen!«

»Wir sind dabei!«, gab Brandt wütend zurück. Auch bei ihm schienen langsam die Nerven blank zu liegen.

Verena Brandt griff nach seiner Hand. »Wieso bist du hier?«

Rüdiger holte zwei mit Alupapier umwickelte Päckchen aus

einer Tüte. Sofort verbreitete sich der Geruch nach Fleisch und Gewürzen.

»Möchtest du auch einen Döner, Silvia?«, fragte Brandt beherrscht.

»Ich möchte jetzt wieder heim«, gab Silvia Zettel ebenso beherrscht zurück. »Ich hab immer noch die Hoffnung, dass Susanne plötzlich vor der Tür steht. Vielleicht lässt dieser Akay sie gehen.«

Alicia trat zu den dreien und räusperte sich.

»Sie?«, bellte Silvia Zettel, und ihr Gesichtsausdruck wechselte zurück zu unverhohlener Abneigung.

Rüdiger Brandt fuhr herum und ging Alicia in ebenso scharfem Ton an. »Was wollen Sie hier? Sie haben mich betrogen! Sie wussten von diesem lächerlichen Verdacht gegen mich und sind zu mir gekommen, um mich auszuhorchen!«

»Nein«, erwiderte Alicia bestimmt. »Als ich bei Ihnen war, wusste ich noch nichts davon.«

»Aber auf der Mahnwache! Sie sind nur mitgegangen, um mich zu prüfen, nicht wahr? Was dachten Sie? Dass ich es fertigbringe, einem Menschen solche Gewalt anzutun?«

Ein paar Passanten drehten sich nach ihnen um, und auch die beiden zivilen Polizisten, die Brandt beschützten und die Alicia in einiger Entfernung ausmachte, sahen aufmerksam zu ihnen herüber.

Alicia glaubte, mehr Angst in Brandts Augen zu sehen als wirkliche Wut. Wen hätte es nicht geängstigt, zu erfahren, dass die Polizei wegen versuchten Mordes gegen einen ermittelte, und sei es auch nur vorübergehend. »Herr Brandt, ich vertrete hier nicht irgendeine Seite. Ich bin nicht gegen Sie, und ich sammle auch keine Beweise gegen Sie. Ich versuche Menschen – und in diesem Fall Ihnen und Ihrer Familie – zu helfen, durch eine Krise zu gehen. Ich möchte, dass Sie wissen: Ich mache das für Sie, nicht für die Polizei.«

Nun trat Verena Brandt vor und griff mit ihren eisigen Händen nach Alicias. Sie sah sie mit flehenden Augen an. »Sie helfen doch auch Herrn Akay. Was sagt er? Hat er Susanne entführt?«

»Um diese Frage kümmert sich die Polizei. Herr Akay ist panisch, und Sie sind panisch. Sie müssen alle zur Ruhe kommen und aufhören, voreilige Schlüsse zu ziehen. Mit Ihren Mutmaßungen schaukeln Sie sich nur gegenseitig hoch.«

Rüdiger Brandt schien gar nicht zugehört zu haben. »Was haben Sie diesem Akay gesagt? Wie soll er überhaupt auf diese dämliche Vermutung kommen, wenn Sie ihm nicht irgendetwas erzählt haben? Sie sagen, Sie sind auf keiner Seite? Das glaube ich nicht! Sie sind auf der Seite von diesem Akay, weil der Junge Ihr Patient war! Sie können doch gar nicht objektiv sein!«

»Herr Brandt, Sie müssen wenigstens bereit sein, sich zu beruhigen und zuzuhören.«

Er schnaubte verächtlich.

Da wandte sich Verena Brandt mit erstaunlicher Wut ihrem Mann zu. »Nun sei doch mal still! Das ist doch jetzt völlig egal! Ich will nur Susa wiederhaben!« Sie hatte Alicias Hände nicht losgelassen und klammerte sich nun regelrecht an sie. »Glauben Sie, dass der Mann etwas mit der Entführung zu tun hat? Oder glauben Sie, es waren die Nazis? Können Sie mit den Nazis reden?«

Alicias Handy klingelte. Sie griff danach und sah auf das Display. Mutasim Akay. Sie hatte gewusst, dass er wieder anrufen würde. Was jetzt? Sie musste das Gespräch annehmen, aber nicht vor Familie Brandt.

»Er ist es.« Alicia sah, dass Verena Brandt den Namen auf dem Display las. »Akay. Gehen Sie ran!«

Alicia nahm den Anruf entgegen.

»Kommen Sie ins Krankenhaus? Bitte«, hörte sie Mutasim Akay.

»Können wir uns etwas später treffen?«, fragte Alicia.

»Nein. Die Ärzte holen Noyan aus dem Koma – jetzt.«

Alicia sah Familie Brandt an. »Ich muss sofort ins Krankenhaus. Ich komme wieder. In Ordnung?«

»Sie sind doch auf seiner Seite!«, sagte Rüdiger Brandt.

»Was will er von Ihnen?«, fragte Silvia Zettel. »Verrät er, ob er es war?«

»Gehen Sie!«, bat Verena Brandt. »Machen Sie alles, was nötig ist, aber bringen Sie ihn zum Reden!«

Alicia rannte über die Promenade. Vielleicht würde Noyan gesund werden. Vielleicht könnte er bald schon aussagen. Vielleicht kam der Fall dann endlich ins Reine, und Mutasim Akay würde klarstellen, ob er etwas mit der Entführung zu tun hatte.

Vielleicht bekamen Sie alle noch mal die Kurve.

4

Sigi hatte Konrad noch auf der Autobahn erwischt und ihn umgehend zu einem der Weihnachtsmärkte bestellt – zu dem am Hauptbahnhof vor den Einkaufspassagen.

Konrads Erfolg basierte, wie er sagte, zum einen darauf, dass er ein Spitzendetektiv war, und zum anderen darauf, dass die Welt klein war. Man musste denken wie der Täter, und dann musste man nur noch um wenige Ecken, bis man bei ihm war.

Letztlich lösten sich fast alle Mordfälle ähnlich, überlegte Sigi. Vielleicht hatten Konrads und seine Arbeit doch wesentlich mehr gemeinsam, als Sigi geglaubt hatte. Die meisten Fälle hatten einen persönlichen Bezug. Der Täter war näher, als man dachte.

Das offene, freundliche Lächeln erstarb binnen Sekunden, als Konrad auf ihn zukam. Sigi hielt ihm wortlos einen orangefarbenen Handzettel hin.

»Du bist gesehen worden. Du hast ein Mädchen beim Klauen erwischt und dich als Kaufhausdetektiv ausgegeben. Du hast sie so eingeschüchtert, dass sie es niemandem erzählt hat. Ich hoffe, du hast eine verdammt gute Erklärung dafür, sie wird nämlich seit zwei Tagen vermisst.«

An den tiefen Furchen auf Konrads Stirn erkannte Sigi, dass ihre jahrelange Freundschaft mit einem Ruck auf der Kippe stand.

»Sie wird vermisst?«

»Entführt. Genau hier. An dem Ort, an dem du ihr rote Spitzenunterwäsche abgenommen hast und sie heulend vor dir stand wie ein kleines Mädchen.«

»Du willst jetzt nicht allen Ernstes behaupten, ich hätte was mit einer Entführung zu tun?«

»Ich bin nicht privat hier, Konrad. Rede. Sonst nehme ich dich mit.«

»Klare Prioritäten. Da unterscheiden wir uns. Ich habe dem Mädchen nur geholfen. Dass sie entführt wurde, ist entsetzlich.«

»Was soll das heißen, geholfen?«

Eine Gruppe von Teenagern stromerte lautstark vorbei, und einer von ihnen rammte Sigi.

Konrad sah ihnen nach. »Ich hab ein paar Sachen für meine Frau gekauft. Ihr Lieblingsparfüm. Da seh ich das Mädchen. Klaut wie ein Rabe. Parfüm, Lippenstift. Geht in die Unterwäscheabteilung. Mit vier Teilen in die Umkleide, mit zweien wieder raus.«

»Wieso hast du keinem Angestellten Bescheid gegeben?«

»Ich hab ihr dadrinnen echt ein paar Zeichen gegeben, dass ich sie gesehen habe. Bin ihr durch alle Abteilungen nach. Sie hat es trotzdem durchgezogen.«

»Das ist keine Antwort auf meine Frage. Du warst mal bei der Polizei. Du hast selber Kinder. Wie kannst du das nicht melden?«

»Ich wollte ihr einen Schuss vor den Bug geben, sie warnen, aber ihr keinen Riesenärger einbrocken.«

Sigi spürte, dass das nicht mal die halbe Wahrheit war. Das Weihnachtsgedudel und der steigende Geräuschpegel gingen ihm auf die Nerven. Aber viel mehr nervte ihn, dass sein Kumpel, der die gleiche Ausbildung durchlaufen hatte wie er selbst, den Mund nicht aufmachte. »Was verschweigst du?«, fragte er. Dann begriff er: »Du kennst sie. Ist es das?«

Konrad legte den Kopf schief, zog die verblasste rote Baseballkappe ab und strich sich über den halb kahlen Schädel. Welch unbewusste Gesten der Mensch doch macht, dachte Sigi.

»Ich weiß nicht, ob ich es sagen kann«, erwiderte Konrad.

»Sie war ein Auftrag von dir. Das ist es, oder? Du hattest den Auftrag, das Mädchen zu überwachen.«

»Einer meiner Leute hatte den Auftrag. Vor zwei Monaten. Aber es ging nicht um sie.« Der feiste Mann, der in der Fettzelle des Lebens saß, sah nun sehr besorgt aus. »Es ging nicht um sie.«

5

Verena verabschiedete sich von Rüdiger. Er wollte zurück zum Einkaufszentrum am Hauptbahnhof und dort mit Petra Sanders weiter Zettel verteilen. Doch ihre Mutter hielt ihn zurück.

»Du musst zu diesem Akay gehen.«

»Was?«

»Tu, was nötig ist, und hol Susanne zurück.«

Rüdiger warf den Zivilen, die im Hintergrund vor einem der Schiffe standen, rauchten und die Augen wandern ließen, einen kurzen Blick zu.

Verena sah die Angst in Rüdigers Gesicht. Er sprach leise. »Wie stellst du dir das vor?«

»Es ist deine Schuld. Hol sie zurück.« Die Stimme ihrer Mutter war so kalt. »Es ist mir egal, was du dafür tun musst.«

Verena schluckte trocken. »Mama, das ist nicht dein Ernst. Rüdiger soll Herrn Akay Gewalt androhen?«

Ein Schiff fuhr mit hustendem Tuten auf die Anlegestelle zu.

»Kind, er sollte für Susanne alles tun.« Und zu Rüdiger gewandt schob sie gehässig nach: »Ist sie dir etwa nicht wichtig genug?«

»Spinnst du?«, schrie er.

Verenas Entschluss kam schnell und mit überwältigender Klarheit. »Ich gehe zu ihm.«

»Kind, mach das nicht! Das muss Rüdiger tun!«

Verena zuckte mit den Schultern. »Vielleicht hat er der Therapeutin ja auch schon alles gesagt. Entweder ihr kommt mit, oder ihr lasst es. Dann braucht ihr beide nie wieder bei mir aufzutauchen.«

Und mit behänder Schnelligkeit floss die Dunkelheit zurück in die Welt.

6

Sigi war mit Konrad an einen freien Stehtisch eines Glühweinstandes getreten. Der Privatdetektiv betonte, er habe wegen des Jahresabschlusses, wegen des Familienstresses und des Hundertwasser-Auftrags nichts von dem Fall mitbekommen. Und er insistierte, dass alles, was er nun erzählen würde, unter ihnen bleiben müsse. Sigi bejahte ungeduldig.

»Du hältst dich eh nicht an das, was du versprichst«, murrte Konrad. »Aber verstehst du: Wenn ich indiskret werde, geht mein Geschäft den Bach runter.«

»Ich liefer dir einen richterlichen Beschluss nach. Wer hat euch den Auftrag gegeben?«

»Silvia Zettel. Die Oma.«

»Wen solltet ihr überwachen?«

»Rüdiger Brandt. Einer meiner Detektive hat die Sache übernommen. Ich mache so kleine Aufträge nicht mehr, aber ich kenne den Fall. Ich habe damals die Überwachungsfotos von Rüdiger Brandt gesehen, und ich erinnere mich sehr gut, weil ich mich mit meinem Detektiv über den Fall unterhalten habe. Unsere Töchter sind in dem Alter von Brandts Tochter. Diese Susanne hat vor zwei Monaten schon wie blöde geklaut.«

»Wieso hat Silvia Zettel ihren Schwiegersohn überwachen lassen?«

»Verena Brandt hatte ihren Mann rausgeworfen, wollte die Scheidung einreichen. Die Oma hatte Schiss, dass er keine Alimente zahlen und im schlimmsten Fall versuchen würde, seine zukünftige Exfrau auszunehmen.«

»Was hat dein Detektiv rausgefunden, außer dass er nicht vorbestraft ist, aber arbeitslos, verschuldet, und dass er seine Vermieterin vögelt? Von ihm weiß die Oma das doch, oder?«

Konrad rief den zuständigen Detektiv an und bat ihn, Hauptkommissar Kamm eine Zusammenfassung zu geben. Konrads Mann sagte Sigi, dass Rüdiger Brandt zum wiederholten Mal Spielschulden gemacht hatte. Zum Zeitpunkt der Überwachung stand er mit zwanzigtausend Euro in der Kreide. Er lehnte fast jedes Arbeitsangebot ab. Silvia Zettel machte sich außerdem Sorgen, da Brandt seiner Frau schon mal ein paar Ohrfeigen gegeben habe. Der Detektiv hatte also mit Leuten gesprochen, die Brandt vom Sport kannten, und mit ehemaligen Kollegen. Doch der Mann sei überall als freundlich und kein bisschen aggressiv beschrieben worden. Der Detektiv hatte während des Auftrags

Brandts Tochter öfter gesehen. Sie wurde hin- und hergereicht zwischen den Eltern, und es ging ihr sichtlich nicht gut.

Sigi bedankte sich und beendete das Telefonat.

Konrad rechtfertigte sich. »Als ich die Kleine wiedererkannt habe, wie sie da in dem Kaufhaus rumgeklaut hat, da dachte ich: Ich versteh sie. Der Familienscheiß zu Hause, wo niemand Geld hat und alle anfangen, um Geld zu streiten … Ich hab mit vierzehn auch mal was mitgehen lassen.«

Sigi sah seinen Freund ungerührt an. »Ich nicht.«

»Bild dir was drauf ein«, erwiderte Konrad scharf. »Ich wollte das dem Mädchen nicht antun. Den Kaufhausdetektiv aufhetzen und die Polizei rufen, und sie muss das dann ihren Eltern erklären, die sich zu Hause zerfleischen. Ich weiß, du findest es falsch, aber ich fand es richtig: Ich wollte ihr helfen.«

»Helfen? Die Zeugin, die euch gesehen hat, meinte, das Mädchen sei völlig verstört gewesen!«

Konrad atmete tief durch. »Dieses Mädchen hatte Angst vor mir. Ich hatte den Eindruck, sie denkt, ich will sonst was von ihr. Trotzdem hat sie mir gesagt, sie würde alles machen, was ich will, nur damit ich sie nicht verpfeife. Ich hab natürlich an meine eigene Tochter gedacht und ihr gehörig die Leviten gelesen. Jeder Pädophile hätte Weihnachten gefeiert mit ihr! Die Lektion, dachte ich, vergisst sie nicht. Ich hab ihr gesagt, dass ich sie im Auge behalte und dass sie alles, was sie jemals geklaut hat, in die Kaufhäuser zurückbringen soll. Einfach irgendwo hinlegen. Ich dachte: Wahrscheinlich macht sie es eh nicht, aber sie lernt die Lektion.«

Sigi schüttelte fassungslos den Kopf. »Wie kannst du glauben, dass du im Vorbeigehen ein fremdes Kind erziehen kannst?«

»Erzähl du mir was über Kindererziehung. Wo sind sie denn, deine vielen Kinder? Ach, entschuldige, ich hab's vergessen, du glaubst ja nicht an Beziehungen.«

»Was war noch?«, überging Sigi den Seitenhieb.

»Ich hab sie auf der Mahnwache wiedergesehen. Mit ihren Eltern. Sie schien gut drauf zu sein. Ich dachte, sie hat mir Mist erzählt über die angeblich so schwierige Familie, mich angelogen, um davonzukommen. Und dann hat sie sich auch noch so nett mit diesem einen Abiturienten von der Anti-Rassismus-Initiative unterhalten. Der mit den kleinen Ohren, der am Anfang neben dem Bürgermeister gestanden hat. Ich dachte, da hätte sie mir auch was vorgemacht. Na ja … Also habe ich sie ein paarmal böse angeguckt, damit sie weiß, dass sie das geklaute Zeug zurückbringen soll. Das war's.«

»David Merz? Was hat der damit zu tun? Was soll sie dir vorgemacht haben?«

»Keine Ahnung, wie der hieß … Ich hatte hinter dem Kaufhaus ihr Handy kontrolliert und zwei SMS gelesen, um zu gucken, ob sie das auch geklaut hat, ein richtig teures Ding. Es schien ihres zu sein. Sie hatte an jemanden geschrieben, dass sie unbedingt bei der Initiative mitmachen will. Die Antwort war, dass sie ihm einen blasen muss, damit sie in den Verein aufgenommen wird.«

»Wir haben ihr Handy gefunden. Diese SMS waren nicht drin!«

»Dann wird sie sie gelöscht haben, damit ihre Eltern sie nicht auch lesen. Als ich sie auf die SMS angesprochen habe, hat sie losgeheult, gesagt, diese Typen seien alle Arschlöcher.«

»Wer?«, schrie Sigi gegen das Weihnachtslied an, das nun aus den Boxen dröhnte. »Wer hat diese SMS geschrieben und das von ihr verlangt?«

7

Die Ärzte zogen sich zurück. Alicia Behrens stand dicht hinter Mutasim Akay. Er begann vorsichtig, seinen Sohn mit warmem Wasser und einem Waschlappen zu waschen. Das Piepen der Geräte begleitete ihn, und die Beatmungsmaschine hob und senkte sich langsam.

Alicia nahm eine Bewegung vor der Scheibe wahr. Neben den Polizisten stand Familie Brandt und diskutierte mit einer Schwester.

Alicia eilte nach draußen. »Was wollen Sie hier?«

»Herr Akay, wir müssen reden!«, brüllte Brandt.

»Gehen Sie«, sagte Alicia bestimmt. »Sofort. Oder ich lasse Sie von den Polizisten rausbringen!«

Sie sah durch die Scheibe zu Noyans Vater. Dichter Bartwuchs hatte sich auf die hohlen Wangen seines ehemals kräftigen Gesichts gelegt. Er legte langsam den Waschlappen beiseite und deckte seinen Sohn zu.

Er trat zur Tür.

Schob sie auf.

Trat heraus. Stand da.

Tat nichts, sagte nichts, stand einfach nur da und sah Rüdiger Brandt an.

Alicia überlegte fieberhaft. Sollte sie die vier miteinander reden lassen? So geladen, wie Rüdiger Brandt war? So voller unterdrückter Wut, wie Herr Akay war? Unter keinen Umständen. Nur, wie konnte sie die Familie wegschicken, ohne deren Panik noch mehr zu schüren? Ein falsches Wort, fürchtete sie, und die Sache würde eskalieren. Sie dachte an die Teresa. Aber hier war nicht die Teresa. Das hier war nicht die Klinik, und hier waren Leben in Gefahr.

»Bitte warten Sie doch in der Cafeteria«, bat Alicia Verena Brandt. Sie schien ihr im Moment am gefasstesten, und vielleicht war sie Argumenten gegenüber zumindest offen.

Alicia hatte sich geirrt.

Susannes Mutter brach in Tränen aus. »Bitte, Herr Akay, hören Sie uns an. Bitte, wissen Sie, wo meine Tochter ist? Sie ist vierzehn, ein kleines Mädchen …«

»Sie müssen jetzt alle gehen«, insistierte einer der Beamten und baute sich zwischen ihnen auf. »Sonst rufe ich den Sicherheitsdienst.«

Mutasim Akay schwieg, wandte den Blick nicht von Brandt. Wie versteinert stand ihm der blonde Mann mit dem kantigen Gesicht gegenüber.

»Bitte!«, flehte Verena Brandt. »Reden Sie mit uns!«

Silvia Zettel, die sich im Hintergrund hielt, stieß Brandt grob in die Seite. Er trat einen Schritt vor. Alicia nickte den Beamten zu, die Rüdiger Brandt zu fassen bekamen und aus der Station bringen wollten.

Da kam Bewegung in Noyans Vater. »Warten Sie. Ich will wissen, was er zu sagen hat.«

Alle Blicke hingen an Brandt. Seine Augen waren geweitet, seine Unterlippe zitterte. Er sah Hilfe suchend zu seiner Frau, sah zu Alicia, dann kam es ihm heiser über die Lippen.

»Ich verstehe einfach nicht, was passiert ist, dass Sie plötzlich meine Familie so fertigmachen. Ich verstehe nicht, wie Sie darauf kommen, ich sei zu so etwas in der Lage.«

Mutasim Akay wandte sich um.

Brandt schrie. »Haben Sie meine Tochter entführt?«

Alicia zog Akay zur Schiebetür des Intensivzimmers.

Verena machte einen Schritt nach vorne. »Nein! Bitte, sagen Sie was. Wo ist meine Tochter?« Sie klammerte sich an Mutasim Akay, krallte sich in seinen Arm. »Bitte, helfen Sie mir. Ich halte das nicht mehr aus. Ich muss mein Mädchen finden. Haben Sie etwas damit zu tun?«

Alicia versuchte, ihren Griff zu lockern. »Bitte warten Sie unten, ich komme später zu Ihnen.«

Doch nun kämpfte sich Silvia Zettel mit schriller Stimme an ihrem Schwiegersohn und den Polizisten vorbei. Ihre Worte schleuderten Spucketröpfchen und Hass durch den kleinen Raum. »Sie kranker Mensch! Wie können Sie uns das antun?«

Mutasim Akay schien plötzlich abwesend, weit weg, er drehte sich um und ging wortlos zurück zu seinem Sohn.

8

Konrad konnte sich nicht erinnern, mit wem Susanne die fraglichen SMS ausgetauscht hatte. »War wohl einer von denen, die diesen Verein gegründet haben. Ich dachte, das ist halt dämliches, testosterongesteuertes Blödgequatsche.«

Sigi spürte die Wut in sich hochsteigen. »Hat sie es gemacht?«

»Ich hoffe nicht. Ich hab ihr gesagt, sie soll in den Volleyballverein gehen und sich Freundinnen suchen und das mit den Jungs mal noch 'ne Weile bleiben lassen. Anscheinend kennt sie nur Vollidioten. Wahrscheinlich klang ich wie ihr Vater.«

Sigi nickte langsam. »Wahrscheinlich.«

Susanne lächelte von dem orangefarbenen Handzettel zu ihnen hinauf. Wenn Susanne sich auf der Mahnwache nett mit David Merz unterhalten hatte, konnte der schlecht der Absender gewesen sein. Blieb nur Noyan – die beiden Abiturienten schienen die Einzigen zu sein, die in der Initiative wirklich etwas zu sagen hatten. Susanne schien unter dem Vorfall zu leiden – hatte sie sich vielleicht auf diesen »Deal« eingelassen? Wer außer Konrad, dem Vollidioten, der meinte, er könne selber entscheiden, welche Straftat polizeitauglich sei, hatte die SMS an Susanne noch gelesen und sie deswegen in Tränen ausbrechen sehen?

Es hatte nie ein Motiv gegeben, warum Rüdiger Brandt Noyan Akay etwas hätte antun sollen.

Bis jetzt.

9

Alicias Einfühlungsvermögen für Mutasim Akay nahm rapide ab, und sie fühlte tief im Bauch Wut. Sie hatte keine Ahnung, wie sie das durchstehen sollte. Wie sie hier bleiben konnte. Jeden Patienten, der sich auch nur annähernd so schädigend verhielt wie momentan er, hätte sie aus der Klinik geworfen. Aber wenn sie jetzt ging, würde Herr Akay nie reden.

Er war frisches Wasser holen gegangen. Der uniformierte Wachmann hatte ihm an den Fersen geklebt.

Und da, als sie alleine mit Noyan war und sich an die Therapiegruppe erinnerte, in der sie seine Mutter gespielt hatte, kam ihr die Idee. Die einzig richtige Idee. Wieso war sie nicht längst darauf gekommen? Das war es doch, worum es die ganze Zeit ging! Wie oft hatte sie das in der Klinik erlebt. Es hatte auch bei Noyan funktioniert. So könnten sie vielleicht Susanne retten.

Es war Sommer gewesen damals. Die Fenster der Teresa hatten weit offen gestanden, die Gardinen geflattert. Noyan hatte sie angestarrt.

»Ich bin sie, Noyan. Ich bin vor acht Jahren gestorben, und die zwei Jahre davor hast du mich wenig gesehen, weil ich Ruhe brauchte. Was möchtest du mir sagen?«

Er hatte kein Wort herausgebracht. Die Augen der anderen neun Gruppenteilnehmer waren zwischen ihm und ihr hin- und hergesprungen. Man hatte jeden Atemzug gehört, so still war es mit einem Mal geworden. Noyans Anspannung hatte auf jeden von ihnen übergegriffen.

Und dann war das passiert, womit niemand gerechnet hatte. Nicht mal sie.

Alicia Behrens hörte hinter sich jemanden an der Tür und ging davon aus, dass es Mutasim Akay war.

»Ich muss kurz weg!«, rief sie, drehte sich um, wollte losstürmen, um Susanne zu retten – und schaute direkt in die Mündung einer Waffe, die auf sie gerichtet war.

10

Die Feierlichkeit auf dem Weihnachtsmarkt ging immer mehr in lautstarke Feierlaune über. Sigi hielt sich das eine Ohr zu, während er sich das Handy ans andere presste.

»Habt ihr das Band bearbeitet? Das Gespräch zwischen Susanne und der Vermieterin vor dem Haus?«

Der Kollege von der Technik bejahte. »Aber wir sind noch nicht ganz fertig. Der Schneepflug hat das meiste geschluckt.«

»Spiel es mir trotzdem vor. Und dreh die Lautstärke auf!«

Sigi lauschte. Die belegte Stimme der Vermieterin war deutlich zu verstehen. »Ihr seid mal wieder da? Dein Papa auch?«

Pause.

»Susanne, wegen des Streits neulich …«

»Ich will nicht darüber reden!« Hingerotzt.

»Warte doch. Ich mag deinen Papa …«

»Ich muss jetzt zur Nachhilfe.« Wie abfällig Jugendliche klingen konnten, dachte Sigi.

»Ist es wegen des Türken …«

Rauschen. Die Stimme plötzlich wie geschreddert.

Der Schneepflug. Dieser verdammte Schneepflug.

»... Noyan!«

»... Noyan. Es tut mir leid ...«

»Ich habe gesagt, ich will nicht reden! Schon gar nicht mit Ihnen!«

»Willst du mich denn nicht duzen? Ich meine, jetzt ...«

»Nein!« Ein gehässiges Lachen. »Niemand will Sie, verstehen Sie das nicht? Niemand will etwas mit Ihnen zu tun haben!«

Eine Autotür, die hart zufällt, ein Wagen, der startet, wegfährt.

Lange Pause. Stiefel auf der Straße. Ein Gartentor, das geschlossen wird.

Dann Petra Sanders' Stimme: »Du dreckige kleine Mistgöre.«

Sigi schob sein Handy in die Jackentasche und sah das traurige Gesicht der Vermieterin auf dem Schiff vor sich. Er hörte den harten Ton, die schwelende Wut in ihrer Stimme:

»Du dreckige kleine Mistgöre.«

Er zog seine Autoschlüssel aus der Jacke. »Konrad, fährst du bitte in den Kriminaldienst und gibst das bei meinen Kollegen zu Protokoll? Jetzt! Ich verlass mich auf dich!«

Der Privatdetektiv wurde unüberhörbar sauer. »Das war's? Du pisst mir ans Bein, wir stehen hier ewig in der Kälte rum, und dann haust du einfach ab? Nicht mal ein Feierabendbier?« Konrad zertrat den Stumpf seines Zigarillos. »Mensch, du brauchst einen gut bezahlten Job, in dem du dein Sozialleben nicht völlig an den Nagel hängst, dringender, als dir lieb sein kann!«

»Wir sehen uns Weihnachten!«, rief Sigi und war in der Menge verschwunden.

11

Alicia sah in die Mündung der Waffe.

So musste Noyan sich gefühlt haben, als sie in die Rolle seiner Mutter geschlüpft war und seinen Widerstand ignoriert hatte.

Noyan hatte wahnsinnige Angst gehabt und war deshalb unglaublich wütend geworden, als Alicia auf dem Rollenspiel beharrt hatte.

»Du bist heute noch angepisst, dass ich nicht für dich da sein konnte. Es muss damals so verdammt schmerzhaft für dich gewesen sein, dass du heute noch wütend wirst – nur um den Scheiß nicht wieder fühlen zu müssen. Was ist das hinter deiner Wut? Angst? Verzweiflung?«

Sie hatte so lange weitergemacht, nicht lockergelassen, bis er ihr seinen geballten Groll entgegengeschleudert hatte, der jahrelang in ihm gegärt hatte und langsam gewuchert war, so wie die Krankheit seiner Mutter. »Immer nur der verfickte Krebs! Jeden Dreck musste ich mit mir alleine ausmachen!«

Sie hatte den Blickkontakt intensiviert, war drangeblieben. Ganz nah dran. Hatte ihn gefragt, ob er immer noch Sehnsucht danach habe, zu erfahren, wie das sei, wenn jemand sich um einen kümmert. Bei dem man einfach nur sein könne. Ohne die ständige Angst, denjenigen schon am nächsten Tag wieder zu verlieren.

Noyan hatte seine Tränen verärgert weggewischt.

Sie hatte seine Hand genommen. »Ich bin erschüttert, wenn ich sehe, was es immer noch für dich bedeutet, dass ich nicht da sein konnte.«

Er hatte ihr seine Wut entgegengeschrien: Ihr Jammern, jede Nacht. Und wenn er ihr helfen wollte, als sie sich neben die Toilette übergeben und in die Hose gemacht hatte, sei sein Vater laut geworden, warum er nicht längst schlafe!

So viel Wut. So viel Groll. So viel Hass. So viel Vergärtes. Dieser Hass. Wo kam dieser viele Hass her?

Noyan hatte gebrüllt, hochrot, zitternd. »Du hast dich nicht mal verabschiedet!«

Und als sie fragte, ob er gerne noch gehört hätte, dass er ein besonderer Teil ihres Lebens gewesen sei, kam der Knall:

»Du hättest es tun können! Ich hab die Tabletten gesehen! Die leere Schachtel! Ich hab sie gesehen, als ich dich gefunden habe! Und Papa hat das Zeug einfach weggeräumt …!«

Die Schluchzer kamen nicht von Noyan. Alicia konnte später

nicht mal sagen, wer in der Runde es gewesen war. Sie hatte Noyan in den Arm genommen. Lange.

Noyan hatte sich mit dem Schlimmsten konfrontiert, das er so sehr zu vergessen versucht hatte, und er hatte es durch das Nadelöhr geschafft.

Im Intensivraum war es immer noch kalt. Trotzdem spürte Alicia den feinen Schweißfilm auf ihrem Rücken.

Da, wo die Angst ist, geht es lang, dachte sie und glaubte sich kein Wort.

Sie sah auf die Waffe, dann ein paar Zentimeter höher in die Augen ihres Gegenübers. Ihr fielen keine Worte ein außer dämlichen Plattitüden.

»Los.« Es klang bedrohlich, und ihr war klar, dass es keinen Diskussionsspielraum gab. »Zur Seite.«

Sie fühlte, wie sie in zwei Teile auseinandergerissen wurde. In einen Teil, der stehen blieb und sich weigerte, ihren Patienten zu opfern, einen Mord zu riskieren und eine Katastrophe ihren Lauf nehmen zu lassen.

Und in einen anderen, weitaus größeren Teil, der nur rennen wollte. Der Kilometer bringen wollte zwischen sich und den Finger, der am Abzug lag.

12

Sigi hatte während der Fahrt bei den zivilen Beamten des Personenschutzes angerufen. Sie sollten Rüdiger Brandt sofort zur Befragung aufs Präsidium bringen. Die Beamten hatten gesagt, dass sie gerade auf der Ambulanz im Krankenhaus warteten, er sei beim Verbandswechsel. Es könne sich aber nur noch um Minuten handeln.

Sigi und Waldemar Hobrecker betraten die »Petra«. Das Schiff war dunkel. Leises Schwappen von Wasser, mehr war nicht zu hören.

»Frau Sanders?« Sigi setzte backbord vorsichtig einen Fuß vor den anderen, mehr auf Eisenstangen achtend als auf die Eisschicht, die sich über das Deck gezogen hatte. Hobrecker kam steuerbord zum Bug.

Alle Türen waren verrammelt.

Sigi sah über die Promenade zum Stadtschloss und zu der beleuchteten Kuppel der Nikolaikirche. »Wir geben eine Fahndung nach ihr raus.«

Diese Nazibraut hatte ihnen durchweg das Opfer vorgespielt, dachte Sigi. Vielleicht hatte Petra Sanders Rüdiger Brandt geholfen, Noyan Akay für das zu bestrafen, was er von Susanne verlangt und im schlimmsten Fall sogar bekommen hatte. Alles, um sich die Liebe von Vater und Tochter zu erkaufen?

Sigi drehte sich um und verließ zielstrebig das Schiff.

Waldemar Hobrecker folgte dichtauf. »Und du glaubst wirklich, dass die Frau einen neunzehnjährigen Kerl fertigmachen kann?«

»Ja. Sie boxt. Sie hat ein Kreuz wie ein Typ.«

»Sie schlägt jemanden fast tot, nur um diesen Brandt zu halten?«

»Es wäre eine Möglichkeit. Sie war ja nicht nur bei den Neonazis, weil sie unbedingt wissen wollte, wie es ein Glatzkopf im Bett bringt. Glaube nicht, dass die plötzlich auf Türken steht.«

Sigi ärgerte sich maßlos über sich selbst. Er hatte diesen Rüdiger Brandt schon mal im Verdacht gehabt. Hatte er zu früh davon abgelassen?

»Was ist mit dem Alibi von Sanders aus dem Sportstudio?«, warf Hobrecker ein.

»Sie hätte es schaffen können, wenn sie schnell gelaufen wäre. Sie macht regelmäßig Sport.«

»Sie hatte kein Blut an den Klamotten.«

»Deswegen hatte Rüdiger Brandt vielleicht seine Sportsachen an. Er hat ihr seine Straßenkleidung gegeben, damit sie sich ein Alibi holen kann. Sieht man ihn, denkt man: Was für ein Spargel. Sieht man sie, denkt man: Was 'ne Wuchtbrumme. Sieht man sie nebeneinander: ähnliche Statur, ähnliche Kleidergröße.«

Sigi eilte zu seinem Wagen. Ein zweites Mal würde er nicht zu früh von einem Verdacht ablassen, nur weil er sich unwahrscheinlich anhörte.

»Sie oder er, wer auch immer den Jungen verprügelt hat«, keuchte Waldemar Hobrecker neben ihm. »Warum der Umstand mit der Kleidung? Warum sind sie nicht einfach abgehauen?«

»Weil es dummerweise einen Zeugen gab. Plötzlich stand da der alte Mann mit dem Dackel.«

Im Auto bat Sigi die Kollegen in der Zentrale, ihn mit den Technikern zu verbinden, die die drei Objekte abhörten. Und falls Petra Sanders nicht zu Hause war, sollte auf der Stelle eine Fahndung an alle Streifen und Polizeiwachen rausgehen.

Dann hörte er die Neuigkeiten von der Geiselnahme, und er hatte den Eindruck, sie träfen ihn direkt in die Magengrube.

»SEK ist unterwegs.«

»Details?«, bellte Sigi in den Sprechfunk.

»Geiseln sind ein Patient, Noyan Akay, und Ihre Kriseninterventionsspezialistin, Dr. Behrens. Die Jungs vom Personenschutz haben Alarm gegeben: Rüdiger Brandt ist verschwunden.«

Sigi fluchte.

13

Verena stand zittrig im Erdgeschoss. Ihre Mutter drehte sich panisch um sich selber. Sicherheitsleute versuchten, sie zu beruhigen.

Das kann nicht sein, dachte Verena. Das kann nicht sein, das kann nicht sein.

Alles war so rasend schnell gegangen. Gerade hatten sie doch noch in dem Aufzug mit den von Krankenhausbetten abgestoßenen Wänden gestanden. Wie entsetzlich sie alle in dem Licht ausgesehen hatten. Sogar der Uniformierte, der sie zur Cafeteria hatte bringen sollen. Und dann, zack: Rüdigers Ellenbogen im Gesicht des Polizisten. Blut auf dem hellblauen Hemd. Gerangel. Plötzlich die Waffe des Polizisten in Rüdigers Hand. Er zielt auf den blutenden Beamten, entsichert. Verena und ihre Mutter schreien.

Brandt brüllt »Ruhe!«. Schießt in die Wand.

Der Polizist hält sich die Nase. »Mann, machen Sie keinen Unsinn! Legen Sie meine Waffe hin!«

»Ich lasse nicht zu, dass alle mit ansehen, wie Akay meine Tochter über die Klinge springen lässt!«

Schreit Rüdiger so laut, weil allen die Ohren pfeifen von dem Schuss?

Der Aufzug kommt unten an. Rüdiger schmeißt die Frauen raus. Verena will nicht, schreit ihn an. Aber ihre Mutter zerrt sie auf den Gang. Der Polizist schielt nach draußen. Doch Rüdiger zielt weiter auf ihn. Jetzt fangen erste Besucher ebenfalls an zu schreien, laufen weg, flüchten vor dem Irren mit der Waffe. Rüdiger drückt einen Knopf. Die Türen schließen sich.

Verena spiegelte sich verschwommen und unförmig in den Aluminiumtüren des Fahrstuhls. Sie hörte ihre Mutter wie von weit weg durch das Pfeifen, das seit dem Schuss in ihren Ohren tönte.

»Oh Gott, wir hätten nie herkommen sollen. Oh, mein Gott …«

»Er hat einfach geschossen«, flüsterte Verena. Dann, bevor Sicherheitsleute sie daran hindern konnten, rannte sie los. Sie hörte ihre Mutter hinter sich irgendetwas rufen.

Mein Gott, er hatte tatsächlich geschossen. Einfach so.

Was, wenn er es wirklich gewesen war?

Was, wenn Mutasim Akay recht hatte?

Was, wenn ihr Mann wirklich ein Totschläger war?

Die Minusgrade vor dem Krankenhaus schlugen ihr ins Gesicht. Als sie über die Straße lief, blindlings, bremste ein Krankenwagen, hupte wild und geriet ins Schlittern. Sie stürzte. Ein heißer Schmerz durchfuhr ihr Knie, und das Streugranulat auf dem Eis riss ihr die Hände blutig.

Sie kam hoch und humpelte weiter. Mit welcher Dreistigkeit Rüdiger vor einer halben Stunde den beiden zivilen Beamten, die zu seinem Schutz abgestellt worden waren, ins Gesicht gelogen und sie gebeten hatte, in der Cafeteria einen Tee zu trinken oder im Wartebereich der Ambulanz bei dem großen Fernseher Platz zu nehmen, während ihm der Verband gewechselt würde. Mit welcher Freundlichkeit und Ruhe er ihnen in die Augen gesehen und sie verbindlich lächelnd getäuscht hatte.

Mit welcher Zielstrebigkeit Rüdiger mit Silvia und ihr in ein Behandlungszimmer gegangen war, nur um durch die nächste Tür wieder zu verschwinden.

Was, wenn Rüdiger es wirklich gewesen war?

Verena stieg ins Auto. Raste los. Ignorierte jede rote Ampel.

Rüdiger hatte gesagt, die Kleidung, die er in der Nacht getragen hatte, sei von der Polizei untersucht worden. Aber das, was er gestern zurückbekommen hatte, das waren alte Sachen. Seine alten Stiefel. Wo waren die Winterstiefel, die sie ihm letztes Jahr geschenkt hatte? Die schweren schwarzen Stiefel? Und wo war seine Lieblingsjeans, die sie immer hatte wegwerfen wollen, weil sie schon Löcher hatte? Er hatte einen riesigen Streit deswegen riskiert. Wo war diese Hose nun? Sie hatte sie in all den Tagen nicht mehr gesehen. Hatte er sie weggeworfen? Wann? Bevor der Abiturient ins Koma geprügelt worden war?

Oder danach?

14

»Los«, schrie Rüdiger Brandt Alicia an. »Weg!« Unter seinem lädierten Auge verlief jetzt ein gelblicher, wenig ansehnlicher Schatten.

Sie sah an ihm vorbei in den Vorraum. Der Polizist war mit Handschellen an einen Heizkörper gefesselt. Er nickte Alicia mit aufgerissenen Augen zu. Was nichts anderes heißen sollte als: Bewegen Sie Ihren Arsch aus der Gefahrenzone! Spielen Sie nicht die Heldin!

Der Teil in ihr, der schon auf der Flucht war, stimmte dem Polizisten zu. Sie glaubte nicht an Helden.

Doch der andere Teil in ihr kämpfte inzwischen um die Vorherrschaft. »Herr Brandt, ich habe die Lösung. Ich wollte gerade zu Ihnen. Es gibt eine Möglichkeit, Ihre Tochter zu finden, Herrn Akay zum Reden zu bewegen.«

Brandt drängte sie mit der Waffe zurück, sah sich hektisch um. »Wo ist er?«

»Er macht warmes Wasser in der Schwesternküche. Hören Sie, was ich sage? Ich weiß, wie wir Susanne finden.«

Brandt rief dem Polizisten im Vorraum zu: »Wenn jemand ungebeten hereinkommt, töte ich den Jungen. Verstanden? Wenn der Vater wieder da ist, schicken Sie ihn rein. Kommt jemand anderes, sind hier alle tot. Ist das klar?«

Der Polizist nickte.

Brandt schloss die Tür des Intensivzimmers und richtete seine Waffe auf Noyan. »Stellen Sie sich vor die Scheibe!«

Alicia tat es und wurde damit seine Versicherung, dass nicht irgendwelche Spezialeinheiten vom Flur aus das Schießen anfingen. Sie schob den Gedanken beiseite, in ein paar Minuten eine Horde Bewaffneter in ihrem Nacken zu haben, und zwang sich, ruhig zu sprechen. »Herr Brandt, wenn Herr Akay kommt: Tun Sie so, als wären Sie es gewesen. Gestehen Sie. Das ist die Lösung.«

»Sie spinnen ja.« Er sah an ihr vorbei durch die Scheibe.

Sie rutschte in sein Blickfeld. »Es ist ein Rollenspiel. Ich habe das schon oft gemacht. Mit vielen Patienten. Geben Sie Herrn Akay Einfühlung. Wir glauben immer, wir brauchen die echten Täter, denen wir unsere Wut ins Gesicht schreien können und die uns um Verzeihung bitten. Aber das ist nicht so. Das, was wir brauchen, ist Einfühlung.«

»Sie haben mich schon mal betrogen! Sie haben mich und meine Familie ausgehorcht!«

»Wenn Sie das wirklich glauben, verstehe ich, dass Sie mir nicht mehr vertrauen. Aber jetzt müssen Sie mir trotzdem einen Vertrauensvorschuss geben. Das ist kein Trick. Es ist eine reale Chance, Ihre Tochter zu retten. Los! Probieren Sie es!«

Alles in seinem Gesicht zeigte tiefes Misstrauen. »Ich kann nicht so tun, als hätte ich das da gemacht.« Er deutete mit der Waffe auf Noyan.

Alicia spürte ihren Herzschlag. Mein Gott, wie er mit dem Ding herumfuchtelte! Wusste er, wie schnell so was losgehen konnte? Wusste er überhaupt, wie man mit einer Waffe umging? »Sie sind doch ein guter Schauspieler. Sie sehen immer noch gut gelaunt aus, auch wenn Sie seit Monaten arbeitslos sind, Ihre Frau Sie verlassen hat und Ihre Geliebte Ihnen Stress macht. Sie können das.«

Der Hass in seinen Augen machte ihr nichts aus. Das war sie von Hunderten Patienten gewohnt. Dass er entsetzlich nervös war, das machte ihr Sorgen. Diese Nervosität und die Angst dahinter, gepaart mit der Waffe davor.

Er lachte auf. »Ich bin doch nicht blöd. Gestehe hier und wandere in den Knast, und meine Tochter verreckt irgendwo mutterseelenallein, weil der Typ durchgeknallt ist!«

»Ich bin keine Juristin, aber dass dieses Geständnis nicht haltbar ist, weil Sie unter Druck stehen wegen Susanne, das ist doch wohl klar. Es ist ein Rollenspiel. Wenn Herr Akay was weiß, dann ist das der Weg. Der Mann braucht Einfühlung für seinen Schmerz. Er bildet sich ein, er braucht es von Ihnen. Und wir haben keine Zeit mehr, ihn von etwas anderem zu überzeugen!«

Sie sah an seiner Reaktion, dass sich etwas in ihrem Rücken tat. War Noyans Vater zurückgekommen? Oder war ein Einsatzteam der Polizei angerückt?

15

Die Lichter der Stadt huschten an den Autoscheiben vorbei. Sigi und Hobrecker sprachen nicht. Auch die Rundumleuchte auf dem Dach blieb stumm, schmiss nur alarmierend ihr blaues Licht über den Verkehr, der sich vor Sigis Kombi teilte und eine Schneise freigab.

Endlich meldete sich der Kollege von der Technik. Im Haus von Petra Sanders war es ruhig. Aber im Gartenhaus tat sich was.

Klirren. Mehrfach.

Keuchen.

Poltern.

Ein leiser Fluch.

»Da wird eingebrochen. Klingt nach einer Frau. Sollen wir eine Streife hinschicken?«

Sigi zögerte. Das Krankenhaus war schon in Sicht. Bestimmt wäre das Sondereinsatzkommando bald dort. Er hatte bei der Geiselnahme nichts zu suchen, der Einsatzleiter würde ihm etwas husten, sollte er versuchen, die Sache zu übernehmen. Er konnte Alicia Behrens diesmal nicht helfen. Ihm blieb nichts anderes übrig, als darauf zu vertrauen, dass sie die Situation zumindest so stabil hielt, dass es kein Blutbad gab.

Sigi schaltete die Sirene ein und wendete mit quietschenden Reifen sein Auto.

»Ja«, bellte er in den Sprechfunk. »Schickt Verstärkung zum Gartenhaus. Aber sie sollen auf uns warten!«

16

Verena stand im Dunkeln und lauschte. Spähte aus dem Fenster mit der zerbrochenen Scheibe. Nichts bewegte sich, nirgendwo ging Licht an. Nicht bei Rüdigers Nazifreundin vorne und auch nicht jenseits der Hecken bei den Nachbarn, soweit sie das sehen konnte.

Sie spürte ein Brennen an der Hand und etwas Warmes, Nasses. Sie hatte sich an der verdammten Scheibe geschnitten, als sie durch das Fenster gestiegen war. Sie knipste Licht an. Es blieb ihr nichts anderes übrig.

In der Küche fand sie ein Geschirrtuch, band es sich notdürftig um die Hand und begann zu suchen.

Im Windfang: nur Rüdigers Sommerschuhe. Nirgends die schwarzen Stiefel. Sie eilte ins Schlafzimmer. Im Kleiderschrank: keine löchrige Jeans. Keine Stiefel. Im Bad: nur wenig Dreckwäsche. Keine Stiefel, keine Lieblingshose.

Plötzlich ein Geräusch. Knacken, helles Klirren. Jemand war auf das Glas getreten, das sie zerschlagen hatte.

Verenas Puls hämmerte. In der Wunde am Handgelenk. Am Hals. In den Ohren. Sie setzte langsam einen Fuß vor den anderen, mit den Zehenspitzen zuerst. So wie sie früher mit Susanne Anschleichen gespielt hatte. Gott, jetzt nur nicht an Susanne denken.

Sie spähte in den Flur. Nichts.

»Hallo?«

Keine Antwort.

Hatte sie sich getäuscht? Hörte sie vor lauter Aufregung schon

Dinge, die nicht da waren? Langsam, sehr langsam schob sie sich den schmalen Flur nach vorn ins Wohnzimmer.

Dort stand jemand. Bullig und breit.

Verena fuhr mit einem unterdrückten Schrei zurück. »Sie? Mein Gott, haben Sie mich erschreckt!«

Petra Sanders sah Verena an, ohne eine Miene zu verziehen. Starrte nur. Mit einem undurchdringlichen, seltsamen Blick. Als wäre sie gar nicht bei sich.

Verena schluckte trocken. »Was … was wollen Sie hier?«

Sanders setzte sich in Bewegung. Kam langsam näher, ohne diesen bedrohlichen Blick von ihr zu nehmen.

Verena wich zurück. »Gehen Sie weg von mir. Haben Sie etwas mit der Sache zu tun? Wo ist Susa?«

Das Mannweib näherte sich. Schritt für Schritt. Mit dem gehetzten Blick eines Tieres.

Warum sagte diese Frau nichts, dachte Verena. Warum sagte sie denn nichts!

17

Alicia wandte sich langsam um. Im Vorraum stand Mutasim Akay. Wasser schwappte aus der großen Schüssel auf den Boden, auf seinen Pullover. Der Polizist mit der blutverkrusteten Nase rief dem zweiten Uniformierten, der zu Akays Überwachung abgestellt worden war, eine Warnung zu; dieser ordnete die Situation binnen einer Sekunde ein und riss Akay zurück. Die Emailleschüssel flog zu Boden und drehte mit seltsam verzerrtem Scheppern Kreise.

Schreie der Beamten, an Brandt gerichtet, an Akay, an Alicia. Dann die zweite Waffe. Der Beamte hinter Akay zielte auf Brandt, auf die Scheibe.

Alicia duckte sich zu Boden und sah nur noch Brandt, der dastand, Angst in den Augen und die Waffe erhoben.

Draußen Geschrei, Gerede.

Und dann stand plötzlich Mutasim Akay im Raum, den Pullover

an der Schulter zerrissen, sein Gesicht unbewegt. Er schloss die Tür, und das aufgebrachte Brüllen der beiden Polizisten wurde leiser.

Dann waren sie zu fünft.

Akay, Alicia, Noyan, Brandt und die Waffe.

18

Sigi Kamm pirschte mit gezückter Waffe durch den Garten. An der Hecke entlang lief Waldemar Hobrecker. Im Gartenhaus brannte Licht.

Sigi spähte durch das zerbrochene Fenster, sah einen breiten Rücken und einen Pferdeschwanz und hörte eine schrille Stimme.

»Was haben Sie mit Susa gemacht?«

Er nickte Hobrecker zu, der neben dem Fenster Stellung bezog. Er selbst versuchte es an der Tür. Abgeschlossen.

»Gehen Sie weg von mir!«, schrie Verena Brandt drinnen.

Dann ging alles sehr schnell. Sigi holte aus und trat neben das Schloss. Mit einem Krachen barst die Tür aus dem Rahmen und donnerte an die Wand. Hobrecker kniete hinter dem zerbrochenen Fenster, die Waffe gezückt.

Zugriff, Tumult, Schreie.

Und eine breite Faust in Sigis Gesicht.

Einen Moment lang sah er nur Sterne.

19

»Stellen Sie sich vor die Scheibe. Beide.« Brandts Stimme klang fest, aber Alicia nahm den leicht erhöhten Tonfall darin wahr. »Wenn jemand von den Sicherheitsleuten reinkommt, schieße ich auf die Maschinen.«

Mutasim Akay rührte sich nicht. Wasser tropfte von seinem zerrissenen Pullover. »Dann ist es endlich beendet, ja? Darauf haben

Sie doch die ganze Zeit gewartet, dass er stirbt und nicht mehr gegen Sie aussagen kann.«

Alicia stand langsam auf und warf einen raschen Blick nach draußen. Der eine Polizist war immer noch an die Heizung gekettet, der andere hatte Schutz im Flur gesucht, zielte mit der Waffe auf die Scheibe und sprach zeitgleich in ein Funkgerät. Hinter ihm tauchte Sicherheitspersonal in weißen Hemden auf.

»Herr Akay. Rüdiger Brandt ist gekommen, um Ihnen etwas zu sagen«, wagte Alicia den Vorstoß.

Die beiden Männer starrten sich mit unverhohlenem Hass an. Noyans Vater sagte keinen Ton. Achtete nicht auf die Waffe. Zwang den anderen, zuerst zu reden.

Rüdiger Brandt fuhr sich mit der Zunge über die Lippen und warf Alicia einen Blick zu. Sie nickte fast unmerklich.

»Gut«, keuchte er. »Sie haben recht. Ich war's.«

Mutasim Akay rührte sich nicht.

Brandt wurde laut, fuchtelte mit der Waffe in Richtung des Krankenbettes. »Da haben Sie es. Ich bin ein Arschloch, ich bin durchgedreht, ich habe das getan.«

Alicia schloss kurz die Augen. Ein falsches Wort, und das Ganze konnte eskalieren. »Herr Brandt«, sagte sie, »das ist zu einfach.«

»Was wollen Sie denn noch?«, schrie er zurück.

»Herr Akay«, fragte sie, »möchten Sie Herrn Brandt etwas sagen?«

Wie beherrscht Hass sein konnte, dachte Alicia, als Mutasim Akay endlich zu reden begann.

»Sie haben mir alles genommen. Noyan war das Letzte, was ich noch hatte. Alles, was ich gemacht habe, war für ihn. Die Apotheke, für ihn. Damit er wenigstens ein Leben hat, wenn er erwachsen ist. Alles war für etwas gut. Jetzt hat alles seinen Sinn verloren. Nichts ist mehr da. Nichts!«

Das saß. Flirren in Brandts Augen.

Alicia bekam langsam wieder Boden unter die Füße, erreichte wieder bekanntes Terrain – ließ man mal die Waffe weg. »Sagen Sie Herrn Akay, was Sie ihn haben sagen hören.«

»Ich … ich … hab alles falsch gemacht. Ich hab alles … kaputt gemacht. Ich bin ein Schwein …«

»Nein«, unterbrach sie Brandt ruhig. »Sagen Sie nicht, was Sie über sich denken, sondern was bei Ihnen ankommt, wie es ihm geht.«

Brandt bekam eine tiefe Furche über der Nasenwurzel. Verstand er nicht oder war es Widerstand?

»Bitte«, sagte sie. Konnte er nicht einfach tun, was sie sagte? Wie sollte sie ihm unter diesem Druck auch noch jeden Schritt erklären? In der Klinik hatte sie Zeit für so etwas und achtete bei jeder Konfliktbegleitung und Mediation darauf, dass die Leute wiederholten, was der andere gesagt hatte. Die Ergebnisse waren erstaunlich. Diese Verlangsamung zwang beide Parteien, wirklich zuzuhören, anstatt sich im Kopf schon die nächsten Gegenargumente zurechtzulegen. Plötzlich war jeder sicher, dass der andere ihn wirklich verstand. Es war einer der besten Wege, Streitrisiken zu vermindern. Auch wenn der Weg erst mal länger erschien, so war er letztlich immer schneller.

»Bitte«, wiederholte sie.

Rüdiger Brandt trat von einem Fuß auf den anderen. Benetzte wieder seine Lippen. Legte die Waffe neu in seiner Hand zurecht. Stotterte. »Ihr Sohn war das Letzte, was Sie noch hatten … Sie haben die Apotheke nur für ihn geführt …« Seine Stimme wurde brüchig. »Sie wollten ihm ein Leben geben … jetzt hat alles seinen Sinn verloren …«

Die Veränderung in Mutasim Akays Gesicht war minimal. Aber in diesem Moment sah er seinem Sohn so unglaublich ähnlich. Er wurde weich. Alicia fragte ihn, was er noch sagen wollte, und diesmal antwortete er sofort:

»Mein Sohn hat etwas geschafft, das ich nicht geschafft habe. Er hat ein neues Leben gefunden. Er hatte es so verdient. Er hat gewusst, dass seine Mutter sich umgebracht hat. Wie konnten Sie ihm nehmen, was er geschafft hat?«

Brandt sah kurz zu dem Krankenbett hinüber, zu dem Körper inmitten der Apparaturen, zu dem Brustkorb, der sich im immerwährend gleichen Rhythmus hob und senkte.

»Das … das stimmt doch nicht …« Die Waffe in Brandts Hand begann zu zittern.

20

Verena kauerte in der hintersten Ecke des Sofas. Es war alles so schnell gegangen. Was machten die Polizisten hier? Wieso legte der kleine Drahtige der Vermieterin Handschellen an?

Petra Sanders wehrte sich nicht, aber redete ununterbrochen auf den Hauptkommissar ein, der sich fluchend den Unterkiefer massierte. Das Sausen in Verenas Ohren hatte etwas nachgelassen, doch die Stimmen klangen immer noch sehr weit weg.

»Sie sind es … Scheiße, Mann, ich dachte … Ich dachte, mein Ex hat seine Freunde wieder geschickt … Dass Sie einfach so hier reinplatzen, kann doch niemand wissen!«

»Frau Sanders«, unterbrach Hauptkommissar Kamm ungehalten, »Herr Brandt hat im Krankenhaus drei Geiseln genommen. Er hat eine Waffe. Machen Sie es nicht schlimmer, als es ist. Reden Sie. Wieso haben Sie bei dieser ganzen Sache mitgemacht? Wieso haben Sie sich da mit reinziehen lassen?«

Die Vermieterin schwieg unglücklich.

Und plötzlich wurde Verena kalt. Jetzt begriff sie. Sie stand langsam auf, mit zittrigen Knien. »Gott … das ist es also … Sie und Rüdiger? Sie haben was miteinander?«

Sie bekam nur ein Flüstern zur Antwort. »Er hat gesagt, es ist aus mit Ihnen.«

Wie demütigend das war. Verena sah Hauptkommissar Kamm nicht an. Wie lange hatte er es schon gewusst? War sie die Einzige, die es nicht begriffen hatte? »Was hat er mit dem Abiturienten gemacht?«

Sanders stierte auf den Boden.

Hauptkommissar Kamm wies Verena an, wieder Platz zu nehmen, und sie gehorchte widerwillig. Am liebsten hätte sie das Pfannkuchengesicht angeschrien. Aber das übernahm der Kommissar.

»Reden Sie endlich! Was ist in der Nacht passiert? Sie gehen gemeinsam zum Sport. Es ist der Abend vor einer Woche. Acht Uhr. Sie gehen noch gemeinsam zwei Bier trinken. Dann, um halb zehn rum, gehen Sie zusammen zur Straßenbahn. Es fängt an zu schneien, Sie nehmen die Abkürzung an der Bucht entlang.«

Sanders sah aus, als hätte sie abgeschaltet. Kamm packte sie am Arm. »Und dann, in der Bucht. Da kommt er. Noyan. Er steht Ihnen gegenüber. Alleine. Und Sie sind keine vierzehn mehr wie Susanne. Und Sie sind zu zweit. Hatte das Mädchen es ihrem Vater erzählt? Oder Ihnen?«

Verena sprang wieder auf. »Was hat Susa mit dem Jungen zu tun?«

21

Alicia nahm im Augenwinkel eine Bewegung wahr. Schwarz gekleidete Polizisten mit Sturmhauben bezogen im Gang Stellung. Das SEK. Sie hoffte, dass die Schwerbewaffneten nicht hereinstürmen würden, bevor sie hier drinnen an den Knackpunkt gekommen waren. Sie war wütend. In einem Raum mit einem Geiselnehmer und einem mutmaßlichen Entführer, und beide Männer dachten, sie könnten den anderen zu etwas zwingen.

»Wieso haben Sie das gemacht? Was hat mein Sohn Ihnen angetan?«, fragte Mutasim Akay.

Die Waffe wurde Brandt zusehends schwer. Seine Hand zitterte immer mehr, sank immer tiefer. »Ich … Ich …«, stotterte er, sah Hilfe suchend zu Alicia. »Ich weiß es nicht.«

Sie trat ungeduldig vor. Sofort hob Brandt die Waffe höher.

»Herr Brandt. Er möchte es verstehen. Also, in dem Moment, als Sie gehandelt haben: Was war da wichtig?«

»Wie lange soll denn das noch gehen? Was er meinem Mädchen angetan hat, zählt das gar nicht?«

Für ihn und Susanne bedeutete es viel, das war Alicia klar. Aber Mutasim Akay schien noch nicht in der Lage, irgendetwas von dem an sich heranzulassen, was Brandts Schmerz betraf. Akay brauchte noch Zeit – nur die lief ihnen allen davon, das wusste sie. Diese Männer vor dem Fenster mit ihren schweren Waffen würden sich nicht ewig zurückhalten.

»Wie ging es Ihnen an dem Tag, Herr Brandt?«, beeilte sie sich zu fragen.

Er kehrte in seinen Rechtfertigungsmodus zurück. »Es ist völlig außer Kontrolle geraten. Es war eine Schubserei. Ich habe ihm eine reingehauen. Er hat zurückgeschlagen. Plötzlich hat er das Messer gezogen … Da … Dann …«

Alicia spürte, dass ihre Wut sie ungeduldig machte. Wenn sie es nicht schaffte, ihre Gefühle zurückzuhalten, würde das Ganze hier nicht gut gehen. Spürten die beiden Männer, dass sie wütend auf sie war, würden sie sich angegriffen fühlen und aus dem Gespräch aussteigen.

»Wie haben Sie sich gefühlt?« Immerhin gelang es ihr, freundlich zu klingen. »Waren Sie glücklich?«

Völlig überfahren sah Rüdiger Brandt sie an.

22

Am liebsten hätte Sigi Kamm dieser Petra Sanders auch eine verpasst. Sie rückte einfach nicht mit der Sprache heraus! Es war zum Wahnsinnigwerden! Dr. Behrens mit ihrem Einfühlungsding würde hier vielleicht Wunder vollbringen. Er versuchte es auf die alte, lautstarke Art:

»Ich nehme Sie vorläufig fest wegen dringenden Tatverdachts, am versuchten Mord an Noyan Akay beteiligt gewesen zu sein. Sie haben das Recht, einen Anwalt anzurufen. Aber wenn Sie irgendetwas zu sagen haben, dann wäre jetzt ein guter Zeitpunkt! Einen besseren wird es nicht mehr geben!«

Petra Sanders stemmte sich in die entgegengesetzte Richtung, als Hobrecker sie aus dem Gartenhaus schieben wollte.

»Mich? Verhaften? Nein, warten Sie!« Und endlich begann sie zu erzählen, wenn auch lahm und stockend, für Sigi entnervend langsam. »Er war schlecht drauf … Schon seit Wochen … Ich bin dann immer ganz ängstlich, was Falsches zu sagen. An dem Tag hatte er Streit mit Susanne. Ich habe es gehört.« Wieder so eine elend lange Pause, in der Petra Sanders wie abwesend schien. »Sie kam heulend aus der Stadt, wollte nichts erzählen. Rüdiger dachte, es sei wegen eines Jungen, und hat ihr eine Predigt gehalten. Da … da hat sie ihn einen Versager genannt, geschrien, dass sie nicht mehr zu ihm will. Geschrien, dass sie mich hasst.« Sanders sah gekränkt zu Boden.

Verena Brandt schien völlig perplex. »Was? Warum hat sie denn nichts erzählt?«

»Beim Sport haben wir uns eigentlich immer am besten verstanden«, fuhr Petra Sanders fort, als hätte sie die andere Frau gar nicht gehört. »Aber diesmal … er hat ständig mit der Trainerin geflirtet.«

Sigi sah die beiden Frauen an, die sich in diesem Moment der Erkenntnis mehr ähnelten, als ihnen lieb sein konnte. Hobrecker räusperte sich.

»Ich war wütend«, gab Brandts Geliebte zu. »Wollte wissen, woran ich bin. Rüdiger hat mich hingehalten. Ich Idiot. Er hat mich sogar mit Ihnen verglichen …« Sie sah verschämt zu ihrer Konkurrentin. »Er hat gesagt, ich sei wie seine dämliche Frau. Mache immer nur Druck …«

Etwas Hartes legte sich auf Verena Brandts Gesicht.

Sanders fuhr fort: »Das hat wehgetan. Er schuldet mir viel Geld. Und jetzt auch noch Miete. Ich hab gesagt, er soll ausziehen. Aber dann hat er geschworen, dass er mit mir zusammen sein will, aber erst soll Susanne mich akzeptieren, bevor wir es offiziell machen. Er hat gesagt, ich soll die Nacht bei ihm verbringen …«

Sigi nickte. »Und dann kam Noyan Akay.«

Petra Sanders schrie ihn an. »Warum konnte dieser Junge nicht einfach den Mund halten!«

23

Alicia trat dicht an Brandt heran. »Es muss sich eine Menge Frust bei Ihnen angestaut haben, dass Sie so austicken. Was ist direkt davor passiert? An dem Tag? Was war, bevor Sie wütend wurden?« Sie lächelte ihn aufmunternd an. »Kommen Sie, Sie können das.«

Er suchte in ihren Augen ein Zeichen, dass das hier immer noch ein Spiel war. Alicia nickte ihm zu.

»Alles war scheiße. Streit mit meiner Frau. Ich kriege keinen Job, kann meine Miete nicht zahlen. Meine Vermieterin will mit mir ins Bett, kapiert es nicht. Was, wenn ich Nein sage, schmeißt sie mich dann auch noch raus? Alles läuft beschissen. Susanne ist das Einzige, was ich noch habe. Ich war so entsetzlich wütend.«

»Was war vor der Wut?«

»Was?«

»Was haben Sie gedacht?«

Brandt stotterte überrascht. »Ich ... Ich weiß nicht mehr ...«

»Los, Sie können das.«

»Ich sollte ein besserer Vater sein ... einen Job haben ... nicht mit einer Frau ins Bett gehen, die ich manchmal verachte, weil sie mir so am Hals hängt ... Susanne sollte mich mehr lieben ... Verena sollte sich nicht so anstellen ... Susanne sollte mir alles erzählen ...«

»Was war das für ein Gefühl?«

Er sah verzweifelt aus.

Alicia nickte ihm zu. »Genau das gleiche wie jetzt, nicht wahr? Sie waren verzweifelt. Sie waren schon geladen. Noyan war nur der Tropfen, der das Fass zum Überlaufen gebracht hat, oder?«

Rüdiger Brandt trat zurück, hob die Waffe höher. »Nein, er ist auch schuld! Er hat meine Freundin angemacht und sie als Neonazi beschimpft. Er hat sie irgendwann mal auf einer Demo fotografiert und bildet sich ein, das würde reichen, um sie zu kennen. Der Idiot! Sie ist ganz anders! Und als ich ihm sage, er soll sein vorlautes Maul halten, da erkennt er mich. Sagt, ich sei im Beirat der Schule gewesen, aber meine Tochter sei viel geiler. Er hat gesagt, dass meine Tochter den besten Blowjob der Schule macht. Mein Gott, sie ist vierzehn!«

Mutasim Akay trat vor. »Nein! Nicht Noyan!«

»Sie ist vierzehn!«, brüllte Brandt zurück. »An dem Tag kam sie heulend aus der Stadt. Sie wollte nichts erzählen. Und dann kommt dieser miese Typ und sagt mir, dass er meinem Mädchen seinen Schwanz in den Rachen steckt! Da war mir doch alles klar! Ich bin einfach ausgetickt.«

Mutasim Akay sah zu seinem Sohn. Seine Stimme war tränenerstickt. »Hat Ihre Tochter das gesagt? Dass er es getan hat? Hat sie gesagt, dass es stimmt?«

24

Verena Brandt tat Sigi leid.

»Bitte«, flüsterte sie. »Wissen Sie es? Hat dieser Abiturient ihr das wirklich angetan?«

»Ich weiß es nicht«, gab Petra Sanders gequält zurück.

Sigi sah die Vermieterin hart an. »Sie wissen, dass Sie sich mindestens der Mittäterschaft schuldig gemacht haben. Warum decken Sie den Mann noch? Er wollte in den Zeugenschutz verschwinden, ohne Ihnen etwas zu sagen.«

»Er hat mir gesagt, er holt mich nach!«, widersprach sie vehement. »Er hat es mir gestern gesagt!«

»Ach.« Sigi verzog das Gesicht. »Mann, wachen Sie auf. So etwas ist ihm verboten. Damit würde die ganze Zeugenschutzsache platzen. Er hat Ihnen etwas versprochen, um Sie zum Schweigen zu bringen. Er hat Sie hingehalten.«

Sie beäugte ihn misstrauisch, wandte sich dann Hilfe suchend an Hobrecker. »Er darf mich gar nicht nachholen?«

Hobrecker schüttelte den Kopf.

»Also«, fuhr Sigi fort, »zurück zum Tatort. Wie ist das? Wer schlägt zuerst zu? Noyan? Oder Rüdiger Brandt? Sie?«

Sigi konnte es förmlich hinter Petra Sanders' Stirn rattern hören.

»Rüdiger schlägt zu«, flüsterte sie, »der Junge schreit, er zeigt uns an, dann würde Rüdiger Susanne erst wiedersehen, wenn er aus dem Knast kommt und sie sich drei Kinder hat machen lassen. Da schlägt Rüdiger wieder zu, und plötzlich hat der Türke das Messer in der Hand …«

Wenn die Nazibraut die Wahrheit sagte, fluchte Sigi innerlich, hieße das nicht nur, dass sie sich bis zur Selbstaufgabe von Rüdiger Brandt hatte ausnutzen lassen. Es hieße tatsächlich, dass Brandt alle um sich herum angelogen und für seine Zwecke eingespannt hatte – Sigi inklusive.

25

Alicia war müde, entsetzlich müde. Das Adrenalin schien aufgebraucht. Sie wunderte sich, wie detailliert Rüdiger Brandt die Tatnacht beschrieb. Noch ein paar Minuten, spornte sie sich an. Ein paar Minuten noch durchhalten. Herr Akay brauchte noch etwas mehr Zeit, mehr Verständnis, mehr Einfühlung. Sie fokussierte sich auf ihn, wie er am Krankenbett stand und weinend die Hand seines Sohnes streichelte.

»Sie wissen es nicht einmal«, schluchzte er, »Sie haben ihn totgeschlagen, und Sie wissen nicht einmal, ob das stimmt?«

»Es war ein Fehler«, flüsterte Brandt. »Ein riesengroßer Fehler! Bitte, sagen Sie mir, wo meine Tochter ist.«

Jedes Wort kam Alicia inzwischen schwer über die Lippen. »Herr Brandt. Wenn Sie sehen, was das, was Sie getan haben, bei Herrn Akay auslöst, was fühlen Sie?«

»Es tut mir so leid. Es ist völlig außer Kontrolle geraten. Wenn ich es rückgängig machen könnte …«

»Keine Rechtfertigung. Wie geht es Ihnen dabei?«

Brandt schluckte. Inzwischen zitterten seine beiden Arme. Krampfhaft versuchte er, die Waffe oben zu behalten. »Furchtbar. Ich schäme mich so.«

Plötzlich wandte Mutasim Akay sich ab, nahm Noyans Hand, setzte sich zu ihm, begann Türkisch zu reden. Schluchzte.

»Es tut mir so leid, es tut mir so leid. Bitte, wo ist Susanne?«

Alicia hielt Brandt die Hand hin. Langsam reichte er ihr die Waffe.

26

»Ich hab geschrien, Rüdiger soll aufhören.« Petra Sanders klang tonlos. »Aber er ist völlig ausgetickt. Als der Türke ihn mit dem Messer verletzt hat, hat Rüdiger einfach losgeprügelt. Dann liegt der Junge auf dem Boden. Und Rüdiger tritt und tritt und tritt. Überall Blut, und der Junge bewegt sich nicht mehr. Ich schreie, was hast du getan, wir müssen weg ... Er ist wie geschockt, und plötzlich kommt da der Mann mit dem Hund. Dann ist Rüdiger mit einem Mal total klar. Schreit den Mann an, er soll die Bullen rufen. Fragt mich, ob ich ihn wirklich liebe. Zieht seine blutigen Schuhe aus, die Hose. Zieht die Trainingssachen an. Sagt, ich muss die blutige Kleidung wegbringen, soll ins Studio, mir ein Alibi holen. Er wird so tun, als wäre er Zeuge. Es ging alles so schnell. Ich renne also los mit den Schuhen, der Hose, den Socken ...«

»Sie hatten Brandt schon früher erzählt, dass Ihr Exfreund einen jungen Mann zusammengeschlagen und auf ihn draufgepinkelt hat, nicht wahr?«

Sie nickte. »Wir haben ihn an dem Abend gesehen. Aber ich habe drauf geachtet, dass er uns nicht sieht. Rüdiger hat das verstanden. Ich habe ihm alles über Werner erzählt. Wie brutal er ist.«

Die Puzzleteile fügten sich. Es musste so gewesen sein.

»Rüdiger Brandt hat uns den Täter und den Tatverlauf so beschrieben, dass wir auf Emser kommen und Parallelen zu der anderen Tat ziehen mussten. Denn in dem anderen Fall ist er ja tatsächlich schuldig. Brandt hatte es von Anfang an darauf angelegt.«

Sigi hätte sich freuen sollen, dass er den Knoten endlich gelöst hatte, dass sein erster Instinkt richtig gewesen war. Doch ihm war absolut nicht danach. Brandt hatte sie alle für seine Geschichte eingespannt. Petra Sanders. Alicia Behrens. Verena Brandt.

Und ihn.

Hobrecker fragte: »Dann haben Sie am nächsten Tag Rüdiger Brandt verprügelt?«

Sanders wirkte beschämt. »Er hat gesagt, ich soll es tun, damit es glaubwürdiger aussieht. Und ich hatte ihn angefleht, das mit Emser zurückzunehmen. Wenn der erfährt, dass ich da mit drinhänge, der lässt mich umbringen!«

Wer im Licht dieser Offenbarungen mehr litt, Petra Sanders oder Verena Brandt, war nicht auszumachen.

»Was wissen Sie über Susanne?«

Kopfschütteln. Sanders versagte die Stimme.

27

Das SEK war schnell. Plötzlich war das Intensivzimmer voll. Die schwarzen Einsatzkräfte mit den Sturmhauben griffen hart durch.

»Wo ist sie?«, schrie Brandt, während sie ihm die Arme auf den Rücken drehten und seinen Kopf auf den Boden drückten.

Mutasim Akay sah Alicia entschuldigend an.

Sie spürte Panik. »Was ist mit dem Mädchen?«

Noyans Vater sah unendlich müde aus. »Es tut mir leid. Ich weiß es nicht. Ich habe keine Ahnung, wo sie ist.«

Drei SEKler waren nötig, um Brandt festzuhalten, der wie von Sinnen schrie.

Alicia stand wie gelähmt. Mutasim Akay hatte tatsächlich nur ein Spiel gespielt. Und Rüdiger Brandt ... »Sie waren es wirklich, nicht wahr?«

Brandt hörte auf zu schreien, nun klang er fast bittend. »Machen Sie das nicht! Es war ein Rollenspiel! Ich habe das alles nur erfunden!«

Nicht erfunden, dachte Alicia, nur geschönt, er hatte ihnen allen die ganze Zeit etwas vorgespielt – nicht alles, ein beträchtlicher Teil seiner Geschichte hatte gestimmt, da war sich Alicia sicher. Seine Familienprobleme zum Beispiel und sein Einsehen in seine destruktiven Verhaltensweisen. Diese Wahrheiten hatten die große Lüge erst so glaubhaft gemacht. Welcher Teil in ihr hatte nicht glauben wollen, dass jemand ihr so viel von sich gezeigt hatte, damit sie nicht glaubte, dass er ihr einen Mord verschwieg. Sie ausnutzte?

»Es war ein Rollenspiel!«, wiederholte er panisch, als die SEKler ihn in den Vorraum zogen.

Alicia folgte ihm. »Sie haben ihn getötet.«

Brandts Kopf schnellte in Richtung des Krankenbettes, wo Mutasim Akay über seinem Sohn weinte. »Was? Er lebt! Der Junge lebt doch!«

Alicia merkte, wie dumpf ihre Stimme klang. »Der Versuch, Noyan aus dem Koma zu holen, war nicht erfolgreich. Die Spontanatmung hat nicht mehr eingesetzt. Die Tests der vergangenen Tage haben sich heute leider bestätigt. Noyan hat durch Ihre Tritte gegen den Kopf irreparable Schäden davongetragen. Alle vorgeschriebenen Tests haben den Hirntod bestätigt. Die Ärzte halten ihn nur noch so lange am Leben, bis Herr Akay seiner Religion entsprechend Abschied genommen hat und weil Noyan einen Organspendeausweis hat. Der OP wartet seit Stunden.«

Rüdiger Brandt hatte alle Versuche aufgegeben, sich gegen den festen Griff der SEKler zu wehren. Er starrte Alicia geschockt an. Tränen liefen über seine Wangen. Sie wandte sich ab, traurig, enttäuscht, fassungslos, und ging zurück zu Mutasim Akay.

»Brauchen Sie noch Zeit?«, fragte sie ihn. »Nach alldem …«

Alicia half dem Vater auf, der sich nun ins Unvermeidliche fügte, stützte ihn nach draußen und legte ihm den Arm um die Schulter, als er von Weinkrämpfen geschüttelt wurde.

Nach ihnen betraten Ärzte das Zimmer.

Alicia warf einen Blick zurück. Einen letzten Blick auf Noyan, der sie anfangs so gehasst und am Schluss vielleicht wirklich geliebt hatte.

Und den sie in einem anderen Leben gerne zurückgeliebt hätte.

28

Ein Fuhrpark an Einsatzwagen versperrte die Zufahrt zum Krankenhaus. Die SEKler hatten ihre Sturmhauben abgezogen, packten ein und rauchten.

Sigi Kamm nickte ihnen zu, und der Einsatzleiter wies auf einen der Polizeibusse. Rüdiger Brandt saß darin, auf der Bank, die Ellenbogen auf den Knien. So bleich wie damals in der Tatnacht. Doch dieses Mal lag die einbandagierte Hand an die andere gekettet.

Sigi war sauer auf sich, weil er sich von diesem Schauspieler hatte einlullen lassen.

Er stiefelte in das Gebäude und machte sich auf die Suche nach Alicia Behrens. Das halbe Krankenhaus war auf den Beinen. Wer sein Bett verlassen konnte, den hatten die Gerüchte oder das endlose blaue Flackern von Polizeilichtern vor dem Krankenhaus auf die Gänge getrieben.

Nachdem er sie auf der Intensivstation nicht gefunden hatte, ging Sigi in die nächstgelegene Damentoilette. Alicia Behrens stand vor der Reihe Waschbecken und klatschte sich Wasser ins Gesicht. Im Spiegel trafen sich ihre Blicke.

Sigi suchte nach Worten, und als er keine fand, dachte er, was soll's. Dieses ganze Einfühlungsding war noch nie seins gewesen. Aber anscheinend reichte es, dass er nichts sagte. Ihre Mundwinkel deuteten ein kurzes, trauriges Lächeln an.

Er war froh, dienstlich werden zu können. »Ich werde Herrn Akay nicht ausreisen lassen.«

»Er muss seinen Sohn morgen beerdigen.«

»Mir egal, ich verhafte ihn wegen Vortäuschung einer Straftat und Behinderung der Ermittlungen. Und vielleicht hat er das Mädchen doch.«

Alicia Behrens zog einen Stapel Papiertücher aus einem silbrig grauen Behälter an der Wand und wischte sich das Gesicht ab. »Sie lassen ihn nicht auf die Beerdigung seines Sohnes nach Istanbul?«

»Deutschland hat auch Friedhöfe. Ich glaube ihm nicht, dass er nichts weiß.«

Die Tür ging auf, und eine Frau im Wintermantel trat ein. Sigi blaffte sie an. »Jetzt nicht!«

Die Frau zog sich schreckhaft zurück. »Vollidiot!«

Die Therapeutin kramte in ihrer Handtasche und fischte eine Tube Creme heraus. »Wieso sollte er noch etwas verschweigen? Er hat doch jetzt, was er glaubte, haben zu wollen.«

»Erstens weil er sich nicht selber belasten will. Zweitens weil alle lügen. Das wissen Sie doch.«

»Er würde das Mädchen nicht opfern.«

»Frau Therapeutin, wenn ich Sie daran erinnern darf: Sie haben auch gesagt, dass es Rüdiger Brandt nicht ist.«

Sie fuhr zu ihm herum, die Creme schon halb im Gesicht. »Was wollen Sie dann von mir?«

»Ich möchte, dass Sie mich noch mal begleiten.«

»Wohin?«

Er betrachtete sie. »Wenn man alles ausgeschlossen hat, was naheliegt, ist es manchmal das, was am unmöglichsten scheint. Wer hat das größte Interesse daran, dass das Mädchen verschwindet?«

Alicia drehte sich zu ihm, sah ihn abwartend an.

Er holte sein Handy heraus und hielt es hoch. »Entweder jemand, der verhindern will, dass Brandt in den Zeugenschutz abhaut, oder jemand, der verhindern will, dass Susanne weggeht. Oder beides.«

Sie legte den Kopf schief. Ihre Augen wurden schmal. »Worauf wollen Sie hinaus?«

»Wir haben alle Telefone der Familie überwacht. Jeder Anruf wird automatisch aufgezeichnet – falls sich ein Entführer meldet. Das hier kam gerade eben rein. Kurz nachdem Ihr ehemaliger Patient zur Organentnahme gebracht wurde.«

Sigi spielte eine Aufnahme von seinem Handy ab, die die Kollegen ihm geschickt hatten. Alicia Behrens trat dicht an ihn heran. Er sah, dass sie die beiden Stimmen sofort erkannte.

Aufgeregt: »Zettel?«

Sachlich: »Mutasim Akay. Entschuldigung für das, was ich getan habe. Ich weiß nichts über Susanne. Ihr Schwiegersohn hat gestanden und wurde verhaftet. Er hat Noyan umgebracht. Mein Sohn ist tot. Ich wünsche Ihnen alles Gute.«

Schweigen.

Dann verhalten die Frau: »Danke.«

Ende des Anrufs.

Zehn Sekunden später.

Ängstlich: »Verena Brandt?«

Sachlich: »Mutasim Akay. Entschuldigung für das, was ich getan habe. Ich weiß nichts über Susanne. Ihr Mann hat gestanden. Er hat Noyan umgebracht. Mein Sohn ist tot.«

Schluchzen in der Leitung.

Bewegt: »Es tut mir leid, was ich Ihnen angetan habe. Frau Brandt, ich wünsche Ihnen alles Gute.«

Alicia Behrens sah zu ihm hoch.

Er lächelte und sah es in ihren Augen. Ja. Jetzt dachten sie im gleichen Rhythmus.

Ohne ein weiteres Wort gingen sie durch die breiten Flure zum Ausgang und durch den Fuhrpark an Einsatzfahrzeugen vor dem Krankenhaus zu seinem Wagen.

29

Die Stadtvilla lag eingefriedet zwischen den hohen Pinien. Nur die Küchen- und das Wohnzimmerfenster waren erleuchtet. Silvia Zettel riss die Tür auf. Und hatte eindeutig jemanden anderen erwartet als Alicia und Hauptkommissar Kamm.

»Gott …«, stotterte sie. »Haben Sie Susanne?«

Sigi Kamm bat nicht erst lange, hereinkommen zu dürfen. »Wie war das, als Mutasim Akay zu Ihrer Tochter wollte, am Tag vor dem Zeugenschutz? Und nur Sie angetroffen hat? Sie hatten ihm gesagt, Sie alle würden ein paar Tage verreisen?«

»Ja«, wunderte sich die resolute Großmutter. »Das habe ich doch schon erzählt. Hat er doch etwas mit Susannes Verschwinden zu tun? War er es?«

Kamm schritt ungefragt ins Wohnzimmer und sah sich um. Alicia folgte ihm. Das hier war seine Show. Sie half ihm gerne dabei, und so misstrauisch, wie Silvia Zettel aussah, hatte der Hauptkommissar vielleicht wieder recht mit seinem Verdacht.

Er sah vom Wohnzimmer in die Küche. »Frau Behrens liebt Rollenspiele. Also machen wir ihr doch die Freude und spielen eins. Ich bin Mutasim Akay. Und Dr. Behrens will Sie spielen.«

Silvia Zettel hob das Kinn. »Was soll das?«

Alicia nahm deutlich den gereizten Unterton wahr. Kamm hingegen klang geradezu jovial.

»Wir müssen sichergehen, dass Sie nichts vergessen haben bezüglich Herrn Akays Besuch. Jedes Detail kann helfen, Ihre Enkelin zu finden.«

Er ging zur Gästetoilette, öffnete die Tür und drehte sich um. »Guten Tag, ich bin Herr Akay. Frau Zettel, eigentlich wollte ich Ihre Tochter sprechen. Ihr die Wahrheit klarmachen, sie schockieren. Sie dazu bringen, diesen Mörder zu verlassen. Ich weiß nun nämlich, wer meinen Sohn getötet hat. Es war Ihr Schwiegersohn. Aber die Polizei begreift es nicht. Der Kommissar hat mich nach einem Messer gefragt. Ich hatte es vergessen. Aber jetzt habe ich es wiedererkannt. Mein Vater hat es Noyan geschenkt. Ihr Schwiegersohn ist der Einzige, der eine Schnittwunde abbekommen hat, weil mein Sohn sich gegen ihn verteidigt hat.«

Alicia beobachtete Silvia Zettel. Die Frau sah Kamm ungerührt an. Auffallend ungerührt.

Alicia wandte sich an den Hauptkommissar, der auf die Treppe ins Obergeschoss zusteuerte. »Herr Akay, mein Schwiegersohn ist ein Vollidiot. Er kriegt es nicht mal hin, den Müll runterzubringen. So etwas zu tun … Das ist doch völliger Blödsinn.«

Kamm stiefelte die Treppen hoch. »Gestern Abend hat Noyans bester Freund mir gesagt, dass die Polizei gegen ihn ermittelt.«

»Deswegen war der Kommissar bei mir.« Alicia folgte ihm, zog Silvia Zettel mit sich und sagte gespielt schockiert: »Angeblich, um unsere Familie auf den Prozess vorzubereiten. Aber er hat mich in dem Gespräch nur über Rüdiger ausgefragt!«

Susannes Großmutter sah dem Hauptkommissar mit schmalen Augen nach. Er schritt den Flur entlang, ging ins Schlafzimmer, ins Gästezimmer, ins Bad. Nichts. Nur die Waschmaschine, die Bettwäsche in der Mangel hatte.

Kamm wollte die Treppe zum Dachboden hoch. Alicia hielt ihn am Arm fest und spielte ihre Rolle weiter. »Deswegen will Rüdiger meine Tochter plötzlich wieder! Weil er Hilfe braucht. Weil er Mist gebaut hat. So lief es all die Jahre. Er nutzt sie aus, und sie ist so blöd und lässt ihn wieder in ihr Bett.«

Silvia Zettel stand unbeweglich, das Gesicht ein einziger Ausdruck von Ablehnung.

Kamm durchsuchte den Dachboden und kam die knarzende Leiter wieder heruntergeklettert. Alicia griff erneut nach ihm.

»Verena. Susanne«, flüsterte sie. »Deswegen will Rüdiger in den Zeugenschutz. Um abzuhauen und Susanne mitnehmen zu können!«

Die alte Dame hob das Kinn, und es lag etwas Trotziges in dieser Geste.

»Wo ist der Keller?«, fragte Kamm.

»Gehen Sie«, erwiderte Silvia Zettel kühl. »Raus aus meinem Haus! Alle beide!«

Er trat nahe an sie heran, sah auf sie hinunter. »Wie war das, als ich hier war, um Sie auszufragen? Wie war es, zu wissen, dass Susanne irgendwo hier sitzt, das Maul halten muss? Waren Sie aufgeregt? Hatten Sie Angst, dass das Mädchen es nicht aushält? Sie verrät? Und wie war das, als wir mit Ihrer Tochter und Rüdiger Brandt hier waren? Als Ihre Tochter vor Angst um Susanne fast gestorben wäre?«

»Ich werde Ihre Karriere im Staub zertreten«, erwiderte Silvia Zettel kühl, ohne ihn anzusehen. »Sie werden froh sein können, wenn Sie noch einen Posten als Pförtner in Ihrem Verein bekommen.«

»Der Keller. Wo?« Er zerrte die Großmutter zurück ins Erdgeschoss.

Die Dame machte eine unwirsche Kopfbewegung. »Da. Los doch, blamieren Sie sich. Sie ist nicht hier. Nichts können Sie beweisen von Ihren infamen Anschuldigungen!«

Kamm eilte die Kellertreppe hinunter.

30

Verena hatte einen Anruf von Kommissar Hobrecker bekommen. Man bat sie aufs Präsidium und würde sie gleich abholen. Schwammig hatte er sich ausgedrückt.

»Ist sie tot?«, hatte sie den Ermittler noch am Telefon gefragt, gefasst und aufs Schlimmste vorbereitet.

»Nein. Wir haben nur eine neue Spur.«

Jetzt klingelte es. Sie drückte den Türöffner. »Kommen Sie hoch. Ich muss mich noch anziehen.«

Schuhe. Schal. Mantel. Sie sah seit gestern nicht mehr in den Spiegel. Sie wollte ihre grünen Augen nicht sehen. Wollte Susa nicht darin erkennen und sich fragen, ob sie sie nur noch darin würde wiedersehen können.

Jetzt hörte sie die Beamten schon im Hausflur. Es klingelte wieder. Sie öffnete.

Der Schock war fast lähmend.

Das Bild brauchte ewig, um in ihrem Gehirn anzukommen.

Keine Beamten.

Keine Männer.

Dieses dünne Ding.

Die blonden Haare.
Die grünen Augen.
Die Tränen darin.
Susa.
»Mama.«
Dann war sie in ihren Armen.
Verena wusste, sie würde die Angst um ihr Mädchen nie wieder verlieren, für den Rest ihres Lebens nicht. Aber das war egal. Für diesen Moment war alles andere egal.
Und da war es, ein Gefühl, von dem sie vergessen hatte, dass es überhaupt existierte.
Dankbarkeit.

31

Alicia folgte Silvia Zettel in die Küche. »Sie sehen gar nicht mehr so aus, als hätten Sie Angst um Ihre Enkelin.«
»Sie glauben, nur weil Sie Psychologin sind, wissen Sie über andere Menschen Bescheid.«
»Ihre Tochter Verena sieht seit Tagen aus wie die Angst in Person. Sie sehen gerade aus wie jemand, der triumphiert.«
Und dann sah Silvia Zettel aus wie eine der Patienten, die all ihren Widerstand auf Alicia projizierten, um nicht die Kontrolle aufgeben zu müssen.
»So wie Ihr Schwiegersohn alle für seine Geschichte eingespannt hat, so haben Sie Mutasim Akay eingespannt, nicht wahr?«
»Was hab ich mit diesem Türken zu schaffen.« Silvia Zettel griff nach Abwaschhandschuhen. Alicia riss sie ihr ungeduldig aus der Hand.
»War das Ihre Chance? Wenn Ihr Schwiegersohn als Mörder überführt wird, dann sind Sie ihn endlich los?«
»Sie verwechseln Psychologie mit Fantasie, junge Frau.«
»Das war schon immer Ihre Art, oder? Andere dazu zu bringen, das zu tun, was Sie wollen. Sie haben Mutasim Akay missbraucht, den Bösen zu mimen. Sie haben Susanne überredet, sich von ihm

entführen zu lassen. Um herauszufinden, ob ihr Vater ein Mörder ist. Wie haben Sie das Mädchen überzeugt? Weil es für ›das Gute‹ ist? Dass Sie in dieses Einkaufszentrum sind, Ihr Parkticket vergessen hatten – alles geplant? Sie haben Akay dazu missbraucht, eine Entführung vorzutäuschen, haben seine Verzweiflung ausgenutzt, um ihn zum Handlanger zu machen. Haben Ihre Enkelin missbraucht. Ein Kind! Nur um Ihren Schwiegersohn loszuwerden.«

Sigi Kamm polterte in die Küche. »Ihr Heizungsraum sieht aus wie ein provisorisches Gästezimmer. Klappbett. Waschbecken. Zahnpastareste.«

»Ist das verboten?«, fragte Silvia Zettel abfällig. »Gehen Sie jetzt, oder muss ich einen Anwalt anrufen?«

Sigi Kamm spielte ihr den Telefonmitschnitt von seinem Handy vor. »Deshalb hat Herr Akay Sie vorhin angerufen. Um Ihnen zu sagen, dass der Plan aufgegangen ist und dass Susanne wieder auftauchen kann. Er hat seine Rache, und Sie haben Ihre Familie für sich.«

Silvia Zettel sah ihn höhnisch an. »Ich bin neugierig, wie Sie das beweisen wollen.«

32

Kurz nach Susanne waren die Beamten gekommen. Ihre Tochter hatte nicht viel gesagt. Und Verena hatte sie nicht gedrängt. Sie hatte ihr nur immer wieder versichert, dass sie das Wichtigste auf der Welt sei. Das Allerwichtigste.

Als sie aufs Präsidium gebracht wurden, war Verena völlig überrascht, ihre Mutter zu sehen. Wie war sie aus Zehlendorf hergekommen? Und warum? So spät am Abend?

Dann sah Verena die Polizeibeamten, die neben Silvia Zettel saßen und sie entnervt anwiesen, endlich den Personalbogen auszufüllen.

Verena hielt ihre Tochter dicht an sich gedrückt und fand, dass es unecht wirkte, als ihre Mutter aufsprang, um Susanne zu begrüßen. Sie verstand nicht, warum die Polizeibeamten sie zurückhielten.

Dann hörte sie Hauptkommissar Kamm, der sagte, er müsse das Mädchen befragen.

Irgendetwas stimmte doch hier nicht. »Wieso ist meine Mutter hier?«

»Frau Brandt, wir müssen jetzt mit Susanne sprechen.«

Susa drängte sich dicht an sie. Verena spürte jedes Rippchen und hielt ihre Tochter fest.

»Herr Kamm, ich will mit meiner Mutter sprechen.«

»Das geht jetzt nicht«, erwiderte er.

»Nur kurz«, sagte sie tonlos.

»Gut. Kurz. In Anwesenheit eines Beamten. Und ohne das Mädchen.«

Dann stand Verena vor ihrer Mutter. Sie wehrte die Umarmung ab. »Sag, dass du das nicht getan hast.«

»Kind.« Dieser belehrende Ton. Dieses Zuviel an Selbstsicherheit in der Stimme. »Verena. Es ist ein Wunder. Was für ein Glück. Du musst dich jetzt erst mal beruhigen. Du hattest eine entsetzliche Zeit. Du hast einen Mörder in dein Haus geholt. In dein Bett. Das wird seine Zeit brauchen, bis du darüber hinweg bist. Du und Susanne, ihr dürft gerne zu mir ziehen, solange ihr wollt.« Und dann sagte sie langsam und eindringlich: »Für sein Kind tut man alles.«

Verena wich einen Schritt zurück. »Das hast du nicht getan.« Warum wollte dieses Lächeln im Gesicht ihrer Mutter nicht verschwinden?

»Jetzt ist erst mal Weihnachten. Jetzt erholen wir uns alle in Ruhe.«

»Du wirst Susanne nie wiedersehen.«

Silvia Zettel warf den Beamten einen kurzen Blick zu, die zwar dezent beiseitegetreten waren, jedoch jedes Wort mithörten. Mit einem Ruck hatte ihre Mutter Verena an sich gerissen, umarmte sie und presste sie fest an sich. Verena hörte das Flüstern an ihrem Ohr, ein eindringliches Zischen:

»Sie ist vierzehn. Sie kann alleine zu mir kommen.«

»Lass mich los, Mama. Du wirst sie nie wiedersehen.«

»Sei nicht albern, Kind. Spätestens in vier Jahren entscheidet sie alles alleine, und dann kommt sie zu mir. Sie hat ihren Vater verloren, du willst ihr doch nicht auch noch ihre Lieblingsoma nehmen.«

Die Beamten baten, die Umarmung abzubrechen. Silvia Zettel gab einen Scheiß auf die Typen.

»Ich habe es für dich getan, Kind«, flüsterte sie. »Jeder Drecksanwalt wird mich da rausbekommen. Ich habe nur meine Enkelin vor einem Mörder geschützt und meine Tochter auch. Eines Tages wirst du es mir danken.«

All die Worte, die Verena ihrer Mutter entgegenschleudern wollte, wollten einfach nicht herauskommen. Sie stieß sie fort. Ein schwacher, läppischer Stoß war alles, was sie hinbekam. Sie wollte schreien, schreien, schreien. Stattdessen wandte sie sich stumm ab.

»Ich ruf dich morgen an, Kind!«

33

»Herr Kamm, wo ist meine Tochter, ich will jetzt nach Hause.«

Als Hauptkommisar Kamm sie erneut bat, Susanne befragen zu dürfen, hörte sich Verena sagen: »Das geht nicht. Sie ist viel zu k.o., völlig durch den Wind. Sie muss jetzt eine Menge verarbeiten. Ich muss ihr das mit ihrem Vater sagen.«

»Frau Brandt, das weiß Susanne doch längst. Und das wissen Sie auch.«

»Sie hat sich ein paar Tage versteckt. Wo ist sie? Ich möchte jetzt gehen.«

Hauptkommissar Kamm wurde bissig. »Schluss mit dem Theater! Sie wurde entführt!«

»Ein Nazi«, sagte Verena. »Irgendein Nazi. Er hat sie nach Berlin gefahren. Dort freigelassen. Es sollte nur eine Drohung sein. Susa hat sich einfach nicht zurückgetraut.«

»Ich verstehe, dass das alles sehr viel für Sie ist. Aber wir werden

Ihre Tochter mehrfach befragen müssen. Mit einem Psychologen zusammen.«

Dann werden wir schon in Süddeutschland sein, dachte Verena. Weit weg. Wo niemand mit dem Finger auf Susa zeigen und sagen kann, dass ihr Vater ein Mörder ist.

»Wo ist meine Tochter?«

»Ich werde das Mädchen so nicht gehen lassen. Und Sie werden wenigstens zulassen, dass Susanne mit Dr. Behrens spricht! Und auf die Gefahr hin, dass ich jetzt schon klinge wie die Therapeutin: Merken Sie nicht, dass Sie gerade den Scheiß weiterführen, den Ihre Mutter angezettelt hat? Ha, im wahrsten Sinne des Wortes! Angezettelt! Wollen Sie sich in Zukunft ewig die Frage stellen, ob es in Ordnung war, Susanne all das zuzumuten?«

34

Mit verschränkten Armen stand Sigi Kamm im Besprechungsraum und betrachtete die Frauenrunde. Alicia Behrens wirkte so warm und weich, wie er sie noch nie gesehen hatte.

»Hat Noyan dich angefasst?«

Susanne verneinte. Schatten lagen unter ihren Augen und ließen das junge Gesicht krank aussehen.

»Wirklich nicht?«

Kopfschütteln.

»Mochtest du ihn?«

Ein schüchternes Nicken.

»Fandest du es schlimm, was er geschrieben hat? Was du tun solltest, um in die Initiative aufgenommen zu werden?«

»Ein Vollidiot halt.«

Dr. Behrens berührte vorsichtig Susannes Hand, bis sich der Blick des Mädchens zu ihr hob. »Lass dich nie so blöd von einem Mann anquatschen. Nie. Und: Du warst mit dem Spruch nicht gemeint.«

Stirnrunzeln.

»Die Dinge, die andere Menschen tun, haben fast nie etwas mit uns selbst zu tun. Sie zeigen vielmehr, was mit dem anderen gerade los ist. Also schlepp das nicht mit dir herum. Noyan ist mit sich selber nicht gut klargekommen. Es hatte nichts mit dir zu tun.«

Ein schwaches Lächeln.

»Warum hattest du solche Angst vor diesem Detektiv?«

Susanne hielt den Kopf gesenkt, aber der Blick unter den strähnigen Harren schnellte zu ihrer Mutter.

»Es ist okay«, flüsterte Verena. »Ich bin dir nicht böse.«

»Hattest du Angst vor ihm oder vor deinen Eltern, wenn es herauskommt?«

Susanne zögerte. »Er hat gesagt, er kennt sie. Er kannte ihre Namen, wusste, wie sie aussehen, was sie arbeiten … Sie streiten doch eh nur wegen mir. Wenn ich morgens nicht rede und keine gute Laune habe, streiten sie abends, wer Schuld hat. Wenn ich nichts esse, sagt mein Vater, sie ist schuld. Und sie sagt, er ist schuld. Und sie streiten immer darüber, wann ich zu wem muss.«

Verenas Kinn begann zu zittern. Sigi und Alicia Behrens wechselten einen Blick.

»Du glaubst«, fragte die Therapeutin, »die ganze Streiterei findet nur deinetwegen statt?«

»Oma hat gesagt, Papa will mich nicht wirklich. Wenn der Detektiv mich verraten hätte, dann …«

»Dann meinst du, sie hätten dir tatsächlich an allem die Schuld gegeben? Weil du klaust? Traurig bist?«

Scham in den grünen Augen.

Alicia Behrens lächelte. »Ich habe früher auch versucht, die Probleme meiner Eltern zu lösen. Es ist schiefgegangen. Es geht immer schief.«

Verena Brandt sprang auf. »Das lasse ich nicht zu, dass Sie sich zwischen uns drängen.«

»Frau Brandt, genau das versuche ich nicht zu tun. Ich halte nur einfach nichts von Geheimnissen. Sie sind der Nährboden für Sucht und selbstschädigendes Verhalten. Geheimnisse potenzieren unsere Probleme. Deswegen sage ich ganz offen, auch vor Ihnen, dass ich Susanne meine Hilfe anbiete, damit sie nicht noch ein Geheimnis mit sich herumtragen muss.«

Die Mutter des Mädchens setzte sich stumm.

Alicia Behrens wandte sich wieder an Susanne. »Diese Sache, die ihr da jetzt alle am Laufen habt, ich kann das nicht für euch lösen. Aber du kannst den Schmerz nicht einfach wegmachen, nicht bei dir, nicht bei den anderen, nicht bei den Eltern, nicht bei deiner Oma.«

Sie kritzelte etwas auf einen Zettel.

»Es ist dein gutes Recht, dir Hilfe zu holen. Verstehst du? Wann immer du dich meldest, und wenn es in drei Jahren ist, ich werde dir jemanden empfehlen können, der dir zuhört. Und: Ich mach das nicht für die Polizei.«

Sigi seufzte. Hatte er es doch gewusst, dass die Idealistin in dieser Frau immer die Oberhand behalten würde. Da konnte sie noch so oft erzählen, dass sie nicht an Helden glaubte.

MONTAG, 23. DEZEMBER

1

Das Weihnachtsbesäufnis fand in diesem Jahr bei »Maria« statt. Sie waren fünfzehn Ehemalige. Ein paar hatten ihren Anhang dabei. Konrad zum Beispiel. Er stand mit seiner Rosanna, Mexikanerin, ein echter Hingucker, an der Bar. Der feiste Mann mit der beginnenden Glatze würde wieder der sein, der am meisten hermachte.

»Ist der Fall abgeschlossen?«, fragte er und reichte Sigi ein Bier.

»Nein. Der Vater des Abiturienten schweigt. Die Oma schweigt. Das Mädchen schweigt. Verena Brandt schweigt. Ihr Mann und der Neonazi auch.«

»Gegen den Nazi wird Anklage erhoben, heißt es in den Nachrichten.«

Sigi antwortete nicht. Iris Radauer trat zu ihnen. Sie umarmte Konrad, ließ sich seiner Frau vorstellen und gab Sigi dann einen Kuss auf die Wange.

»Warum bringst du nie den Filmfuzzi mit?«, grinste Konrad. »Hast du was zu verbergen? Ist er hässlich? Krumm? Ein Vollidiot?«

»Fragt wer?«, erwiderte sie lang gezogen.

»Los«, erwiderte er. »Fotos. Ich will Beweise, dass es ihn wirklich gibt.«

Iris grinste, kramte in ihrer Handtasche und hielt ihnen ein Foto hin.

Sigi betrachtete das Bild. Iris mit ihrem Filmfritzen und den beiden Wonneproppen. Er dachte einen Moment daran, was Alicia Behrens über Geheimnisse gesagt hatte.

Iris gab ihm das Foto in die Hand. Er lächelte mit Sicherheit etwas zu bemüht, als er auf die Kleinfamilie hinuntersah, auf die süße Achtjährige und den kräftigen, sieben Monate alten Jungen.

Er hatte jetzt schon auffallend helles blondes Haar und wässrig blaue Augen.

»Er macht sich prächtig«, sagte Iris so nebenbei, dass er sich fragte, ob ihr das Lügen jeden Tag so leicht über die Lippen kam.

Als sie ihn mehrfach angerufen hatte, einige Zeit nach der Gerichtsverhandlung und ihrem heftigen Streit, um »zu reden«, da hatte er gedacht, sie wolle ihre Affäre wieder aufwärmen. Entweder weil er ihr fehlte oder der Filmfuzzi ihr zu langweilig wurde.

Als er sich auf ein Treffen eingelassen hatte, war der Wurm auf dem Ultraschallbild schon fünf Zentimeter groß gewesen.

»Tom weiß es nicht. Und er will noch ein Kind«, hatte sie gesagt.

»Aber bestimmt keins von mir.«

»Du musst nichts damit zu tun haben.«

»Würde ich aber wollen.« Sigi hatte es mehr als ernst gemeint.

Iris hatte lauthals gelacht. »Du? Vergiss es, Sigi. Alle vier Wochen 'ne Stunde. Mehr Verbindlichkeit geht bei dir doch nicht.«

Was ihn mehr verletzt hatte, dass sie es mit ihm nicht mal ernstlich in Erwägung zog oder dass sie ihm unterstellte, nicht mehr Beziehungsvermögen aufzubringen, wusste er nicht.

Sigi sah auf das Foto. Es hätte sein Leben sein können.

Es war ein Teil seines Lebens.

Und er war nicht dabei.

2

Es klopfte, und Dr. Härtl trat ein, seinen Aktenkoffer in der Hand, den Mantel schon über dem Arm.

Alicia sah auf die Uhr. »Noch hier?«

»Ich möchte vor dem zweiten Januar nicht mehr reinkommen.« Weihnachten versetzte ihn sogar in die Stimmung, sie anzulächeln. »Danke, dass Sie das machen.«

Sie nickte.

»Wie alle Jahre«, fügte er hinzu.

Sie sahen sich an, und auch wenn es keiner von ihnen aussprach, hing es in der Luft: Wenn die Sache im Krankenhaus schiefgegangen wäre, hätte es vielleicht kein nächstes Jahr gegeben.

»Wissen wir alle sehr zu schätzen, Frau Behrens.«

Jetzt lächelte sie auch. Es würde das fünfte Weihnachtsfest in diesem Leben sein, auf das sie sich bewusst freute. Sie hatte kaum eine Erinnerung an Festtage der frühen Kindheit, bevor ihre Eltern beschlossen hatten, ihrer aller Leben in einen Haufen aus Scheiße und Angst zu verwandeln und ihre Eigenverantwortung an eine Sekte abzutreten und von da an Spaß, Kindheit, Geburtstage und Weihnachten aus ihrer aller Leben zu streichen.

Auch nach ihrer Flucht hatte Alicia zwanzig Jahre lang keinen Geburtstag gefeiert. Und kein Weihnachten.

Es hatte ein paar versoffene und verkokste Heilige Abende mit irgendwelchen Psychologiestudenten gegeben. Und dann, Ende dreißig, drei Weihnachtsabende mit Holger und seiner Familie, an denen Alicia sich fremd gefühlt hatte.

Und seit fünf Jahren war Weihnachten etwas, auf das sie sich freuen konnte. Auf einen Abend mit Menschen, die aufgehört hatten – oder zumindest dabei waren –, sich und anderen etwas vorzumachen. Die Weihnachtsabende waren mit die lustigsten in der Klinik.

»Was macht die Qualitätssicherung?«, fragte sie Dr. Härtl.

»Sie rücken uns auf den Leib. Wie nah, sehen wir nächstes Jahr.«

Als Dr. Härtl gegangen war, öffnete sie den vorletzten Briefumschlag.

Ihr Lächeln erstarb.

»Liebe Alicia. Ich wünsche dir schöne Weihnachten. Besuchst du mich mal? Vater.«

Alle Leichtigkeit war mit einem Mal verflogen. Sie warf Karte und Umschlag in den Papierkorb wie etwas Giftiges.

Die Dämonen der Vergangenheit. Die Geheimnisse, die einfach nicht im Dunkeln bleiben wollen. Jetzt starrte sie auf den Absenderstempel und erkannte ihn wieder. Es war jedes Jahr der gleiche Stempel.

3

Konrad stieß Sigi an und holte ihn aus seinen Gedanken. »Na, schon Abschied genommen von dieser Stadt?«

Sigi steckte das Foto ein. Auch wenn sein alter Kumpel unwissend und in dieser Sache blind war, er war nicht blöd.

»Hast du übrigens mal deine Psychotante überprüft?«

»Wieso?«

Konrad schürzte nur sehr bedeutungsvoll die Lippen und nahm dann einen kräftigen Schluck von seinem Bier.

»Was ist mit der Behrens?«, fragte Sigi. »Sie hat keine Einträge.«

»Nicht bei euch.« Konrad grinste. »Ich hab doch gesagt, wir haben wesentlich mehr Möglichkeiten.«

»Hat sie Mist gebaut?«

»Nicht als Therapeutin. Aber in der Familie gab es eine üble Sache.« Die Art, wie Konrad es sagte, machte klar, dass es sich um einen Mord handelte.

»Ungeklärt?«

»Na ja …«, erwiderte sein alter Kumpel. »Es sitzt jemand ein dafür. Er hat auch gestanden.«

Sigi musterte ihn forsch. Aber Konrads Gesichtszüge verrieten nichts.

»Du kennst jemanden, der das Geständnis für nicht glaubwürdig hält?«

Der Privatdetektiv trank wieder genüsslich von seinem Bier und ließ sein Schweigen Antwort genug sein.

Sigi glaubte zu verstehen und merkte, wie sich seine Feierlaune verflüchtigte. »Alicia Behrens stand damals unter Verdacht?«

Der Privatdetektiv überging die Frage. »Also, wie stehen wir beide da? Nach dieser Sache? Kommst du zu mir? Hast du dich entschieden?«

Sigi war verwirrt von Konrads Andeutungen. Er sah vor sich, wie er sich vor einer Woche von Dr. Behrens verabschiedet hatte, nachdem Verena Brandt mit ihrer Tochter gegangen war. Sie hatten nicht geredet. Keinen Ton. Hatten sich nur angesehen. Dann ein Lächeln auf beiden Seiten. Ein kleines. Aber ein Lächeln.

Er hatte ihr noch nachgesehen, als sie über das Gelände des Ministeriums des Inneren davongegangen war. Sie hatte abgelehnt, nach Hause gefahren zu werden. Sie mochte es, nachts im Schnee spazieren zu gehen, hatte sie gesagt.

Und dann war sie aus seinem Blickfeld verschwunden. Und alles hatte ausgesehen wie immer. Der Hof, die Einsatzfahrzeuge, die Stadt.

Sigi atmete tief durch und sah seinen alten Kumpel an. »Ich habe mich entschieden.«

4

Alicia zog die Karte aus dem letzten Umschlag. Es war an sich keine Karte, es war ein weißes Blatt Papier. Einfaches Druckerpapier, zweimal gefaltet.

Sie strich es zu seiner ganzen Größe glatt.

Mit einem schwarzen Kugelschreiber war eine schlecht getroffene Kerze auf das Blatt gekritzelt, mit etwas darunter, das wohl einen Tannenzweig darstellen sollte und mehr nach einem Besen aussah. Daneben stand: »Danke. S. Kamm. PS: Sie verbieten sich und Ihren Leuten sicher jedwede Feierlichkeit und jeden Spaß, damit sie sich nicht ›wegmachen‹ können. Dennoch: Frohes Fest.«

Über Alicias Gesicht zog ein breites Lächeln. Sie nahm das Blatt, ging zu der Wand mit den Wäscheleinen und griff sich eine der übrig gebliebenen Holzklammern.

Sie hängte Kamms »Karte« zu den anderen und ließ ihren Blick über die Landschaft der bunten Schätze gleiten.

Dann löschte sie das Licht und trat hinaus in den Flur. Sie lief die Treppen hinunter und hörte schon von Weitem die ausgelassene Stimmung in der Teresa, wo neunzig Patienten und ein paar Schwestern den Raum für das Fest morgen schmückten und jetzt schon bei Kräutertee und Lebkuchen das Leben feierten.

Und das war es doch, worauf es ankam, dachte sie. Seinen Hintern aus dem kuscheligen Haufen Scheiße zu erheben und jedes Lachen, jede Träne und alles Leben zu feiern.

Ich danke …

… Ihnen, lieber Leser, dass Sie mein Buch gekauft haben, und hoffe, es hat Ihnen Spaß gemacht.

Ich danke meiner Lektorin Sandra Heinrici für ihre Anfrage, ob ich Lust hätte, eine Romanreihe für diesen wunderbaren Verlag zu schreiben, für ihr großes Vertrauen in meine Idee, für ihr Engagement und für die überaus angenehme Zusammenarbeit beim Lektorat.

Ich danke meinem Agenten Matthias Landwehr für seine wohltuende Einstellung, »Künstler zu vertreten und keine Lohnschreiber«, und für seine fantastische Arbeit. So konnte ich der vertrauten Welt der Fernsehfilme ein Jahr lang Lebewohl sagen und mich in das Abenteuer des Romanschreibens werfen. Es war eine großartige Zeit!

Ich danke Rudi Sonntag, Pressesprecher des Polizeipräsidiums Land Brandenburg, und Peter Schmid, ehemaliger Ermittler der Mordkommission München und Privatdetektiv, für ihre Unterstützung bei meinen Recherchen.

Ich danke Astrid Schütte und Andreas Feldtkeller für inspirierende Entdeckungsreisen durch Potsdam.

Ich danke meiner Mutter Gudrun Golch, die – als meine linke Hand, eine Woche bevor der Roman in den Satz musste, den Kampf zwischen Kürbis und Küchenmesser verlor und ich mit einer Brandt'schen Fleischwunde in der Notaufnahme landete – nach Berlin reiste und tapfer die Änderungen tippte, die ich diktierte.

Ich danke Udo Wachtveitl für die kleinen, feinen Kürzungsvorschläge.

Ich danke meiner ersten Testleserin Barbara Förster.

Ich danke Patricia Winheim für eine inspirierende Unterhaltung über ungewöhnliche Therapiemethoden.

Viveca Sten. Mörderische Schärennächte. Ein Fall für Thomas Andreasson. Deutsch von Dagmar Lendt. Klappenbroschur

Der letzte Einsatz hätte ihn fast das Leben gekostet, doch Thomas Andreasson kehrt zurück auf die Polizeistation in Nacka. Sein erster Fall nach langer Krankheit scheint eindeutig zu sein: Markus Nielsen wird erhängt in seinem Zimmer aufgefunden, und er hat einen Abschiedsbrief hinterlassen. Doch seine Mutter glaubt nicht an Selbstmord ...

»Viveca Sten ist Anwärterin auf den Thron der schwedischen Krimikönigin.« *Grazia*

Viveca Sten auf Facebook: www.facebook.com/VivecaStenDE

Auch als eBook

www.kiwi-verlag.de Kiepenheuer & Witsch